메가스터디

실전 N제

독서 110제

구성과 특징

✓ 주제 통합형 지문이 강조된 **최신 수능의 신경향을 완벽 반영**하였습니다.

✓ 수능 연계 E교재의 모든 제재와 문제 유형을 치밀하게 분석하여 **출제 가능성이 높은 실전 문제를 개발**하였습니다.

✓ 지문 · 자료 · 문항 아이디어의 연계, 핵심 제재 · 핵심 논지의 연계, 개념 · 원리의 연계 등 수능 연계 E교재의 출제 원리를 철저하게 적용하여 수능 대비에 가장 적합한 실전 문제를 개발하였습니다.

수능 연계 | 독서 제재 한눈에 보기

- 수능 연계 E교재에 수록된 모든 독서 제재를 한번에! 한눈에! 볼 수 있도록 주제와 핵심 내용을 정리했습니다.

- 수능에 출제될 가능성이 있는 주요 제재와 키워드를 눈에 잘 띄게 표시하여 효율적인 연계 학습을 할 수 있도록 하였습니다.

출제 확률 높은 문항

수능 연계 | 인문 · 사회 · 예술

- 수능 연계 E교재를 철저하고 치밀하게 분석하여 출제 가능성이 높은 지문과 문제를 선별하여 출제하였습니다.

002

윗글의 '하먼'과 '○
대해 판단한 것

ㄱ. 만물을 구성하는 물질을 더 이상 분해가 불가능한 미립자로 나누는 뒤 그 입자를 분석하면 만물의 근원을 이해할 수 있다.
ㄴ. 인간의 입장에서 생산되고 전파되던 과학 지식을 재정립하기 위해서는 전통처럼 같은 사물도 인간과 동등한 존재로 바라보아야 한다.
ㄷ. 식물은 동물을 위해, 동물은 인간을 위해 존재한다. 인간과 다른 동물의 차이점은 인간만이 선과 악, 옳고 그름을 인식할 수 있다는 것이다.
ㄹ. 한 자루의 종이라도 같은 사물은 그것을 만든 사람의 목적에 따라 만들어진 것이므로 사물의 본질은 사람의 구상에 따라 이미 결정되어 있다.

① 인간 중심주의 철학은 ㄱ과 ㄷ에 동의하지 않겠군.
② 인간 중심주의 철학은 ㄴ과 ㄹ에 동의하지 않겠군.
③ 하먼은 ㄴ에 동의하지 않고 ㄷ에 동의하겠군.
④ 하먼은 ㄷ에 동의하지 않고 ㄹ에 동의하겠군.
⑤ 하먼은 ㄹ에 동의하지 않고 ㄴ에 동의하겠군.

003
윗글을 읽은 학생이 '하먼'의 입장에서 〈보기〉에 보인 반응으로 적절하지 않은 것은? [3점]

〔보기〕

[자료 1]
천왕성은 1781년에 윌리엄 허셜이 망원경으로 처음 관측했다. 그는 처음 관측한 시점에는 천왕성이 단순히 혜성이라고 생각했지만, 이후 꾸준한 관측 결과 태양을 중심으로 공전한다는 것을 확인하였다. 약 200년 뒤 관측선 보이저 2호는 천왕성에 가까이 다가가 사진을 찍어 지구의 천문학자들에게 보냈다. 그 사진을 본 지구의 천문학자들은 천왕성의 옅은 초록색과 수많은 위성의 모습을 확인할 수 있었다.

[자료 2]
그림 삽화가 A 씨는 출판사에서 삽화를 그리는 일을 하고 있다. 그의 출판사 동료들은 A 씨가 빠른 손놀림으로 그림을 완성하는 것을 보고 그의 실력과 그림을 칭찬했다. 하지만 그는 그림보다 영화 제작에 대한 관심이 많아서 퇴근 후에 영화 시나리오를 썼다. A 씨의 이러한 관심은 출판사 동료들은 아무도 모르고 있다.

004
윗글을 읽은 학생이 ○을 이해한 내용으로 가장 적절한 것은?

① 인간이 모든 사물에 의해 도구로 전락했기 때문이겠군.
② 인간이 주체로서 객체의 본질을 결정할 수 있는 대상으로 바라보기 때문이겠군.
③ 모든 존재가 다른 존재가 가진 가치와 성격을 일반화하여 왜곡하기 때문이겠군.
④ 인간이 사물을 상위 개념으로 일반화해 사물이 구성 요소로 환원되기 때문이겠군.
⑤ 모든 존재가 다른 존재에게 파악되지 않도록 물러나는 측면을 갖고 있기 때문이겠군.

(우측 컬럼)
① [자료 1]에서 '허셜'이 관측한 '천왕성'은 감각 객체이겠군.
② [자료 2]의 'A 씨'의 '영화 제작'에 대한 관심은 '출판사 동료들'에게 실재 성질이겠군.
③ [자료 1]의 '천왕성'과 [자료 2]의 'A 씨'의 '영화 시나리오'는 각각 '보이저 2호'와 '출판사 동료'에게 실재 객체이겠군.
④ [자료 1]의 '천왕성'의 '옅은 초록색'과 [자료 2]의 'A 씨'의 '빠른 손놀림'은 각각 '보이저 2호'와 '출판사 동료들'에게 감각 성질이겠군.
⑤ [자료 1]의 '보이저 2호'가 찍은 '사진'과 [자료 2]에서 'A 씨'가 그린 '그림'은 각각 '지구의 천문학자들'과 '출판사 동료들'에게 감각 객체이겠군.

【005~009】 동일성 기준에 대한 고찰

포인트
개인의 동일성을 다루는 사람에 따라 인격 동일성, 인간 동일성 등 다양한 용어로 설명하는 철학의 주요 문제이다. 수능 연계 E교재에서는 인격 동일성에 대한 데카르트, 로크, 라이프니츠, 칸트의 견해를 설명하였다. 우리 교재에서는 개인의 동일성에 대한 영혼 관점, 육체 관점, 인격 관점의 견해를 설명하는 지문을 수록하였다. 각 관점을 바탕으로 개인의 동일성을 판단하는 기준을 이해할 수 있다.

▶ 해제 이 글은 개인의 동일성에 대한 세 가지 관점을 설명하고 있다. 영혼 관점은 인간은 영혼과 육체로 이루어져 있고, '나'라는 존재의 본질은 영혼이며, 영혼은 분리되거나 파괴되지 않고 불멸한다고 믿는 관점이다. 그러나 영혼 관점은 개인의 동일성이 자신이 계속 존재한다는 사실을 확인할 수 있는 방법이 없다는 한계가 있다. 육체 관점은 인간을 육체적 존재로 보고 개인의 동일성을 육체에서 찾는 관점이다. 그러나 육체 변화의 범위에 대해 어디까지 허용해야 하는가에 대한 명확한 답을 줄 수 없다는 한계가 있다. 인격 관점은 개인의 동일성을 기억, 믿음, 욕망 등을 포함하는 인격에서 찾을 수 있다고 보는 관점으로, 인격이 지속되기만 한다면 어느 육체에 깃드는가는 문제가 되지 않는다고 본다.

▶ 주제 개인의 동일성에 대한 세 가지 관점

▶ 구성

1문단	개인의 동일성에 대한 영혼 관점의 설명
2문단	개인의 동일성에 대한 육체 관점의 설명
3문단	영혼 관점과 육체 관점에 대한 로크의 의미 기의와 인격 관점의 설명
4문단	인격 관점과 육체 관점에 동일성의 의미
5문단	육체 및 환경에 대해 설명하지 못 하는 세 관점
6문단	개인의 동일성을 판단하는 기준

005 글의 전개 방식 파악   답 ②
이 글은 '개인의 동일성'이라는 화제에 대해 의문을 제기한 후, 그에 대한 답으로 영혼 관점, 육체 관점, 인격 관점을 소개하고 있다. 그리고 복제 인간의 경우를 예로 들어 세 관점 모두 분별과의 복제를 가정하면 동일성에 대한 설명이 어려워진다는 것을 말하고, 결국 개인의 동일성은 인격을 지속하여 서는 것을 의미한다는 것으로 보아야 한다는 기준을 제시하고 있다. 따라서 이 글은 화제에 대한 다양한 관점들을 대비하며 기준을 제시하는 방식으로 내용을 전개하고 있다.

오답 피하기
① '개인의 동일성이 무엇인지에 대해 영혼 관점, 육체 관점, 인격 관점에서 설명하고 있을 뿐, 이 관점들의 발전 단계를 통시적으로 고찰하고 있지 않다.
③ '개인의 동일성에 대한 다양한 관점을 소개하고 있을 뿐, 어느 한 관점이 다른 여러 관점으로 분화되는 과정을 설명하고 있지 않다.
④ 영혼 관점과 육체 관점은 '개인의 동일성'에 대한 상반된 관점으로 볼 수 있으나, 인격 관점은 이 두 관점을 통합한 관점이 아니며, 두 관점을 절충한 사례를 나열하지는 않았다.
⑤ 로크가 제기한 의문을 통해 영혼 관점과 육체 관점의 한계를 설명하고,

(우측 컬럼)
복제 인간의 경우를 통해 영혼 관점, 육체 관점, 인격 관점 모두 분별과 복제를 가정하면 동일성에 대한 설명이 어려워진다는 점을 설명하고 있지만, 새로운 이론의 등장을 전망하고 있지는 않다.

006 관점의 비교   답 ⑤
이 글에 영혼 관점이 인간의 창의적인 능력에 대해 설명하는 내용은 나와 있지 않다. 그리고 2문단을 보면, '이 관점(육체 관점)'에서 육체는 단순히 뼈와 살로 이루어진 덩어리가 아니라, 다양한 생각을 하고 합리적인 판단을 하며 창조적인 아이디어를 떠올리는 등 수많은 놀라운 기능을 하는 것이라고 하였다. 따라서 육체 관점이 인간의 창의적인 능력에 대해 설명할 수 있다는 진술은 적절하지 않다.

오답 피하기
① '문단에 영혼 관점은 인간이 '육체' 그리고 육체와는 전혀 다른 정신의 조합' 즉 육체와 영혼으로 이루어져 있다고 하였고, 2문단에서 육체 관점은 정신을 육체의 기능 중 일부로 본다고 하였다. 따라서 영혼 관점과 육체 관점은 모두 인간에게 정신이 존재한다고 설명하고 있음을 알 수 있다.
② 1문단을 보면 '만약 신이 내 몸에 새로운 영혼을 불어넣고, 그 새로운 영혼에 나의 모든 기억과 욕망, 의지 등을 심었다면 그는 누구일까?'라고 하며 그리고 2문단 이후 어느 순간에나 '나'가 계속 존재하고 있다는 사실을 확인할 수 있는 방법은 없기 때문에 영혼 관점을 받아들일 수 없다는 결론 나왔다고, 이 관련된 것으로, 로크가 영혼 관점을 비판한 내용이다.
③ 2문단을 보면, 육체 관점은 육체는 수많은 놀라운 기능을 한다고 보며, '정신과 육체를 따로 존재한다고 보지 않고 정신을 육체의 기능 중 일부로 보는 것이라고 하였다.
④ 1문단을 보면, 영혼 관점은 "나'라는 존재는 영혼 그 자체이고, 동일한 존재란 영혼이 같은 존재이며, 영혼은 분리되거나 파괴되지 않고 불멸한다고 믿는다.'라고 하였다. 즉 영혼 관점에서 인간의 본질은 영혼이고 그 영혼은 불멸하므로 영혼만 유지된다면 영원이 가능하다는 설명을 할 수 있다. 그러나 2문단은 보면, 육체 관점은 인간의 본질을 육체로 보는 관점이므로 육체와 상관없는 영원은 불가능하다고 볼 것이다.

007 구체적 사례에의 적용   답 ④
3문단을 보면, '개인의 동일성을 육체가 아닌 기억을 중심으로 하고 믿음, 욕망 등을 포함하는 '인격'에서 찾을 것을 인격 관점이라고 하는데, '이 관점'에서는 인격이 지속되기만 한다면 어떤 육체에 깃드는가는 문제가 되지 않는다.'라고 하였으므로 '인격 관점'에서는 개인의 동일성에 있어서 육체의 지속이 아니라 인격의 지속을 중요하게 보는 것이다. 〈보기〉에서 M의 복제 인간은 교통사고로 전신이 마비된 M의 인격(기억, 의지, 욕망 등)을 지니고 있다. 따라서 '인격 관점에서는 M의 복제 인간이 M의 삶을 이어 나가는 것으로 인정할 것이다.

오답 피하기
① 4문단을 보면, '육체 관점에서는 '육체의 본질적인 속성이 지속되는 가운데 그것을 구성하는 질료가 점진적으로 대체된다고 보기 때문에 육체가

• 2025, 2024 수능 및 평가원 모의고사의 출제 경향과 최근 수능 연계 E교재의 출제 원리를 적용하여 문제화하였습니다.

• 문제의 핵심을 콕콕 짚어 정답 선지와 오답 선지를 자세하게 풀이하였습니다.

• 수능 연계 E교재에 대한 연계 포인트를 지문 분석과 함께 제시하여 지문별 연계 학습의 기술을 습득할 수 있도록 구성하였습니다.

차례

수능 연계 독서 제재 한눈에 보기

인문·예술

분야	제재명	쪽	주제	핵심 내용
[인문] 동양 철학	지각(知覺)	25	지각의 근원에 대한 김창협의 지각론	성리학에서는 성(性)이 정(情)의 형태로 드러나도록 하는 것을 심(心)이라고 보았으며, 17세기 조선의 유학에서는 심과 연결되어 있는 지각과 관련하여 논변이 일어났다. 이러한 논변의 쟁점은 지각의 근원에 대한 것으로 김창협은 마음을 기 중에서도 가장 빼어난 기라고 보고 '이'가 현실에서 실현되는 과정을 본성, 마음, 정의 순서로 생각하며 마음이 지각을 운영하여 정을 발현시킨다고 보았다. 마음과 지각에 대한 그의 주장은 훗날 호락 논쟁이 일어나게 된 토대가 되었다.
[예술] 공연	연극	28	사실주의 연극과 상징주의 연극의 특성	산업 혁명과 프랑스 대혁명 등을 배경으로 현실을 있는 그대로 묘사하는 사실주의 연극이 등장하였다. 사실주의 극작가들은 외적 현실을 모방하는 사실적, 객관적 재현에 예술의 본질이 있다고 믿었다. 이에 불만을 제기하며 등장한 상징주의 연극은 존재의 신비나 무한한 인간의 정신 등을 상징적으로 드러내었으며, 상징주의 극작가들은 연극을 상징적 이미지들이 관객과의 소통 수단이 되는 시적 드라마라고 생각하였다.
[인문] 심리학	성격 심리학	36	의식 및 무의식적 성격 자료 수집 방법	성격 심리학은 일관되고 지속적으로 나타나는 개인의 고유한 행동 패턴에 대한 법칙을 연구하는 학문이다. 성격에 대한 자료를 수집하는 일반적인 방식인 성격 검사에는 문항에 피검자 스스로 응답하는 자기 보고식 검사와 피검자에 대해 다른 사람이 응답하는 타인 평정 검사가 있다. 한편 의식적으로 드러나지 않는 성격에 대한 자료를 수집하고자 할 때에는 모호한 자극에 대한 피검자의 반응을 통해 의식적으로 드러나지 않는 자료를 수집하는 로르샤흐 검사나 주제 통각 검사 등의 투사 검사를 사용할 수 있다.
[예술] 음악	절대 음감과 음고	43	절대 음감과 음고의 의미 및 제한적 중요성	절대 음감은 어떤 음을 들었을 때 그것의 음이름을 알아맞히는 능력이다. 음고는 소리의 진동수에 의해 결정되며 사람은 음정을 두 음에 해당하는 진동수의 차이가 아니라 진동수의 비를 통해 인지한다. 절대 음감은 음악 관련 분야의 전문가가 되는 데 도움이 될 수 있지만 꼭 필요한 능력은 아니다. 따라서 뇌가 음악에 대한 정보를 처리하는 과정에서 음고는 일차적 대상이 아니라 음정, 음색, 화음 등을 인지하므로 음악 활동에서 절대 음감의 중요성은 제한적이라고 볼 수 있다.
[예술] 장르	SF	49	SF의 장르적 특징과 정체성	과학 기술과 관련된 내용을 표현하는 장르인 SF는 문화 콘텐츠 전 영역에서 활용되고 있다. 문학 비평가인 다르코 수빈은 판타지와의 비교를 통해 SF의 정체성을 확립하였다. 그는 SF를 인지와 낯섦의 상호 작용인 '인지적 낯섦'이 나타나는 장르로 정의하였으며, '새로운 것'을 의미하는 노붐을 현실과 SF 속 세계를 구분해 주는 특징으로 보았다. 또한 SF는 과학 기술적 사고에 기반한 상상력에서 출발한 것이므로 노붐의 특성이 잘 구현될 수 있어야 진정한 SF가 될 수 있다고 하였다.
[인문] 서양 철학	자유주의 해석학	56	로티의 자유주의 해석학의 개념과 의의	자유주의 해석학자 로티는 비트겐슈타인의 언어 게임론과 콰인의 전체론을 결합하여 모든 명제의 의미는 특정 맥락의 게임 규칙에 의해서만 규정되고, 만약 그 맥락에서 벗어나면 의미를 잃게 된다고 주장하며 현대 인식론을 비판했다. 이러한 로티의 철학은 세계화 시대에 다양한 문화 간의 소통과 협력을 중시하는 이론으로 의의가 있다.
[인문] 서양 철학	은유학	60	블루멘베르크가 주장한 절대적 은유의 개념과 의의	블루멘베르크는 은유에 대한 연구로 철학적 사유를 펼치며 모든 텍스트를 은유적 구조로 파악하였다. 그는 인간이 세계 및 자기의 실존에 대해 창조해 낸 상들이 은유라고 보며, 은유를 통해 인간의 삶의 방식을 파악하고자 하였다. 블루멘베르크는 언어의 근본 바탕이 되며 세계의 본질과 같은 궁극적 질문에 답하는 은유를 절대적 은유라고 명명하였다. 그리고 이와 마찬가지로 신화 또한 개념으로 해명할 수 없는 사태를 은유를 활용해 서술한다는 점에서 은유 이론을 신화 이론으로 연결지었다.
[예술] 건축	한옥	65	한옥의 기둥, 지붕, 공포를 만든 방법과 효과	우리 선조들은 한옥을 지을 때 지붕과 기둥, 그리고 그 사이의 공포라는 요소를 중시하며 이 요소들의 기능에 충실하면서도 자연의 모습을 그대로 유지한 건축 재료로 미적인 효과가 드러나도록 하였다. 이 중 기둥의 굵기는 집의 인상을 결정하며, 지붕은 한옥의 미를 결정하는 중요한 요소로 여겨졌다. 한옥의 지붕, 기둥, 공포는 시대의 흐름에 따라 변하였는데, 이 변화에 대한 연구를 통해 한옥 구조의 변화를 살펴볼 수 있으며 당대의 미의식을 파악할 수 있다.
[인문] 역사	단군 이야기	70	단군 이야기에 대한 다양한 해석과 의의	『삼국유사』 '기이편'에 단군 이야기가 첫 장으로 편재된 이유는 우리 민족이 이 이야기를 우리 역사의 시작으로 인식했기 때문이다. 그런데 일제 강점기에 일본 식민 사학자들은 단군 이야기의 역사성을 부정하고 후대의 윤색과 가작을 논증하였다. 이와 같이 단군 이야기를 평가 절하하는 것에 대한 반발로, 해방 이후 우리 학계에서는 일제 강점기 동안 자행된 식민 사관을 극복하기 위해 단군 이야기를 연구하기 시작하였다. 토테미즘이나 근대 학문의 관점에서 단군 이야기를 해석하여 고조선의 건국 이야기가 원시 사회의 실상이 반영된 기록임을 밝혔고, 역사적 해석을 시도하여 이러한 연구는 해방 후 남북한 학계에 계승되었다.
[인문] 철학	정보 철학	73	플로리디의 정보 철학 개념과 피동자 중심 윤리학의 의의	철학자 플로리디는 현대를 세계에 존재하는 모든 것이 정보로서 의미가 있고 정보로 해석되는 시대라고 보았다. 우리가 사는 생활 세계가 정보적 속성을 지닌 곳으로 변하면서 인간의 자기 이해와 인간과 세계의 상호 작용 방식에도 변화가 나타났는데, 플로리디는 이러한 사회에서 인간은 자신을 상호 연결된 정보적 유기체인 '인포그'로 인식한다고 보았다. 또한 플로리디는 인포스피어에 거주하는 정보적 존재자는 최소한의 존경과 보호를 받을 자격을 가진다며 피동자 중심의 윤리학을 주장하였다.

출제확률

	분야	제재	쪽	부제	내용
출제확률	[인문] 철학	놀이하는 인간	77	놀이하는 인간에 대한 하위징아, 가다머, 핑크의 견해	놀이를 학술 연구의 대상으로 삼은 최초의 학자인 하위징아는 인간을 이성적으로 사유하면서 놀이하는 존재로 보고 놀이하는 인간이라는 뜻의 '호모 루덴스'라고 불렀다. 가다머는 놀이의 본질적 속성에 주목하여, 놀이는 몰입과 진지성을 유도하는 속성이 있다고 설명하며 놀이가 사람의 의식에 구속된 것이라고 이해하면 안 된다고 하였다. 한편 놀이를 인간의 실존적 문제와 연관 지어 연구한 핑크는 놀이가 인간을 형성하는 본질적 요소라고 보고, '놀이의 구조 계기', '놀이 세계', '놀이 상징'에 대해 설명하였다.
출제확률	[인문] 인식론	토대론	81	지식에 대한 토대론의 입장과 한계	토대론자들은 어떤 믿음에 대한 정당화 과정이 무한히 계속되면 어떤 믿음도 정당화될 수 없게 되는 무한 후퇴 논증이 나타나므로 이를 해결하기 위해 기초 믿음이 있다고 주장하고 믿음 체계가 기초 믿음과 비기초 믿음이라는 두 개의 층위로 이루어져 있다고 보았다. 고전적 토대론에서는 기초 믿음은 오류가 불가능해야 하며 오직 연역 추론을 통해서만 결론이 참인 명제를 도출할 수 있다고 보았다. 반면 최소 토대론에서는 물리적 대상에 대한 믿음을 허용하며 기초 믿음은 오류가 나타날 가능성이 있다고 주장하였다. 한편 토대론의 한계는 정합설이 등장하는 원인이 되었다.
	[예술] 공연	안무	85	푀이예와 라반의 무용 기보법에 반영된 안무 개념과 춤의 원칙	루이 14세가 무용 아카데미를 설립한 후 자신의 무용 교사였던 보상에게 무보 체계를 고안하게 하였고 이를 푀이예가 정리하여 1700년에 출판하였다. 푀이예는 자신의 기보법에서 공간과 움직임이라는 두 가지 측면에서 춤의 원칙을 확립하였고, 20세기 초의 안무가 라반은 푀이예의 무용 기보법을 춤에 대한 이론적 탐구의 토대로 삼아 자신만의 무용 기보법을 고안하였다. 라반은 3차원 공간에서 움직임의 원리와 표현 방식을 탐구하였으며, 이는 20세기 초 현대 무용의 전개에 중요한 토대가 되었다.
출제확률	[예술] 예술론	하먼의 예술론	89	객체 및 지식과 예술에 대한 하먼의 관점	하먼은 인간 중심으로 객체를 이해하는 흄과 후설의 주장을 모두 비판하고, 아름다움과 지식의 차이가 객체에 대한 인식의 차이에서 비롯된다고 보았다. 그는 객체를 내부 구성 요소로 설명하거나 외부에 미치는 효과로 설명하는 것은 지식이라고 보고, 예술의 아름다움이 은유의 방식으로 나타난다고 주장하였다. 하먼은 은유로 이루어진 예술 작품의 의미를 파악하는 데 감상자의 미적 경험이 영향을 미친다고 보고, 감상자의 개입으로 예술이 완성된다고 하였다. 인간의 사유와 무관한 대상에도 객체의 지위를 주고 탐구 대상으로 삼은 하먼의 미학은 예술이 나아가야 할 새로운 방향성을 제시하였다.
	[인문] 철학	심리 철학의 물리주의 이론	93	심리 철학의 물리주의적 접근과 의의	심리 철학에서 물리주의 이론은 마음을 물리적 현상으로 설명하며, 감정, 의식, 생각 등 모든 심적 사건이 몸의 물리적 작용이 만들어내는 이미지에 불과하다고 보았다. 물리주의 이론 내에서 마음을 구성하는 요소가 무엇인지에 대해서 유형 동일설은 특정 유형의 심적 사건과 뇌 내 특정 부위의 물리적 사건이 동일하다고 보며, 기능주의는 심적 사건은 심적 사건이 수행하는 기능에 의해 정의된다고 본다. 이와 달리 소거적 유물론을 주장한 파이어아벤트는 일상적인 심리 용어들을 물리주의적 언어로 대체할 수 있다고 보았다. 심리 철학은 이후 인지, 신경 분야에 새로운 통찰을 제공할 것으로 전망된다.
출제확률	[인문] 철학	인격의 동일성	98	인격의 동일성에 대한 철학자들의 견해	데카르트는 인격의 동일성을 사유의 동일성이라고 보고, 사유가 동일하다는 것은 우리 자신이 동일한 존재로 남아 있다는 것을 증명해 줄 수 있다고 보았다. 로크는 인격의 동일성이 시간과 경험의 흐름 속에서 만들어지고 형성되어 가는 동일성을 의미한다고 보고, 인격의 동일성이 심적 상태의 연속성을 가리키며, 심적 상태의 연속성은 기억의 연속성으로 설명된다고 하였다. 라이프니츠는 로크와 같이 인격의 동일성을 심적 상태의 연속성으로 보았으나, 심적 상태의 연속성이 과거의 행위나 사고를 단순히 기억하는 것에 의해서 증명되는 것은 아니며 이를 과거, 현재, 미래의 연결 관계 안에서 파악해야 한다고 하였다. 칸트는 우리가 스스로 동일한 인격성을 인식하는 것은 복수의 주관에 의해 이루어지는 것일 수 있다고 보았다.
	[인문] 역사	조선의 왕위 계승 방식과 즉위식	102	조선의 왕위 계승 방식과 즉위식의 특징	조선과 같은 유교 국가에서 즉위식은 하늘의 명령을 양도받는 의례이면서 동시에 왕위 계승의 정당성을 확보하고 백성의 지지를 이끌어 내는 국가 행사이다. 유교 국가에서 가장 이상적인 왕위 계승 방식은 혈연이 아니더라도 자격을 갖춘 자에게 왕위를 양보하는 방식인 선양이었다. 조선의 왕위 계승 방식에는 수선, 사위, 반정이 있었는데, 수선은 선왕이 생전에 후계자에게 왕위를 내려 주는 것, 사위는 선왕이 세상을 떠난 후 후계자가 왕의 자리에 오르는 것, 반정은 군사를 일으켜서 기존의 왕을 폐위하고 새로운 왕을 세우는 방법이다.
출제확률	[인문] 철학	통과 의례	107	방주네프의 통과 의례 개념과 엘리아데의 비판	1900년대 초 인류학자 아르놀드 방주네프는 어떤 개인이 새로운 지위, 신분, 상태를 획득하기 위해 거쳐야 하는 여러 가지 의식이나 의례를 통과 의례라는 용어를 사용하여 통칭했다. 그는 통과 의례가 인간 사회의 보편적인 구조적 장치이며, 개인의 정체성을 형성하고 사회 집단을 유지하는 기능을 수행한다고 보았다. 그에 따르면 통과 의례는 일반적으로 분리, 전이, 통합의 세 단계로 이루어지며, 각각의 단계 안에 또 다른 단계의 구조가 내포되거나 전이 단계가 정교하게 발전할 수 있다고 보았다. 한편 미르체아 엘리아데는 통과 의례를 격리, 시련, 재생의 세 단계로 구분하고, 통과 의례를 개인의 실존적 측면에서 바라보았으며 통과 의례에 성적 차이가 내재되어 있다고 보았다.
	[예술] 미술	괴테의 색채론	281	괴테의 색채론과 그 의의	괴테는 색이 밝음과 어둠의 만남에서 생겨난다고 주장하며, 인간의 눈 속에 일종의 빛이 들어 있어서 내외부로부터 미세한 자극이 주어지면 색채가 촉발된다고 보았다. 색을 생리색, 물리색, 화학색으로 분류한 괴테는 눈이 주어진 유도색과 대립되는 피유도색을 만들어내는데, 이 피유도색이 생리색이라고 보았다. 이는 괴테의 색채론에서 핵심적인 개념으로, 괴테는 색채 현상을 심리적, 철학적, 미학적 관점에서 설명하였다는 의의가 있다.

사회·문화

	분야	제재명	쪽	주제	핵심 내용
	[문화] 향촌 문화	유향소와 향사당	11	조선 유향소와 향사당의 특징과 의의	조선의 지방 자치 기구인 유향소는 행정 실무를 담당하던 향리를 감찰하는 기구였다. 유향소는 관아에 소속된 관리들을 규찰하고 풍속을 잡는 긍정적 역할을 하였으나 부패를 저지르고 백성을 수탈하는 폐단이 있어 폐지되었다. 이후 성종 대에 유향소의 성격을 이어받으면서 교육적 성격이 강한 향사당이 설치되었다. 유향소와 향사당은 모두 향리를 견제하고 향촌을 교화하는 중요한 기관이었다.
	[사회] 사회학	일탈과 아노미	32	일탈의 개념과 뒤르켐 및 머튼의 아노미 이론	일반적인 사회 규범이나 행위 양식에 어긋나는 행위를 일탈이라고 한다. 뒤르켐의 아노미 이론에서는 무규범 상태를 아노미라고 하며, 아노미는 사회 전체를 불안정하게 하고 개인의 삶의 가치와 목표를 상실하게 하여 일탈의 원인이 된다고 보았다. 반면에 머튼은 문화적 목표와 제도적 수단 간의 괴리 상태를 아노미라고 하며, 일탈은 개인이 문화적 목표를 달성하는 데 필요한 제도적 수단을 갖지 못한 경우에 일어난다고 보았다.
	[사회] 정치	국제 정치	39	국제 정치의 개념 및 특징	국제 정치는 중심적 권위가 부재하며, 상대적으로 도덕적인 면이 경시되는 경향이 있고, 국내 정치에 비해 국제 정치에서의 지도자들 간 의사소통이 더욱 어렵고 오해가 발생하기 쉽다는 점에서 국내 정치와 중요한 차이점을 갖는다. 중심적 권위가 부재하는 국제 정치에서 국제 연합과 같은 국제 체제가 공유된 비전 등의 공통의 목표를 향해 작동할 수 있다고 보는 견해도 있다.
출제확률	[사회] 경제	채권	113	채권의 만기 수익률 결정 요인	채권은 정부, 지방 자치 단체, 기업 등이 자금을 빌리기 위해 발행하는 것으로, 만기와 액면가를 통해 채권에서 발생하는 현금 흐름이 파악된다. 할인채와 액면가의 관계로 인해 채권을 만기까지 보유하여 얻는 연평균 수익률은 시중 금리와 같아진다. 양 또는 음의 기울기를 갖는 수익률 곡선을 통해 장기와 단기의 수익률 격차를 파악할 수 있는데, 수익률 곡선의 기울기에는 향후 경제 상황에 대한 투자자들의 기대가 반영되어 미래 경제 상황에 대한 시장의 집단적 예측이 반영된다. 경기 호황이 예상되는 경우에는 장기 채권에 더 높은 수익률을 요구해 수익률 곡선은 양의 기울기를 갖게 되고, 경기 침체가 예상되는 경우에는 음의 기울기를 갖게 된다.
	[사회] 경제	연금	117	연금 제도의 종류와 특징	연금은 노후를 대비하는 대표적인 수단으로, 은퇴 후 사망 시까지 매달 일정액을 수급하는 제도 또는 매달 수령하는 금액을 말한다. 공적 연금 제도는 개인과 가구의 노후 소득 보장 측면에서의 소비 평준화를 목적으로, 국민들이 의무적으로 가입하게 되어 있다. 그중 국민연금은 국민의 안정적 노후를 지원하는 동시에 가입자들 간의 소득을 재분배하는 기능을 담당한다. 사적 연금 제도는 기업이나 개인 차원에서 노후를 준비하는 제도로서 보충적 소득 보장을 목표로 한다. 우리나라의 대표적 사적 연금 제도인 연금 저축 제도는 최소 5년 이상 납입 시 납입 금액을 만 55세 이후부터 나누어 받을 수 있는 제도이다. 한편 많은 나라에서는 경제 활동 기간이 짧거나 없는 이들이 노후를 안정적으로 영위할 수 있도록 사회 수당형, 최저 소득 보장형 등의 기초 연금 제도를 운영하고 있다.
출제확률	[사회] 경제	환위험	121	환위험의 개념과 관리 기법	기업 활동에서 위험은 미래에 대한 예측 불완전성에서 비롯된 불확실성으로, 기대한 결과와 실제 결과가 다르게 나타날 가능성을 의미한다. 환위험은 환율 변동으로 인해 기업의 가치가 변화될 가능성 정도를 의미하며, 환율 변동과 환 노출이라는 두 가지 요인에 의해 결정된다. 환율 변동과 달리 환 노출은 개별 기업이 통제할 수 있는 요인이기 때문에 기업은 환위험을 줄이기 위해 환 노출을 파악하고 관리해야 한다. 환위험 관리 기법을 헤지 기법이라고도 하는데, 거래 노출을 관리하기 위한 기법은 네팅이나 매칭과 같이 기업 내부적으로 재무 관리를 이용하여 환위험을 관리하는 내부적 관리 기법과 선물환 헤지나 통화 옵션 헤지와 같이 외환 시장과 금융 시장의 상품을 이용하여 환위험을 관리하는 외부적 관리 기법으로 나눌 수 있다.
	[사회] 사회학	무의사 결정론	126	무의사 결정의 의미와 방법	현실 사회에 분포한 여러 문제 해결을 위한 실천적 수단인 정책은 미래를 위해 정부가 제시한 일련의 방향 또는 지침이다. 신엘리트론에 따르면 사회는 소수의 지배 엘리트와 일반 시민들로 구성된다. 폐쇄적인 지배 엘리트들이 중요한 정책 결정을 독점적으로 주도하고, 때로는 은밀하게 결정을 내리기 때문에 정책에는 지배 엘리트의 가치관이 반영되어 있다. 신엘리트론을 바탕으로 무의사 결정론이 등장하였는데, 무의사 결정은 지배 엘리트들이 자신들의 이해관계와 일치하는 사회 문제만을 의제로 통과시키고, 그렇지 않은 것은 의제 설정 과정에 진입하지 못하도록 방해하는 것을 의미한다. 무의사 결정을 위한 수단에는 폭력, 권력의 행사, 지배적 가치나 규범 및 신념의 이동이 있으며, 현대 사회에서는 이런 수단들의 사용이 표면적으로 드러나지 않는다는 특징이 있다.
출제확률	[사회] 법	임대차 계약 갱신 제도	131	임대차 계약 갱신 제도를 통한 임차인 보호	임대차 계약은 남의 물건을 빌려 쓰고 사용료를 지급하기로 하는 계약으로, 「주택임대차보호법」에서는 임대차 기간을 보장하는 규정들을 두고 있다. 이 법은 최단 존속 기간과 갱신 요구권을 부여한다. 기간이 만료되어 소멸하는 계약의 당사자들이 이전과 같은 내용으로 다시 계약을 하는 것을 계약의 갱신이라고 하는데, 갱신 요구권은 임대인의 자유를 제한하는 성질을 가지기 때문에 한 번만 행사할 수 있다. 한편 법정 갱신은 임대인의 의사에 따른 것이라고 볼 수도 있기 때문에 이와 별도로 임차인은 임대인에게 갱신 요구권을 행사할 수 있다. 임차물이 점포인 경우에는 「상가건물 임대차보호법」이 적용되는데, 「주택임대차보호법」과 다르게 적용된 규정들이 있다.
출제확률	[사회] 경제	소득 불평등	135	소득 불평등을 측정하는 방법	소득이 낮은 사람부터 높은 사람의 순서대로 정렬하여 인구 누적 비율과 소득 누적 비율의 관계를 표시하는 곡선을 로렌츠 곡선이라고 하며, 이는 소득 불평등 정도를 나타낼 때 활용되는 방법이다. 로렌츠 곡선을 이용해 계산한 지니 계수로 소득 불평등 정도를 알 수 있는데, 0에서 1까지의 숫자로 표현된 지니 계수가 1에 가까울수록 불평등이 심각한 것으로 해석한다. 한편 전체 인구의 소득 총액에서 각 분위 인구의 소득 총액이 차지하는 비율인 소득 점유율을 바탕으로 소득 불평등 정도를 나타낼 수 있지만, 10분위 분배율에서 상위와 하위의 소득 점유율을 비교하는 이유를 합리적 근거를 들어 설명하기 어렵다는 한계가 있다.

분류	제재	쪽	제목	내용
[사회] 경제	관세	139	관세의 기능과 종류	국가의 과세권에 의해 수입품에 강제적으로 부과하는 세금인 관세는 국고로 귀속되므로 국가의 재정 수입원이 된다. 관세를 통해 수입품의 가격을 조정할 수 있으며, 수입품은 관세만큼 가격이 오르기 때문에 국내 산업을 보호하기 위한 정책으로 이용되기도 한다. 수입품의 가격 또는 수량을 과세 표준으로 하여 관세가 부과되는데, 종가세는 가격을 과세 표준으로 하며, 종량세는 수량을 과세 표준으로 한다. 한편 복잡한 형태의 세율이 적용되는 관세로는 슬라이드 관세와 할당 관세 등이 있는데, 슬라이드 관세는 국산품과 수입품 가격 차이에 따라 조정되는 탄력적인 관세를, 할당 관세는 일정 수량까지는 낮은 관세율을 적용하고 초과하는 수량에 대해서는 높은 관세율을 적용하는 관세를 말한다. 관세는 무역량, 국내 경제 및 세계 경제, 국가 간의 관계에 영향을 미치는 중요한 역할을 하고 있다.
[사회] 사회학	심의와 공론 조사	142	심의의 개념과 제임스 피시킨이 제안한 공론 조사	구성원들이 집합의 의사 결정 과정에 참여하는 방식에는 투표와 심의가 있는데, 이 중 심의는 어떤 안건이나 일을 자세히 조사하고 논의하여 결정하는 일을 말한다. 민주주의와 관련된 심의는 외적–집합적 심의를 뜻하며, 집합의 의사 결정에서 심의를 강조하는 사람들을 심의 민주주의자들이라고 한다. 이들은 심의를 통해 합의에 도달하지 못하더라도, 심의가 집합적 결정의 민주적 정당성을 높인다고 보았다. 사회 규모가 커졌기 때문에 현대 사회에서 보편화되지 못한 심의 민주주의를 현실에서 활용하는 방안으로 피시킨이 제안한 공론 조사가 있다.
[사회] 지리학	사회 지리학의 스케일	146	사회 지리학의 스케일 개념	스케일은 사회적, 공간적 관계를 이해하기 위해 활용되는 개념이다. 길이나 질량 같은 특성을 크기로 드러내기 위한 양적 측정 단위인 지도학적 스케일, 사회적 실천이나 물리적 과정이 발생하는 수준을 가리키는 위계적 스케일 등이 있다. 스케일 개념에서는 스케일이 실존하는가가 문제가 되는데, 구조주의적 관점에 영향을 받은 테일러는 스케일에 따라 자본주의의 생산 활동과 조직화 시스템이 만들어지고 구조화된다고 보며 포스트 구조주의적 접근은 스케일이 관념적 재현물이라고 이해한다. 스케일은 사회를 바라보는 방식에 영향을 끼치는 지리적 상상으로 세계를 보는 방식에 영향을 주며, 사회 지리학은 이 개념을 적용한다.
[사회] 법	범죄의 유형	150	범죄의 유형과 형법에서 미수범의 유형	법적으로 보호되는 이익을 뜻하는 법익은, 생명, 신체 ,재산, 명예 등을 포함한다. 국가는 국민의 법익을 보호할 의무를 지니기 때문에, 법익 침해 행위를 범죄로 규정하고 형벌을 부과한다. 이때 형벌 부과는 비례 원칙에 부합해야 한다. 죄형법정주의는 국가가 국민에게 형벌을 부과하려면 범죄 행위의 내용인 구성 요건과 구성 요건에 따른 형벌의 구체적인 내용이 반드시 법률에 규정되어야 한다는 것이다. 법익 침해라는 결과가 발생하지 않아도 성립하는 범죄를 위험범, 법익 침해라는 결과가 발생해야 성립하는 범죄를 침해범이라고 한다. 한편 범죄 행위를 완성하지는 못했지만 고의로 범죄 행위를 하기 시작하는 것을 뜻하는 실행의 착수가 인정되는 경우를 미수범이라고 하며, 범죄 행위를 완성한 경우를 기수범이라고 한다. 형법상의 미수범에는 장애미수, 중지미수, 불능미수가 있다.
[사회] 경제	현금 영수증	154	현금 영수증 제도의 개념과 특징	우리나라는 2005년부터 현금 거래에 대한 세원을 포착하기 위한 방편으로 현금 영수증 제도를 도입해 시행하고 있다. 국세청에서는 전송된 현금 영수증 거래 내역을 이후 가맹점이 신고하는 세금 자료와 비교하고 누락이 있는지 검증하여 세금을 매긴다. 관련 법령에 따르면 현금 영수증은 그 재화나 용역을 제공받는 사람에게 발급하는 것이므로 실제로 그 재화나 용역을 제공받은 사람에게 발급해 주어야 한다. 즉 현금 거래나 카드 거래에서 재화나 용역을 제공받는 대상과 대금을 지불하는 주체는 일치해야 한다.
[사회] 산업	택배 네트워크	157	택배 네트워크의 개념과 종류별 특징	택배는 화물을 고객이 요구하는 장소로 배송해 주는 서비스로, 화물을 신속하게 집배송하는 동시에 운영비를 최소화하기 위해서는 효율적인 택배 네트워크를 갖춰야 한다. 택배 네트워크의 유형은 터미널 간의 운송 과정에 따라 P2P 유형과 H&S 유형, 하이브리드 유형이 있다. P2P 유형은 출발지 터미널에서 도착지 터미널로 택배 화물을 직접 운송하는 유형이고, H&S 유형은 터미널을 허브 터미널과 서브 터미널로 나눈 후 터미널 간의 위계를 두어 네트워크를 운용하는 형태이다. 하이브리드 유형은 P2P유형과 H&S 유형의 장점만을 골라서 상황에 따라 유용한 유형을 선택하는 것으로, 터미널 간의 물동량을 기준으로 선택한다.
[사회] 법	부동산	162	부동산 경매 절차	채권자가 채무자에게 특정한 행위를 요구할 수 있는 권리를 채권이라고 하며, 채무 불이행이 성립하면 채권자는 법원에 강제 집행을 신청할 수 있다. 강제 집행 절차의 구체적인 내용은 집행의 대상에 따라 달라지는데, 부동산이 강제 집행 대상인 경우 경매 절차를 거쳐야 한다. 경매 절차 전에 채권의 존재와 내용에 대한 공적 확인이 이루어지며, 채권자가 경매 목적물을 특정해 경매를 신청하며 경매 절차가 시작된다. 매각 대금이 납부되면 법원은 경매 비용, 미납 세금 등을 공제하고 남은 돈인 배당 가능 금액을 산정하고, 이 금액을 채권자들에게 나누어준다. 이때 배당 가능 금액이 배당 액수 합산액보다 크면 안분 배당이 이루어진다.
[사회] 사회학	집단행동	285	집단행동에 대한 올슨의 주장	멘슈어 올슨은 합리적인 개인이 언제나 비용보다 더 큰 이익을 추구한다는 것을 전제로 개별 구성원이 항상 공동 목표를 추구하여 행동한다는 보장이 없다고 설명하였다. 그는 공동체 구성원이 얻게 되는 혜택은 공공재의 성격을 띠므로, 구성원들은 무임승차를 합리적 선택으로 여기게 된다고 보았다. 올슨은 무임승차 문제를 최소화하기 위한 방법을 제시하고 집단행동의 비용을 부담하는 양상을 설명했다.
[사회] 경제	행동 경제학과 부존자원 효과	303	행동 경제학의 주요 내용과 부존자원 효과의 개념 및 특징	표준 이론이 내세우는 인간의 합리성은 이상일 뿐이라고 비판한 행동 경제학에서는 서술적인 합리성을 강조한다. 두 체계 이론에 따르면 인간의 인지와 행동, 선택은 Ⅰ체계와 Ⅱ체계에 따라 움직이는데 표준 이론은 논리에 따르는 Ⅱ체계만을 인정하지만, 행동 경제학은 감성, 직관 등에 따르는 Ⅰ체계를 심리학의 개념과 연계해 설명한다. 부존자원 효과는 경제 주체들이 자신이 소유하고 있는 것에 대해 상대적으로 높게 평가하는 것으로 이는 주로 내구성이 있는 소비재와 관련해 발생한다.

과학·기술

분야	제재명	쪽	주제	핵심 내용
[기술] 반도체	형광등과 LED 전등	17	형광등과 LED 전등의 원리와 전류 조절	형광등은 방전 현상으로 발생한 빛을 이용하는 방전등이지만, LED는 전기 에너지를 빛 에너지로 변환해 주는 광 반도체 소자이다. 형광등은 세기 변화가 적은 전류를 안정적으로 공급하는 안정기를 활용한다. 반면에 n형 반도체와 p형 반도체의 결합으로 이루어진 p-n 접합 다이오드인 LED는 전자와 양공의 결합 원리를 이용해 전류를 흐르게 하고 빛을 낸다.
[과학] 물리	자기장과 전자의 스핀 배치	21	전자 스핀에 의한 자기장 발생 원리	보어의 원자 모형에 의하면 전자는 실제로 회전하지 않지만 회전하는 것과 같은 효과를 나타내는 특징이 있는데 이를 스핀이라고 한다. 양자 역학에 따르면 하나의 전자를 가진 두 개의 원자가 있을 때 전자의 공전 궤도가 겹칠 수 있다. 이때 전자들의 스핀이 같은 상태이면 자기력이 강해지고, 반대 상태이면 자기력이 상쇄됨으로써 자기장이 나타나지 않는다.
[과학] 생물	질소 고정과 뿌리혹 세균	168	질소 고정의 특징 및 뿌리혹 세균과 콩과 식물의 공생 관계	질소는 식물의 생장에 큰 영향을 미치는 필수 원소 중 하나이다. 식물은 질소 고정 과정을 거쳐 질소를 이용하고, 이는 질소 고정 세균을 통해 주로 이루어진다. 그런데 질소 고정은 무산소 환경에서 이루어져야 하고, 질소 고정에 필요한 에너지는 산소가 필요한 세포 호흡 과정을 통해 생산된다. 이 문제를 해결하기 위해 질소 고정 세균의 하나인 뿌리혹 세균은 콩과 식물과 공생 관계를 맺는다. 뿌리혹에서 목질화된 바깥 층은 산소를 포함한 기체의 출입을 제한하고, 산소 결합 단백질인 레그헤모글로빈이 세균의 세포로 산소를 보내는 것을 돕는 역할을 함으로써 질소 고정에 적합한 환경이 만들어지는 것이다.
[과학] 물리	원자 모형	172	원자 모형에 대한 보어와 슈뢰딩거의 견해	수소 원자의 방출 스펙트럼에서 선 스펙트럼이 나타나는 현상을 설명하기 위해, 보어는 전자가 원자핵 주위의 특정 에너지 준위에서 원형 궤도를 따라 움직이는 원자 모형을 제시하였다. 그러나 이는 다전자 원자에 적용되지 않았고, 고전 물리학 이론에도 위배된다는 문제가 있었다. 한편 슈뢰딩거는 전자의 파동성을 바탕으로 한 양자 역학적 원자 모형을 제안하였는데, 이에 따르면 전자의 정확한 움직임은 파동 함수로 알 수 없지만, 원자핵으로부터의 특정 거리에서 전자를 발견할 확률인 방사 방향 확률은 구할 수 있다.
[과학] 물리	입자 검출 장치	177	입자 물리학의 표준 장비인 구름 상자	윌슨은 산에 올랐다가 브로켄 현상을 목격하고 이를 실험실에서 재현하기 위해 구름 상자를 만들게 되었다. 실험 과정에서 윌슨은 응결핵을 계속 감소시키면 같은 팽창비에서 수증기가 있어도 더 이상 응결이 일어나지 않는 과포화 공기가 생성된다는 것을 발견하였다. 윌슨은 응결핵의 효과 확인을 위해 여러 선들을 구름 상자에 쬐었는데, 그 결과 선들이 진행하며 이온을 만들고 그 이온은 전기력을 통해 물방울을 만드는 것을 관찰하였다. 윌슨은 엑스선, 알파 입자, 베타선 등의 궤적을 사진으로 남겼고, 구름 상자는 입자 물리학의 표준 장치로 활용되기 시작하여 입자의 검출과 관찰에 쓰임으로써 입자 물리학의 발전에 기여하였다.
[과학] 천문	외계 행성	181	외계 행성의 발견 과정과 방법	최초로 발견된 외계 행성은 51 페그 b로, 이는 시선 속도법을 통해 발견되었다. 시선 속도는 대상이 관찰자와 가까워지거나 멀어지는 속도로, 항성과 행성은 질량 중심을 두고 서로 반대편에서 회전하므로 행성이 관찰자와 멀어질 때 항성의 시선 속도는 음수, 반대의 경우 양수가 된다. 또한 도플러 효과에 의해 항성의 시선 속도가 양수일 때 항성의 빛의 스펙트럼에서 파장이 길어지고 음수일 때는 반대가 된다. 이후 행성이 항성의 앞면을 통과할 때 관찰자에게 도달하는 항성의 빛의 양이 줄어드는 현상을 이용한 통과법이 등장하였고, 더 많은 외계 행성이 발견되었다.
[과학] 물리	열팽창 계수	186	열팽창 계수의 개념과 낮은 열팽창 계수를 갖는 물질	온도 변화에 따라 물체의 길이나 부피 등이 변하는 현상을 열팽창이라 한다. 열팽창 정도를 구하기 위한 열팽창 계수에는 가열로 인한 팽창 정도를 나타내는 선형 열팽창 계수와 부피에 기반한 체적 열팽창 계수가 있다. 정밀 기계 분야 등에서는 열팽창 계수의 수치가 작아도 성능 저하와 같은 문제가 발생할 수 있어 낮은 열팽창 계수를 갖는 물질에 대한 관심이 크다. 프랑스의 기욤은 상온 ~ 230℃에서 열팽창 계수가 거의 0에 가까운 철-니켈 합금인 인바를 발견하였고, 최근에는 슈퍼-인바 등 선형 열팽창 계수가 0에 가까운 합금도 개발되고 있다.
[과학] 생물	파이토크롬	189	식물의 광수용체인 파이토크롬의 개념과 역할	빛은 식물의 생장과 관련된 주요 과정들을 유도하는데, 이 중 적색광을 흡수하는 광수용체가 파이토크롬이다. 대부분의 파이토크롬은 광가역적으로 적색광과 근적외선에 따라 두 가지 형태, 즉 적색광 흡수 형태인 P_r과 근적외선 흡수 형태인 P_{fr}로 전환되며, 이에 따라 씨앗의 발아와 음지 회피 등의 과정이 유도된다. 상추씨의 경우 적색광을 받으면 P_r이 P_{fr}로 전환되어 발아가 유도되고 다시 근적외선을 받으면 P_{fr}이 P_r로 전환되어 발아가 억제된다. 또한 다른 나무에 가려 빛을 잘 받지 못하는 경우, 근적외선 도달 비율이 높아져 P_r이 상대적으로 많아짐에 따라 위쪽으로 자라도록 하는 음지 회피 반응이 유도된다.
[기술] 컴퓨터	에이전트	193	업무 처리 시스템인 에이전트의 개념과 특징	컴퓨터 분야에서 사람을 대신해 단순하고 반복적인 업무를 처리하는 자동화 시스템을 에이전트라고 한다. 동작을 선택하는 기본적 에이전트 프로그램에는 단순 반사 에이전트, 모형 기반 에이전트, 목표 기반 에이전트, 효용 기반 에이전트 등이 있고, 최근 인공 지능이 결합한 지능형 에이전트는 합리적 에이전트 접근 방식을 통해 지능적 사고가 필요한 업무도 대행할 수 있다. 현재 인공 지능 분야에서는 에이전트 프로그램을 구현하는 방법으로 학습하는 기계를 구축한 후 그 기계를 가르치는 방식이 선호되고 있다. 학습하는 에이전트는 학습 요소, 비평자, 수행 요소, 문제 생성기로 구성되며, 학습을 통해 각 구성 요소를 수정함으로써 전반적인 성과를 향상하고자 한다.
[기술] 의료	에크모	198	심폐 기능을 대신하는 인공 장치인 에크모의 기능과 작동 원리	에크모는 심장이나 폐에 발생한 치명적인 문제를 치료하고 회복하는 동안 환자의 심폐 기능을 대신하는 인공 장치이다. 에크모는 혈액에 산소를 공급하고 이산화 탄소를 제거하는 기능을 하는데, 환자의 혈액을 몸 밖으로 빼낸 후 체외에서 가스를 교환하고 다시 환자의 몸으로 주입하는 방식으로 작동한다. 에크모는 혈액 도관, 펌프, 산화기로 구성되어 있으며 혈액을 빼고 다시 넣는 위치에 따라서 VA 방식과 VV 방식으로 구분할 수 있다. 그러나 에크모는 인체 내부의 작용인 혈액 순환 및 가스 교환을 외부에서 시행하기 때문에 혈전의 생성이나 감염과 같은 위험이 발생할 수 있어, 부작용을 줄이기 위한 연구가 진행 중이다.

[기술] 건축	구조물 '보'	202	보의 개념과 철근 콘크리트 보의 특징	보는 벽이나 기둥과 같은 구조물 사이를 가로질러 놓이는 형태의 구조물로, 벽이나 기둥의 구조적 안정성을 높이고 더 큰 하중을 지탱할 수 있도록 한다. 그러나 보의 길이가 길어질 경우 처짐 현상이 발생하여 구조물의 안전성에 문제가 발생할 수 있다. 보의 길이를 길게 하면서도 처짐량을 줄이려면 변형이 잘 일어나지 않는 재료를 사용해 보를 제작해야 한다. 콘크리트는 다른 재료들보다 단위 면적당 지탱할 수 있는 힘이 크고, 다양한 형상의 구조물로 만들기 쉽다는 장점이 있다. 그러나 압축 응력에 비해 인장 응력이 작으므로 이를 보완하기 위해 철근을 같이 사용하여 철근 콘크리트 보를 만든다.
[과학] 화학	초임계 유체	206	초임계 유체의 특징과 초임계 유체를 이용한 혼합물 분리	19세기 초의 화학자 토마스 앤드루스는 기체의 액화 현상을 연구하다가 이산화 탄소가 일정 조건에서 액화된다는 사실을 발견하였고 임계 온도와 임계 압력을 측정하였다. 물질은 임계점 이상의 온도와 압력에서 액체와 기체의 중간 상태, 즉 초임계 유체 상태로 존재하며 임계점은 물질에 따라 고유한 값을 가진다. 초임계 상태에서는 용질의 용해도에 큰 영향을 미치는 밀도를 큰 폭으로 변화시킬 수 있어, 용해도 역시 큰 폭으로 조절 가능하다. 따라서 온도와 압력에 변화를 주어 초임계 유체의 용해도를 조절함으로써 혼합물의 분리를 용이하게 할 수 있다.
[과학] 물리	X-선	209	X-선의 발생 원리와 X-선을 이용한 금속 분석	재료 내외부의 정보를 분석할 때 쓰이는 X-선은 파장이 짧고 큰 에너지를 가지는 전자기파이다. X-선은 금속 필라멘트의 가열로 방출된 열전자가 금속 표적과 충돌할 때 방출된다. 이 방출된 X-선에 대해 나타나는 K_α, K_β 특성 스펙트럼은 금속의 종류에 따라 고유한 값을 갖는다. 전자기파 필터를 이용해 발생된 X-선으로부터 특정 파장을 갖는 단파장의 X-선을 얻을 수 있고, 이 단파장을 이용하면 금속의 결정 구조를 파악할 수 있다. 금속은 원자가 규칙적으로 층층이 쌓인 결정 구조로 되어 있는데 층간 거리는 금속에 따라 다르다. 이에 따라 표면에서 바로 반사된 X-선과 표면 아래의 원자층에서 반사된 X-선의 보강간섭이 최대로 일어나는 입사각이 금속에 따라 다르므로 이를 이용해 금속의 종류를 알아낼 수 있다.
[기술] 음향	에디슨의 축음기	213	에디슨의 축음기의 구조와 작동 원리	에디슨은 중계 전신기 장치에서 힌트를 얻어 원통의 표면에 소리를 저장하고 그 저장된 소리를 재생하는 장치인 축음기를 발명하였다. 이 축음기는 수화 장치, 기록 장치, 재생 장치로 이루어져 있다. 수화 장치는 소리가 관으로 들어오면 금속판을 진동시키는 짧은 관이다. 기록 장치는 놋쇠로 된 원통에 주석으로 된 얇은 박이 감겨 있는데, 강철 핀이 소리에 따라 주석 박 표면에 각기 다른 홈을 새기게 되어 있다. 재생 장치는 원뿔 모양의 금속 나팔로, 강철 핀이 주석 박에 새겨진 홈을 따라 움직이며 용수철을 통해 진동을 종이막에 전달하면 소리가 나팔에서 흘러나오게 된다. 에디슨의 축음기는 사물의 진동에서 소리가 나오며 소리가 닿은 물체가 진동을 일으킨다는 간단한 음향학적 지식에 근거한 것이었다.
[기술] 측정	4중 극자 질량 분석기	216	4중 극자 질량 분석기의 장점 및 구조와 작동 원리	질량 분석기는 이온화된 원자나 전기를 띤 입자의 질량 대 전하량 비를 측정하는 장비로, 파울에 의해 자기장 사용을 배제하는 기술이 개발됨으로써 안정성과 질량 분해능이 향상되어 천연 유기 화합물의 구조 분석에 폭넓게 활용되고 있다. 파울의 기술이 적용된 4중 극자 질량 분석기는 질량 필터를 구성하는 4개의 금속 막대에 직류 전압과 교류 전압을 걸어 특정 질량 대 전하량 비를 갖는 이온만 필터를 통과시키는 원리이다. 이는 가벼운 이온은 교류 성분에 따라 경로에서 벗어나는 성향을 띠지만 무거운 이온은 경로를 유지하는 성향을 띤다는 점을 이용한 것이다.
[과학] 생물	유전자-유전자 상호 작용 가설과 지그재그 이론	289	유전자-유전자 상호 작용 가설와 지그재그 이론의 개념과 특징	해럴드 플로어는 한해살이풀인 아마 가운데 녹병균에 대한 저항성이 있는 품종을 연구하다가 녹병균에 아마의 병저항성을 유도하는 유전자가 존재한다고 추정하여, 유전자-유전자 상호 작용 가설을 수립하였다. 이에 따르면 식물의 유전자와 병원체의 유전자 간 상호 작용을 통해 식물이 병원체에 대한 저항성을 갖게 된다. 병원체가 식물의 병저항성을 유도하는 유전자를 갖고 있다는 것은 진화적 관점에서 이치에 맞지 않지만, 식물의 입장에서는 병원체에 대한 저항성을 획득하는 과정에서 병원체의 병저항성 유전자가 발현된 단백질을 인식하도록 진화했다고 볼 수 있다. 이러한 현상은 제프리 댕글의 지그재그 이론으로 뒷받침될 수 있는데, 이 이론에 따르면 식물의 방어 체계는 다층적으로 각 단계를 거치면서 더 강하고 정교해진다.
[기술] 컴퓨터	양자 컴퓨터	307	양자 컴퓨터의 기본 연산 원리와 양자 병렬성의 효과	고전 컴퓨터는 연산 처리 능력에 한계가 있어 그 대안으로 양자 컴퓨터가 제시되고 있다. 고전 컴퓨터의 비트인 한 자리를 양자 컴퓨터에서는 큐비트라고 한다. 이진법에 기반한 컴퓨터에서 하나의 비트는 0과 1 중 하나의 값만 나타낼 수 있지만 하나의 큐비트는 0 또는 1의 값뿐만 아니라 0과 1의 중첩 상태도 나타낼 수 있다. 이 0과 1이 중첩된 큐비트를 이용하면 양자 병렬성에 따라 연산 속도를 크게 향상할 수 있다. 한편 양자 컴퓨터의 CPU는 기본적으로 회전 연산, CNOT 연산을 사용할 수 있는데 이 둘을 조합하면 양자 전산의 모든 연산 수행이 가능하다는 것이 증명되어 있다.

주제 통합

분야	제재명	쪽	주제	핵심 내용
[인문] 철학+ 철학	책선	13	(가) 책선의 방법과 학자들의 견해	맹자는 어짊에 도움이 되는 이와 벗하라는 공자의 견해를 이어받아 벗 사이에 착하고 좋은 일을 하라고 서로 권하는 '책선(責善)'을 강조하였다. 책선은 송나라의 정주학에서 더욱 강조되며 구체화되었고, 주자는 책선하는 내용이 의리에 입각한 것인지를 점검하며 친구가 책선을 듣지 않으면 관계가 소원해지기 전에 그만두어야 한다고 주장하였다.
			(나) 윤선거의 무실 사상과 책선의 의의	조선 중기의 학자 윤선거는 학문과 삶에서 헛된 것을 배격하고 실질을 추구하는 무실 사상을 구현하기 위한 실질적 행동으로서 책선을 강조하였다. 그는 서인과 남인 간 예송 논쟁이 벌어지자 서인 송시열과 남인 윤휴를 모두 책망하며 책선하였지만 받아들여지지 않았다. 윤선거의 사망 후 송시열은 윤휴를 포용하라는 그의 편지를 뒤늦게 확인한 후 분노하였고 윤선거의 아들과도 갈등 관계가 되었다.
[기술/ 사회] 인공 지능 +경제	마코프 의사 결정 모형과 주가 변동	221	(가) 마코프 의사 결정 모형을 통한 최적 정책 수립 과정	수학자인 리처드 벨만은 마코프 의사 결정 모형(MDP)을 도입해 에이전트가 각 상태에서 최적의 의사 결정을 내리는 문제를 해결하려 하였다. MDP는 상태, 행동, 보상, 상태 변이 확률 등으로 구성되고 현재 상태에 의해서만 다음 상태가 결정되는 마코프 특성에 따르며, 도출되는 최적의 정책은 상태 가치와 동일한 행동 가치를 갖는 행동에 해당한다.
			(나) 주가의 임의 보행 현상과 효율적 시장 가설	주식 시장의 효율적 시장 가설에서 투자자에게 주식의 가치는 미래에 지급될 배당금 총합의 현재 가치로, 현재 시점에서의 조건부 기대치가 반영된 것이다. 조건부 기대치는 새로운 정보 획득에 따라 변화하는데, 효율적 시장에서 투자자들의 정보는 주가에 모두 반영되므로 체계적 예측 오차를 포함하지 않는다. 이에 따라 주가가 일정한 규칙성 없이 움직이는 임의 보행 현상이 나타나고, 투자자는 주가의 과거 변동 패턴에 기초하여 시장 수익률보다 높은 수익률을 실현할 수 없으며, 지속적인 초과 이익 역시 실현할 수 없다.
[인문/ 예술] 철학+ 음악 출제확률	중국의 악론 및 조선의 악과 의례	224	(가) 중국 사상가들의 악론	'악(樂)'을 인격 완성을 위한 덕목이자 치세의 수단으로 본 공자는 악을 통해 마음을 수양하고 풍속을 순화하고자 하였다. 반면 당대 유가의 악이 노동하는 백성의 재물을 줄어들게 만드는 오락에 불과하다고 본 묵자는 악을 반대하며 공자를 비판하였다. 이에 대해 순자는 악을 덕음과 익음으로 나누고 덕음을 통해 유가의 이상인 왕도 정치를 실현할 수 있다고 주장하였다.
			(나) 조선 전기 왕들의 악에 대한 관점과 궁중 의례에서의 악 활용	조선의 태조와 태종은 유가의 악을 통해 왕도 정치를 실현하고자 하였고 중국의 궁중 의례에 사용되던 아악을 본으로 삼았다. 악의 중요성을 인식한 세종 또한 아악을 정비한 신제아악을 만드는 데에서 더 나아가 주체적인 악을 세우고자 향악의 성격을 지닌 조선풍의 신악을 창제하였다. 세종의 뜻을 이어받은 세조는 향악을 쓰지 않는다는 전통을 깨고 원구제에 신악을 사용하였다.
[인문/ 과학] 과학 사회학 +과학 사회학 출제확률	과학에 대한 관점	229	(가) 로버트 머튼의 과학 사회학 개념과 의의	과학 사회학의 선구자인 로버트 머튼은 과학자 공동체의 사회적 규범에 주목하여 사회 제도로서의 과학을 분석하려 했다. 머튼은 과학자들에게 내면화되어 있는 보편성, 공유성, 탈이해 관계, 조직화된 회의주의와 같은 규범은 전체주의 사회가 지향하는 바와 조화를 이루지 못하므로 전체주의 사회에서는 과학이 제대로 발전할 수 없다고 주장하였다.
			(나) 과학에 대한 버널의 견해	1930년대에 영국의 과학자 버널은 정부가 적극적으로 개입하여 과학을 체계적으로 조직하는 사회주의 체제에서 과학의 잠재력이 발휘될 수 있다고 주장하였다. 그는 정부가 사회 전체의 발전에 기여하는 분야를 집중적으로 지원해야 한다고 보았고, 자본주의의 구조적 한계들로 인해 과학 연구의 비효율성과 비인간성이 야기된다고 비판하였다.
[사회] 정치+ 정치 출제확률	국제 정치와 동맹	234	(가) 국제 정치학에서 세력 균형론과 패권 안정론의 개념과 특징	강대국 간 힘의 균형과 관련하여 국제 체제의 안정과 평화를 논의하는 이론에는 세력 균형론과 패권 안정론이 있다. 세력 균형론에 따르면 세력 균형을 위해 국가 내부적으로는 경제 발전, 군비 증강, 전략 개발 등이, 외부적으로는 동맹이 수단으로 사용되며 그 형태로는 균형자형, 비스마르크형, 냉전형이 있다. 패권 안정론은 특정 강대국이 국제 질서의 패권국이 되고, 패권국을 중심으로 국제 체제의 안정이 형성된다고 본다.
			(나) 동맹의 개념과 동맹 전략	동맹은 국가 간 힘의 결합이며 상호 군사적 지원의 약속으로, 국제 사회에서 자국의 안보를 위해 채택하는 전형적인 안보 정책의 수단이다. 동맹 전략에는 균형 전략과 편승 전략이 있고 슈윌러에 의하면 편승 전략은 다시 방어적 편승, 자칼식 편승, 영합적 편승으로 구분될 수 있다.
[인문] 역사+ 역사	역사 서술	238	(가) 헤로도토스의 역사 서술과 그 특징	헤로도토스는 역사적 사건을 후세인들에게 보여 주어 교훈을 주려는 목적에서 역사를 서술하였고 인간 행위로 인해 발생한 사건을 역사 서술의 대상으로 삼았다. 이에 따라 헤로도토스는 인간 역사의 여러 측면을 관찰하여 기록하였으나 역사의 동인을 인간의 이성적 측면이 아니라 전통적 관념에 따라 신의 질투나 신탁으로 돌려 버린 한계를 나타내기도 하였다.
			(나) 폴리비오스의 역사 서술과 그 특징	폴리비오스는 역사적 사건들 가운데 일관된 통일성을 발견하고 지속적 원리를 인식하려는 입장의 역사가로, 족보적 역사에서 탈피하여 국가적 역사를 서술하였다. 그는 역사 서술이 사건에 대한 간략한 서술이나 역사적 사건의 열거에 그쳐서는 안 된다고 보고 역사를 인과 관계로 서술하였으며, 특히 정치 제도의 영향력에 주목하였다.
[사회] 법+법 출제확률	법의 해석 방법과 문서 관련 범죄	244	(가) 실정법 해석의 방법	실정법은 국가 기관이 법조문의 형식으로 제정하는 가장 중요한 법 규범이다. 법조문의 의미를 알아내려면 '법 해석'이 필요한데, 이때 법의 이념도 고려되어야 한다. 실정법 해석 방법 중 법조문을 구성하는 단어와 문장의 의미를 국어 어법에 따라 파악하는 문리 해석이 가장 우선시되고, 그래도 법조문의 의미가 명확히 파악되지 않을 때 체계적 해석, 역사적 해석, 목적론적 해석 등의 다른 방법을 적용할 수 있다는 것이 대법원의 입장이다.
			(나) 문서 관련 범죄의 종류와 법 해석	문서를 대상으로 하는 범죄는 범행 방법에 따라 위조, 변조, 허위 작성으로 구분되며, 문서는 작성 주체에 따라 공문서와 사문서로 구분된다. 문서를 전자 기록으로 대체하는 것이 보편화되자 전자 기록 조작 행위를 처벌하는 형법 조문이 신설되었는데 '위작'과 '변작'이 처벌 대상 행위로 규정되었다. 여기서 '위작'에 대해 대법원 판결은 위조와 허위 작성 모두를 가리키는 것으로 보았고, 소수 의견은 위조와 같은 의미로 보았다.

분류	제목	쪽	소제목	내용
[기술] 에너지+ 에너지	연료 전지	249	(가) 수소 연료 전지의 구성과 원리	연료 전지는 연료의 화학 에너지를 전기 에너지로 직접 변화해 주는 발전 장치로, 산화 극에서 수소 기체가 수소 이온과 전자로 분해되고 전자는 전해질, 후자는 도선을 통해 환원 극으로 이동하여 산소 기체와 반응함으로써 물이 생성되는 원리이다. 또한 연료 전지는 깁스 에너지 변화량이 음수가 되는 특정 온도 이하에서 작동하므로 자발적 반응이 일어나게 된다.
			(나) 연료 전지의 분류와 특징	연료 전지는 전해질의 종류에 따라 염기성 또는 산성 연료 전지로 나뉘고, 작동 온도에 따라 저온, 중온, 고온 연료 전지로 나뉜다. 또한 연료 공급 방식에 따라 직접 연료 전지와 간접 연료 전지로도 나뉜다. 자동차 동력원으로 메탄올을 이용한 연료 전지 중, 개질기를 사용하지 않고 메탄올과 산소가 반응하여 이산화탄소와 물이 생성되므로 친환경적인 직접 메탄올 연료 전지가 주목받고 있다.
[인문/ 예술] 철학+ 미술	헤테로토피아와 사실주의적 초현실주의	253	(가) 푸코의 헤테로토피아 개념	헤테로토피아는 현대 철학자 미셸 푸코가 유토피아의 개념과 대별되는 개념으로 제시한 것이다. 현실에서 실재적 장소를 점유하지 않는 비현실적이고 균질적 공간인 유토피아와 달리 헤테로토피아는 현실에 실재하지만 현실과는 이질적인 공간으로, 기존의 권력 체계에서 벗어나 있고 그에 반하는 질서를 지닌 반(反)공간, 현실에 대한 이의 제기를 수행하는 대항 공간, 현실 전복의 공간, 바깥의 공간이다. 이 개념은 현대 예술가들의 철학적 바탕이 되기도 하였다.
			(나) 마그리트의 사실주의적 초현실주의	초현실주의는 이성의 지배를 거부하고 비합리적인 것과 잠재의식을 탐색하는 예술 혁신 운동이다. 브르통을 대표로 하는 초현실주의자들은 프로이트의 분석에 기반하여 자동기술법을 개발하거나 부조화하고 대립하는 요소들을 결합하기도 했는데, 르네 마그리트 역시 그중 한 사람이다. 마그리트는 데페이즈망 기법을 사용하여 사실주의적 초현실주의자로 인정받았다. 데페이즈망은 현실 세계의 사물을 완전히 낯선 곳에 두어 비현실적이고 비합리적으로 보이게 하는 기법이다.
[사회] 경제+ 경제	지급 준비 제도와 경제 정책의 중간 목표	257	(가) 지급 준비 제도의 개념과 활용	금융 기관이 예금자의 갑작스러운 인출 요구에 대응하기 위해 전체 예금 중 일정 비율 이상을 중앙은행에 예치해 두는 제도를 지급 준비 제도라고 한다. 이 제도는 본원 통화의 발행액 이상으로 통화량을 증가시키는 방법인 신용 창조와 관련이 있다. 통화량에는 시중 유통 현금뿐만 아니라 기록으로만 존재하는 예치금도 포함되는데, 신용 창조를 통해 시중 은행은 기록상의 예치금을 늘릴 수 있어 통화량이 증가할 수 있다.
			(나) 통화량과 이자율 조절을 통한 중간 목표 달성 방법	경제 정책의 최종 목표에 도달할 때까지는 시간이 오래 걸리므로 효율적인 목표 달성을 위해 중간 목표가 설정된다. 이때 통화량과 이자율이 중간 목표로 설정되는 경우가 많은데, 이를 위해 본원 통화의 공급량, 재할인율, 공개 시장에서의 채권 거래 등이 활용된다. 그러나 통화량과 이자율 모두를 원하는 수준으로 얻기 힘들 수 있어 둘 중 무엇을 중간 목표로 선택할 것인지를 두고 이견이 많으며, 일반적으로는 이자율이 더 선호된다.
[사회] 사회학+ 사회학	파국	262	(가) 파국에 대한 울리히 벡의 이론	울리히 벡은 해방적 파국이라는 개념을 수립하였다. 그에 따르면 기후 변화는 파국적 사태임에는 분명하나 제2차 세계 대전과 2005년의 허리케인 카트리나가 사회적 수준의 정화 작용으로 연결되었듯, 기후 변화도 종말이 아닌 탈바꿈의 동력이 될 수 있으며, 이를 위해 문화적, 정치적 노력이 필요하다.
			(나) 가이아가 중심에 있는 파국에 대한 브뤼노 라투스의 이론	브뤼노 라투르는 유기체처럼 살아 있는 지구라는 러브록의 가이아 개념을 활용하여 가이아가 중심에 있는 파국 개념을 수립하였다. 가이아가 중심에 있는 파국은 일종의 전쟁 상태로, 이를 벗어나기 위해서는 이미 종말을 맞이한 현실에 대한 냉혹한 인정을 바탕으로 가능한 실천을 모색해야 한다. 라투르는 실천의 주체로서 파괴 관계에서 취약한 위치에 처한 존재들을 주목하였다.
[사회] 법+법	채권과 급부 불능 및 과실 책임주의 와 담보 책임	267	(가) 채권 급부 불능의 의미와 효과	채권은 타인에게 특정한 행위를 요구할 수 있는 권리로, 채무자가 해야 하는 이 특정한 행위가 급부이다. 그러나 급부 불능의 발생으로 채권이 소멸될 수 있는데 급부 불능에는 원시적 불능과 후발적 불능이 있다. 두 경우 모두 고의나 과실이 없는 채무자에게는 책임이 없고, 채권자가 급부 불능 상황을 알았거나 알 수 있었다면 후발적 불능의 경우에만 채무자의 손해 배상 책임이 인정된다.
			(나) 과실 책임주의 원칙과 담보 책임의 의미	민사 법률관계에는 고의나 과실 행위로 타인에게 피해를 입힌 경우만 책임을 지는 과실 책임주의 원칙이 적용된다. 그러나 무과실 책임인 경우는 예외인데, 담보 책임이 대표적이다. 담보 책임은 급부에 대한 반대급부가 존재하며, 급부와 반대급부가 대등한 가치를 가져야 한다는 등가성 원칙에 기반한다. 따라서 급부가 반대급부의 가치에 상응하지 못하면 채무자는 고의나 과실이 인정되지 않아도 책임을 져야 한다.
[과학] 물리+ 물리	분광법과 밴드 스펙트럼	272	(가) 분광법의 원리 및 분광계와 광원 사용법	물질은 높은 에너지 준위에 있으면 전자기파를 방출하고, 이를 이용해 방출 스펙트럼을 얻을 수 있다. 분광법은 이를 이용해 원자나 분자의 상태를 파악하는 방법으로, 분광법에는 방출 분광법과 흡수 분광법이 있다. 분광법은 분광계를 이용하여 방출 스펙트럼을 얻고 주파수별 복사선의 세기를 측정한다.
			(나) 밴드 스펙트럼의 원리 및 용도	전자 전이 에너지만 선 스펙트럼으로 나타내는 원자와 달리 분자는 전자 전이, 진동 전이, 회전 전이 에너지가 반영된 밴드 스펙트럼을 나타낸다. 모든 물질은 고유한 에너지 준위 배열을 지녀 각각의 밴드 스펙트럼을 나타내므로 이를 이용해 미지의 물질을 파악할 수 있고 원자와 분자의 전자 구조를 이해할 수 있다.
[인문] 철학+ 철학	격물치지	298	(가) 주자학의 격물치지의 개념과 특징	'격물치지'는 참된 인식에 이르는 방법과 관련된다. 주자학의 격물치지설은 주희에 의해 체계화되었는데, 그는 격물이란 사물에 나아가 그 사물의 '이'를 탐구하는 것이며, 사람의 마음 안에 모든 '이'가 갖추어져 있으므로 궁극적으로 모든 사물의 '이'를 인식할 수 있다고 보았다. 이러한 인식은 만물이 하나의 본질을 지녔다는 '이일분수설'에 바탕을 두고 있다.
			(나) 최한기의 격물치지의 개념과 특징	자연학에 대한 관심이 높아져 서양의 근대 과학적 성과를 수용하게 된 조선 후기에 최한기는 순수 자연학을 위한 새로운 격물치지설을 주장하였다. 그에 따르면 '이'는 본래 마음에 갖추어져 있음을 의미하지 않으며 도덕성이 개입되어 있지 않은 사물 그 자체의 것이므로 참된 인식을 위한 격물치지란 감각 기관을 매개로 객관 세계를 정확히 인식하는 것이다.

출제 확률
높은 문항

인문·예술 / 사회·문화
과학·기술 / 주제 통합

| 2024년 4월 교육청 **E** 독서 089쪽

[001~004] 다음 글을 읽고 물음에 답하시오.

철학자 그레이엄 하먼은 인간이 사물의 모든 것을 파악하고 이해할 수 있다고 보는 인간 중심주의 철학을 비판하며, 인간과 사물, 나아가 모든 존재가 동등하다는 객체 지향 존재론을 주장한다.

하먼은 어떤 점에서 모든 존재가 동등하다고 보았을까? 그는 이를 설명하기 위해 먼저 인간 중심주의 철학에서 바라보는 인간과 사물의 관계를 지적한다. 하먼 이전 인간 중심주의 철학은 인간이 주체로서 사물의 모든 것을 파악할 수 있다고 여겼다. 즉 인간이 사물을 어떤 기본적인 요소로 구성되어 있다고 분석하거나, 어떤 사물이 다른 사물이나 인간에게 어떤 영향을 미치는지 밝히면 그 사물의 본질을 모두 파악할 수 있다고 여겼다. 하지만 하먼은 이러한 관점들은 인간이 사물을 인간에게 필요한 도구로 바라볼 뿐 객체 그 자체로 다루지 못한다고 비판한다.

하먼에 의하면 사물은 인간이 그 본질을 결정하는 대상이 아니라 독립적이고 자율적인 존재로서의 객체이다. 즉 객체는 다른 존재에게 파악되지 않도록 '물러나는' 측면과 다른 존재에게 분석된 구성 요소 이상의 다른 무언가로 스스로 '드러나는' 측면을 동시에 가지고 있다. 그래서 인간이 사물을 자신과 맺는 사물의 가치나 성격으로 일반화하려고 할 때 객체는 스스로 일반화되지 않고, 동시에 인간이 어떤 구성 요소로 사물을 분석하려고 할 때 그 구성 요소만으로 환원되지 않는다. 결국 ㉠인간은 객체의 모든 것을 파악할 수 없다.

또한 그는 인간 역시 객체이며, 독립적이고 자율적인 존재라고 말한다. 그에 의하면 인간 역시 '물러나는' 측면과 '드러나는' 측면이 있어 그 누구에게도 어떤 상위 개념으로 일반화되지 않고, 형태, 색깔, 크기 등으로 환원되지 않는다. 이러한 객체에 대한 하먼의 입장은 허구적이고 비실재적인 것까지도 이어져, 세상의 모든 존재가 다른 객체에게 완전히 파악될 수 없는 동등한 존재라는 주장으로 확장된 것이다.

객체가 완전히 파악될 수 없는 존재라면 우리는 객체의 존재를 어떻게 확인할 수 있을까? 하먼은 객체는 객체가 발산하는 정보나 담고 있는 특질인 성질을 가지며, 성질이 없는 객체나 객체가 없는 성질은 존재할 수 없다고 보았다. 그래서 그는 우리가 감각을 통해 우리 바깥에 있는 객체의 존재와 성질을 지각할 수 있다고 말한다. 하지만 어떤 객체는 우리가 결코 직접 접촉할 수 없기도 하며, 어떤 객체는 그 존재가 감각으로 지각될 수 있어도 그 객체의 성질은 결코 우리가 접촉할 수 없기도 하다고 말한다. 그는 이러한 객체와 성질의 관계에 따라 객체를 감각 객체와 실재 객체로, 성질을 감각 성질과 실재 성질로 구분한다.

먼저 감각 객체는 관찰자가 감각을 통해 지각하는 것이 가능한 객체이고, 실재 객체는 관찰자가 감각을 통해 지각할 수 없는 객체이다. 이때 관찰자의 감각에는 인간의 오감만이 아니라 동물의 감각은 물론 측정 기기에 의한 측정 등도 포함될 수 있다. 가령 숲에 있는 나무를 어떤 한 관찰자가 보거나 관측했다면 이 관찰자에게 나무는 감각 객체이며, 어떤 관찰자도 이 나무를 보거나 관측하지 못했다면 이는 실재하지만 관찰되지 않은 실재 객체이다.

다음으로 객체는 감각 성질과 실재 성질을 가지는데, 감각 성질은 객체의 성질 가운데 관찰자의 감각을 통해 지각할 수 있는 성질, 즉 형태, 색깔, 크기 등과 같은 것이다. 반면 실재 성질은 그 객체가 발산하는 정보나 담고 있는 특질이지만 관찰자가 감각을 통해 지각할 수 없어 직접적으로 파악할 수 없는 성질이다. 가령 관찰자가 감각을 통해 지각한 나뭇잎의 푸른색은 감각 성질이며, 나뭇잎이 떨어지는 순간 이를 지각할 수 없는 지구 반대편의 관찰자에게 이 나뭇잎의 운동량은 실재 성질이다.

결국 하먼에 의하면 모든 객체는 드러나는 측면과 동시에 물러나는 측면이 있기 때문에 어떤 관찰자도 객체의 모든 정보를 완전히 파악하기 어렵다. 즉 우리는 객체의 일부만을 확인할 수밖에 없다. 하지만 하먼은 그것이 인간 중심주의 철학에 의해 도구로 전락했던 모든 객체가 비로소 객체 그 자체로서 철학적 사유의 한가운데에 자리 잡을 이유라고 역설한다.

001

객체 지향 존재론에 대한 설명으로 적절하지 않은 것은?

① 허구적이고 비실재적인 것도 객체로 본다.
② 객체를 독립적이고 자율적인 존재로 본다.
③ 객체 가운데 성질이 없는 경우도 존재할 수 있다고 본다.
④ 객체가 발산하는 정보나 담고 있는 특질을 성질이라고 본다.
⑤ 인간 중심주의 철학은 객체를 그 자체로 다루지 못한다고 본다.

002

윗글의 '하먼'과 '인간 중심주의 철학'의 입장에서 〈보기〉의 ㄱ~ㄹ에 대해 판단한 것으로 가장 적절한 것은?

─〈보기〉─

ㄱ. 만물을 구성하는 물질을 더 이상 분해가 불가능한 미립자로 나눈 뒤 그 입자를 분석하면 만물의 근원을 이해할 수 있다.

ㄴ. 인간의 입장에서 생산되고 전파되던 과학 지식을 재정립하기 위해서는 전동차와 같은 사물도 인간과 동등한 존재로 바라보아야 한다.

ㄷ. 식물은 동물을 위해, 동물은 인간을 위해 존재한다. 인간과 다른 동물의 차이점은 인간만이 선과 악, 옳고 그름을 인식할 수 있다는 것이다.

ㄹ. 한 자루의 종이칼과 같은 사물은 그것을 만든 사람의 목적에 따라 만들어진 것이므로 사물의 본질은 사람의 구상에 따라 이미 결정되어 있다.

① 인간 중심주의 철학은 ㄱ과 ㄷ에 동의하지 않겠군.
② 인간 중심주의 철학은 ㄴ과 ㄹ에 동의하지 않겠군.
③ 하먼은 ㄴ에 동의하지 않고 ㄷ에 동의하겠군.
④ 하먼은 ㄷ에 동의하지 않고 ㄱ에 동의하겠군.
⑤ 하먼은 ㄹ에 동의하지 않고 ㄴ에 동의하겠군.

003

윗글을 읽은 학생이 '하먼'의 입장에서 〈보기〉에 대해 보인 반응으로 적절하지 <u>않은</u> 것은? [3점]

─〈보기〉─

[자료 1]

천왕성은 1781년에 윌리엄 허셜이 망원경으로 처음 관측했다. 그는 처음 관측한 시점에는 천왕성이 단순히 혜성이라고 생각했지만, 이후 꾸준한 관측 결과 태양을 중심으로 공전한다는 것을 확인하였다. 약 200년 뒤 관측선 보이저 2호는 천왕성에 가까이 다가가 사진을 찍어 지구의 천문학자들에게 보냈다. 그 사진을 본 지구의 천문학자들은 천왕성의 옅은 초록색과 수많은 위성의 모습을 확인할 수 있었다.

[자료 2]

그림 삽화가 A 씨는 출판사에서 삽화를 그리는 일을 하고 있다. 그의 출판사 동료들은 A 씨가 빠른 손놀림으로 그림을 완성하는 것을 보고 그의 실력과 그림을 칭찬했다. 하지만 그는 그림보다 영화 제작에 대한 관심이 많아서 퇴근 후에 영화 시나리오를 썼다. A 씨의 이러한 관심을 출판사 동료들은 아무도 모르고 있다.

① [자료 1]에서 '허셜'이 관측한 '천왕성'은 감각 객체이겠군.
② [자료 2]의 'A 씨'의 '영화 제작에 대한 관심'은 '출판사 동료들'에게 실재 성질이겠군.
③ [자료 1]의 '천왕성'과 [자료 2]의 'A 씨'의 '영화 시나리오'는 각각 '보이저 2호'와 '출판사 동료들'에게 실재 객체이겠군.
④ [자료 1]의 '천왕성'의 '옅은 초록색'과 [자료 2]의 'A 씨'의 '빠른 손놀림'은 각각 '보이저 2호'와 '출판사 동료들'에게 감각 성질이겠군.
⑤ [자료 1]의 '보이저 2호'가 찍은 '사진'과 [자료 2]에서 'A 씨'가 그린 '그림'은 각각 '지구의 천문학자들'과 '출판사 동료들'에게 감각 객체이겠군.

004

윗글을 읽은 학생이 ㉠을 이해한 내용으로 가장 적절한 것은?

① 인간이 모든 객체에 의해 도구로 전락했기 때문이겠군.
② 인간이 주체로서 객체의 본질을 결정할 수 있는 대상으로 바라보기 때문이겠군.
③ 모든 존재가 다른 존재가 가진 가치와 성격을 일반화하여 왜곡하기 때문이겠군.
④ 인간이 사물을 상위 개념으로 일반화해 사물이 구성 요소로 환원되기 때문이겠군.
⑤ 모든 존재가 다른 존재에게 파악되지 않도록 물러나는 측면을 갖고 있기 때문이겠군.

● 독서 098쪽

[005~009] 다음 글을 읽고 물음에 답하시오.

지금의 나와 내년의 나는 동일한 존재일까? 이때 동일한 존재라는 말은 무슨 의미이며, 어떤 근거로 동일한 존재라고 말을 할 수 있을까? 이에 대해 다양한 관점이 있다. 우선 '영혼 관점'은 인간이 육체, 그리고 육체와는 전혀 다른 정신의 조합, 다시 말해 '육체'와 '영혼'으로 이루어져 있으며, 영혼이 육체를 지배한다고 보는 관점이다. 이 관점에서 '나'라는 존재는 영혼 그 자체이고, 동일한 존재란 영혼이 같은 존재이며, 영혼은 분리되거나 파괴되지 않고 불멸한다고 믿는다.

이에 반해, '육체 관점'은 인간을 육체적 존재로 보고, 개인의 동일성을 육체에서 찾는 관점이다. 이 관점에서 육체는 단순히 뼈와 살로 이루어진 덩어리가 아니라, 다양한 생각을 하고 합리적인 판단을 하며 창조적인 아이디어를 떠올리는 등 수많은 놀라운 기능을 하는 것이다. 이 관점은 '정신'에 대해서 육체의 고난도 기능에 대해 논의를 하는 도구라고 말한다. 즉 정신과 육체를 따로 존재한다고 보지 않고 정신을 육체의 기능 중 일부로 보는 것이다.

한편, 이와 같은 관점들에 대해 로크는 의문을 ⓐ제기하였다. 만약 신이 내 몸에 새로운 영혼을 불어넣고, 그 새로운 영혼에 나의 모든 기억과 욕망, 의지 등을 심었다면 그는 누구일까? 그리고 이러한 일이 매 순간 일어난다면? 로크는 '매 순간마다 내가 계속 존재하고 있다는 사실을 확인할 수 있는 방법은 없'기 때문에 영혼 관점을 받아들일 수 없다고 결론 내렸다. 또한 살아 있는 그 누구도 시간의 흐름 속에서 정확히 동일한 물리적 구성 요소를 유지하지 못한다고 보았으며 신체 변화의 범위를 어디까지 허용해야 하는가도 분명하지 않다고 보았다. 이에 따라 그는 개인의 동일성을 육체가 아닌 기억을 중심으로 하고 믿음, 욕망 등을 포함하는 '인격'에서 찾았다. 이를 '인격 관점'이라고 하는데, 개인의 동일성을 결정하는 핵심을 인격이라고 본 것이다. 이 관점에서는 인격이 ⓑ지속되기만 한다면 어떤 육체에 깃드는가는 문제가 되지 않는다.

그런데 인격이라는 것이 언제나 일정하다고 볼 수 없다. 인간의 욕망은 달라질 수 있고, 수십 년 전의 기억은 사라질 수 있다. 인격 관점에서도 이를 인정한다. 다만 자신의 과거인 A를 기억하는 A_1이 있고, 또 A_1을 기억하는 A_2가 있을 때, A_2가 A에 대한 기억이 없다 하더라도 A_1이 기억의 관계로 그 둘을 이어 주기 때문에 A는 A_1은 물론 A_2와도 동일한 인격이라고 본다. 즉 인격 관점에서는 일련의 기억의 연쇄로 인격 동일성을 유지한다고 주장한다. 한편, 육체도 지속적으로 변화한다. 5살 때의 육체와 25살 때의 육체가 다른데 동일한 인간이라고 할 수 있을까? 이에 대해 육체 관점에서도 동일성의 기준을 원형의 보전이 아니라 육체의 지속으로 본다. 육체의 본질적인 속성이 지속되는 가운데 그것을 구성하는 질료가 점진적으로 ⓒ대체된다고 보기 때문에 육체가 변화하더라도 동일한 인간이라고 보는 것이다.

그러면 내가 이후에도 동일한 존재로 지속된다고 가정할 때, '나'는 영혼인가, 육체인가, 인격인가? 만약 나폴레옹의 영혼, 육체, 인격이 복제되어 두 사람으로 환생한 뒤, 이 두 사람이 각각 다른 도시에 산다면 우리는 이들을 나폴레옹으로 인정할 수 있을까? '영혼 관점'에서는 나폴레옹의 영혼이 환생한 사람들에게 들어간 것은 인정하더라도 영혼이 분열되어 서로 다른 공간에 존재하는 것은 인정할 수 없을 것이다. '육체 관점'에서는 두 사람 모두 나폴레옹의 육체가 지속된 것이 아니므로 나폴레옹으로 인정하지 않을 것이다. 하지만 '인격 관점'에서는 다르다. 그렇다면 둘 다 인정해야 하는가? 두 사람 중에 한 쪽을 선택하는 것이 타당하지 못하다면 둘 다 인정할 수도 있다. 그러나 두 사람은 서로 다른 환경에서 살아가기 때문에 시간이 지남에 따라 나폴레옹으로 인정할지 여부는 ⓓ차치하더라도 ⊙그 둘을 같은 인격으로 볼 수 없게 될 것이다. 결국 세 관점 모두 분열과 복제의 경우를 가정하면 동일성에 대한 설명이 어려워진다.

다시 내년에도 지속되는, 혹은 영원히 존재하는 '나'를 생각해 보자. 영혼이 완전히 지워진 상태로 영원히 생존할 수 있다고 한다면 과연 그것을 선택할까? 신체 일부가 다른 사람들에게 ⓔ의식되어 영원히 살아남는다면 그것으로부터 중요한 가치를 얻을 수 있을까? 혹은 모든 기억을 잃고 살고 있다면 그게 '나'라고 할 수 있을까? 결국 내가 동일한 존재로 지속된다는 것은 지금 나의 인격을 유지하고 지속하면서 사는 것을 의미하는 것으로 보아야 하지 않을까?

005

윗글에 대한 설명으로 적절한 것은?

① 화제에 대한 관점들의 발전 단계를 통시적으로 고찰하고 있다.

② 화제에 대한 다양한 관점들을 대비하며 기준을 제시하고 있다.

③ 화제에 대한 관점이 다른 여러 관점으로 분화되는 과정을 설명하고 있다.

④ 화제에 대한 상반된 관점들을 제시하고 이를 통합한 사례를 나열하고 있다.

⑤ 화제에 대한 관점의 한계를 분석하고 새로운 이론의 등장을 전망하고 있다.

006

영혼 관점과 육체 관점에 대한 이해로 적절하지 않은 것은?

① 두 관점은 모두 인간에게 정신이 존재한다고 설명하고 있다.

② 영혼 관점은 자신의 영혼이 바뀐다면 이를 스스로 확인할 수 없다는 비판을 받는다.

③ 육체 관점은 인간의 정신 활동이 육체가 하는 수많은 기능 가운데 하나라고 생각한다.

④ 영혼 관점은 육체와 상관없이 한 인간의 영생을 인정할 수 있지만, 육체 관점은 그렇지 않다.

⑤ 영혼 관점은 인간의 창의적인 능력에 대해 설명할 수 있지만, 육체 관점은 이를 설명할 수 없다.

007

윗글을 바탕으로 〈보기〉를 이해한 내용으로 적절하지 않은 것은?

─〈보기〉─

인간 복제를 연구하던 K 사는 의뢰인이 누구든 복제 인간을 만들어 의뢰인의 기억과 의지 등을 복제 인간에게 이식할 수 있고, 의뢰인의 잃어버린 기억도 뇌에서 추출할 수 있다고 발표하였다. 이에 교통사고로 전신이 마비된 M, 기억상실증에 걸린 D가 K 사에 의뢰하여, M은 자신의 신체를 포기하고 복제 인간을 만들어 자신의 기억, 의지, 욕망 등을 이식하였고, D는 잃어버린 기억을 뇌에서 추출하여 자신의 뇌에 옮겼다.

① '육체 관점'에서는 M의 복제 인간을 M과 동일한 인간으로 인정하지 않을 것이다.

② '육체 관점'에서는 D가 기억을 복원하지 못하더라도 그의 동일성을 의심하지 않을 것이다.

③ '인격 관점'에서는 D가 기억을 복원하였다면 그의 동일성을 의심하지 않을 것이다.

④ '인격 관점'에서는 M의 복제 인간이 M의 삶을 이어 나가는 것으로 인정하지 않을 것이다.

⑤ '인격 관점'에서는 기억 상실증 이전의 D와 기억 상실증에 걸린 D를 동일한 인간으로 인정하지 않을 것이다.

008

㉠의 이유로 가장 적절한 것은?

① 인간의 환생을 인정하지 않기 때문에

② 영혼이란 분리될 수 없는 불멸의 것이기 때문에

③ 육체의 본질뿐만 아니라 질료도 변화하기 때문에

④ 살아가면서 서로 다른 기억을 지니게 되기 때문에

⑤ 인간의 기억은 불완전하고 망각되는 것이기 때문에

009

문맥상 ⓐ~ⓔ와 바꿔 쓰기에 적절하지 않은 것은?

① ⓐ: 내어놓았다

② ⓑ: 계속되기만

③ ⓒ: 바뀐다고

④ ⓓ: 문제삼더라도

⑤ ⓔ: 옮겨져

E 독서 107쪽

[010~013] 다음 글을 읽고 물음에 답하시오.

20세기 초반까지 신화를 연구한 인류학자들은 신화의 내용은 허구적이며, 신화 속의 사고가 지적으로 미성숙하고 우주와 인간에 대한 올바른 지식이 결여되었다고 생각했다. 이성 중심의 근대적 관점에서는 고대인들의 신화적 사고방식은 주술적·종교적 사고에 불과한 것이었다. 이러한 관점에 반기를 든 대표적인 학자로 레비스트로스와 엘리아데가 있다. 레비스트로스는 기존 인류학자들의 논증과 전제를 조목조목 반박하고, 신화 자체의 논리와 특징들에 주목하여 신화적 사고의 특성을 총체적으로 규명하였다. 그는 과학적 사고와 신화적 사고가 이항 대립적인 것이 아니라, 다른 관점에서 출발한 서로 다른 사유 방식일 뿐이라고 보았다.

이에 비해 엘리아데는 신화가 곧 참된 진리라는 관점에서 접근했다. 그는 신화를 살아 있는 문화, 종교적 생활의 기초를 구성하는 문화, 탁월한 진리가 담긴 문화로 보는 관점에서 신화에 대한 연구가 이루어져야 한다고 보았다. 그래서 신화는 태초에 일어난 사건을 담은 성스러운 역사, 즉 원초적 상황에서 어떤 것이 어떻게 생겨나고, 그것이 어떻게 존재하기 시작했는가를 말해 주는 창조의 이야기라고 정의하였다. 그는 신화를 ⊙'세계 속으로 성(聖)이 침투한 것'이라고 규정함으로써 신화에 신성성을 부여했다. 신화의 내용은 우주와 인간에 관해 실제로 일어난 일을 다루고 있으며, 신화의 주역인 초자연적인 존재가 행한 위대한 업적을 이야기하고 있다고 보았기 때문이다. 그리하여 엘리아데의 신화 연구에서 핵심적인 위치를 차지하는 것은 창조 신화였으며, 엘리아데는 신화를 신성한 이야기이자 참된 진리로 보고, 이를 전설이나 민담과 같이 신성성이 결여된 이야기 유형과 엄밀히 구별하였다.

그는 신화의 기능을 밝히기 위해 고대 사회에서 신화가 어떤 역할을 했는지 주목했다. 고대 사회에서 신화는 인간이 왜 현재와 같은 삶을 살게 되었는지를 알려 줄 뿐만 아니라, 인간의 종교적·도덕적·사회적 행위의 기준을 신화 속 주인공들의 행위를 통해 제공하였다. 즉 고대인들은 신화 속 삶을 자신의 삶에 투영함으로써 신화적 시·공간을 살아간다고 해석하였다. 이런 점에서 신화는 살아 있는 문화로 강력한 힘을 발휘한다고 보았고, 살아 있는 신화는 종교적 행위로 극명하게 발현된다고 분석했다.

그는 고대 국가의 신년 의례 분석을 통해 이러한 자신의 생각을 뒷받침하였다. 제정일치 사회였던 고대 바빌로니아나 고대 이집트에서는, 신화가 재현되는 신년 의례가 거행되었다. 이 의례에서는 수많은 군중들 앞에서 신화가 낭송되거나 연극의 형태로 재연(再演)되었다. 이때 왕은 그 연극의 주인공으로 직접 참여하거나, 연극 상연 이후에 진행되는 대관식이나 결혼식을 치렀다. 엘리아데는 태초의 이야기 속 주체들의 행위를 '원형'이라 하였

고, 고대 국가의 신년 의례는 원형의 반복이라고 분석하였다. 이러한 원형의 반복은 곧 창조의 반복이자, 과거 질서가 무너지고 새로운 질서가 수립되는 순환적 재생이라고 해석했다. 고대인들에게 새해의 시작은 우주가 창조되어 최초로 질서가 수립된 순간과 동일하며, 과거의 삶과 단절된 새로운 삶의 시작을 의미하는 순간인 것이다. 또한 신년 의례를 통해 고대인들은 자신들이 가진 종교적·사회적 질서가 곧 우주의 질서라고 인식했으며, 참된 이야기이자 신성한 신화를 자신들이 본받아야 할 행위의 모델이라고 수용하게 되는 것이다.

나아가 그는 고대에서부터 현대 사회에 이르기까지 종교 의례를 포함한 다양한 의례들을 분석하여 창조의 반복과 순환적 재생의 모티프를 찾아내었다. 엘리아데의 연구는 신화가 사람들의 현실적 삶에서 어떻게 작용하는가를 밝혀내었고, 특히 종교적 차원에서는 현대 사회에서도 여전히 신화의 작용 기제가 작동하고 있음을 밝혀냄으로써, 신화에 대한 새로운 시각을 제공해 주었다는 점에서 그 의의가 있다.

010

윗글을 통해 알 수 있는 내용으로 적절하지 않은 것은?

① 20세기 이전의 신화 연구가들은 신화를 잘못된 지식이 담긴 가공의 이야기로 취급했다.

② 레비스트로스와 엘리아데는 모두 신화에 대한 기존의 관점을 거부하였다.

③ 레비스트로스는 엘리아데와 달리 신화가 실제 일어났던 일들에 대해 다룬다고 보았다.

④ 엘리아데는 신화의 기능을 분석하면서 종교와의 밀접한 관련성을 파악하였다.

⑤ 엘리아데는 신화의 작용 기제가 사람들의 삶 속에서 어떻게 작동되는지를 밝혀냈다.

011

⊙의 의미를 해석한 내용으로 가장 적절한 것은?

① 종교적 생활의 기초적인 요소로 성스러움을 받아들인 것
② 태초에 일어난 사건에 인간의 성스러운 행위가 관여된 것
③ 초자연적인 존재의 업적과 사람들의 일상이 구별된다는 것
④ 거부할 수 없는 참된 진리에 인간 세계의 원초적 질서가 반영된 것
⑤ 우주와 인간의 원초적 상황에 초자연적인 존재의 능력이 발현된 것

012

윗글을 바탕으로 〈보기〉에 대해 보인 반응으로 적절하지 않은 것은?

─〈보기〉─

고대 바빌로니아인들은 새해 첫날 '아키투 페스티벌'을 개최했다. 그들은 우주의 탄생을 담은 신화 『에누마 엘리쉬』를 낭송하며 12일 동안 축제를 이어 갔다. 축제의 네 번째 날에는 태양의 신 '마르둑'과 바다 괴물 '티아맛'의 전투가 재현되었는데, 왕이 '마르둑'의 역할을 맡았다. 이 전투는 '마르둑'의 승리로 끝나는데, '마르둑'이 '티아맛'의 몸 조각들로 우주를 창조하고, 악마 '킨쿠'의 피로 인간을 만드는 과정도 재현되었다. 왕은 승리의 행진을 한 다음 성대한 연회를 베풀었다.

① '아키투 페스티벌'은 창조의 반복과 순환적 재생의 모티프가 내재된 신년 의례이겠군.
② 『에누마 엘리쉬』는 고대 바빌로니아인들에게 신화적 시·공간을 인식하게 하는 매개체 역할을 하였겠군.
③ 고대 바빌로니아인들은 『에누마 엘리쉬』를 참된 이야기일 뿐만 아니라 행위의 기준이자 따라야 할 모범으로 여겼겠군.
④ 왕이 재연한 '마르둑'의 역할은 '원형'에 해당하며, 실제로 있었던 일을 다뤄서 신화의 주술성을 보여주는 것이겠군.
⑤ 신화의 재현을 본 고대 바빌로니아인들은 자신들이 인식한 신화적 질서가 곧 우주적 질서라고 생각하였겠군.

013

윗글과 〈보기〉를 참고하여 '레비스트로스'의 연구와 비교할 때, '엘리아데'의 연구가 지닌 한계로 가장 적절한 것은?

─〈보기〉─

레비스트로스는 신화를 상징적 체계로 파악하였고, 신화를 이루는 다양한 상징들이 어떤 관계를 이루고 있는지를 중심으로 연구하였다. 이를 위해 그는 세계 각지의 방대한 양의 신화들을 분석하였는데, 건국 신화나 무속 신화, 아메리카 인디언 사회에서 구전되는 이야기 등을 신화로 간주하고 분석하였다. 또한 그는 상징이 소통되는 체계가 곧 문화이며, 모든 문화권의 구성원들은 상징을 소통하면서 살아간다는 점에 주목하여 신화를 연구하였다.

① 고대인들의 신화적 사고방식에도 그 나름의 합리성이 있는데, 그 사고방식을 주술적·종교적 사고로만 보았다.
② 신화를 살아 있는 문화라는 관점에서 접근해야 하는데, 신화에 대한 연구의 초점을 고대인들의 사고방식에만 한정하였다.
③ 신화에는 창조에 대한 것 외의 일들을 다룬 신화들도 있는데, 창조와 신성성에만 초점을 두어 신화의 범위를 너무 좁게 설정하였다.
④ 신화 역시 상징 체계의 소통이라는 관점에서 볼 수 있는데, 의례에서 신화가 사람들의 소통에 기여하는 바가 없다고 가정하여 연구하였다.
⑤ 신화는 그 나름의 논리와 체계를 갖추고 있는데, 신화의 구조적 측면을 간과하고 신화적 사고와 과학적 사고를 이항 대립적 체계로만 파악하였다.

ⓔ 독서 224쪽

[014~017] 다음 글을 읽고 물음에 답하시오.

유교 사상에서 예(禮)는 사람이 지켜야 할 마땅한 도리를 일컫는 말이다. 예는 자신의 심신을 수양하는 기준이고, 가족과 친구를 대하는 법도이며, 정치의 방법이다. 허신의 《설문해자》에서는 예를 '하늘의 천문 현상에 대해 인간이 예물을 올림으로 신을 섬기고 복을 기원하는 행위'라고 설명하고 있다. 이러한 예는 주나라 때에 이르러 사람 사이의 관계를 ⓐ규정하는 성격까지 더해졌다. 하늘과 사람 사이의 관계에서 출발한 예가 사람과 사람 사이의 관계까지 규정하게 된 것이다. 이를 기점으로 비로소 군신 사이의 예나 부자 사이의 예를 ⓑ따지게 되었다. 예는 사람을 사랑하고 존중하는 마음을 표현하는 형식적 수단이 된 것인데, 이러한 예는 유교 문화권에서 교육을 통해 지속적으로 강조되었다.

동아시아의 유교 문화권 국가에서는 법치(法治)를 내세우기보다는 예치(禮治)를 내세웠기 때문에 예는 특별하게 인식되었다. 이들 국가는 백성들이 권력 등의 강압에 의해서가 아니라 자발적으로 따르도록 하는 것을 이상적인 통치로 여겼다. 이를 위해서는 바른 도리, 즉 예로써 백성들을 가르치는 것이 최선이라고 생각하였다. 따라서 유교 문화권 국가는 예로써 백성을 가르친다는 의미의 예교(禮敎)를 통치의 이념으로 ⓒ표방하였다. 조선 왕조 역시 예교를 통한 예치를 표방하였는데, 문화와 문물의 기틀을 유교적으로 정비하면서 우선 힘쓴 것은 예의 규범을 제정하고 음악과 가무를 정비하는 일, 즉 예악(禮樂)의 정비였다. 흔히 조선 왕조의 정치사상이나 사회 규범을 ⓓ일컬어 예악 사상이라고도 하는데, 이는 조선 왕조의 통치 이념이 예와 악으로 나타난다는 것을 의미한다.

유교는 사서삼경을 경전으로 삼아 교육 체계를 확립하였다. 사서 중 《대학(大學)》과 《중용(中庸)》은 《예기(禮記)》라는 책의 일부분이었던 것을 송나라 사대부들이 독립시킨 것이다. 《예기》에는 제도와 규범, 음악, 의례의 목적과 가치, 절차 등이 드러나 있다. 그렇기 때문에 《예기》는 국가의 제도를 만들 때 가장 중요한 기준이 되었다. 《예기》에서는 ㉠예와 ㉡악의 본질이 각각 구별과 조화에 있다고 보았다. 이때 구별은 모든 사람이 상하 관계 속에서 서로 구별된다는 의미로 신분 사회의 차등적 질서를 뒷받침했다. 하지만 신분 질서 유지를 위해 구별만 강조하면 구성원 사이에 이질감이 생겨 바람직한 공동체를 이루기 어렵다. 이 문제를 보완하는 것이 음악이다. 음악은 동화를 목적으로 한다. 음악의 감동을 통해 정서적 교감과 감정적 동화를 이루어 구성원들이 서로 화합하게 할 수 있다.

하지만 공자는 서로 가까워지기만 하면 사회 및 신분의 질서가 문란해져 이 또한 바람직한 공동체가 될 수 없다고 보았다. 공자는 '예에 ⓔ통달하고 악에 통달하지 못하면 메말랐다고 하고, 악에는 통달했으나 예에는 통달하지 못하면 이것을 치우쳤다고 이른다.'라고 하였다. 즉 구별하면서도 조화하는 것이 필요하다고 생각한 것이다. 예와 악은 대립하면서 서로를 필요로 하고, 서로 다르지만 공동의 목적을 갖는다. 즉 예가 지닌 사회적 기능이 상하, 존비, 귀천 등을 구별 짓는 것이라면, 악의 기능은 이러한 구별에서 올 수 있는 원한을 화해시켜서 사람들이 서로 조화를 이루게 하는 것이다. 이렇게 예와 악은 서로 상호 보완적인 역할을 맡고 있었으며, 국가의 기본적인 통치 이념이 될 정도로 중요하게 자리매김하게 된 것이다.

014

윗글의 내용과 일치하지 않는 것은?

① 공자는 예와 악의 균형을 언급하면서도 조화보다는 구별에 중점을 두었다.

② 유교 문화권에서 《예기》는 국가의 제도를 만들 때 가장 중요한 기준이었다.

③ 조선 왕조는 예치를 표방하며 문화와 문물의 기틀을 유교적으로 정비하였다.

④ 유교 문화권 국가에서는 백성을 가르치고 다스려야 할 대상으로 인식하였다.

⑤ 예의 개념은 하늘과 사람 사이의 관계에 대하여 규정하는 것에서 출발하였다.

015

윗글을 바탕으로 ㉠과 ㉡에 대해 설명한 내용으로 적절하지 <u>않은</u> 것은?

① ㉠이 특별하게 인식된 까닭은 유교 문화권 국가의 통치 방식 때문이다.

② ㉠을 지나치게 강조하면 사회 구성원 사이의 이질감이 커질 수 있다.

③ ㉡을 지나치게 강조하면 사회 질서가 문란해질 수 있다.

④ ㉠은 피지배 계층의 입장에서, ㉡은 지배 계층의 입장에서 강조되었다.

⑤ ㉠과 ㉡은 상호 대립적 관계인 동시에 상호 보완적 관계이다.

016

윗글과 〈보기〉를 읽고 내린 판단으로 적절하지 <u>않은</u> 것은?

─────〈보기〉─────

고대에는 음악을 담당하는 직책인 악관의 역할이 예관보다 컸는데, 이는 백성의 마음이 음악을 통해 표현될 수도, 백성의 마음을 음악을 통해 교화할 수도 있다고 생각하였기 때문이다. 그래서 고대의 악관들은 백성들의 자발적이고 자연스러운 감정을 이해하고, 그것을 규범화하여 백성들을 교화하는 역할을 하였다. 하지만 진·한 시대를 거치면서 음악을 통해 백성들의 마음을 교화하는 일보다 지배 계급의 이념을 바탕으로 문화나 문물을 정비하는 것과 지배 계급과 백성을 엄격히 구분하는 것을 더 중요하게 여기게 되었으며, 구별에 의한 차이를 강조하게 되었다. 이에 따라 자연스럽게 악관보다 예관의 역할이 더 중요해졌다.

① 고대에는 음악으로 백성을 교화하여 신분의 차이를 강조하려고 했군.

② 고대에 악관의 역할이 컸던 것은 위정자들이 조화를 중시했기 때문이군.

③ 진·한의 지배 계층은 문화나 문물을 통해 자신들과 백성을 구분하려고 했군.

④ 진·한에서 예관의 역할이 컸던 것은 위정자들이 구별을 중시했기 때문이군.

⑤ 악관과 예관의 역할 비중으로 시대에 따른 정치사상의 변화를 짐작할 수 있군.

017

문맥상 ⓐ~ⓔ와 바꿔 쓰기에 적절하지 <u>않은</u> 것은?

① ⓐ: 밝히는

② ⓑ: 정산하게

③ ⓒ: 내세웠다

④ ⓓ: 가리켜

⑤ ⓔ: 훤히 알고

독서 065쪽

[018~021] 다음 글을 읽고 물음에 답하시오.

한옥의 공간적 특징 중에서 가장 독특한 것은 투명성을 기본적 특징으로 한 중첩과 관입이다. 공간이 투명하다 함은 이쪽 공간과 저쪽 공간 사이의 구별이 모호하다는 얘기이고, 중첩은 겹치거나 포개어진다는 의미이며, 관입은 서로 뚫고 ⓐ들어간다는 의미이다. 이것은 이쪽 방과 저쪽 방을 폐쇄적 단절로 보지 않고 개방적 연속으로 보며, 궁극적으로는 내부 공간과 외부 공간 사이의 구별이 모호하다는 것과 같은 이야기이다. 이러한 특징은 한옥의 독특한 구조에서 기인한다.

한옥의 각 방은 보통 두 면 이상씩 바깥과 접하고 있어 서양 건축에 비해 매우 개방적인 느낌을 준다. 외기(外氣)에 접한 면에는 하나 이상의 창이나 문이 있다. 문을 열면 외부 공간이지만 이 외부 공간은 방 안과 완전히 구별되는 공간이 아니라, 내부 공간적 성격도 동시에 갖기 때문에 방 안의 연속이 된다. 특히 방 밖의 공간이 대청마루일 경우 더욱 그러하다. 이렇듯 이쪽 공간과 저쪽 공간 사이의 구별이 모호하다 보니 문을 열어서 밖을 내다보면 방 안과 비슷한 듯하면서 또 조금 다른 공간이 나오고 그 다음에는 이쪽 방과 같은 다음 방이 바로 연달아 나온다. 이렇다 보니 밖이 밖처럼 느껴지지 않으며 공간은 끊이지 않고 연속된다. 이를테면 방과 방 사이 혹은 외부와 실내 사이에 전이 공간*이 끼어들면서 공간의 켜가 여러 겹이 되는 것이다. 때로는 방과 방 사이에 직접 통하는 문이 나 있는 경우도 많다. 문을 열면 밖이 아니라 옆방이 나오며 그 옆방을 가로질러 저 끝에 나 있는 문을 통해서 밖이 보인다. 수채화를 덧칠해 놓은 듯한 한옥 공간의 이러한 특징을 건축가들은 투명한 공간 또는 중첩과 관입이라고 부르는 것이다.

한옥의 이러한 공간적 특징은 한국의 전통적인 불이(不二) 사상을 기본 배경으로 한다. 불이 사상이 가르치는 바와 같이 너와 나는 본디 하나이듯 내외부 공간도 그렇게 하나라는 것이다. 여기에 나무와 창호지라는 전통 건축 재료도 한옥의 공간 특성에 중요한 역할을 한다. 기본적으로 가볍고 자연적인 특성을 갖는 목재와 반투명성이라는 독특한 특성을 갖는 창호지가 어울리면서 한옥 공간의 투명성이 더욱 강화되는 것이다.

서양의 전통 건축은 불투명하고 폐쇄적인 공간이 특징이다. 이는 한옥의 투명하고 개방적인 특징에 반대되는 것으로 이해할 수 있다. 서양의 전통 건축에서 건물 내부는 전적으로 사적 공간이고 이를 보호하기 위해 벽은 불투명하고 폐쇄적으로 만들어졌다. 20세기 서양 현대 건축은 이러한 전통 건축에 대한 반발로 시작되어 전통 건축을 대체할 수 있는 투명하고 개방적인 공간을 창조하려 하였다. 즉 20세기 서양 현대 건축의 완성에는 한옥의 투명 공간을 포함하는 동북아시아의 투명 공간이 결정적인 영향을 끼친 셈이다.

20세기 서양 건축을 대표하는 개념 가운데 하나가 큐비즘적 다차원 공간인데, 큐비즘에서 주장하는 새로운 공간관은 우리가 살펴본 한옥의 공간적 특징과 매우 유사하다. 큐비즘 예술가들의 설명 속에는 중첩, 관입, 전이, 투명 등과 같이 한옥의 공간적 특징을 정의하는 개념들이 핵심 내용으로 포함되어 있다. 즉 한옥의 공간을 포함하는 동북아시아의 전통 공간을 현대적으로 재현하려는 욕심은 한국 현대 건축가뿐만 아니라 동서양 현대 건축가들 모두의 꿈인 것이다.

* 전이 공간: 중간 영역. 변환, 매개의 성격을 갖는 공간.

018

윗글에 대한 설명으로 가장 적절한 것은?

① 대상이 변화해 온 과정을 시간 순서에 따라 서술하고 있다.
② 다른 대상과의 비교를 통해 대상의 장단점을 제시하고 있다.
③ 대상이 지닌 한계를 제시한 후 그 극복 방안에 대해 설명하고 있다.
④ 대상에 대한 다양한 평가를 소개한 후 그중 하나를 자세히 설명하고 있다.
⑤ 대상의 특징을 소개한 후 그 특징이 다른 대상에 미친 영향을 설명하고 있다.

019

윗글에 대한 이해로 적절하지 않은 것은?

① 한옥의 방은 서양 전통 건축물의 내부 공간에 비해 개방적이다.
② 한옥에는 내부와 외부의 성격을 동시에 지니고 있는 공간이 존재한다.
③ 서양의 전통 건축물은 공간의 켜가 여러 겹이어서 폐쇄성이 두드러진다.
④ 한옥의 창이나 문에 창호지를 바름으로써 공간의 투명성이 강화될 수 있다.
⑤ 서양의 현대 건축물은 전통 건축물과 달리 개방적이면서 연속되는 공간을 지니기도 한다.

020

윗글을 바탕으로 〈보기〉를 이해한 내용으로 적절하지 <u>않은</u> 것은?

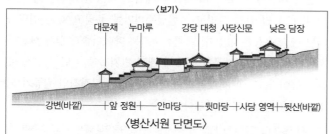

─── 〈보기〉 ───

대문채　누마루　　강당 대청 사당신문　　낮은 담장

강변(바깥)──┼─앞 정원─┼─안마당──┼─뒷마당─┼─사당 영역─┼─뒷산(바깥)

〈병산서원 단면도〉

　우리나라 안동에 있는 병산서원은 완만한 경사에 터를 잡고 있다. 서원은 바깥의 강변, 앞 정원, 안마당, 뒷마당, 사당 영역, 바깥의 뒷산까지를 모두 포함하고 있고, 이들 6개 영역의 경계에는 대문채, 누마루, 강당 대청, 사당신문 등이 놓여 있다. 특히 누마루와 강당 대청은 벽이 없고 사당신문은 낮으며 서원의 담장들도 대체적으로 낮기 때문에 대문 앞에 서면 서원의 가장 뒤쪽에 있는 사당 본채까지 시선이 끊기는 일 없이 살펴볼 수 있다.

① 건물과 건물 사이에 있는 서원의 마당들은 내부 공간과 외부 공간의 성격을 모두 갖고 있다고 볼 수 있군.

② 누마루와 강당 대청에 벽이 없는 것으로 보아 이 공간들은 전이 공간으로서의 역할을 하고 있다고 볼 수 있군.

③ 완만한 경사에 터를 두고 있고 서원의 앞에 강을 끼고 있는 것으로 보아 투명한 공간의 속성을 지니고 있다고 볼 수 있군.

④ 대문에서 서원의 끝 영역인 사당까지 볼 수 있다는 점으로 보아 병산서원은 중첩과 관입을 보여 주는 공간이라고 할 수 있군.

⑤ 건물과 마당이 연달아 이어지고 있다는 점에서 서원의 각 부분들은 개방적 연속을 이루며 서원을 구성하고 있다고 할 수 있군.

021

ⓐ와 문맥적 의미가 가장 유사한 것은?

① 추우니까 어서 방 안으로 <u>들어가세요</u>.

② 고생을 많이 했는지 눈이 쑥 <u>들어갔다</u>.

③ 아이가 학교를 <u>들어가면서부터</u> 의젓해졌다.

④ 이 마을에 곧 전기와 수도가 <u>들어갈</u> 계획이다.

⑤ 이번 주부터 본격적인 휴가 기간으로 <u>들어간다</u>.

🅔 독서 253쪽

[022~025] 다음 글을 읽고 물음에 답하시오.

초현실주의 예술 운동은 1924년 앙드레 브르통의 '초현실주의 선언'으로 시작되었다. 그는 이성과 논리라고 하는 종래의 합리적 세계 이해의 허구성을 직시하고 이성과 논리의 울타리 너머 무한한 넓이로 존재하는 신비와 불가사의, 무의식의 세계를 깊은 경탄의 눈으로 주목했다. 그리고 그 세계를 최초로 학문적 연구 대상으로 받아들인 프로이트의 정신 분석학에서 깊은 영향을 받았다.

서구 문명이 이루어 놓은 현실이라는 세계는 인간의 이성적이고 논리적이며 일상적인 사유에 의해 울타리 쳐진 숙명적인 한계로서 무한한 우주의 작은 부분에 불과하다. 이것은 울타리 너머에 존재하는 무한한 세계의 전체상을 가리고 숨겨서 인류를 온갖 편견과 오류와 무지 속에 빠뜨렸다. 그로 인해 특히 근대 서구 정신은 합리적, 이성적 사유 방식에 의해 스스로의 삶을 울타리 치고 그것을 세계의 전부라고 생각하는 어리석음을 범해 왔다.

초현실주의는 이 같은 상황을 깊이 자각하고 그것을 통렬히 비판하고 저항하면서 인간의 정신을 해방시켜 무한한 세계의 전체상에 도달케 하고자 했던 원대한 정신 운동의 성격을 ⓐ 띠고 있었다. 존재의 저 깊은 신비와 불가사의에 대한 초현실주의적 열정도 세계의 무한성을 향한 정신의 자유해방이라고 하는 목적에 연결되어 있었던 것이다. 특히 ㉠브르통은 삶과 예술에서 사실주의적 태도를 비판했다. 그는 삶과 예술은 이성과 논리에 근간한 사실주의적 태도가 아닌 환상과 경이로 채워져야 한다고 주장하였다. 그리고 이를 위해서는 자유로운 상상력이 필요하다고 보았다. 의식에 의해 방해받지 않는 자유로운 상상력이야말로 무의식 세계의 신비에 접근해 갈 수 있는 중요한 힘이었다. 초현실주의가 지향한 무의식 세계에 대한 사상은 전적으로 프로이트의 정신 분석학에 힘입은 것이다.

무의식은 글자 그대로 알 수 없는 세계로서 의식에 의해 잡히지 않는 영역이다. 무의식은 특정한 통로를 통해 은밀하게 그의 모습을 암시해 주고 있는데, 그것이 바로 꿈이다. 따라서 꿈은 무의식의 세계를 파악할 수 있는 보고(寶庫)인 것이다. 초현실주의 미술이 꿈을 중요시했던 것은 바로 그러한 이유에서였다. 브르통은 초현실주의 예술의 핵심적인 방법론으로 심리의 자동기술법을 주장했다. 이것은 의식적인 수정을 최대한 피하면서 그때그때 떠오르는 단어나 이미지들을 순수하게 표출해 나가는 방법을 말한다.

초현실주의 작가들은 자동기술법이라는 새로운 창작 이론을 근거로 해서 독창적인 여러 가지 방법을 착안해 냈다. 프로타주, 데칼코마니, 데페이즈망*, 콜라주, 편집광적 비평 등이 그것인데, 이러한 방법상의 다양함이 초현실주의 회화를 더욱 풍성하게 해 주었다. 피상적인 의식 세계 밑에 존재하는 광대한 무의식 세계에 대한 초현실주의자들의 깊은 관심이 다양한 화법을 창안하게 된 근본 원인이다. 이러한 다양한 화법들은 종래의 구태의연한

화법으로는 도달할 수 없는 저 깊은 세계의 신비를 여는 중요한 열쇠라고 생각됐던 것이다.

현대 미술에서 초현실주의만큼 새롭고 다양한 화법을 창안해 낸 유파도 없었다. 그리고 초현실주의만큼 폭넓고 깊은 전망을 지닌 예술 운동은 없었다. 초현실주의는 다다이즘과 함께 예술에서만이 아니라 서구 문명 전체에 대해 반기를 들었던 혁명적 예술 운동이자, 그 후 전개된 모든 현대 미술의 직접적인 원류가 되었던 예술 운동으로 평가된다.

* 데페이즈망: 어떤 물건을 일상적인 환경에서 이질적인 환경으로 옮겨 그 물건으로부터 실용적인 성격을 배제하여 물체끼리의 기이한 만남을 두드러지게 드러내는 기법.

022

윗글을 통해 알 수 있는 내용이 <u>아닌</u> 것은?

① 초현실주의 예술의 특징
② 초현실주의 예술의 한계점
③ 초현실주의 예술에 대한 평가
④ 초현실주의 예술의 여러 기법
⑤ 초현실주의 예술 운동이 등장한 배경

023

㉠의 이유로 가장 적절한 것은?

① 사실주의적 태도는 일상적인 사유를 부정했기 때문이다.
② 사실주의적 태도는 서구 문명의 흐름과 반대되기 때문이다.
③ 사실주의적 태도는 무한한 세계의 전체상을 가렸기 때문이다.
④ 초현실주의는 이성적이고 논리적인 사유를 중시했기 때문이다.
⑤ 초현실주의는 무의식 세계보다 의식을 더욱 중시했기 때문이다.

024

윗글을 바탕으로 〈보기〉를 이해한 내용으로 옳지 않은 것은?

─〈보기〉─

편집광적 비평은 살바도르 달리(Salvador Dali)가 제창하고 사용했던 방법이다. 〈해변가에 나타난 얼굴과 과일 그릇의 환영〉에서 그는 마치 사진과 같이 치밀하게 그린 사물의 형

살바도르 달리, 〈해변가에 나타난 얼굴과 과일 그릇의 환영〉

상에 매우 뜻밖의 환상적인 해석을 다중 이미지로 부과하고 있다. 달리는 한 가지 형태로 과일 그릇, 소녀의 얼굴, 강아지 등 다양한 사물을 표현했다고 볼 수 있다.

① 이성이나 논리로는 작품의 의미를 제대로 해석하기 어렵겠군.
② 꿈처럼 기이하고 환상적인 분위기가 작품의 주제와 관련이 있겠군.
③ 존재의 신비와 불가사의에 도달하고자 하는 작가의 지향이 작품에 담겨 있겠군.
④ 피상적인 세계를 객관적으로 관찰하여 그 개성적 특징을 치밀하게 묘사한 작품이겠군.
⑤ 한 가지 형태가 강아지 또는 과일 그릇이나 소녀의 얼굴 등으로 보이는 것은 의식적인 수정을 피한 이미지와 관련이 있겠군.

025

ⓐ의 문맥적 의미와 일치하는 것은?

① 그는 중대한 임무를 띠고 파견되었다.
② 우리들의 대화에는 열기가 띠어 있었다.
③ 그의 얼굴에 서서히 미소가 띠기 시작했다.
④ 해질녘의 산이 침침한 회청색을 띠고 있었다.
⑤ 이곳은 도시와 농촌의 중간적 성향을 띠고 있다.

2023년 7월 교육청   **ⓔ 독서 244쪽**

[026~029] 다음 글을 읽고 물음에 답하시오.

 법은 가능한 한 많은 구체적인 사안들에 적용될 수 있도록 일반적·추상적인 규범 명제로 기술되어 있다. 따라서 법을 구체적 사안에 적용하기 위해서는 법의 내용을 분명히 파악하고 적용 범위를 확정하는 법의 해석이 필요하다. 법의 해석 방법에는 입법부, 사법부, 행정부 등 국가 기관에 의한 유권 해석과 학자들의 학문 연구를 통하여 이루어지는 학리 해석의 두 종류가 있다. 이 중 학리 해석과 관련하여 전통적으로 문리적 해석 방법, 역사적 해석 방법, 목적론적 해석 방법 등이 활용되고 있다.

 우선 법조문의 해석은 법문에 사용되고 있는 문자의 의미와 문장의 구조에 대한 문법적 이해를 기초로 하여 이루어져야 한다. 이러한 해석을 ㉠문리적 해석 방법이라고 한다. 어떠한 법조문이든 1차적으로는 이러한 방법으로 해석되어야 한다. 그런데 법문에 사용되고 있는 문자 또는 법률 용어의 의미는 일반적으로 사용되고 있는 의미와는 다른 경우가 많기 때문에 법을 해석할 때 주의해야 한다. 그리고 법의 의미는 그 법이 적용되는 구체적 현실과의 관련 속에서 확정되어야 하므로, 법조문에 사용되고 있는 문자의 의미는 제정 당시의 의미가 아닌 법이 적용되는 시점에서의 의미로 해석하는 것이 타당하다.

 ㉡역사적 해석 방법은 입법자가 입법 당시에 ⓐ가지고 있었던 입법 의사를 확인하고 탐구하여 해석하는 방법이다. 입법자의 입법 의사는 법제도의 연혁을 살펴보거나, 법률안을 발의하게 된 취지를 밝힌 법안이유서, 관련 기관의 입법의견서, 회의록 등의 입법 기초 자료를 ⓑ가지고 파악할 수 있다. 그런데 법은 제정 당시의 상황과 적용되는 시점의 상황이 많이 달라지는 것이 대부분이므로 입법자의 입법 의사는 결정적인 해석 수단이라기보다는 구속력이 없는 보조 해석 자료에 머물 수밖에 없다.

 ㉢목적론적 해석 방법은 현행 법질서 안에서 이성적 논의를 바탕으로 해석 주체가 법문의 의미와 입법의 목적, 입법을 통해서 추구하려는 이념과 가치, 현재의 상황에 대한 인식과 분석 등을 고려하여 법규의 의미를 찾는 해석 방법이다. 이러한 목적론적 해석 방법에 의할 때 법해석이란 단지 과거의 입법자가 이미 고려했던 것을 단순히 반복하는 것이 아니라 상황에 따라서 입법의 취지를 새롭게 밝혀내는 것이라 할 수 있다. 법의 참된 의미는 과거의 입법에 의해서 결정되는 것이 아니라 현재의 상황에 맞게 입법 정신을 계승하는 것이므로 법률의 문언도 단순 의미 해석을 넘어 탄력적으로 해석할 수 있어야 한다고 본다. 또한 입법 정신에 따라 법률의 문언을 보충하고 또 필요한 경우에는 입법 정신을 실현하기 위해 법률의 문언에 엄격히 구속되지 않는 법해석이

인정된다고 할 수 있다.

 이러한 방법들은 기본적으로 법적 판단이 요구되는 사안에 대하여 적용 가능한 법규가 분명히 존재하는 경우에 활용된다. 하지만 법문을 구성하는 법 개념 및 범주 속에 규율의 대상인 다양하고도 발생 가능한 모든 현상과 행위들을 완벽하게 포함시킬 수는 없다. 또한 법 제정 시점에서 그 이후에 발생 가능한 모든 경우들을 예측하여 법으로 규정하는 것도 가능하지 않다. 이로 인해 법의 적용 과정에서 문제점이 발생하게 되는데 이를 법의 흠결이라 한다. 해당 사안을 규율할 법규정이 명백히 존재하지 않는 경우를 '명시적 흠결', 해당 사안을 규율할 법규정이 존재하지만 이를 그대로 적용할 경우 매우 불합리한 결과가 나타나는 경우를 '은폐된 흠결'이라 부른다. 법관은 이러한 법의 흠결을 이유로 재판을 거부할 수 없으므로, 법의 흠결을 보충하기 위해 다양한 방법들이 활용되고 있다.

 일반적으로는 유추가 법의 흠결을 보충하는 방법으로 활용되고 있다. 유추는 직접적으로 적용 가능한 규칙이 아닌 다른 개별적인 규칙을 문제가 되고 있는 사례에 적용하여 판단을 내리는 것을 말한다. 따라서 유추 적용한 법적 판단이 적법하게 이루어지고 그 타당성을 인정받기 위해서는 우선 법적 판단이 요구되는 사안과 유사한 사안을 규율하는 법규가 존재해야만 한다. 그리고 두 사안 사이에 상당한 유사성이 있어야 한다. 최종적으로 유추를 통해 문제가 되는 사안에 대한 타당한 해결이 가능하다는 법관의 판단이 필요하다.

 유추가 일반적으로 법의 흠결을 보충하기 위한 방법으로 활용되고 있지만, 이는 기본적으로 법의 명시적 흠결을 보충하기 위한 하나의 대안에 불과하다. 이 때문에 유추의 결과는 목적론적 해석 방법 등 별도의 방법을 통하여 그 정당성이 평가되어야 하는 한계가 있다. 또한 법의 흠결은 많은 경우에 은폐된 형태로 존재하기 때문에 법관은 법의 흠결을 보충하기 위한 방법을 모색해야 한다. 이와 관련하여 학자들은 법관이 '정의', '이성', '형평' 등 법원리적 규범을 법적 판단의 근거로 활용하여 그 흠결을 보충할 수 있다고 본다. 이러한 원리들은 법적인 판단이 요구되는 사안에 대하여 법관이 자의적으로 판단하는 것을 제어하면서 합리적으로 문제의 해결에 접근할 수 있는 방법으로 제시되고 있다. 하지만 법관이 감정적이거나 자의적으로 판단하는 것을 완전히 배제할 수 없는 것도 사실이다. 따라서 가능한 한, 입법 정책 차원에서 법의 흠결을 최소화하는 것이 필요하다.

026

윗글에 대한 이해로 가장 적절한 것은?

① 국가 기관은 법을 해석하는 주체가 될 수 없다.

② 법원리적 규범을 활용하여 법의 흠결을 보충할 수 있다.

③ 구체적 사안에 대한 법의 적용이 법의 해석에 선행한다.

④ 적용할 법규정이 없다면 법관은 재판을 거부할 수 있다.

⑤ 문리적 해석에서 문자는 법 제정 당시의 의미로 해석된다.

027

㉠~㉢의 예로 적절하지 않은 것은?

① ㉠: 보통 '사람'이라고 하면 육체를 가지고 있는 자연인을 의미하지만, 법률상 '사람'은 자연인뿐만 아니라 재단 법인이나 사단 법인 같은 '법인'도 포함하여 해석한다.

② ㉡: 국회 누리집을 활용하여 고등학교 무상 교육을 위한 법률안이 발의된 취지를 조사함으로써 국민의 기본권을 강화하고자 하는 입법 의사를 탐구하여 해석한다.

③ ㉡: 법률 용어로 '선의(善意)'라는 말은 법률관계에 영향을 미치는 어떠한 사실을 모르는 것으로 해석하고, '악의(惡意)'는 그러한 사실을 알고 있는 것으로 해석한다.

④ ㉢: 의료인의 비밀 누설 금지 의무 규정에 따라 환자의 민감한 개인 정보는 보호되어야 하는데, 이는 사후에도 마찬가지이기 때문에 환자뿐만 아니라 사망한 사람의 개인정보도 포함하는 규정으로 해석한다.

⑤ ㉢: 실험실 공장의 설치에 대한 규정은 교원이나 연구원 등 개인의 창의적 노력을 지원하기 위한 목적으로 만들어진 것이기 때문에, 자연인이 아닌 법인은 실험실 공장을 설치할 수 있는 자에 해당하지 않는 것으로 해석한다.

028

윗글을 바탕으로 〈보기〉를 이해한 내용으로 적절하지 않은 것은? [3점]

─〈보기〉─

○ 법적 판단이 요구되는 사안: 타인의 전기를 무단으로 사용하는 사건이 발생함.

○ 사안의 배경: 19세기 말 A국과 B국의 형법은 절도죄의 대상인 재물(財物)을 타인의 돈이나 물건이라고 규정하고 있었음. 그런데 당시에는 전기를 재물로 볼 만한 법규정이 명백히 존재하지 않았음.

○ 사안에 대한 판단
　－A국: 절도죄를 적용하지 못하고 무죄를 선고함. 이 무죄 판결을 계기로 A국의 입법자는 전기 절도죄를 처벌할 수 있는 특별법을 제정함.
　－B국: 전기가 재물에 해당한다고 해석하여 절도죄로 처벌함. 이 과정에서 법적 판단은 적법하게 이루어졌으며 그 타당성 또한 인정받음.

① A국의 법원은 법의 명시적 흠결을 이유로 타인의 전기를 무단으로 사용한 자를 처벌하지 못했군.

② B국의 법원은 전기 절도 사건에 절도죄에 대한 법을 유추 적용함으로써 법의 흠결을 보충했군.

③ B국의 법원은 전기 절도 사건에 적용할 법이 존재하지 않아 유사한 사안을 규율하는 법의 존재 여부를 확인했겠군.

④ A국은 B국과 달리 형법이 제정될 당시에 전기 절도 같은 행위를 예측하여 법으로 규정할 수 없었겠군.

⑤ B국은 A국의 특별법 제정처럼 전기 절도와 관련된 법의 흠결을 최소화하는 입법 정책이 필요하겠군.

029

ⓐ, ⓑ의 의미로 쓰인 예가 바르게 짝지어진 것은?

① ┌ ⓐ: 자신의 일에 자부심을 가져야 한다.
　└ ⓑ: 빈 깡통을 가지고 연필꽂이를 만들었다.

② ┌ ⓐ: 그는 사업체를 여럿 가진 사업가다.
　└ ⓑ: 두 나라는 동반자적 관계를 가지기로 합의했다.

③ ┌ ⓐ: 그들은 나에게 호의를 가지고 있다.
　└ ⓑ: 운전면허증을 가진 사람을 찾는다.

④ ┌ ⓐ: 동생이 축구공을 가지고 학교에 갔다.
　└ ⓑ: 환경 문제에 대한 토론회를 가졌다.

⑤ ┌ ⓐ: 내 집을 가지게 된 기쁨은 이루 말할 수가 없다.
　└ ⓑ: 요즘은 기계를 가지고 농사를 짓는다.

🄔 독서 113쪽

[030~033] 다음 글을 읽고 물음에 답하시오.

　㉠채권은 기업이나 정부, 공공 기관 등이 정책이나 사업을 시행하기 위한 자산을 장기적으로 조성하기 위해 발행하는 증서로, 정해진 기일마다 확정된 이자를 지급하고 만기에는 채권의 액면 금액에 해당하는 원금을 상환해야 하므로 고정 금리부 증권이라고도 부른다. 채권에는 정부가 발행하는 국채, 회사가 발행하는 회사채, 지방 자치 단체가 발행하는 지방채 등이 있는데, 채권을 발행하는 주체를 채무자, 채권을 구입하는 투자자를 채권자라고 한다.

　채권은 만기가 정해져 있고, 이익 유무와 관계없이 투자자에게 이자를 지급해야 하며, 만기에는 원리금*을 상환해야 한다는 점에서 ㉡주식과 차이가 있다. 주식은 채권과 달리 원리금 상환에 대한 부담이 없고, 보유한 주식의 비율만큼 배당금을 지급하여 이익의 일정 부분을 투자자에게 되돌려 준다. 채권의 만기는 채권의 효력이 만료되는 날로, 만기가 되면 채무자는 채권자에게 마지막 이자액과 액면 금액을 지급해야 한다. 액면 금액은 채권 발행 당시 채권 표면에 기재되어 있는 금액으로, 만기 시 채권자가 상환받는 금액을 말한다. 액면 이자율은 채권에서 지급하는 연간 이자율로, 정기 예금 금리와 유사하지만 ㉢정기 예금은 만기 시 원금과 이자를 함께 지급하는 반면, 채권은 만기뿐 아니라 해당 채권에서 정하는 기간에 정기적으로 액면 이자를 지급한다는 점에서 차이가 있다. 보통 채권에서 이자를 지급하는 기간은 분기, 반기, 연간으로 나뉜다. 이때 액면 이자는 액면 금액에 액면 이자율을 곱하여 산정한 금액으로, 실제로 채권자가 받을 이자 금액이다.

　채권의 액면 이자율은 발행 당시부터 만기까지 고정되어 있는 반면, 시장 이자율은 지속적으로 변동되기 때문에 시장 이자율과 채권의 액면 이자율의 차이에 의해 채권의 가격이 변동된다. 이를 이해하기 위해서는 채권의 현금 흐름을 이해해야 한다. 가령 액면 금액 1억 원, 액면 이자율 10%, 3년 만기, 연간 이자 지급의 조건으로 발행된 채권을 매수했다고 가정해 보자. 채권자는 매수 후 1년 뒤와 2년 뒤에 액면 이자로 각 1천만 원을 수령하고, 만기인 3년 뒤에는 원리금 1억 1천만 원을 수령하게 된다. 결국 투자자는 채권을 매수함으로써 3년 동안 총 1억 3천만 원을 수령하게 된다.

　채권을 거래하고 유통하는 시장에서 채권의 가격을 결정할 때에는 채권의 미래 가치를 현재 가치로 환산해야 한다. 일반적으로 미래 가치를 현재 가치로 환산할 때는, 현재 가치$=\dfrac{\text{미래 가치}}{(1+r)^n}$와 같은 할인 계산식을 사용한다. 여기서 'r'는 시장 이자율을, 'n'은 기간을 뜻하며, 미래 가치는 물가 상승 등을 고려하지 않은 명목 가치이다. 이 할인 계산식은 채권의 미래 가치가 시장 이자율만

큼 할인된다는 것을 의미한다. 가령 시장 이자율이 8%이면, 채권자가 1년 후 받게 될 이자 1천만 원의 현재 가치는 $\dfrac{\text{1천만 원}}{(1+0.08)}$인 약 9,259,259원이 되고, 2년 후 받게 될 이자 1천만 원의 현재 가치는 $\dfrac{\text{1천만 원}}{(1+0.08)^2}$인 약 8,573,388원이 되며, 만기 시 받게 될 이자 1천만 원과 원금 1억 원의 현재 가치는 $\dfrac{\text{1억 1천만 원}}{(1+0.08)^3}$인 약 87,321,547원이 된다. 따라서 이 금액들을 모두 합한 채권의 현재 가치는 약 105,154,194원으로, 액면 금액보다 높은 금액으로 채권의 가격이 형성된다.

　채권의 가격이 액면 금액보다 높은 이유는 시장 이자율과 채권의 액면 이자율 간의 차이 때문이다. 시장 이자율보다 채권의 액면 이자율이 높은 경우에는 채권이 투자 상품으로서 매력이 있기 때문에 채권의 수요가 증가하여 시장 이자율과 채권의 액면 이자율의 차이만큼 더 비싸게 채권 가격이 형성된다. 반대로 채권의 액면 이자율보다 시장 이자율이 높은 경우에는 채권 가격이 액면 금액보다 낮아진다. 채권의 이자율과 시장의 이자율이 같아 채권 가격이 액면 금액과 같은 경우를 액면 상태라고 하고, 채권 가격이 액면 금액보다 낮은 경우를 할인 상태, 채권 가격이 액면 금액보다 높은 경우를 할증 상태라고 하는데, 이는 전적으로 시장 이자율에 따라 채권의 현재 가치가 달라지기 때문이다.

* 원리금: 원금과 이자를 합친 돈.

030

윗글에서 답을 찾을 수 있는 질문이 <u>아닌</u> 것은?

① 시장 이자율은 채권의 가격에 어떤 영향을 미치는가?
② 채권이 투자의 수단으로 가치를 가지는 경우는 언제인가?
③ 정부가 투자자를 대상으로 채권을 발행하는 목적은 무엇인가?
④ 이자 지급액을 결정하는 액면 이자율은 어떤 수준에서 결정되는가?
⑤ 채권을 발행하는 주체는 채권을 구입하는 투자자에게 어떤 의무를 지는가?

031

윗글에 대한 이해로 적절한 것은?

① 채권은 채권자를 기준으로 하여 국채, 회사채, 지방채로 구분할 수 있다.

② 채무자는 채권의 액면 금액에 시장 이자율을 곱하여 산정한 금액을 이자로 지급한다.

③ 채권이 발행될 때 정해지는 액면 금액은 채권의 미래 가치를 현재 가치로 환산한 것이다.

④ 다른 지급 조건이 같다면 채권의 이자 지급 주기가 길수록 투자자가 받는 연간 이자액이 커진다.

⑤ 채권의 현재 가치가 액면 금액보다 높다면 액면 금액보다 높은 금액으로 채권의 가격이 형성된다.

033

윗글을 바탕으로 〈보기〉를 이해한 내용으로 적절하지 <u>않은</u> 것은?

─〈보기〉─

　채권 X와 Y는 모두 회사채로 2022년 6월 1일에 발행되었다. 2022년 7월 1일 현재 시장 이자율은 6%이고, 유통 시장에서 채권 X는 9,000원, 채권 Y는 5,000원에 거래되고 있다. 채권 X와 Y의 만기, 액면 금액, 액면 이자율, 이자 지급 기간은 아래와 같다.

	만기	액면 금액	액면 이자율	이자 지급 기간
채권 X	2년	10,000원	4%	연간
채권 Y	3년	5,000원	6%	연간

① 채권 X의 현재 가치는 $\dfrac{400원}{(1+0.06)}+\dfrac{10,400원}{(1+0.06)^2}$ 으로, 액면 금액인 10,000원보다 낮다.

② 채권 Y를 만기까지 보유한다면 투자자는 총 5,900원의 금액을 지급받게 될 것이다.

③ 시장 이자율이 4%로 하락할 경우, 유통 시장에서 채권 X의 가격은 현재 상태를 유지할 것이다.

④ 시장 이자율이 4%로 하락할 경우, 유통 시장에서 채권 Y의 거래 가격은 5,000원보다 높게 형성될 것이다.

⑤ 시장 이자율이 8%로 상승할 경우, 채권 Y는 투자 상품으로서 매력도가 떨어질 것이다.

032

㉠~㉢에 대한 설명으로 가장 적절한 것은?

① ㉠과 ㉡은 모두 정해진 기간마다 투자자에게 이자를 지급한다.

② ㉠과 ㉢은 모두 만기 시 투자자에게 원금과 함께 이자를 지급한다.

③ ㉡과 ㉢은 모두 영업 실적에 따라 투자자에게 배당금을 지급한다.

④ ㉠은 ㉡과 달리 이익의 유무에 따라 투자자에게 이자를 지급하지 않을 수 있다.

⑤ ㉢은 ㉠과 달리 거래 시작일에 확정된 이자율에 근거하여 투자자에게 이자를 지급한다.

E 독서 131쪽

[034~037] 다음 글을 읽고 물음에 답하시오.

물권이란 특정한 물건을 직접 지배하여 이익을 ⓐ 획득할 수 있는 배타적인 권리이다. 민법에서 물권은 법률 또는 관습법에 의해서만 인정되며 당사자가 임의로 물권을 창설할 수 없다고 규정하고 있는데, 이를 물권 법정주의라고 한다. 물권 법정주의는 물권 관계를 정형화함으로써 거래의 안전과 신속을 도모하기 위한 원칙이다.

민법에서 규정하는 물권에는 소유권, 점유권, 지상권, 지역권, 전세권, 유치권, 질권, 저당권이 있다. 소유권은 물건의 소유자가 그 소유물을 자유롭게 사용, 수익, 처분할 수 있는 권리이고, 점유권은 물건을 사실상 지배하고 있는 사람에게 주어지는 권리이다. 소유권은 물건을 점유할 수 있는 권리를 포함하지만, 점유권자가 소유권자가 아닐 수도 있다. 또한 점유권은 사실상 점유 상태에서 벗어나면 ⓑ 소멸하고 만다. 이와 달리 일정한 목적의 범위 안에서만 물건을 지배할 수 있는 물권도 있는데, 이를 제한 물권이라고 한다. 제한 물권에는 지상권, 지역권, 전세권과 같이 다른 사람의 부동산을 사용하여 이익을 획득할 수 있는 용익 물권과 유치권, 질권, 저당권과 같이 일정한 물건을 채권의 담보로 제공하는 담보 물권이 있다.

물권이 발생하고 변경되고 소멸하는 과정을 물권 변동이라고 하고, 이의 내용을 외부에 알리는 것을 공시라고 한다. 재산에는 토지나 가옥, 임야처럼 이동이 불가능한 부동산과 돈이나 증권, 각종 세간처럼 이동이 가능한 동산이 있는데, 동산은 부동산에 비해 종류도 무궁무진하고 거래도 활발하다. 민법에서는 부동산에 대해서 등기부라는 공적 장부에 부동산에 관한 권리관계를 기재하는 등기를 통해 공시하고 있는 반면, ㉠ 동산에 대해서는 현실적으로 공시가 어렵기 때문에 점유나 그 점유를 이전하는 인도를 공시 방법으로 취하고 있다. 그래서 공시된 권리관계가 실제 권리관계와 ⓒ 일치하지 않기도 한다. 이 경우 동산의 점유자를 소유자로 믿고 해당 동산을 취득했다면, 비록 양도인이 소유자가 아니라고 해도 민법에서는 그 동산에 대한 소유권을 인정한다. 이처럼 공시된 권리관계를 믿고 거래한 사람의 권리를 보호하는 것을 '공신의 원칙'이라 한다. 이는 동산 물권에만 적용되고 부동산 물권에는 적용되지 않는다.

부동산의 물권은 등기부 등본을 통해 확인할 수 있다. 등기부 등본은 등기 번호란, 표제부, 갑구, 을구로 ⓓ 구성되어 있다. 등기 번호란에는 토지 혹은 건물의 지번이, 표제부에는 토지 혹은 건물의 내용, 즉 소재지, 구조, 용도, 면적 등이 순서대로 적혀 있다. 그리고 갑구에는 소유권에 관한 사항이, 을구에는 소유권 이외의 권리, 즉 지상권, 지역권, 전세권, 질권, 저당권 같은 제한 물권에 관한 사항이 접수된 일자 순서로 적혀 있다. 갑구와 을구 모두 순위 번호, 등기 목적, 접수, 등기 원인, 권리자 및 기타 사항을 기재하게 되어 있는데, 같은 구에서는 등기한 순서를 숫자로 표시한 순위 번호에 의해 권리 간의 우선순위가 결정된다.

일반적으로 은행에서 돈을 빌려줄 때에는 채권을 담보하기 위해 채무자의 부동산에 저당권을 설정한다. 만약 채무자가 은행에 채무를 ⓔ 이행하지 못하면 은행은 부동산을 경매에 넘기고 경매에서 낙찰받은 돈으로 채권을 변제하는데, 해당 부동산에 전세권을 설정한 사람이 있다면 선순위 저당권자의 채권을 변제하고 남은 돈으로 전세금을 돌려받는다. 일반적으로 전세 계약은 주택 임대차 계약상의 임차권으로, 임차권자가 전세권을 설정하지 않았다면 이는 물권법이 아닌 채권법의 적용을 받는다. 전세권은 물권이므로 부동산 소유권자가 바뀌어도 전세권을 주장할 수 있지만, 임대차 계약으로 발생한 임차권은 임대인에 대한 채권에 불과하므로 누구에게나 그 권리를 주장할 수 없다. 따라서 전세권을 등기하는 것이 중요한데, 이를 위해서는 임대인의 동의가 필요하다. 그러나 최근 임차인을 보호하기 위해 제정된 '주택 임대차 보호법'에 의하면, 전세권을 등기하지 않아도 임차권자가 동사무소에 가서 전입 신고를 하고 임대차 계약서에 확정 일자를 받으면 대항력을 갖춘 임대차 계약이 된다. 여기서 대항력이란 이미 유효하게 이루어진 권리관계를 제3자가 인정하지 않을 때 이를 물리칠 수 있는 권한으로, 전입 신고를 한 다음 날 0시부터 법적 효력이 발생한다. 대항력을 갖춘 임대차 계약은 전세권을 설정한 것과 유사하게 후순위 권리자보다 우선하여 보증금을 받을 수 있도록 하고 있다. 이를 우선 변제라고 하는데, 주택 임대차 보호법은 민법에 우선하여 적용된다는 특징이 있다.

034

윗글의 내용과 일치하지 않는 것은?

① 등기부 등본에 전세권이 설정되어 있는 전세 계약은 물권법의 적용을 받는다.

② 동산 물권의 소유자와 점유자가 다를 경우 점유자와의 거래는 인정되지 않는다.

③ 임차인을 보호하기 위해 제정된 '주택 임대차 보호법'은 민법에 우선하여 적용된다.

④ 공신의 원칙은 토지나 가옥, 임야와 같은 부동산 물권에 대해서는 적용되지 않는다.

⑤ 지상권이나 저당권은 일정한 목적의 범위 안에서만 물건을 지배할 수 있는 물권이다.

035

㉠의 이유로 가장 적절한 것은?

① 부동산과 달리 동산은 소유권자와 점유권자의 경계가 모호하기 때문에

② 동산은 점유권자가 점유 상태에서 벗어날 경우 점유권이 소멸되기 때문에

③ 동산에 강력한 공시 제도를 적용하면 물권 법정주의에 위배되기 때문에

④ 동산이 무수히 많아 물권 변동을 일일이 기록하는 것이 불가능하기 때문에

⑤ 동산은 부동산에 비해 물권이 발생하고 변경, 소멸되는 과정이 불분명하기 때문에

036

윗글을 바탕으로 〈보기〉를 이해한 내용으로 적절하지 않은 것은?

> ─────〈보기〉─────
>
> B는 2024년 2월 10일 전세 보증금 2억 원에 임대인과 전세 계약을 맺었다. B는 이삿날 전세권 설정을 등기하려고 했으나 임대인이 동의하지 않아 같은 날 동사무소에서 전입 신고를 하고 전세 계약서에 2024년 2월 10일로 확정 일자를 받았다. 그러던 중 B가 전세로 살던 집이 경매로 넘어가 2024년 5월 20일, 5억 원에 낙찰되었다.
>
> B가 전세 계약을 한 집의 등기부 등본은 아래와 같다.

을구				
순위 번호	등기 목적	접수	등기 원인	권리자 및 기타 사항
1	전세권 설정	2020년 5월 2일	2020년 5월 2일 설정 계약	전세금 250,000,000원 전세권자 A
2	근저당 설정	2021년 1월 10일	2021년 1월 10일 설정 계약	채권 최고액 100,000,000원 채권자 C 은행
3	2번 근저당 말소	2023년 1월 10일		
4	1번 전세권 말소	2024년 2월 5일		
5	근저당 설정	2024년 2월 9일	2024년 2월 9일 설정 계약	채권 최고액 200,000,000원 채권자 M 은행

① A는 전세권 설정을 등기하였으므로 물권법의 적용을 받고 C 은행보다 선순위 권리자가 되었겠군.

② A의 전세권은 2024년 2월 5일에 소멸되었으므로 경매 낙찰 금액에 대해 권리 순위에서 제외되겠군.

③ B는 주택 임대차 보호법에 의해 경매 낙찰금 중 2억 원을 자신의 전세 보증금으로 반환받을 수 있겠군.

④ B는 2024년 2월 11일부터 주택 임대차 보호법에 의해 M 은행보다 우선하여 보증금을 받을 수 있는 대항력을 갖겠군.

⑤ B가 전입 신고를 하고 확정 일자를 받았지만 물권법에 의해서는 M 은행을 대상으로 전세 보증금을 주장할 수 없겠군.

037

ⓐ~ⓔ와 바꿔 쓸 수 있는 말로 적절하지 않은 것은?

① ⓐ: 얻을

② ⓑ: 없어지고

③ ⓒ: 같지

④ ⓓ: 이루어져

⑤ ⓔ: 돌이키지

ⓔ 독서 150쪽

[038~041] 다음 글을 읽고 물음에 답하시오.

우리나라 헌법은 기본권 제한과 관련하여, 제37조 제2항에서 "국민의 모든 자유와 권리는 국가 안전 보장·질서 유지 또는 공공복리를 위하여 필요한 경우에 한하여 법률로써 제한할 수 있으며, 제한하는 경우에도 자유와 권리의 본질적 내용을 침해할 수 없다."라고 규정하고 있다. 법률의 많은 내용이 국민의 자유와 권리, 즉 기본권을 제한하는 내용인데, 그런 법률 조항은 거의 대부분 제37조 제2항을 근거로 삼고 있다. 그러나 이 조항은 국민의 기본권을 제한하는 근거인 동시에 기본권을 제한할 수 있는 한계를 설정하는 성격도 있다.

법률 문구를 통해 기본권 제한의 한계를 살펴보자. 우선 제37조 제2항의 '국가 안전 보장·질서 유지 또는 공공복리를 위하여'라는 문구는 목적상 한계에 해당한다. 즉 국가 안전 보장, 사회 질서 유지, 공공복리라는 목적을 위한 제한만 가능하다. '법률로써'라는 문구는 형식상 한계에 해당한다. 국민의 기본권을 제한하는 것은 반드시 법률에 근거해서만 가능하다는 의미이다. 법률로써 기본권 제한을 규정하거나 법률이 아닌 대통령령 같은 하위 명령으로 기본권을 제한하거나 간에 어떤 경우라도 반드시 법률에 그 근거가 있어야만 한다. 즉 법률에 의한 국가 권력이 제한의 주체가 되어야 한다. 그리고 '필요한 경우에 한하여'는 방법상 한계에 대한 규정으로 볼 수 있다. 이는 국가나 정부가 국민의 기본권을 제한하는 경우에 그 제한의 정당성 여부를 가리는 실질적인 기준이 되는 것으로, 비례성의 원칙이라고 한다.

비례성의 원칙은 국가가 기본권을 제한하는 목적과 기본권을 제한하는 방법인 수단 사이의 관계를 규율하는 원칙으로 볼 수 있는데, 세부적인 내용에는 목적의 정당성, 수단의 적합성, 피해의 최소성, 법익의 균형성 등이 있다. 기본권을 제한하는 법률이나 하위 명령이 이 중에서 한 가지에라도 위배되면 위헌(違憲)이 된다. 지금은 정당하고 타당한 조항도 시대나 상황 변화에 따라 얼마든지 위헌이 될 수 있다. '목적의 정당성'은 국민의 기본권을 제한하려는 입법의 목적이 헌법 및 법률 체제상 정당성이 인정되어야 한다는 것이다. 현재 시행되는 대부분의 법률은 입법 과정에서 면밀한 검토를 거치므로 목적의 정당성이 부인되는 경우는 극히 드물다. 예를 들어 성인 남자의 병역 의무를 규정하는 병역법은 해당하는 국민의 기본권을 침해하지만, 국가 안전의 보장이라는 헌법의 목적에 부합하므로 정당성이 인정된다고 볼 수 있다.

'수단의 적합성'은 입법 목적이 정당하더라도 그것의 달성을 위하여 사용한 방법이 효과적이고 적절하여야 한다는 것이다. 즉 국민의 기본권을 제한하는 수단은 헌법 및 법률에 적합해야 한다. 예를 들어 사형 제도는 수단의 적합성에 대한 논란이 많다. 인간의 기본권인 생명권을 침해하는 수단으로 흉악 범죄를 예방하고자 하지만, 그 효과를 인정하는 전문가가 비교적 적고 실질적인 예방 효과도 객관적으로 검증되지 않았다. 그 결과 우리나라는 사형제가 있지만 실질적으로 집행을 하지 않고 있다. 하지만 사형 제도가 범죄 예방이라는 목적을 효과적으로 실현하는 수단이라는 견해도 존재한다.

'피해의 최소성'은 기본권 제한 조치가 입법 목적을 달성하기 위해 적절하더라도 보다 완화된 방법을 모색함으로써 기본권 제한이 최소한도에 그치게 해야 한다는 것이다. 즉 적합한 수단들을 비교하여 완화된 수단이나 방법이 있다면 되도록 그것을 선택해야 한다. 다만, 수단의 적합성과 마찬가지로 절대적인 비교 기준이 없다는 한계가 있다. 2024년 국가인권위원회는 조회 시간에 학생의 휴대폰을 일괄 수거해 하교 시까지 휴대폰을 소지하거나 사용할 수 없도록 하는 학교의 조치가 인권 침해에 해당한다는 진정*에 대해, 이는 인권 침해가 아니라고 판단했다. 인권위는 수업 중 핸드폰 사용이 교육에 방해가 되고, 이를 제지하는 과정에서 교사와 학생의 학습권 침해가 발생할 수 있으며, 사이버 폭력이나 불법 촬영 등 인권 침해의 위험이 크다는 점에서, 해당 조치는 피해의 최소성 원칙을 충족한다고 본 것이다.

'법익의 균형성'은 입법에 의하여 보호하려는 공익과 침해되는 사익을 비교할 때 사익보다 공익이 더 커야 한다는 것이다. 즉 어떠한 행위를 제한함으로써 생기는 공적 이익이 그로 인한 사적 불이익보다 크거나 최소한 양자 간 균형이 유지되어야 한다. 성범죄자의 신상 정보를 공개하는 것은 당사자의 권리를 침해하는 것이지만 그렇게 함으로써 얻을 수 있는 사회적 이익이 훨씬 크기 때문에 법익의 균형성이 인정된다.

제37조 제2항의 후반부의 '자유와 권리의 본질적 내용을 침해할 수 없다.'라는 문구는 본질적 내용 침해 금지 원칙으로, 기본권 제한의 한계를 포괄적으로 규정하고 있다. 기본권을 제한해야 할 필요성이 아무리 크더라도 기본권의 본질적 내용을 침해하는 입법은 허용되지 않는다는 것으로, 공권력의 기본권 제한으로 인한 기본권의 공동화*를 방지하는 데 그 취지가 있다. 하지만 기본권의 본질적 내용이 무엇인지에 대해서는 여러 가지 견해가 대립하고 있는 실정이다. 우리나라의 경우에는 대개 비례성의 원칙을 위반한 기본권 제한을 본질적 내용을 침해한 제한으로 보고 있지만, 사안에 따라서는 비례성의 원칙과 별개로 본질적 침해만을 기본권 제한의 정당성 여부의 조건으로 삼기도 한다.

---

* 진정: 인권 침해나 차별행위를 이유로 국가인권위원회에 조사, 시정을 요구하는 것.
* 공동화: 마땅히 있어야 할 내용이 없어짐. 또는 속이 텅 비게 됨.

038

윗글에 대한 설명으로 적절한 것은?

① 중심 화제를 세분화한 뒤, 구체적 사례를 활용하여 상술하고 있다.

② 중심 화제를 유형별로 구분한 뒤, 각각의 장단점을 비교하고 있다.

③ 중심 화제에 대한 통념을 반박한 뒤, 새로운 이론을 제시하고 있다.

④ 중심 화제의 한계를 제시한 뒤, 그 원인을 다각도로 고찰하고 있다.

⑤ 중심 화제의 구성 요소를 분석한 뒤, 종합하여 의의를 평가하고 있다.

039

윗글의 내용과 일치하지 않는 것은?

① 공익을 목적으로 하는 경우에만 합법적으로 국민의 기본권을 제한할 수 있다.

② 자유와 권리의 본질적 내용에 대해서는 아직 통일된 이론이 정립되지 않았다.

③ 우리나라 헌법은 기본권을 제한할 수 있게 규정하되 그 한계를 설정하고 있다.

④ 현재 기본권을 제한하는 대부분의 법률은 입법 목적의 정당성이 인정되고 있다.

⑤ 구체적 제한 조항이 법률에 명시된 것이 아니면 기본권을 합법적으로 제한하는 것은 불가능하다.

040

윗글을 바탕으로 〈보기〉에 대해 이해한 내용으로 적절하지 않은 것은?

〈보기〉

'스크린쿼터(screen quota)제'는 한국 영화 산업을 보호하자는 취지로 극장의 한국 영화 의무 상영 일수를 규정하는 제도이다. 2006년에 제정된 '영화 및 비디오물의 진흥에 관한 법률 및 동법 시행령'에 따르면, 극장 경영자는 연간 상영 일수의 5분의 1 이상 한국 영화를 상영해야 한다. 그런데 이 제도는 헌법 제15조에서 보장된 직업의 자유와 상충하는 면이 있다. 자신이 원하는 영화를 자유롭게 상영할 수 있는 권리는 극장 경영자에게 극장 영업이라는 직업을 자유롭게 수행할 수 있는 권리이기 때문이다. 하지만 헌법 재판소는 스크린쿼터제를 합헌으로 판결했다.

① 헌법 재판소는 법률로써 한국 영화 산업을 보호함으로써 공공복리를 증진시킬 수 있다고 보았을 것이다.

② 헌법 재판소는 스크린쿼터제가 한국 영화 산업을 보호하기에 가장 효과적이고 적절한 방법이라고 보았을 것이다.

③ 헌법 재판소는 스크린쿼터제가 극장 경영자의 직업의 자유가 지닌 본질적 내용을 침해하지 않는다고 보았을 것이다.

④ 헌법 재판소는 스크린쿼터제로 얻은 사회 공동체의 이익이 극장 경영자가 입은 불이익보다 작지 않다고 보았을 것이다.

⑤ 헌법 재판소는 스크린쿼터제를 통해 한국 영화 산업을 보호하면 궁극적으로 극장 경영자의 이익이 높아진다고 보았을 것이다.

041

ⓔ 독서 285쪽

〈보기〉는 1997년 헌법 재판소 결정문의 일부이다. 윗글을 바탕으로 〈보기〉에 대해 보인 반응으로 가장 적절한 것은?

〈보기〉

[동성동본 금혼 조항* 위헌 제청 사건에 대한 헌법 재판소 결정문 요약]

민법 제809조 제1항 동성동본 금혼 조항은 여러 가지 사회 환경의 변화로 말미암아 오늘날의 현실에 적합하지 않을 뿐더러, '인간으로서의 존엄과 가치 및 행복 추구권'을 규정한 헌법 이념 및 '개인의 존엄과 양성의 평등'에 기초한 혼인과 가족 생활의 성립·유지라는 헌법 규정에 정면으로 배치된다. 또한 판단 기준을 남계 혈족에만 한정하여 헌법상의 평등의 원칙에 위반되며, 그 목적이 '사회 질서'나 '공공복리'에 해당되지도 않는다.

* 동성동본 금혼 조항: 동일한 성과 본관을 지닌 사람끼리는 결혼할 수 없도록 규정한 민법 조항.

① 동성동본 금혼 조항을 통한 기본권 제한이 법률에 근거하지 않아 기본권 제한의 형식상 요건을 위배했군.

② 동성동본 금혼 조항은 목적상 타당성이 인정되나 그로 인한 사회적 이익이 미미하여 법익의 균형성을 위배했군.

③ 동성동본 금혼 조항의 입법 목적이 헌법의 체제에 비추어 볼 때 정당하지 않으므로 목적의 정당성을 위배했군.

④ 동성동본 금혼 조항의 입법 목적을 실현하는 과정에서 다른 수단과 비교하지 않음으로써 피해의 최소성을 위배했군.

⑤ 동성동본 금혼 조항의 입법 목적이 여러 사회 환경의 변화로 달라진 오늘날의 현실과 부합하지 않으므로 수단의 적합성을 위배했군.

[042~046] 다음 글을 읽고 물음에 답하시오.

공공재는 생산되는 즉시 모든 사회 구성원들이 동시에 소비할 수 있는 재화나 서비스를 말한다. 모든 사람들이 동시에 소비할 수 없는 사적재와 대조적이다. 공공재는 비경합성과 비배제성을 그 특징으로 한다. 비경합성이란 한 사람의 소비 행위가 다른 사람의 소비 행위에 아무런 영향을 끼치지 않는 것을 ⓐ뜻한다. 그리고 비배제성이란 재화 가격을 지불하지 않은 사람일지라도 서비스를 소비하는 것에서 배제할 수 없다는 것이다. 그런데 공공재 모두가 완전한 비경합성과 비배제성을 갖추고 있는 것은 아니다. 배제는 불가능하지만 경합을 필요로 하는 경우도 있고, 배제는 가능하나 경합이 불필요한 경우도 있다. 이러한 경우에 해당하는 것을 준공공재라고 ⓑ부르고, 비경합성과 비배제성을 갖춘 공공재는 순수 공공재라 한다.

공공재의 분류와 관련하여 경제학자 뷰캐넌은 클럽재라는 새로운 개념을 제시하였다. 클럽재는 비경합성이 있지만 배재성이 있는 재화로 테니스 클럽이나 유료 골프장을 예로 들 수 있다. 테니스는 한 코트에서 4인이 복식 경기를 즐길 수 있다. 그런데 만약 이 코트에 1인이 더 들어가 게임을 한다면 온전한 경기를 하기에 매우 불편할 것이다. 이 새로 추가된 1인으로 인해 기존의 4인에게 불편이 야기되는데, 이는 경제학적으로 보았을 때 1인이 더 늘어남으로써 더 많은 비용이 요구되는 것과 같다. 뷰캐넌은 이 클럽재 개념을 통해 공공재를 운용할 때 최적 인원수와 최적 규모를 파악하는 것이 중요함을 역설하고 이를 위해 공공재 이용에 따른 편익과 비용을 계산해야 한다고 하였다. 그래서 공공재를 소비하는 사람이 기꺼이 공공재 이용에 따른 비용을 지불하려는 경우는 흔하지 않아 무임승차의 문제가 야기된다고 하더라도 공공재를 효율적으로 분배해야 하는 정부는 경제학적 분석을 통해 의사 결정을 합리적으로 수행해야 한다고 하였다.

[A]
한편, 경제학자 애로는 최선의 공공재 운용을 위해서는 개인들이 공공재에 대한 진정한 선호를 표명하게 하고, 개인들의 선호 결과들을 충분히 반영할 수 있는 사회적 선택을 해야 하는데, 이는 실질적으로 불가능하다고 주장하였다. 개인들의 선호를 충분히 반영하기 위해서는 다섯 가지 조건을 충족해야 하는데, 이들 조건을 모두 충족한 최적의 선택은 불가능하다는 것이다. 여기서 다섯 가지 조건은 파레토의 원리, 이행성의 원리, 독립성의 원리, 비제한성의 원리, 비독재성의 원리이다. 파레토의 원리는 개인의 우선순위가 사회 전체의 우선순위로 나타나야 한다는 것으로, 모두가 A보다 B를 원하면 사회적 선택도 A가 아닌 B가 되어야 한다는 것이다. 이행성의 원리는 A를 B보다 선호하고 C보다 B를 선호한다면 A를 C보다 선호해야 한다는 것이다. 독립성의 원리는 A와 B를 비교할 때 이들과 무관한 C는 A, B의 비교에 아

무런 영향을 주지 말아야 한다는 것이다. 비제한성의 원리는 의사 결정을 할 때 모든 정책 대안들을 비교해야 하고 개개인의 모든 선호들을 충분히 고려하고 타인의 선호를 제약하지 말아야 한다는 것이며, 비독재성의 원리는 한 사람의 의사가 사회 전체의 의사가 되어서는 안 된다는 것이다. 애로는 공공재 운용을 위한 어떠한 의사 결정도 이러한 경제학적 원리들을 모두 충족하는 것은 불가능하다고 하였는데, 이를 '애로의 불가능성 정리'라고 한다.

경제학자 보웬은 공공재는 무임승차의 문제로 시장 실패를 ⓒ불러올 수 있기 때문에 공공재 운용을 위해 최적의 규모를 파악하는 것이 중요하다고 강조하였다. 그러면서 무임승차의 문제가 ⓓ생기지 않으며 개인은 자신의 공공재에 대한 진정한 선호를 표명하는 상황을 이상적인 것이라고 보고, 이에 따라 공공재의

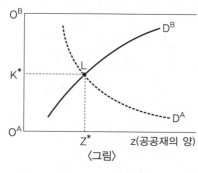
〈그림〉

최적 규모를 설명하는 〈그림〉을 제시하였다. 〈그림〉에서 D^A는 개인 A의 공공재에 대한 선호, D^B는 개인 B의 공공재에 대한 선호를 나타낸 것이다. 그리고 $O^A \sim O^B$는 개인들의 공공재 비용 부담 비율로 총합은 1이 된다. $O^A \sim K^*$는 개인 A의 공공재 비용 부담 비율이며 이때 개인 B는 $1-(O^A \sim K^*)=O^B \sim K^*$만큼을 부담하게 되고, Z^*는 공공재의 최적 규모가 된다. 이를 통해 보웬은 (　　　　　⊙　　　　　)을 강조하였다.

이밖에도 경제학자 새뮤얼슨은 공공재와 사적재를 동시에 ⓔ다루면서 개인들 사이에 공공재가 어떻게 분배되는 것인 효율적인지를 입증하기도 하였다. 이러한 경제학자들의 연구는 공공재 운용과 관련하여 정부의 합리적 선택을 유도하였을 뿐만 아니라 정책적 의사 결정, 정치적 의사 결정에도 영향을 주었다.

042

윗글에 대한 설명으로 적절하지 않은 것은?

① 글에서 다루는 주요 용어의 개념을 정의하고 있다.
② 구체적인 예를 통해 용어에 대한 이해를 돕고 있다.
③ 대조적 관점의 이론들을 쟁점이 되는 사안을 중심으로 소개하고 있다.
④ 핵심 제재가 가진 특성과 관련지어 재화의 세부 종류를 구분하여 설명하고 있다.
⑤ 특정 경제학 연구와 관련된 학자들의 다양한 논의의 효용과 영향을 밝히고 있다.

043

윗글을 바탕으로 재화의 유형을 〈보기〉와 같이 분류할 때, 이에 대한 이해로 적절하지 않은 것은?

〈보기〉

	배제 가능	배제 불가능
경합	유형 1	유형 2
비경합	유형 3	유형 4

① '유형 1'에 해당하는 것은 공공재에 해당하지 않는 것으로, 모든 사람들이 동시에 소비할 수 없는 것들이겠군.
② 교통량이 많은 무료 도로는 이용에 따른 대가를 치르지 않고 이용할 수 있으나 경합을 필요로 하므로 '유형 2'에 해당하겠군.
③ 한산한 유료 도로는 요금을 지불해야 하지만 요금 지불 뒤에는 경합이 필요하지 않으므로 '유형 3'에 해당하겠군.
④ 일정 정도의 인원수를 넘어서면 불편이 발생하는 무료 공연장은 클럽재로 볼 수 있으며, '유형 3'에 해당하겠군.
⑤ 국가의 안보와 관련된 국방 서비스는 누구나 동시에 소비할 수 있는 순수 공공재로, '유형 4'에 해당하겠군.

044

윗글의 〈그림〉에 대한 이해를 바탕으로 ⊙에 들어갈 내용을 다음과 같이 정리할 때, 그 내용으로 적절한 것끼리 묶인 것은?

〈보기〉

ㄱ. 공공재의 최적 규모는 각 개인의 공공재 비용 부담 비율이 동일해지는 지점에서 형성됨
ㄴ. 개인의 공공재에 대한 선호가 증가할 때 이 개인의 공공재 비용 부담 비율은 증가함
ㄷ. 무임승차의 문제가 발생한다면 각 개인의 공공재 비용 부담 비율의 총합은 1보다 작아짐
ㄹ. 무임승차의 문제가 발생할 경우, 공공재에 대한 선호가 높은 개인의 공공재 비용 부담 비율은 증가하게 됨

① ㄱ, ㄴ　　　② ㄱ, ㄷ　　　③ ㄴ, ㄷ
④ ㄴ, ㄹ　　　⑤ ㄷ, ㄹ

045

[A]를 바탕으로 〈보기〉를 이해한 내용으로 가장 적절한 것은?

〈보기〉

○○학교에서 수학 여행지로 경주, 제주도 중에서 하나를 선정하려고 하다가 울릉도를 가고 싶어 하는 학생들이 많아 경주, 울릉도, 제주도 중 하나를 선정하기로 하였다. 수학 여행지에 대한 전체 학생들의 선호를 조사하여, '제주도＞울릉도＞경주'의 선호 순위를 보인 학생들을 A그룹으로, '울릉도＞경주＞제주도'의 선호 순위를 보인 학생들을 B그룹으로, '경주＞제주도＞울릉도'의 선호 순위를 보인 학생들을 C그룹으로 묶었는데, 각 그룹의 학생 수는 같았다. 이때 학생들은 합리적인 선택을 할 수 있고, 수학 여행지에 대한 자신의 선호를 명확히 밝힌다고 가정한다.

수학 여행지를 선정하는 방법으로 각 그룹의 선호 1순위는 3점, 2순위는 2점, 3순위는 1점을 부여하여 가장 높은 점수가 나온 곳을 선정하자는 의견이 있었다. 또 세 지역 중 두 지역을 먼저 비교하여 둘 중 선호도가 더 높은 곳을 선택하게 하고, 여기서 선택된 지역과 나머지 지역을 다시 비교하여 선호도가 높은 곳을 최종적으로 수학 여행지로 결정하자는 의견이 있었다.

① 제주도와 경주를 먼저 비교하고, 여기서 선택된 지역과 울릉도를 비교한 결과 최종적으로 울릉도가 수학 여행지로 결정된다면 이행성의 원리가 충족되었기 때문이겠군.

② 울릉도와 경주를 먼저 비교하고 여기서 선택된 지역과 제주도를 비교하면 최종적으로 제주도가 결정되고, 이와 같은 방식으로 제주도와 울릉도를 먼저 비교하면 최종적으로 경주가 결정되는 것은 비독재성의 원리가 충족되지 않았기 때문이겠군.

③ 처음에 예정된 제주도와 경주 두 지역만 비교하여 선택했다면 A그룹은 제주도를, B그룹은 경주를, C그룹은 경주를 선택하게 되므로 파레토의 원리에 따라 경주가 수학 여행지로 결정되겠지만, 비제한성의 원리는 충족되지 않겠군.

④ A그룹, B그룹, C그룹의 선호 순위에 따라 후보 여행지에 각각 3점, 2점, 1점의 점수를 부여한 후, 가장 높은 점수가 부여된 지역을 수학 여행지로 결정한다면 독립성의 원리는 충족되지만 비제한성의 원리는 충족되지 않겠군.

⑤ 처음에 경주와 제주도만 수학여행 후보지로 삼았다가 울릉도를 추가하였음에도 경주와 제주도 중 하나가 수학 여행지로 결정될 가능성이 큰 것은 독립성의 원리는 충족되지만 이행성의 원리는 충족되지 않기 때문이겠군.

046

문맥상 ⓐ～ⓔ과 바꾸어 쓰기에 적절하지 않은 것은?

① ⓐ: 의미(意味)한다

② ⓑ: 칭(稱)하고

③ ⓒ: 초래(招來)할

④ ⓓ: 발생(發生)하지

⑤ ⓔ: 처리(處理)하면서

ⓔ 독서 121쪽

[047~050] 다음 글을 읽고 물음에 답하시오.

외환 거래는 각 거래 당사자들이 서로 합의한 날짜에 상대방에게 일정액의 서로 다른 통화를 지불하기로 하는 약속이다. 서로 합의한 이 지불일, 즉 자금의 수수가 실제로 이루어지는 날이 결제일이다. 외환 거래는 이 결제일을 기준으로 당일 거래, 익일 거래, 현물환 거래, 선물환 거래 등으로 나누어진다. 거래 금액이 큰 은행 간 거래에서는 당일이나 익일 거래는 흔하지 않고 현물환과 선물환이 주를 이룬다.

외환 거래에서 가장 빈번한 것이 현물환 거래인데, 이 현물환 거래는 계약 또는 합의가 이루어진 후 두 번째 영업일*에 결제가 되는 방식이다. 현물환 거래에 따른 지불 지시가 은행 시스템을 통해서 실제로 결제되는 데는 보통 2영업일이 소요되므로 현물환의 계약이 성립된 지 이틀 후에야 실제로 외환이 거래된다고 할 수 있다. 또한 외환 시장은 시차 때문에 전 세계에서 동시에 열리지 않으며 결제가 양 당사자 간에 동시에 이루어지지 않는다. 예를 들면 일본 은행은 업무 시간 중에 미국 은행에 엔화를 지불하는데, 그에 상응하는 달러화의 수취는 미국 은행의 업무 시간이 되어야 가능하다. 이처럼 현물환 거래의 결제가 이틀이 소요되고 또 당사자 간에 동시에 이루어지지 않기 때문에 거래자에게는 가격 변동의 위험뿐만 아니라 상대방의 신용 위험이 따를 수도 있다. 따라서 현물환 거래는 결제일의 현물 환율에 따라 계약 당사자 간 유불리가 정해지는 것이 가장 큰 특징이라고 할 수 있다.

선물환 거래는 미래의 특정일에 특정 금액의 통화를 수취할 목적으로 동일 금액의 다른 통화를 지불함으로써 환율의 위험을 관리하는 계약을 말한다. 즉 미리 정해진 날에 한 나라의 통화를 미리 정해진 가격으로 다른 나라의 통화와 교환하여 미래의 불확실성을 없애기 위한 방식이다. 흔히 선물환 거래는 결제일이 약정일로부터 세 번째 영업일 또는 그보다 더 이후가 된다. 환율은 거래에 합의할 때 결정하지만 실제로 통화가 교환되어 입금되는 것은 만기일이 되어서이다. 선물환 거래의 만기일은 일반적으로 확정일 방식이 쓰이나 드물게 선택일 방식으로도 이루어진다. 전자는 계약 체결 시 만기일을 특정일로 정해 두는 방식이고 후자는 계약 체결 시 우선 일정 기간을 정해 두고 그 기간의 어느 날을 고객이 사후에 만기일로 지정하는 방식이다. 선택일 방식은 주어진 기간 중의 어느 때에 결제해야 하는 것이긴 하지만 계약의 매입자로서는 불명확한 결제일에 대처하는 융통성을 가져야 한다. 따라서 선택일 방식의 선물환 거래에서 딜러인 은행은 그 기간 중 예상되는 가장 불리한 환율에 대비해야 하므로 자연히 제시하는 환율은 계약의 상대방(고객)에게는 가장 불리할 것으로 예상되는 환율이 된다.

외환 거래에서는 미래의 어떤 특정일을 지불일로 하는 현물환이나 선물환 거래가 만족스럽지 않은 때가 많다. 예컨대 오늘 수출 대금 1백만 달러를 수취하였으나 3개월 후에 같은 1백만 달러를 원자재 수입 대금으로 지불해야 하는 기업을 생각해 보자. 앞으로 3개월 동안 계속 달러를 보유하고 있는 것은 그 기간 동안 환율 변동의 위험을 안고 있는 셈인데, 그 달러를 사용해야 할 필요가 생길 때까지 원화로 바꿔 보유하면 투자 기회와 수단을 유리하게 선택할 수 있는 경우가 많다. 이때 거래 비용을 절약할 수 있는 방법이 '선물환 스왑(swap)'이다. 이것은 일정액의 외환을 서로 다른 두 시점에 매입하고 매도하도록 하는 두 개의 거래, 즉 현물환 거래와 선물환 거래 또는 선물환 거래와 선물환 거래를 묶은 하나의 계약이다. 스왑 거래의 요체는 결제일을 달리하는 실제로 두 개인 거래를 동일한 거래 상대방들이 하나의 거래로 묶어서 체결하는 것이다. 여기서는 동일한 외환 금액을 미리 정해 둔 환율로 지불하고 또 수취하기 때문에 현물 환율의 변동에 따른 위험이 없다.

스왑은 한 시점의 매입 거래와 다른 시점의 매도 거래가 교환되는 것이므로 매입율과 매도율 중 어느 쪽의 스왑률을 적용할 것인가 하는 문제가 생긴다. 실제로는 첫 번째 만기는 무시하고 두 번째 만기를 기준으로 스왑률이 결정된다. 예컨대 스왑 거래에서 딜러 A와 딜러 B가 각각 제시하는 환율에 다음에 제시된 〈표〉와 같이 선물환 할증이 있다고 하자.

[딜러 A의 환율]

구분	매입률	매도율
현물 환율	1,000	20
3개월 스왑률	10	40

[딜러 B의 환율]

구분	매입률	매도율
현물 환율	1,010	20
3개월 스왑률	20	50

먼저 딜러 A가 상대방에게 달러를 현물환에서 사고 3개월 선물환으로 파는 스왑에서는, 두 번째 거래가 매도 거래가 되므로 상대방에게 당초 적용한 현물 환율보다 달러당 40원 비싼 값을 적용하겠다는 것이다. 또한 상대방에게 달러를 현물환에서 팔고 3개월 선물환으로 사는 스왑에서는, 딜러 A는 상대방에게 매입률 쪽의 스왑률을 적용하여 10원씩을 가산해 주겠다는 것이다. 딜러 B의 경우도 이와 같은 방식이 적용된다.

이러한 조건에서 어떤 고객이 딜러 A와 달러를 ㉠현물환에서 팔고 3개월 선물환으로 사는 스왑 거래를 하는 경우를 살펴보면, 고객은 현물환 거래에서 1,000원에, 3개월 선물환 거래는 1,040원(=1,000+40)에 거래하게 된다. 동일한 거래를 딜러 B와 거래하는 경우를 견주어 보면 다음과 같다. 단, 3개월간의 이자나 거래의 순서는 무시한다.

거래 상대방	현물환 매도율	적용되는 스왑률	3개월 선물환 매입률
딜러 A	1,000	40	1,040
딜러 B	1,010	50	1,060

〈표〉

따라서 스왑 거래에서 중요한 것은 현물 환율이나 선물 환율보다는 이 두 환율의 차이인 스왑률이다. 고객은 딜러 A와 딜러 B가 적용하는 스왑률을 고려하여 누구와 스왑 거래를 하는 것이 좀 더 유리한 것인지를 판단해야 한다.

* 영업일: 법이나 관습에 의하여 영업을 하도록 정해진 날. 실제 영업을 하는 날로, 주말이나 공휴일과 같이 영업을 하지 않는 날은 포함되지 않음. 예를 들어 7영업일은 실제 영업이 이루어지는 7일을 가리킴.

047

윗글을 이해한 내용으로 적절하지 <u>않은</u> 것은?

① 스왑 거래에서 스왑률은 실제의 통화 환율이 아니라 현물 환율과 선물 환율의 차이를 나타낸다.

② 외환 거래에서 당일 거래나 익일 거래가 거의 이루어지지 않는 이유는 시차와 은행의 시스템 때문이다.

③ 현물환 거래와 선물환 거래는 결제일이 2영업일 이내인지, 아니면 그 이후인지를 기준으로 나누어진다.

④ 현물환 거래의 결제 방식으로 인해 거래자는 가격 변동의 위험이나 상대방의 신용 위험을 떠안을 수 있다.

⑤ 딜러인 은행과의 선물환 거래에서 매도자인 고객이 선택일 방식을 채택하면 고객은 자신에게 가장 유리한 환율 날짜를 선택할 수 있다.

048

윗글에 비추어 〈보기〉를 설명한 내용으로 적절하지 <u>않은</u> 것은?

〈보기〉

한국의 어떤 무역업자가 8월 21일에 수출 계약을 체결하는데 대금은 10월 5일에 1백만 달러의 외화를 받는 조건이다. 이때 다음과 같은 두 가지 방법이 있다.

[A]

• 8월 21일: 아무런 조치를 취하지 않는다.

• 10월 5일: 1백만 달러를 수취하고 이날의 현물환 거래를 통해 원화로 바꾼다. 이날의 현물 환율이 달러당 1,190원이면 10월 7일에 11억 9천만 원을, 1,210원이면 12억 1천만 원을 받게 된다.

[B]

• 8월 21일: 10월 5일의 현물 환율이 얼마가 될지 그 전에는 알 수 없다. 이 불확실성에서 오는 위험을 피하기 위해 10월 5일을 만기로 하는 선물환 계약을 체결해 둔다.(이때의 선물 환율은 1,200원이다.)

• 10월 5일: 수출 거래에서 받은 1백만 달러를 선물환 계약의 상대방인 딜러에게 지불하고 그 대가로 10월 8일에 12억 원(1백만 달러×1,200원/달러)을 받는다.

① [A]에서는 10월 5일이 되기 전에는 원화로 정확하게 얼마를 받게 될지 알 수 없다.

② [A]는 환율의 위험을 떠안는 방법, [B]는 환율의 위험을 관리하는 방법에 해당한다.

③ 10월 5일의 현물 환율이 1,200원이라면 [A]와 [B]는 동일한 결과를 가지게 된다.

④ [B]에서는 10월 5일이 되었을 때 이날의 환율이 1,190원이면 달러당 10원씩을 덜 받게 된다.

⑤ [B]에서는 10월 5일에 원화 수입이 얼마가 될지 미리 알 수 있어 불확실성이 없고 자금 계획을 정확히 세울 수 있다.

049

윗글에 제시된 〈표〉들을 바탕으로 ㉠에 대해 이해한 내용으로 가장 적절한 것은?

① 현물환 거래만 한다면 고객은 딜러 B보다는 딜러 A에게 달러를 파는 것이 더 이익이 된다.

② 고객은 딜러 A와 거래할 경우 외환을 달러당 1,000원에 사서 1,040원에 팔게 되므로 40원의 이익을 보게 된다.

③ 고객이 딜러 B와 거래할 경우 외환을 달러당 1,030원에 사서 1,060원에 팔게 되므로 30원의 이익을 보게 된다.

④ 딜러 A의 스왑률과 딜러 B의 스왑률을 고려한다면, 고객은 딜러 B보다는 딜러 A와 거래하는 것이 결과적으로 이롭다.

⑤ 고객이 달러를 현물환에서 사고 3개월 선물환으로 파는 스왑 거래로 바꾼다면, 딜러 A보다는 딜러 B와 거래하는 것이 손해가 된다.

050

'선물환 스왑 거래'에 대한 설명으로 가장 적절한 것은?

① 환율의 변동에 따른 위험을 예방하기 위해 현물 환율과 선물 환율의 차익을 보장하기 위한 것

② 현물 환율의 변동에 따른 위험을 방지하기 위해 결제일이 서로 다른 외환을 동시에 사고파는 것

③ 외환 시장의 개장 차이로 인한 손실을 보전하기 위해 현물 환율과 선물 환율의 차이를 없애는 것

④ 한 시점의 매입 거래와 다른 시점의 매도 거래에서 환율을 고려하여 무엇을 중시할 것인가를 판단하는 것

⑤ 결제일이 다른 두 개의 거래에서 손해되는 거래를 폐기하고 이익이 되는 거래만을 선택적으로 취하는 것

| 2023년 3월 교육청 Ⓔ 독서 206쪽

[051~054] 다음 글을 읽고 물음에 답하시오.

용해도는 일정한 온도에서 일정한 양의 용매에 최대로 녹을 수 있는 용질의 양으로, 보통 용매 100g에 녹을 수 있는 용질의 질량이다. 혼합물의 과포화 상태는 용질이 용해도 이상으로 녹아 있는 상태인데, 과포화 상태의 혼합물은 포화 상태로 돌아가려는 경향이 있다. 결정화는 포화 상태의 혼합물이 과포화 상태가 되어 용질이 고체 입자로 석출되는 것으로 결정화 공정을 거치면 입도*가 작은 고체 입자를 얻을 수 있다. 이러한 결정화 공정은 약물의 생체 흡수율을 높여야 하는 제약 분야 등에서 사용된다.

결정화 공정에서는 초임계 유체를 쓰는 경우가 많다. 물질은 임계 온도와 임계 압력 이상에서 초임계 상태로 존재한다. 임계 온도는 어떤 물질이 액체로 존재할 수 있는 최고 온도이고, 임계 압력은 어떤 물질이 기체로 존재할 수 있는 최대 압력이다. 온도와 압력이 임계 온도와 임계 압력 이상일 때 물질은 액체도 아니고 기체도 아닌 초임계 상태로 존재한다. 초임계 상태에서 물질의 분자 간 거리는 그 물질이 기체일 때보다는 가깝지만 액체일 때만큼 가깝지는 않다. 물질이 액체일 때보다는 초임계 상태거나 기체일 때 용질이나 용매가 더 자유롭게 이동할 수 있다. 또한 초임계 유체에 가해지는 압력을 높이면 밀도가 높아져 더 많은 양의 용질을 녹일 수 있어 초임계 유체를 이용한 결정화 공정에서는 고체 입자의 입도를 조절할 수 있다.

GAS 공정에서는 초임계 이산화 탄소를 반용매로 사용하여 ㉠혼합물에 녹아 있는 용질을 작은 입도의 고체로 석출하는 경우가 많다. 반용매는 용질을 녹이지 않고 용매와는 잘 섞이는 물질로, 반용매를 혼합물에 첨가하면 반용매는 용매와 섞이고 용질은 고체 입자로 석출된다. GAS 공정에서는 결정화하려는 물질을 액체 용매에 녹여서 혼합물을 만들고 용기에 적당량 채운 뒤 용기를 밀폐한다. 이후 용기의 온도와 압력을 이산화 탄소와 액체 용매의 임계 온도와 임계 압력의 사이에 맞추고 초임계 이산화 탄소를 용기에 주입한다. 그러면 혼합물이 과포화 상태가 되고 녹아 있던 용질은 고체 입자로 석출된다. 반용매가 용매와 섞이면서 포화될 수 있는 용질의 양이 줄어드는 것이다. 석출되는 용질의 양은 처음에 채운 혼합물의 양이 같다면 그 농도에 의해 정해진다.

결정화 공정에서 고체 입자를 석출할 때는 우선 일정한 수의 용질 분자가 모여서 집합체를 이루어 결정핵이 생성되어야 한다. 혼합물의 농도가 높을수록 결정핵을 만들 수 있는 용질 분자의 수가 많아 결정핵이 많이 생긴다. 결정핵이 많이 생성되면 하나의 결정핵에 모일 수 있는 용질 분자의 수가 적어져서 고체 입자

의 크기는 작아지게 된다.

한편 초임계 이산화 탄소를 용매로 사용하는 결정화 공정도 있다. RESS 공정에서는 결정화하려는 물질과 초임계 이산화 탄소가 섞인 ㉡혼합물을 고압의 용기에서 대기압을 유지하는 용기로 분사한다. 분사 직후 초임계 이산화 탄소는 빠르게 압력이 내려가고 기체로 변화하는 과정에서 용질이 고체 입자로 석출된다. 이때 혼합물에서 결정핵이 생성되는데, 석출되는 고체 입자의 입도가 정해지는 원리는 GAS 공정과 동일하다.

GAS 공정과 RESS 공정 등의 결정화 공정에서는 이산화 탄소가 주로 쓰인다. 이산화 탄소는 임계 온도가 상온과 큰 차이가 없어 온도를 조금만 올리고 압력을 올리면 쉽게 초임계 상태로 만들 수 있기 때문이다. 초임계 이산화 탄소를 이용하면 압력을 조절하여 석출되는 고체 입자의 입도를 작게 만들 수 있을 뿐 아니라 그 자체로 독성이 없어서 안전성 문제에서도 자유롭다.

* 입도: 입자 하나하나의 평균 지름.

051

윗글을 통해 알 수 있는 내용으로 적절하지 않은 것은?

① 초임계 이산화 탄소를 용매로 사용하여 용질을 석출할 수 있다.
② 혼합물에 반용매를 첨가하면 원래 있던 용매의 양이 줄어든다.
③ 이산화 탄소는 액체로 존재할 수 있는 최고 온도가 상온과 큰 차이가 없다.
④ 과포화 상태의 혼합물이 포화 상태로 돌아가려는 경향으로 인해 용질이 석출된다.
⑤ 초임계 이산화 탄소는 안전성 측면에서 문제가 없어 결정화 공정에 쓰이기에 적합하다.

052

㉠과 ㉡에 대한 설명으로 가장 적절한 것은?

① ㉠과 달리, ㉡은 초임계 이산화 탄소가 액체가 되는 과정에 사용된다.

② ㉠과 달리, ㉡은 농도에 따라서 석출되는 고체 입자의 수가 정해진다.

③ ㉡과 달리, ㉠에는 용질이 초임계 이산화 탄소가 아닌 용매에 녹아 있다.

④ ㉡과 달리, ㉠에는 임계 온도와 임계 압력 이상의 이산화 탄소가 섞여 있다.

⑤ ㉠과 ㉡은 모두 결정화 공정에서 용매에 분사된다.

053

윗글을 바탕으로 할 때, Ⓐ에 들어갈 내용으로 가장 적절한 것은?

> 초임계 유체를 용매로 사용하여 포화 상태의 혼합물을 만들려고 한다. 이때 포화 상태의 혼합물을 더 높은 압력에서 만들면 결정화 공정을 통해 석출되는 고체 입자의 입도는 더 작아지는데, 이는 [Ⓐ] 때문이다.

① 결정핵이 더 적게 생성되기

② 결정핵이 초임계 상태가 되기

③ 초임계 유체의 임계 온도가 낮아지기

④ 결정핵이 만들어지는 속도가 느려지기

⑤ 일정한 부피당 용질 분자의 수가 많아지기

054

윗글을 바탕으로 〈보기〉를 이해한 내용으로 가장 적절한 것은? [3점]

> ─〈보기〉─
>
> 용질 A를 용매 B에 녹여 혼합물을 만들고 용기에 담은 후 용기의 압력을 높였다. 이후 용기에 초임계 이산화 탄소를 주입하여 A를 석출하는 실험을 통해 아래의 ㉮~㉰와 같은 결과를 얻었다. (단, 사용된 혼합물의 양은 같고 혼합물에 녹아 있는 용질은 모두 석출된다고 가정한다.)

	혼합물의 농도(g/mL)	초임계 이산화 탄소를 주입하는 속도(mL/s)	석출된 A의 입도(μm)
㉮	0.01	20	35
㉯	0.03	20	25
㉰	0.03	5	70

① ㉮와 ㉯에서 석출된 A의 입도가 차이가 나는 것은 초임계 이산화 탄소에 녹는 A의 양이 다르기 때문이겠군.

② ㉮보다 ㉯에서 석출된 A의 입도가 더 작은 것은 하나의 결정핵에 모인 용질 분자의 수가 적기 때문이겠군.

③ ㉯와 ㉰에서 초임계 이산화 탄소와 B가 섞이는 속도는 다르지만 과포화되는 속도는 같겠군.

④ ㉮~㉰에서 석출된 A의 입도는 차이가 나더라도 각각에서 석출된 A의 양은 모두 같겠군.

⑤ ㉯가 과포화되는 속도는 ㉮와 ㉰보다 느리기 때문에 ㉯에서 석출된 A의 입도가 가장 작겠군.

🅔 독서 189쪽

[055~058] 다음 글을 읽고 물음에 답하시오.

식물은 광합성을 통해 빛 에너지를 화학 에너지로 전환하여 살아간다. 진화론의 관점에서 보면 빛을 잘 인식하는 식물이 그렇지 못한 식물보다 생존 경쟁에서 유리했을 것이므로, 식물에게도 동물의 눈처럼 빛을 감지하는 무언가가 있을 것이라고 추론할 수 있다. 실제로 식물 내부에는 다양한 광수용체가 있어 빛의 파장, 세기, 방향, 주기와 같은 정보를 감지하고 식물의 생리를 조절한다.

애기장대*를 모델로 연구한 결과, 파장 약 280nm 영역의 자외선은 UVR8이, 약 470nm 영역의 청색광은 포토트로핀, 크립토크롬, 자이트루페가, 약 660nm의 적색광과 약 730nm의 원적색광*은 피토크롬이 각각 감지한다는 것이 밝혀졌다. 대부분의 광수용체들은 단백질로 구성되어 있고 특정 파장의 빛을 흡수하는 화합물인 색소단을 가지고 있는데, 이러한 광수용체의 존재가 모델 식물*에만 국한되지 않는다는 것이 이후의 실험 연구들을 통해 실증적으로 확인되었다.

광수용체가 빛을 감지한다는 것은 광수용체가 빛을 흡수하고 그 결과 광수용체의 구조가 변한다는 것을 의미한다. 즉 빛이 식물 내부에 있는 광수용체 단백질의 구조를 변화시키는 것이다. 그런데 아미노산으로 구성된 단백질 자체로는 자외선을 제외한 빛을 흡수하기 어렵기 때문에 일부를 제외한 대부분의 광수용체들의 내부에는 색소단이 존재한다. 빛을 받으면 내부 색소단의 구조가 변하고 이를 둘러싼 단백질의 구조도 변화되며 이에 따라 다양한 생명 활동 조절 물질들의 분비가 유도된다.

빛 가운데 자외선은 동물뿐만 아니라 식물에게도 DNA 변형을 일으키므로, 이를 감지하여 구조가 변한 광수용체는 자외선을 차단하는 화합물을 만드는 데 관여한다. 반면 가시광선은 광합성이 일어나는 원천이 되며, 특히 약 660nm 파장의 빛은 광합성 색소인 엽록소의 작용을 최대화한다. 가시광선 중 청색광은 다양한 광수용체들을 활성화한다. 먼저 포토트로핀은 식물이 빛을 향해 자라게 하는 광향성, 빛의 강도에 따른 엽록체의 위치 조절과 기공의 개폐, 어린 잎의 펼침 등에 관여한다. 또 크립토크롬은 식물이 밤낮의 상대적 길이에 따라 개화와 같은 생체 반응을 조절하는 광주기성을 나타내도록 하며, 빛에 의한 식물의 성장을 제어하고 그 모양을 다르게 만드는 광형태 형성 등에 관여한다. 그리고 자이트루페는 식물의 생체 리듬 조절과 개화 과정에 관여한다.

한편 적색광과 원적색광을 감지하는 피토크롬은 피토크로모빌린이라는 색소단을 가지고 있는데, 피토크로모빌린은 〈그림〉과 같은 분자 구조를 가지고 있다. 피토크로모빌린은 A, B, C, D로 이름 붙인 피롤 고리*가 메틴기

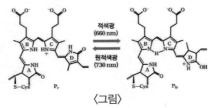

〈그림〉

를 통해 서로 연결되어 있다. 메틴기는 Z와 E라는 광학 이성체*로 존재할 수 있다. 〈그림〉의 왼쪽과 같은 형태의 색소단을 가진 피토크롬을 P_r이라고 하는데, P_r의 메틴기는 3개 모두 Z 형태이다. 즉 P_r은 ZZZ 형태의 피토크로모빌린을 가지고 있다. 그런데 P_r이 적색광을 흡수하면 C 고리와 연결된 D 고리를 회전시켜 오른쪽과 같이 바뀌면서 메틴기가 E로 변환된다. 이렇게 ZZE 형태의 피토크로모빌린을 가진 피토크롬을 P_{fr}이라 하는데, P_{fr}은 P_r과 달리 생리적 활성이 있는 상태이다. 그러다 P_{fr}이 원적색광을 흡수하면 P_r로 가역 반응이 일어나 생리적 활성이 사라지고 마치 스위치가 꺼진 상태처럼 변한다.

낮에는 적색광, 밤에는 원적색광이 더 많기 때문에 P_r과 P_{fr}의 상대적 비율에 따라 식물은 낮과 밤을 구분할 수 있다. 또한 식물은 이 비율을 활용하여 자신의 위치를 파악함으로써 주변 식물과의 생존 경쟁에서 유리한 위치를 차지하려 한다. 잎 표면에 도달한 빛에는 모든 영역의 파장이 섞여 있지만, 잎에서 청색광과 적색광을 흡수하고 원적색광은 통과시키므로 잎을 통과한 빛에는 청색광과 적색광이 거의 없고, 원적색광이 풍부하다. 이에 따라 식물 내부에서 P_r과 P_{fr}의 분포 비율이 형성되고, 그 상대적 비율을 바탕으로 식물은 자신의 주위 환경을 파악한다. 만일 주변의 나무로 인해 원적색광의 비율이 높은 상태가 지속되면 식물에서 길이 신장을 촉진하는 물질이 분비되어 식물이 위로 자라는 음지 회피 반응이 나타난다. 이 외에 피토크롬은 씨앗의 발아를 유도하고, 광형태 형성과 개화 시기 결정에도 관여한다.

* 애기장대: 십자화과의 두해살이풀.
* 원적색광: 가시광선 영역의 적색광 말단에 있는 빛으로, 적색광과 적외선 사이에 위치함.
* 모델 식물: 생물학의 현상을 연구하고 이해하기 위해 특별히 선택되는 식물.
* 피롤 고리: 한 개의 질소 원자를 포함하고 있는 오각형의 고리.
* 광학 이성체: 물리적·화학적 성질은 같으나 광학 활성만 다른 두 물체.

055

윗글에 대한 설명으로 적절하지 않은 것은?

① 식물 내부에 다양한 광수용체가 존재한다는 점을 바탕으로, 각 광수용체의 역할을 설명하고 있다.

② 광수용체와 광합성의 관계를 바탕으로, 광합성 과정에서 광수용체가 하는 기능과 그 유기적 관련성을 분석하고 있다.

③ 광수용체의 구성 물질과 구조적 특징을 바탕으로, 식물에서 광수용체가 빛을 감지할 때 일어나는 변화의 과정을 기술하고 있다.

④ 특정 광수용체의 작용이 식물의 생존 경쟁에 영향을 준다는 점을 바탕으로, 식물의 음지 회피 반응이 나타나는 원인을 밝히고 있다.

⑤ 빛의 파장 영역에 따라 감지하는 식물의 광수용체가 다르다는 점을 바탕으로, 감지하는 빛의 종류에 따라 광수용체를 분류하여 제시하고 있다.

056

윗글을 이해한 내용으로 가장 적절한 것은?

① 광수용체의 존재 유무에 대한 관찰과 실험은 애기장대에 국한되었다.

② 피토크롬의 색소단은 네 개의 메틴기가 고리 형태로 서로 연결된 구조이다.

③ 청색광을 감지하는 광수용체들은 식물이 자신의 위치 정보를 감지하도록 돕는다.

④ P_r과 P_{fr}의 피토크로모빌린은 C 고리와 D 고리 사이의 연결 유무에 따라 구분된다.

⑤ 적색광은 광합성 작용뿐만 아니라 빛의 주기 정보를 감지하는 광수용체도 활성화한다.

057

광수용체에 대한 설명으로 적절하지 않은 것은?

① UVR8은 자외선으로 인한 피해를 막는 작용에 관여하는 광수용체이다.

② 모든 광수용체에는 특정 영역의 빛을 흡수하는 화합물인 색소단이 있다.

③ 피토크롬과 자이트루페는 모두 식물이 꽃을 피우는 과정에 영향을 준다.

④ 크립토크롬과 피토크롬은 모두 빛에 의해 식물의 모양이 달라지는 데 관여한다.

⑤ 크립토크롬과 포토트로핀은 비슷한 파장 영역의 빛을 감지하여 식물의 생장 변화에 관여한다.

058

윗글을 바탕으로 〈보기〉의 실험에 대해 보인 반응으로 가장 적절한 것은?

― 〈보기〉 ―

식물학자 A는 식물의 피토크롬의 작용 기제를 확인하기 위해 다음과 같은 실험을 진행하였다.

(단, 빛은 햇빛에서부터 오는 직사광선만 있으며, 반사되는 빛은 없다고 가정한다.)

① ㉮는 P_r 형태의 피토크롬이 P_{fr} 형태의 것보다 비율이 훨씬 더 높아서 이로 인한 생리적 활동이 활성화되어 있을 것이다.

② ㉮는 P_{fr} 형태의 피토크롬이 P_r 형태의 것보다 비율이 훨씬 더 높아서 식물은 스스로 밤이 지속되고 있다고 판단할 것이다.

③ ㉮는 ZZZ 형태의 피토크로모빌린이 ZZE 형태의 것보다 비율이 훨씬 더 높아서 시간이 흐르면 음지 회피성 반응이 나타날 것이다.

④ ㉯는 ZZE 형태의 피토크로모빌린이 ZZZ 형태의 것보다 비율이 훨씬 더 낮아서 길이 신장을 촉진하는 물질이 더 많이 분비될 것이다.

⑤ ㉯는 P_{fr} 형태의 피토크롬이 P_r 형태의 것보다 비율이 훨씬 더 높아서 빛의 영향 없이 P_r 상태의 피토크롬으로 변하는 가역 반응이 자주 일어날 것이다.

ⓔ 독서 181쪽

[059~062] 다음 글을 읽고 물음에 답하시오.

태양이 아닌 다른 항성* 주위를 공전하는 행성을 외계 행성이라고 한다. 외계 행성은 스스로 빛을 내지도 못하고, 지구에서 너무나도 멀리 떨어져 있으며, 더구나 그 행성이 공전하는 항성이 내뿜는 별빛이 워낙 밝아 직접적인 관측을 통해 발견하기가 매우 어렵다. 그래서 천문학자들은 별빛의 특징을 분석하여 간접적으로 외계 행성의 존재를 확인하는 방법들을 활용한다.

1995년 마요르와 켈로는 크기와 질량이 태양과 유사한 페가수스 별자리의 51번 항성인 51 페가시(Pegasi)를 관측하여 외계 행성 51 페가시 b를 발견했다. 이때 사용한 방법은 ㉠ 시선 속도 측정법으로, 이는 빛의 도플러 효과를 이용한 것이다. 빛의 도플러 효과란 대상이 관측자의 시선 방향과 반대쪽으로 향할 때, 즉 관측자와 가까워질 때 별빛의 스펙트럼상에서 파장이 짧아져 청색 쪽으로 치우치는 이른바 청색 편이가 나타나고, 그 반대일 때 적색 편이가 나타나는 현상을 의미한다.

태양은 태양계 전체 질량의 99.85%를 차지하고, 태양계에서 두 번째로 질량이 큰 목성은 태양계 전체 질량의 0.095% 정도에 해당한다. 중력은 질량에 비례하므로 태양이 목성을 당기는 인력이 목성이 태양을 당기는 인력보다 절대적으로 크다. 그래서 언뜻 생각하면 목성이 태양을 공전하는 운동의 중심이 태양 중심에 있을 것 같지만 실제로는 태양 외부에 있다. 이는 목성이 가만히 있는 태양 주위를 도는 것이 아니라, 목성과 태양이 공통 질량 중심을 기준으로 서로 반대편에 위치해 마주 보며 도는 것을 의미한다. 즉 태양 역시 목성의 공전으로 인해 회전 운동을 하는 것이다. 이러한 특성을 51 페가시와 51 페가시 b에 적용할 수 있다. 51 페가시의 관측에서 미세한 도플러 효과가 나타나는데, 그 이유는 51 페가시 주위를 공전하는 51 페가시 b가 존재하고 이로 인해 51 페가시가 회전하기 때문이라고 추론할 수 있다. 우리는 항성만 볼 수 있으므로 주기적으로 반복되는 미세한 별빛의 도플러 효과를 통해 항성 주위에 행성이 있다는 것을 알게 되는 것이다.

이렇게 주기적으로 반복되는 미세한 도플러 효과를 별의 흔들림이라고 하는데, 별의 흔들림은 관측자를 기준으로 항성의 시선 방향에 대한 속도값이 양의 값과 음의 값을 반복하는 것을 의미한다. 이때 행성의 공전 방향이 관측자 쪽을 향하여 다가오는 경우이면 공전 중심을 두고 반대 방향으로 도는 항성의 시선 속도값은 양의 값이 된다. 이와 반대로 행성이 관측자에게서 멀어지면 항성의 시선 속도값은 음의 값이 된다. 시선 속도의 변화량은 외계 행성의 질량이 클수록, 그리고 외계 행성의 공전 궤도 반지름이 작을수록 커진다. 멀리 떨어진 다른 은하계에서 태양계를 관측하여 목성에 의한 태양의 시선 속도 변화의 크기가 13m/s일 때, 만일 목성이 지구 궤도에 있다면 그 크기는 30m/s가 될 것이다. 이러한 시선 속도 변화의 크기와 변화 주기를 통해 행성의 공

전 주기와 질량 등을 파악할 수 있다.

외계 행성의 존재를 확인하는 또 다른 방법으로 ㉡ 성면 횡단 관측법이 있다. 분해능*이 뛰어난 망원경으로 별빛을 관측하다 보면 별빛의 양이 미세하게 줄어들었다가 원래대로 되돌아오는 현상을 확인할 수 있는데 성면 횡단 관측법은 이를 이용한다. 일식과 같은 식 현상이 일어나 행성이 별 주위를 지나가는 동안 그 그림자로 인해 별빛이 줄어드는데, 그 감소 정도는 행성의 크기와 비례한다. 그래서 관측자와 항성 사이를 지나가는 행성으로 인해 생기는 이러한 변화량을 측정하면 행성의 크기를 파악할 수 있고, 반복되는 변화 주기를 통해 행성의 공전 주기를 알 수 있다. 이뿐만 아니라 행성이 항성을 가리는 순간 또는 별빛을 가리는 현상이 끝나는 순간의 빛을 포착하여 그 스펙트럼을 분석하면, 행성의 대기를 구성하고 있는 성분까지 파악할 수 있다. 그 순간의 빛은 행성의 대기를 통과한 빛이기 때문이다.

한편 시선 속도 측정법으로 파악한 행성의 질량과 성면 횡단 관측법으로 파악한 행성의 크기를 통해 행성의 밀도를 알 수 있다. 이를 통해 암석으로 이루어져 밀도가 높은 지구형 행성인지, 가스로 이루어져 밀도가 낮은 목성형 행성인지 판단할 수 있다. 또한 별빛의 스펙트럼 분석을 통해 파악한 항성의 온도와 행성의 공전 궤도 반지름을 바탕으로 행성의 표면 온도를 계산할 수도 있다. 행성의 표면 온도는 공전 궤도 반지름에 반비례하기 때문이다. 천문학자들은 지금까지 5천 개 이상의 외계 행성을 찾아냈을 뿐만 아니라 생명 거주 가능 공간, 즉 골디락스 구간*에 있는 암석형 행성에 주목하여 연구를 진행하고 있다.

---

* 항성: 천구 위에서 서로의 상대 위치를 바꾸지 아니하고 별자리를 구성하는 별. 중심부의 핵융합 반응으로 스스로 빛을 냄.
* 분해능: 현미경, 망원경, 사진 렌즈 등에서 관찰하는 대상의 세부를 상(像)으로써 판별하는 능력.
* 골디락스 구간: 행성이 항성과 적당한 거리에 존재하여 적당한 표면 온도를 가져 액체 상태의 물이 존재할 가능성이 있는 공전 궤도 구간.

059

윗글을 통해 알 수 있는 내용으로 적절하지 않은 것은?

① 관측 기술의 발전은 외계 행성의 발견에 기여하였다.
② 거리 요인은 외계 행성을 직접 관찰하기 어려운 이유 중 하나이다.
③ 태양과 목성은 태양 외부에 있는 질량 중심을 주축으로 서로 마주 보며 돌고 있다.
④ 외계 행성의 공전 궤도에 대한 정보만 파악하면 그 행성의 표면 온도를 알 수 있다.
⑤ 외계 행성에 대한 탐구에는 생명체가 살아가기 적합한 환경에 대한 관심도 포함되어 있다.

060

〈보기〉의 상황을 '시선 속도 측정법'으로 분석한 결과에 대한 설명으로 가장 적절한 것은?

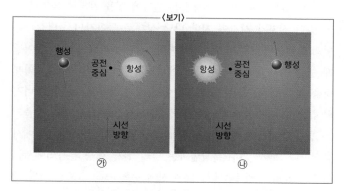

① ㉮의 항성의 빛을 분석하면 행성의 시선 속도값이 음의 값을 가진다는 것을 확인할 수 있다.
② ㉮의 항성의 빛을 분석하면 파장이 길어져 적색 영역으로 치우친 별빛의 스펙트럼을 확인할 수 있다.
③ ㉯의 항성의 빛을 분석하면 항성의 시선 속도값이 양의 값을 가진다는 것을 확인할 수 있다.
④ ㉯의 항성의 빛을 분석하면 적색 편이와 청색 편이가 모두 나타난다는 것을 확인할 수 있다.
⑤ ㉮에서 ㉯까지의 과정을 분석하여 행성에서 나타나는 미세한 별의 흔들림 현상을 확인할 수 있다.

061

㉠과 ㉡에 대해 이해한 내용으로 가장 적절한 것은?

① ㉠과 달리 ㉡은 별에 대한 지속적인 관찰 과정이 필요하다.
② ㉡과 달리 ㉠은 외계 행성이 얼마나 큰지를 파악할 수 있다.
③ ㉡과 달리 ㉠은 태양계에서 일어나는 천체 현상을 응용한 것이다.
④ ㉠은 항성의 운동 자체에 주목하는 데 비해, ㉡은 행성의 그림자로 인한 결과에 주목한다.
⑤ ㉠은 항성의 공전 주기를 파악하려는 데 비해, ㉡은 외계 행성의 공전 주기를 파악하려는 방법이다.

062

윗글을 읽은 학생이 〈보기〉에 대해 나타낸 반응으로 적절하지 <u>않은</u> 것은?

──〈보기〉──

[A] 51 페가시는 약 4.2일을 주기로 청색 편이와 적색 편이가 반복되고, 시선 속도의 변화 크기는 약 60m/s이며, 태양보다 조금 더 뜨거운 별이다. 그리고 51 페가시 b는 목성보다 지름이 크지만 질량은 목성의 절반 정도에 지나지 않는다.

[B] 지구에서 39광년 떨어진 항성 트라피스트-1에는 b부터 h까지 7개의 행성이 존재한다. 이들의 반지름은 지구의 0.76~1.13배, 질량은 0.41~1.38배로 지구와 비슷하며, 모두 골디락스 구간에 위치하고 있다. 최근 우주 망원경으로 관측한 결과, 트라피스트-1 b와 트라피스트-1 c에는 대기가 없는 것으로 밝혀졌다.

① 51 페가시 b의 공전 궤도 반지름은 지구의 공전 궤도 반지름보다 더 작겠군.
② 51 페가시 b는 목성보다 밀도가 더 낮은 목성형 행성으로, 표면 온도가 목성보다 낮겠군.
③ 51 페가시 b에 대한 연구에는 시선 속도 측정법과 성면 횡단 관측법이 모두 활용되었겠군.
④ 트라피스트-1 e, f, g, h는 생명체가 존재할 가능성이 있는 암석형 행성들이라고 볼 수 있겠군.
⑤ 트라피스트-1 b와 c가 트라피스트-1을 가리는 순간 포착한 별빛 스펙트럼은 가리기 전과 큰 차이가 없었겠군.

E 독서 272쪽

[063~066] 다음 글을 읽고 물음에 답하시오.

물질의 구성 요소를 분석하고 파악하는 화학을 분석 화학이라고 한다. 19세기에 들어 돌턴의 원자론을 받아들이면서 과학자들은 물질의 구성 원소를 밝히는 데 관심을 가지기 시작했다. 키르히호프와 분젠은 금속 물질에 열을 가해 발생하는 불꽃에 빛을 통과시킨 다음, 불꽃을 통과한 빛의 스펙트럼을 분석함으로써 그 금속의 구성 원소를 파악하는 ㉠분광 분석법을 개발했다. 그들은 불꽃을 통과한 빛의 스펙트럼에서 해당 원소가 흡수하여 생긴 검은 선을 관찰하였다. 그런데 금속 불꽃 자체의 빛을 분석한 스펙트럼에서는 검은 선의 위치에 밝고 선명한 선이 나타났다. 스펙트럼상에서의 특정 위치는 빛의 파장을 의미하므로, 그들은 어떤 원소가 흡수하는 빛의 파장과 방출하는 빛의 파장이 일치한다는 결론을 내렸다. 그들은 나트륨이나 철 등 당시까지 알려진 원소들의 고유 스펙트럼을 파악했을 뿐만 아니라, 이를 바탕으로 더 나아가 세슘, 루비듐, 헬륨과 같은 새로운 원소를 발견하기도 하였다.

20세기에 들어서는 원자에서 전자 전이에 의해 흡수되거나 방출되는 빛의 스펙트럼과 그 세기를 측정하여 원소의 종류와 양을 측정하는 ㉡원자 분광법이 개발되었다. 원자핵과 전자로 구성된 원자에서 전자가 가지는 특정한 값의 에너지를 에너지 준위라고 하는데, 에너지 준위가 낮은 상태를 바닥 상태, 높은 상태를 들뜬 상태라고 한다. 에너지 준위가 낮을수록 원자핵을 도는 전자의 공전 궤도가 원자핵에 가까우며, 에너지 준위는 정수값만을 가진다. 전자의 에너지 준위가 높아지면 원자 전체의 에너지 준위도 높아지며, 에너지 준위가 높을수록 불안정해진다. 원자에 외부 에너지가 흡수되거나 원자의 에너지가 외부로 방출될 때 에너지 준위가 달라지는데, 이로 인해 전자의 배치 상태가 달라지는 것을 '전자 전이'라고 한다. 어떤 원자가 다른 원자나 자유 전자와 충돌하여 운동 에너지를 얻거나, 빛·열 등의 에너지를 흡수하면, 그 원자의 전자는 일시적으로 들뜬 상태가 되었다가, 흡수했던 만큼의 에너지를 다시 방출하면서 원래의 바닥 상태로 돌아온다. 원자 분광법은 이러한 전자 전이 과정에서의 에너지 준위 변화를 이용한다.

원자 분광법에는 대표적으로 '원자 흡수 분광법'과 '원자 형광 분광법'이 있다. 원자 흡수 분광법은 원자에 빛을 가하면 광자를 흡수한 전자가 들뜬 상태가 될 때, 원소에 따라 특정한 파장의 빛을 흡수하는 원리를 이용한다. 이 방법은 원자를 통과한 빛의 스펙트럼을 분석하여 하나의 원소로 이루어진 시료는 물론 여러 원소로 이루어진 시료도, 시료를 구성하는 원소의 종류가 무엇인지 분석한다. 이때 흡수된 특정 파장의 빛은 전자의 에너지로 전환되었으므로, 원자에 가해진 빛은 에너지가 감소된 것으로 이해할 수 있다. 한편 특정 파장의 빛이 흡수된 정도를 흡광도라고 하는데, 흡광도는 분석 대상인 시료에 들어 있는 원자들의 양에 비례한다. 그래서 흡광도를 통해 시료를 구성하고 있는 각 원소의 양을 파악할 수 있다.

이에 비해 원자 형광 분광법은 원자에 빛을 가하여 들뜬 상태에 있던 전자가 시간이 지나 바닥 상태로 돌아가면서 방출하는 빛의 스펙트럼을 분석하는 방법이다. 전자가 바닥 상태로 전이될 때 들뜬 상태와의 차이만큼의 에너지가 빛으로 방출된다. 이때 방출되는 광자는 들뜬 상태로 전이될 때 전자가 흡수했던 에너지와 같으며, 흡수된 빛과 같은 파장의 빛을 방출한다. 한편 방출되는 광자를 검출할 때에는 시료에 가한 빛 방향의 수직 방향에서 측정한다. 원자 흡수 분광법과는 달리 원자 형광 분광법에서는 검출된 빛의 스펙트럼에서 밝은 선에 주목하며, 검출된 빛의 세기를 통해 시료에 들어 있는 원자의 양을 파악한다.

이러한 원자 분광법은 금속 원소는 물론 준금속과 일부 비금속 원소들까지 약 65개 정도의 원소들을 측정할 수 있고, 특정 원소의 경우 극미량까지도 측정할 수 있는 장점이 있어서 현재까지도 시료의 구성 성분을 파악하는 데 널리 이용되고 있다.

063

윗글을 통해 알 수 있는 내용으로 적절하지 않은 것은?

① 흡광도는 전자가 방출한 광자의 에너지를 전자가 흡수한 광자의 에너지로 나누어 구할 수 있다.

② 원자핵을 도는 전자가 가지는 에너지값은 그 전자의 궤도와 원자핵 사이의 거리에 비례하여 커진다.

③ 분석 화학은 물질을 이루는 요소의 종류는 물론 각각의 양을 파악할 수 있는 수준으로까지 발전하였다.

④ 세슘, 헬륨과 같은 새로운 원소의 발견은 이미 알고 있던 원소들의 스펙트럼 분석에 기반을 둔 것이다.

⑤ 어떤 원자에 자유 전자를 충돌시키면 그 원자의 전자는 일시적으로 궤도가 바뀌었다가 원래대로 되돌아온다.

064

㉠과 ㉡에 대한 설명으로 가장 적절한 것은?

① ㉠은 금속을 태울 때 생기는 불꽃 자체의 스펙트럼을 분석한다.
② ㉡은 전자의 에너지 준위값을 소수점 이하까지 파악해야 한다.
③ ㉠과 달리 ㉡은 원소에 따라 다른 스펙트럼의 형태를 활용한다.
④ ㉠과 ㉡은 모두 철과 같은 금속 원소를 분석할 수 있다.
⑤ ㉠과 ㉡은 모두 스펙트럼에서 검은 선의 위치로 원소를 파악한다.

065

윗글을 바탕으로 〈보기〉의 실험에 대해 이해한 내용으로 가장 적절한 것은?

〈보기〉

'갑'과 '을'은 어떤 시료에 들어 있는 원소의 종류와 양을 분석하는 측정 실험을 진행하였다. '갑'은 원자 흡수 분광법으로 분석하였고, '을'은 원자 형광 분광법으로 분석하였다. 다음은 '갑'과 '을'의 측정 실험을 간략하게 나타낸 것이다.

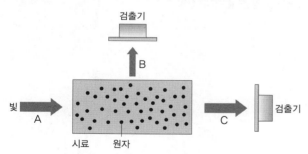

(단, 시료에는 하나의 원소만 들어 있으며, '갑'과 '을'이 분석한 시료에 들어 있는 원소의 종류와 양은 같다.)

① '갑'은 B 빛의 스펙트럼을 분석할 때, 스펙트럼상 밝은 선의 위치에 주목하여 원소의 종류를 파악할 것이다.
② 만일 시료에 들어 있는 원자의 수가 2배로 늘어난다면 '갑'이 측정한 흡광도는 절반으로 낮아지게 될 것이다.
③ '을'은 A 빛 중 전자에 흡수된 광자의 파장과 B 빛을 구성하는 광자의 파장이 동일하다고 판단할 것이다.
④ '을'은 B의 스펙트럼으로 전자의 들뜬 상태를, C의 스펙트럼으로 바닥 상태를 순차적으로 확인하게 될 것이다.
⑤ '을'은 시료에 들어 있는 원자의 양을 측정할 때, 전자가 불안정한 상태로 전이되면서 방출되는 B의 세기를 파악할 것이다.

066

〈보기〉는 원자 분광법에 대해 심화 학습을 하기 위해 추가로 조사한 자료이다. 윗글을 읽은 학생이 〈보기〉의 ㉮, ㉯에 대해 보인 반응으로 적절하지 않은 것은?

〈보기〉

• ㉮ 원자 방출 분광법: 시료에 강한 열을 가하여 기체 상태의 원자로 만드는 동시에 전자 전이 상태를 유도한 다음, 방출되는 빛의 스펙트럼을 분석한다.

• ㉯ 핵자기 공명 분광 분석법: 이 방법에서는 우선 시료의 외부에 자기장을 걸어 원자핵의 회전 방향을 자기장 방향으로 일정하게 만든다. 그리고 전자기파인 라디오파를 가하면, 원자핵은 회전 방향이 반대로 바뀌게 되는데, 이때 원자의 종류에 따라 원자핵이 공명하며 흡수하는 파장이 다르다. 이러한 원리를 이용하여 시료를 통과한 라디오파의 스펙트럼에서 시료가 흡수한 파장을 분석하여 시료의 성분을 분석한다.

① ㉮와 '원자 흡수 분광법'은 전자의 궤도가 변하는 과정에서의 에너지 준위 변화를 이용한다는 점에서 같군.
② ㉮와 '원자 형광 분광법'은 시료에 포함된 원자에 전자 전이가 일어나도록 만드는 에너지의 종류가 서로 다르군.
③ ㉯와 '원자 흡수 분광법'은 시료를 통과한 스펙트럼을 분석할 때 시료에서 흡수된 파장 영역에 주목한다는 점에서 같군.
④ ㉯와 '원자 형광 분광법'은 외부에서 흡수된 에너지로 인해 원자를 이루는 구성 요소의 운동 방향이 달라진다는 점에서는 같군.
⑤ ㉯는 원자에 따라 다른 파장에 공명하는 원자핵의 성질을, '원자 분광법'은 원자에 따라 다른 파장의 빛을 흡수 · 방출하는 전자의 성질을 이용하는군.

ⓔ 독서 017쪽

[067~070] 다음 글을 읽고 물음에 답하시오.

LED는 빛을 내는 다이오드, 즉 발광 다이오드라고 한다. LED는 〈그림〉과 같이 LED 칩(p-n 접합 다이오드)과 이를 둘러싸고 있는 투명한 에폭시 수지, 그리고 전류 공급 장치로 이루어져 있다. 다이오드는 정류 작용*을 하는

에폭시 수지
LED 칩
전류 공급 장치
〈그림〉

반도체 소자로 전류를 한 방향으로만 흐르게 하는 성질을 가지고 있는데, LED 칩은 p형 반도체와 n형 반도체가 접합된 p-n 접합 다이오드를 이용한다. p-n 접합 다이오드에서 전류는 p형 반도체에서 n형 반도체 쪽으로 흐른다.

LED는 p-n 접합 다이오드에 전류를 흘려 주면 순방향 바이어스 상태에서 p형 반도체의 정공*들과 n형 반도체의 전자들이 공간 전하 영역을 넘나들며 서로 재결합함으로써 빛을 발산한다. 여기서 순방향 바이어스는 p형 반도체에 양(+)의 전압을, n형 반도체에 음(-)의 전압을 걸어서 전류가 흐를 수 있게 하는 상태를 말한다. LED가 빛을 내는 원리를 좀 더 자세히 살펴보면, p-n 접합 다이오드에 전류를 공급하면 p형과 n형 반도체에 각각 존재하는 정공과 전자가 충돌하며 p-n 접합 다이오드의 접합부, 즉 공간 전하 영역 쪽으로 이동하게 된다. 이로 인해 공간 전하 영역의 너비가 줄어들고 두 반도체의 접합부에 각각 형성된 퍼텐셜 장벽*이 낮아지게 된다. 이 과정에서 p-n 접합 다이오드의 접합부를 흐르는 전류가 빛으로 전환되어 발산된다. 칩에서 발생되는 빛은 수지의 옆쪽에서는 주로 반사되어 앞쪽으로만 나오도록 되어 있다. LED는 전자가 가지는 에너지가 직접 빛 에너지로 변환되고 열이나 운동 에너지 등으로 낭비되지 않아 다른 발광 소자에 비해 효율이 높고 안정적이다.

LED는 다이오드의 특성에 따라 빛의 삼원색인 적색, 녹색, 청색을 만들 수 있고, 이를 조합하여 다양한 색을 표현할 수 있다. 1970년경부터 ⓐ GaP(인화갈륨) 계통의 적색 LED와 녹색 LED가 상업화되어 사용되었다. 하지만 신호등과 같은 외부의 표시 소자로 응용될 정도의 밝은 빛을 내게 된 것은 ⓑ GaAlAs(갈륨-알루미늄-비소)를 이용한 LED가 개발되고 나서부터였다. 이 LED의 출현에 의해 신호등이나 출구를 표시하는 기존의 발광 소자가 LED로 대체되기 시작하였다. 이후 더욱 밝은 ⓒ InGaAlP(인듐-갈륨-알루미늄-인)을 이용한 LED의 출현으로 도로의 모든 표지판과 간판들이 대부분 LED로 바뀌었다. 그런데 적색 LED와 녹색 LED는 표시 소자로 이용할 수 있을 정도로 충분히 밝았지만, 청색 LED는 충분히 밝지 못했다. 이러한 청색 LED의 밝기 문제가 해결이 된 것은 일본의 한 회사가 ⓓ InGaN(인듐-질화갈륨)을 이용하여 기존의 청색 LED보다 100배 밝은 청색 LED를 개발하고 나서부터였다. 이후 InGaN

이용한 백색 LED도 만들어져 LED는 단순한 표시 소자에서부터 대형 화면의 영상 표현 소자에까지 두루 사용될 수 있게 되었다.

㉠ LED는 고작 수십 mA*의 전류로 점등이 가능하고 같은 밝기의 백열전구에 비해 90%까지 에너지를 절감할 수 있다. 또한 수명도 10만 시간 이상이며 길고 작게 만들 수 있다. LED는 현재 조명은 물론, 컴퓨터의 깜빡이는 작은 불빛, 도심의 빌딩에 설치된 대형 전광판, TV 리모컨 버튼을 누를 때마다 TV 본체에 신호를 보내는 눈에 보이지 않는 광선 등에 활용되고 있으며, 에너지 효율이 5% 정도밖에 안 되는 백열전구, 형광등을 대체할 수 있는 차세대 광원으로서 더 많은 분야에 활용될 것으로 보인다.

* 정류 작용: 전기적인 교류 입력을 직류 출력으로 바꾸는 작용.
* 정공: 절연체나 반도체의 원자 간을 결합하고 있는 전자가 밖에서 에너지를 받아 보다 높은 상태로 이동하면서 그 뒤에 남은 결합이 빠져나간 구멍. 마치 양(+)의 전하를 가진 자유 입자와 같이 동작함.
* 퍼텐셜 장벽: 반도체 내에서 전하가 이동할 때, 저항을 받아서 넘어가기 어려운 부분으로 반도체의 표면에 생긴 장벽을 말함.
* mA(밀리암페어): 전류의 세기를 나타내는 단위.

067

윗글에서 확인할 수 없는 것은?

① LED의 구조
② LED의 장점과 단점
③ LED가 빛을 내는 원리
④ LED 칩에 활용되는 장치
⑤ LED의 활용 분야와 전망

068

윗글을 참고하여 〈보기〉를 이해한 내용으로 적절하지 않은 것은?

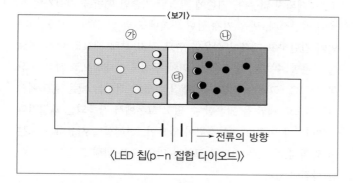

〈LED 칩(p-n 접합 다이오드)〉

① ㉮는 n형 반도체이고, ㉯는 p형 반도체이겠군.

② 전기 에너지가 빛 에너지로 전환되어 발산되는 곳은 ㉰이겠군.

③ LED 칩에 전류를 공급하면, 전자와 정공들이 ㉰를 자유롭게 넘나들겠군.

④ LED 칩에 전류를 공급했을 때보다 공급하지 않았을 때 ㉮와 ㉯의 퍼텐셜 장벽이 더 낮겠군.

⑤ LED 칩에 전류를 공급하면, ㉮의 전자들과 ㉯의 정공들이 충돌하여 공간 전하 영역이 줄어들겠군.

069

ⓐ~ⓓ를 이해한 내용으로 적절하지 않은 것은?

① ⓐ는 1970년대의 LED에 주로 사용되었겠군.

② ⓐ를 이용한 LED보다 ⓑ를 이용한 LED가 더 밝은 빛을 낼 수 있었겠군.

③ ⓐ와 ⓒ를 이용한 적색 LED의 밝기 차이는 ⓐ와 ⓒ를 이용한 청색 LED의 밝기 차이보다 작았겠군.

④ ⓓ를 이용한 백색 LED의 등장으로 LED를 이용한 대형 화면이 등장했겠군.

⑤ ⓓ를 이용한 청색 LED는 ⓒ를 이용한 녹색 LED와 비슷한 용도로 사용할 수 있었겠군.

070

㉠의 이유로 가장 적절한 것은?

① LED가 투명한 에폭시 수지에 둘러싸여 있기 때문이다.

② LED 칩에서 발생하는 빛이 앞쪽으로만 나오기 때문이다.

③ LED는 전류가 한 방향으로만 흐르게 되어 있기 때문이다.

④ LED는 전기 에너지가 빛으로 바뀌는 효율이 높기 때문이다.

⑤ LED는 빛의 삼원색인 적색, 녹색, 청색을 모두 만들 수 있기 때문이다.

🄔 독서 249쪽

[071~074] 다음 글을 읽고 물음에 답하시오.

연료 전지는 전기 화학 반응에 의해 연료가 갖고 있는 화학 에너지를 전기 에너지로 직접 변환하는 발전 장치이다. 그 원리는 19세기 초 영국의 윌리엄 글로브에 의해 발견되었다. 연료 전지는 천연가스나 메탄올 등의 연료에서 수소를 추출하여 공기 중의 산소와 반응시켜 전기 에너지를 직접 얻는다. 물을 전기 분해하면 수소와 산소가 발생된다는 것을 역으로 이용한 것이다.

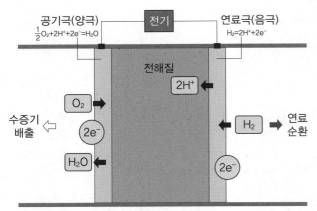

〈그림〉 연료 전지의 원리

〈그림〉에서 보는 것처럼, 양극 역할을 하는 공기극에는 산소가, 음극 역할을 하는 연료극에는 수소가 공급되고 물의 전기 분해 역반응으로 전기 화학 반응이 진행되어 전기, 열, 물이 발생하게 된다. 두 전극 사이의 전해질은 생성된 이온을 상대 극으로 전달시켜 주는 매개체 역할을 한다. 연료극에서 수소가 수소 이온과 전자로 분해되는데 수소 이온은 전해질을 거쳐 공기극으로 이동하고, 전자는 외부 회로를 거쳐 전류를 발생시킨다. 전해질을 거쳐 온 수소 이온과 외부 회로를 통해 온 전자는 공기극에서 산소와 결합하여 물이 된다. 이렇게 구성된 연료 전지 한 쌍을 단전지(single cell 또는 cell)라 하며, 여러 개의 셀(cell)들을 모아 놓은 것을 스택(stack)이라고 ⓐ 부른다.

이러한 연료 전지를 활용한 연료 전지 시스템은 크게 개질기, 연료 전지 본체(셀), 전력 변환 장치(인버터)의 3가지 설비로 구성된다. 개질기는 수소를 포함하는 LPG, LNG, 메탄올 등 일반 연료를 연료 전지가 요구하는 수소를 많이 포함하는 가스로 변환하는 장치이다. 연료 전지 본체는 개질기에서 들어오는 수소와 공기 중의 산소가 앞에서 설명한 원리에 의해 직류 전기와 물과 부산물인 열을 생산하는 장치이다. 전력 변환 장치는 연료 전지 본체에서 생산된 직류 전기를 교류 전기로 변환하는 장치이다.

연료 전지는 대개 작동 온도와 전해질의 형태에 따라 구분된다. 그중에서 비교적 낮은 온도에서 작동하고 신속하게 작동하며 단위 부피와 무게에 비해 높은 에너지 효율을 가지고 있는 고분자 전해질형 연료 전지(PEMFC)가 이동용 전원 장치로서 높이 평가되고 있다. 고분자 전해질형 연료 전지는 수소 이온 교환 특

성을 갖는 고분자 막을 전해질로 사용하는 연료 전지이다. 특히 전해질로 고분자 막을 사용하기 때문에 전해질 조절이 필요 없고, 부식되지 않는다. 기존에 확립된 기술인 메탄올 개질기의 적용이 가능하며, 반응 기체 압력 변화에도 덜 민감하다. 또한 디자인이 간단하고 제작이 쉬우며 연료 전지 본체 재료로 여러 연료를 사용할 수 있는 동시에, 부피와 무게도 상대적으로 작다는 장점이 있다. 그러나 고분자 전해질형 연료 전지는 낮은 온도에서 작동되므로 폐열*을 활용할 수 없고 고온에서 작동되는 개질기와 연계하기가 어렵다는 문제점이 있으며, 전해질로 사용하는 고분자 막의 값이 매우 비싸고 고분자 막의 수분 함량 조절이 어렵다는 단점이 있다.

석탄과 같은 고체 연료가 사용되던 시대에는 외연 기관, 액체 연료 시대에는 내연 기관이 연료의 상태를 고려한 가장 적합한 동력 장치였다. 하지만 ㉠ 연료 전지의 등장은 연료의 상태와 그에 따른 효율성을 고려한 새로운 동력 장치를 예고하는 것일 수 있다. 연료 전지와 같이 미래의 연료로서 기체 연료가 사용된다면 또 다른 새로운 개념의 동력 장치가 필요하게 될 것이기 때문이다. 연료 전지는 인류가 연소가 아닌 전기 화학적 반응에 의해 일을 얻어 내는 방법을 찾아냈다는 의미를 지니고 있다.

* 폐열: 쓰고 난 열.

071

윗글에서 알 수 있는 내용이 아닌 것은?

① 연료 전지의 개념
② 연료 전지의 원리
③ 연료 전지 시스템의 구성 설비
④ 고분자 전해질형 연료 전지의 특성
⑤ 전기 화학적 방법을 활용한 동력 장치의 특징

072

〈보기〉는 고분자 전해질형 연료 전지(PEMFC)를 구조화한 것이다. 윗글을 참고하여 ㉠~㉤에 대해 설명한 내용으로 적절하지 <u>않은</u> 것은?

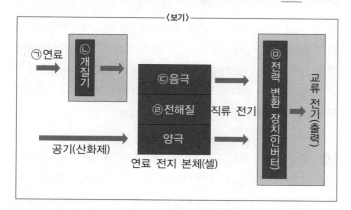

① ㉠: 천연가스, 메탄올 등 수소를 포함하고 있는 일반 연료를 사용한다.

② ㉡: 일반 연료에 포함된 수소의 농도를 낮추어 셀의 효율을 높이는 역할을 한다.

③ ㉢: 수소가 공급되며, 수소를 수소 이온과 전자로 분해하는 역할을 한다.

④ ㉣: 수소 이온 교환 특성을 갖는 고분자 막을 사용하며 전자가 아닌 수소 이온만을 양극으로 이동시킨다.

⑤ ㉤: 셀에서 생산된 직류 전기를 교류 전기로 변환하는 기능을 한다.

073

㉮의 이유로 가장 적절한 것은?

① 연료 전지는 기존 동력 장치보다 일의 효율성이 낮기 때문에

② 연료 전지는 기존과는 달리 기체 상태의 연료를 사용하기 때문에

③ 연료 전지는 기존의 발전 장치를 최고의 효율적 상태로 만든 것이기 때문에

④ 연료 전지는 다른 발전 장치에 비해 광범위한 연료를 사용할 수 있기 때문에

⑤ 연료 전지는 연료의 전기 에너지를 화학 에너지로 변환하여 사용하기 때문에

074

ⓐ와 문맥상 의미가 가장 가까운 것은?

① 복수는 또 다른 복수를 <u>부르기</u> 마련이다.

② 사람들은 고흐를 비운의 천재 화가라고 <u>부르곤</u> 한다.

③ 아이의 생일이 되어 유치원 친구들을 집으로 <u>불렀다</u>.

④ 나는 이리 오라고 <u>부르는</u> 소리를 들었지만 모른 척했다.

⑤ 저 기념품 가게는 물건값을 비싸게 <u>부르는</u> 경향이 있다.

| 2021년 3월 교육청   **ⓔ** 독서 298쪽

[075~080] 다음 글을 읽고 물음에 답하시오.

가 서구 철학 전통에서는 앎, 즉 지식을 '정당화된 참인 믿음'이라고 파악한다. 참인 믿음을 갖는 것만으로 지식을 가졌다고 말하기에 불충분한 이유는 우리가 어쩌다 참인 믿음을 가질 수도 있기 때문이다. 이와 같은 논의는 어떤 믿음이 참이라고 생각할 만한 충분한 이유나 근거를 가질 때 [A] 비로소 그 믿음이 인식적으로 정당화된다는 것을 보여 준다. 전통적인 인식론에서는 명제 P가 실제로 참이며, 인식 주체 S가 P를 믿고 있고, S는 P라는 그의 믿음에 대해 정당한 이유나 근거를 가지고 있을 때, S는 P라는 것을 안다고 할 수 있다고 본다. 즉 정당성, 참, 믿음이라는 세 가지 요소가 ⓐ충족된다면 우리가 지식을 갖는다고 할 수 있다.

서구의 전통적인 인식론에서 널리 받아들여지던 지식의 세 가지 요소가 지식의 필요충분조건이 되기 어렵다는 것을 제기한 사람은 게티어다. 다음의 예를 통해 그가 ⓑ제기한 반론을 이해해 보자. 카페에서 한국 대 일본의 축구 시합을 방영하고 있다. 카페 안에 다수의 한국인이 있을 것이라고 추론하여 안에서 들리는 환호성을 듣고 나는 한국이 방금 골을 넣었다고 믿게 되고, 실제로 한국이 골을 넣어 지금 1 대 0이다. 이때 ㉠한국이 방금 골을 넣었다는 내 믿음은 정당화되며 참이다. 그렇지만 내가 실제로 들은 환호성은 카페 위층 사무실에서 나온 것이었는데, 한국이 득점을 올린 바로 그 시점에 열린 승진 축하연에서 나온 소리였다. 따라서 나의 정당화되었던 참인 믿음은 지식이 되지 못한다. 결국 게티어가 제기한 반론은 지식이 아닌, 정당화된 참인 믿음이 있다는 것이다. 게티어 이후 인식론자들은 이를 해결하기 위한 정당화 기준을 만들고자 했다. 그 과정에서 정당화 기준을 결정짓는 요인이 인식 주체에 내재하는가 아니면 외재적인 것인가라는 물음이 제기되었다.

내재주의의 기본 입장은 믿음의 정당화가 믿음들 간의 관계에 있다는 것이다. 가령 내가 '지구는 둥글다'라고 믿을 때, 이 믿음이 정당화되기 위해서는 과학적 사실들에 대한 내 믿음과 우주에서 찍은 지구 사진에 관한 내 믿음이 바로 지구는 둥글다는 내 믿음의 이유가 되는 것이다. 그래서 내재주의는 믿음의 정당화를 결정하는 요인이 인식 주체의 다른 믿음들이라고 본다. 이때 인식 주체의 믿음이 정당화되기 위해서는 그 정당화 요인에 대해 그가 사고할 수 있어야 한다고 본다. 반면 외재주의의 기본 입장은 믿음의 정당화는 객관적 근거, 즉 그 믿음들이 신빙성 있는 인지 과정을 거친 객관적 근거에 있다는 것이다. 가령 내가 책 앞에서 '내 앞에 책이 있다'라는 명제를 믿는다고 하자. 외재주의자들은 내

앞에 책이 있다는 것을 내가 눈으로 직접 보고 있다는 신빙성 있는 인지 과정으로 얻은 객관적 증거가 내 믿음을 정당화할 수 있다고 본다. 그래서 ㉡어떤 외재주의자는 믿음의 정당화가 사실과 믿음 간의 인과 관계에 의해 결정된다고 보기도 했다. 내재주의자와 외재주의자는 각각의 입장에서 지식 개념을 제시할 수 있기 때문에 올바른 인식론적 관점에 대해 여전히 논쟁 중이다.

나 동양에서는 인식론을 거론할 때, 흔히 주자의 격물(格物)과 치지(致知)를 거론한다. 격물의 기본 의미는 구체적 사물에 나아가 그 극한에까지 사물의 이치인 리(理)를 탐구해야 한다는 뜻이다. 치지란 나의 지식을 극한까지 ⓒ연마하고 확장하여 앎의 내용에 미진한 바가 없는 것을 의미한다. 주자는 사람의 마음은 앎이 있지 않음이 없어서 격물을 통하여 마음속에 본디 있던 앎을 밝혀내면 치지에 도달한다고 보았다. 이것이 바로 유가 철학의 전통적인 격물론이다.

주자의 영향을 받은 퇴계는 기본적으로는 그의 입장을 계승했다. 당초 퇴계는 격물을 추구한 결과의 상태, 즉 물리가 전부 파악된 경지를 뜻하는 물격(物格)을 '물에 격한' 것으로 보았다. 이는 물을 인식 대상으로 보고 인식 주체인 사람의 마음이 대상에 이른다는 의미이다. 그는 이런 관점이 주자의 생각에 부합한다고 믿었다. 하지만 만년에는 물격에 대한 해석을 '물이 격한' 것으로 보는 것이 옳다고 말했다. 즉 사람이 사물을 인식하고자 하면 사물에 ⓓ내재한 리가 마음에 이른다는 것이다. 사람의 마음이 일방적으로 사물에 내재한 리에 다가가서 리를 획득한 것이 아니라 사람이 사물을 인식하고자 하면 사물의 리가 사람의 마음에 다가온다는 의미이다. 이를 퇴계는 리가 마음에 직접 이르는 것이 아니라 마음이 탐구하는 것에 따라 이른다고 해석했다. 이렇게 본 까닭은 만약 리가 리의 자발성만으로 마음에 이른다는 식으로 말한다면 사람들은 마치 리가 물리적인 운동을 할 수 있다는 식으로 잘못 이해할 수 있었기 때문이다. 또한 인식 과정에서 인식 대상인 리의 능동성이 지나치게 강조되면 인식 주체로서의 마음의 지위가 상대적으로 약화될 수 있다는 점을 경계했기 때문이라고 볼 수 있다. 이것이 이른바 '리자도(理自到)'이다.

이처럼 퇴계가 리의 능동성을 무한정 ⓔ허용한 것은 아니다. 리의 작용은 인식 과정에 참여하는 리에 한정된다는 것이다. 다시 말해 인식 주체가 대상을 향해 인식 작용을 수행할 때, 인식 대상 역시 인식 주체를 향해 자신을 적극적으로 드러낸다는 맥락에 한정된다는 뜻이다. 따라서 퇴계는 인식 과정에서 인식 주체와 인식 대상 모두에 '작용'이라는 유사성을 인정해 줌으로써 주자의 격물론을 자기 나름의 견해로 발전시켰다고 볼 수 있다.

075

(가)에 대한 이해로 적절하지 <u>않은</u> 것은?

① 게티어는 정당성, 참, 믿음의 요소가 지식에 필요한지에 대해 반론을 제기했다.

② 게티어는 정당화된 참인 믿음이 우연적으로 참인 경우가 있다는 것을 제시했다.

③ 내재주의에 따르면 어떤 믿음의 정당화에는 그 믿음을 정당화해 주는 인식 주체의 다른 믿음들이 필요하다.

④ 게티어 이후, 정당화된 참인 믿음이지만 지식이 아닌 것이 있다는 문제를 해결하려는 인식론자들이 있었다.

⑤ 전통적 인식론에서 인식적 정당화는 우리가 믿는 믿음들이 참이라고 할 만한 이유를 가져야 한다는 것을 의미한다.

076

[A]를 바탕으로 〈보기〉에 대해 설명한 내용으로 적절하지 <u>않은</u> 것은?

――――〈보기〉――――

○ 인식 주체: S
○ 명제 P: 교실 분필 개수는 13개이다

① S가 교실 분필 개수가 13개 있을 것이라고 짐작했는데 실제 교실 분필 개수가 13개라면 S가 P를 안다고 할 수 있다.

② S가 교실 분필 개수가 13개라는 것을 눈으로 보면서도 이 사실을 믿지 않는다면 S가 P를 안다고 할 수 없다.

③ S가 교실 분필 개수가 13개라는 것을 믿는 정당한 이유를 제시하지 못한다면 S가 P를 안다고 할 수 없다.

④ S가 P를 안다고 하기 위해서는 교실 분필 개수가 실제로도 13개이어야 한다는 요소가 필요하다.

⑤ 교실 분필 개수가 13개라는 것을 S가 믿는다는 것만으로는 S가 P를 안다고 할 수 없다.

077

〈보기〉는 퇴계가 쓴 글의 일부이다. (나)와 〈보기〉를 바탕으로 추론한 내용으로 가장 적절한 것은? [3점]

――――〈보기〉――――

주자가 "리(理)는 만물에 있지만 그 작용은 실로 한 사람의 마음을 벗어나지 않는다."라고 한 말을 보면, 리는 스스로 작용하지 못하니 반드시 사람의 마음을 기다려야 하는 것이 아닌가 싶습니다. 그렇다면 리가 스스로 이른다고 할 수 없을 듯합니다. 그러나 주자의 "리에도 반드시 작용이 있는데 어찌 굳이 마음의 작용이라고만 하는가"라는 말을 보면, 리의 작용이 비록 사람의 마음에서 벗어나지 않지만, 작용의 미묘함이라는 것은 실제로 이 리(理)가 드러난 것이니 사람의 마음이 이르는 데를 따라 이르지 못하는 곳이 없고 다하지 못하는 것이 없습니다.

① 주자는 사람에게 모든 앎이 갖추어졌다고 했는데, 이것은 만년에 퇴계가 리가 마음에 다가오지 못한다고 생각할 수 있었던 계기가 되었군.

② 퇴계는 만년에 물격의 의미를 물이 격한 것으로 보았는데, 이것은 주자가 리에도 반드시 작용이 있다고 한 것에 대한 이해와 관련되어 있군.

③ 주자는 리에 능동성이 있어야 온전한 인식이 이루어질 수 있다고 보았는데, 이것은 퇴계가 리의 작용이 사람의 마음에서 벗어날 수 있다고 생각한 것에 대한 근거가 되었겠군.

④ 퇴계는 물격을 사람의 마음이 사물에 이른다고 보는 것이 주자의 생각에 부합한다고 했는데, 이는 리의 작용이 미묘하여 리가 다하지 못하는 것이 없다는 것을 근거로 삼았겠군.

⑤ 퇴계가 초기에는 리가 스스로 작용하지 못한다고 여겼다가 만년에는 리가 자발성만으로 마음에 작용한다고 보았는데, 이것은 주자가 리의 능동성을 인정한 것과 관련되어 있군.

078

ⓛ의 입장에서 ⓘ에 대해 설명한 내용으로 가장 적절한 것은? [3점]

① ⓘ에서 '내 믿음'은 카페 안에 다수의 한국인이 있을 것이라고 추론하는 것이 가능하므로 정당화된다. 따라서 ⓘ은 지식이 아니다.

② ⓘ에서 '내 믿음'은 승진 축하연에 의한 것이지 축구 시합에 의한 것은 아니므로 '나'는 정당화된 믿음을 갖지 못한다. 따라서 ⓘ은 지식이 아니다.

③ ⓘ에서 '내 믿음'과 한국이 골을 넣었다는 객관적 사실 사이에는 인과 관계가 성립하므로 '나'는 정당화된 믿음을 갖는다. 따라서 ⓘ은 지식이다.

④ ⓘ에서 '내 믿음'은 비록 오해에 의한 것이긴 하지만 한국이 골을 넣었다는 실제 사실에 부합하며 정당한 이유가 있으므로 참인 믿음이다. 따라서 ⓘ은 지식이다.

⑤ ⓘ에서 '내 믿음'은 환호성을 듣고 한국이 골을 넣었다고 믿었기 때문에 형성되었고 실제 한국이 골을 넣었으므로 정당화된 참인 믿음이다. 따라서 ⓘ은 지식이다.

079

다음은 (가)와 (나)에 대한 학생의 읽기 활동이다. 학생이 수행한 활동의 내용이 적절한 것을 모두 고른 것은?

비판적 읽기 활동

[글에 담긴 필자의 입장 비판하기]

o (가)의 필자는 외재주의의 한계는 문제 삼았지만 내재주의의 한계는 그러지 않았으므로 필자의 입장은 공정하지 않다고 볼 수 있다. ·· ㉮

o (나)의 필자는 퇴계가 주자의 격물론을 자기 나름의 견해로 발전시켰다고 했는데, 이 내용의 타당한 근거를 글에서 확인할 수 있다. ·· ㉯

[주제나 화제 등에서 서로 관련 있는 부분을 비교하기]

o 앎이란 무엇인지와 관련하여 (가)는 게티어가 지식에 대한 서구의 전통적인 입장을 문제 삼은 것을, (나)는 퇴계가 물격에 대해 입장 변화를 보인 것을 다루고 있다. ············ ㉰

o (가)는 현대 철학에서 지식의 습득이 갖는 중요성을 강조한 반면, (나)는 전통 철학에서 지식을 실천하는 것이 갖는 중요성을 강조하고 있다. ·································· ㉱

---

① ㉮, ㉯   ② ㉮, ㉰   ③ ㉯, ㉰
④ ㉯, ㉱   ⑤ ㉰, ㉱

080

ⓐ~ⓔ의 사전적 의미로 적절하지 <u>않은</u> 것은?

① ⓐ: 일정한 분량을 채워 모자람이 없게 함.

② ⓑ: 무엇을 내주거나 갖다 바침.

③ ⓒ: 학문이나 기술 따위를 힘써 배우고 닦음.

④ ⓓ: 어떤 사물이나 범위의 안에 들어 있음.

⑤ ⓔ: 허락하여 너그럽게 받아들임.

ⓔ 독서 077쪽

[081~086] 다음 글을 읽고 물음에 답하시오.

가 하위징아 이전에는 놀이를 다른 목적을 달성하기 위한 수단이나 생존에 필요 없는 잉여 에너지를 발산하기 위한 행위, 긴장 해소나 완벽 추구를 위한 연습 등으로 ⓐ여겼다. 하지만 하위징아는 이러한 생각에 반기를 들고, 인간을 놀이하는 존재, 즉 '호모 루덴스(Homo Ludens)'라 부르며 ㉠'놀이' 자체의 특성을 연구하였다.

하위징아는 놀이가 '자유', '무사무욕', '일상과 분리된 시·공간적 행위', '합의된 규칙', 그리고 '긴장'이라는 특징을 갖는다고 보았다. 먼저 그는 놀이는 필요에 의해서가 아닌, 오직 즐거움을 느끼고자 하는 욕망에 의해서 자발적으로 ⓑ취하는 자유로운 행동이며, 만약 놀이가 강요에 의해 취해진다면, 이는 놀이의 모방에 불과하다고 보았다. 또한 그는 놀이는 현실과 동떨어진 '～척 하기'에 기반을 둔 무사무욕한 행위로서 놀이터, 혹은 놀이라는 행위를 위해 만들어진 제한적 시·공간 내에서 놀이자 간의 절대적 질서인 합의된 규칙을 갖는다고 보았다. 또 이때 놀이의 규칙은 놀이의 필수적 요소로, 우리 삶에서 자기 규제와 도덕적 습관을 기르게 해 주며, 페어플레이의 규칙을 준수해야 한다는 환경을 조성함으로써 인간의 발달과 성숙에 영향을 준다고 보았다. 그리고 하위징아는 놀이가 불확실성과 우연성을 동반한 긴장을 필수적으로 가지고 있는데, 이러한 긴장은 놀이에 윤리적 요소를 부여하고, 놀이의 규칙과 질서를 유지시키는 역할을 한다고 보았다. 이 밖에도 경쟁과 모험이 놀이와 밀접하게 관련된다는 점에서, 경기 중 남보다 뛰어나고자 하는 욕구를 과시하는 경쟁을 의미하는 '아곤(Agon)' 역시 놀이의 중요한 요소라고 보았다.

한편 하위징아는 놀이가 인간 문명의 탄생 그 이전부터 존재해 왔기 때문에, 문명사회의 언어, 규칙, 학문, 예술 등 모든 요소가 놀이적 면모를 ⓒ지닌다고 주장하였다. 예를 들어 예술은 시·공간적 제한을 받는다는 점에서 놀이의 특징을 지니며, 예술의 하위 요소인 음악은 리듬과 하모니를 통해 즐거움을 수반하는데 이역시 음악과 놀이의 필연적 연관성을 드러낸다는 것이다.

이러한 관점에서, 하위징아는 서양 문명의 역사는 놀이의 특징을 잃거나 얻기를 반복해 온 역사라고 보았다. 그에 따르면, 로마 문명의 멸망은 사회 내의 놀이 요소 결핍에 따른 결과이며, 중세나 르네상스, 바로크, 로코코 시대는 놀이적 문화가 과학, 예술, 의복, 정치 등에까지 퍼지며 놀이적 문명이 번성한 시대였다. 그러나 19세기에 들어 물질문명을 중시하고, 놀이를 배척하는 마르크시즘과 같은 사상이 유행하며 서양 문명은 놀이 요소를 크게 잃게 되었는데 현대 문명의 경우 현대 스포츠가 태초의 순수한 아곤적 성격과 분리되어 진지함을 띠기 시작하였으며, 과학 분야는 현실과의 계속된 접촉으로 놀이와의 연관성이 매우 줄어들었다는 것이다. 이처럼 하위징아는 놀이를 인간의 존재 자체에 내재되어 있는 본능적 특성이자 문화 창조의 원동력으로 생각하며, 문화와 관련된 모든 것들은 놀이 정신에 바탕을 두고 있다고 하였다.

나 카유아는 놀이의 다양한 유형을 제시하며, 하위징아보다 더욱 포괄적으로 ㉡놀이의 특징을 설명하였다. 먼저 카유아는 놀이는 강요되지 않고 오직 자유에 의해 행해진다고 보았다. 즐거움이라는 놀이의 필수적 요소는 자유에 의해 취해질 때에만 성립하므로, 강요당하는 순간 놀이의 특성을 잃게 된다는 것이다. 또한 그는 놀이는 일상으로부터 시간적·공간적으로 명확하게 분리된 환경에서 이루어지는 행위이며, 놀이 환경은 모든 참여자가 복종해야 하는 모종의 규칙과 행동에 의해 통제된다고 보았다. 이때 놀이의 규칙은 일상의 그것과는 별개이며, 놀이터의 규칙은 절대적이라고 보았다. 그리고 놀이의 결과는 미리 정해지거나 예측될 수 없다는 점에서 불확실성을 띠며, 놀이의 결과 부의 소유권은 이동할 수 있으나 부의 총합은 변함없다는 점에서 놀이는 비생산적인 행위라고 하였다. 마지막으로 그는 놀이란 '～인 체하기'를 하는 허구의 활동이며, 놀이 내에서 가정되는 것은 실제 일상과 다르더라도 받아들여진다고 하였다. 그리고 이때 놀이는 규칙 또는 허구성 중의 하나만을 충족한다고 하였다.

이러한 놀이의 특징을 바탕으로 카유아는 놀이를 아곤(Agon), 알레아(Alea), 미미크리(Mimicry), 일링크스(Illinx)로 분류하였다. 먼저, '아곤'은 경쟁을 포함한 놀이 형태로, 기회의 평등이 설정된 인위적 환경에서 하나의 자질만으로 상대방과 경쟁하는 것이다. 놀이의 승자는 그 놀이의 대상이 되는 특정 자질에 있어서는 가장 뛰어나다는 의미를 가진다. 만일 기회의 평등이 설정 불가능할 경우, 놀이를 시작하기에 앞서 핸디캡 등을 이용해 불평등을 최소화하는 것이 관례이다. '알레아'는 룰렛이나 제비뽑기와 같이 우연을 이용해 진행하는 놀이로, 놀이에 참여하는 사람이 결과에 영향을 끼칠 수 없다. 알레아에서 우연의 불평등은 해소되지 않고 게임의 요소로 이용되는데, 그 나름의 평등성을 위해 위험과 정비례하는 보상을 설정해 제공한다. '미미크리'는 일상에서 분리된 허구의 세계를 ⓓ받아들인다는 전제하에 진행되는 놀이 형태로, 역할놀이가 가장 대표적이다. 미미크리의 유일한 '규칙'은 '～인 체하기'를 받아들이는 것뿐이다. 미미크리는 아곤과의 연관성을 갖는데, 관중은 아곤 놀이를 관람하며 놀이하는 자에 스스로를 대입하여 응원하고, 놀이하는 자처럼 행동하는 미미크리적 특성을 ⓔ보인다. 마지막으로 '일링크스'는 일정한 규칙 없이 일상적인 논리와 감각의 안정을 파괴함으로써 일시적인 불안정 상태를 즐기는 놀이로, 일상에서 억제되어 있는 욕구, 즉 혼란이나 파괴와 직접적 연관성을 가진다. 일링크스는 참가자가 놀이의 진행 과정에 개입할 수 없다는 점에서 놀이의 결과에 영향을 끼칠 수 없는 알레아와는 차이가 있다.

카유아는 모든 놀이가 일상생활적 요소와 결합하게 되면 그 본질적인 오락성을 잃고 타락한다고 보았다. 아곤이 타락하면, 경쟁이 성공만을 위해 규칙을 어기며 진행되기 시작하고, 알레아가 현실과 결합하면 미신과 같이 변질되며, 미미크리가 가정이 아닌 현실로 받아들여지기 시작하면 놀이하는 자가 광기를 띠게 되고, 일링크스를 과도하게 추구하게 되면 알코올이나 마약 중독과 같은 사회 문제를 야기한다는 것이다. 카유아는 현대 사회가 겪는 문제들 대부분은 계급 격차나 빈부 차이와 같은 사회의 위계화 및 차별화에 의해 발생하는데, 이는 놀이가 그 본래의 기능을 잃었기 때문에 생겨난 것이라 보았다. 따라서 놀이에 일상적 요소가 포함되는 것을 경계하며 놀이 참가자로 하여금 상호 일체감과 해방감 그리고 재미와 카타르시스를 느끼게 하는 놀이의 본질적 성질을 회복한다면, 문화와 사회의 구속과 제약에서 벗어날 수 있다고 하였다. 이런 카유아의 놀이에 대한 관점은 현대 사회의 문제를 해결하는 새로운 시각을 제공하였다는 점에서 의의를 지닌다.

081

(가)와 (나)에 대한 설명으로 가장 적절한 것은?

① (가)와 (나)는 모두 특정 인물의 주장을 바탕으로 놀이의 개념이 변화해 온 과정을 고찰하고 있다.

② (가)와 (나)는 모두 특정 인물의 주장이 지닌 한계를 지적하고 이에 대응하는 새로운 이론을 소개하고 있다.

③ (가)와 달리 (나)는 특정 인물이 제시한 이론을 바탕으로 놀이의 유형을 그 특징에 따라 구분하고 있다.

④ (가)와 달리 (나)는 특정 인물이 제시한 놀이의 특징을 바탕으로 현대 사회에서 놀이가 갖는 위상과 전망을 분석하고 있다.

⑤ (나)와 달리 (가)는 특정 인물에게 영향을 준 기존의 이론을 언급하며 놀이를 바라보는 관점이 변화하는 이유를 설명하고 있다.

082

(가)에서 알 수 있는 '하위징아'의 생각으로 적절하지 않은 것은?

① 인간은 놀이를 통해 자기를 통제하며 도덕적으로 성장해 나갈 수 있다.

② 문명사회 형성 이후 등장한 철학과 문학에는 놀이적 면모가 포함되어 있다.

③ 놀이로서의 역할을 가지고 있던 과학은 현실과 계속하여 관련을 맺는 과정에서 그 성격이 약화되었다.

④ 놀이적 문명의 관점으로 볼 때 서양 문명의 역사에서 현대보다 과거 시대에 놀이적 요소가 충만하였다.

⑤ 놀이는 목표 달성을 위한 하나의 수단이나 잉여적 행위가 아니라 놀이 그 자체에 목적이 있는 인간의 본능적 행위이다.

083

㉠과 ㉡의 공통점으로 적절하지 않은 것은?

① 놀이의 결과를 예측할 수 없는 놀이도 존재한다.

② 놀이 참가자는 놀이의 규칙이 있다면 반드시 지켜야 한다.

③ 놀이 참가자는 자신의 자유로운 선택에 의해 놀이에 참여한다.

④ 놀이는 일상과 구분되는 특정한 시간과 공간 내에서 진행된다.

⑤ 놀이는 현실적 욕망을 허구적 활동을 통해 수용하는 행위이다.

084

(나)를 통해 알 수 있는 내용으로 가장 적절한 것은?

① 카유아는 놀이의 본질성을 회복하기 위해 문화와 사회의 구속에서 벗어나야 한다고 주장한다.

② '아곤'과 '알레아'는 결과의 불평등을 해소하기 위해 놀이 참가자의 특성에 따라 핸디캡을 부여한 놀이이다.

③ '미미크리'를 구경하는 관중은 자신이 '아곤'에 참여했을 때의 경험을 바탕으로 '미미크리'의 참가자를 응원한다.

④ 카유아는 놀이가 일상생활적 요소와 결합했기 때문에 현대 사회가 겪는 대부분의 문제들이 발생하였다고 생각한다.

⑤ '아곤'은 기회의 평등을 실현하기 위해 놀이 과정에서 참가자가 지닌 특정 자질의 유불리를 발견하는 것을 목적으로 한다.

085

(나)를 바탕으로 〈보기〉의 '파이디아'와 '루두스'를 이해한 내용으로 적절하지 <u>않은</u> 것은?

〈보기〉

카유아는 놀이의 규칙성을 기준으로 놀이를 파이디아(Paidia)와 루두스(Ludus)로 나눌 수 있다고 보았다. 파이디아는 즉흥적이고 소란스러움을 원하는 욕구로서, 통제되지 않고 파괴하려는 욕구와 연관되어 있다. 순수한 파이디아는 놀이의 범주에 속하지 않는 그 이전 단계의 행위이지만, 규칙이나 기술 등이 추가되면 놀이의 여러 형태로 발전된다. 파이디아와 반대되는 루두스는 충동이 아닌 강제적 규율과 의도적 장애물을 설정해 놀이하며 이를 극복하려는 성질을 말한다. 루두스는 아무런 이유 없이 의도적으로 어려움을 추구하는 것으로, 이는 타인과의 경쟁보다는 스스로와의 경쟁이라고 할 수 있다. 참가자는 놀이 내에서의 어려움을 극복하면서 마치 자기가 영웅이 된 듯한 느낌을 갖게 된다.

① '파이디아'는 통제되지 않고 파괴하려는 욕구와 관련이 있다는 점에서 혼란이나 파괴와 직접적 연관성을 가지는 '일링크스'와 유사성이 있겠군.
② 순수한 '파이디아'에 규칙이나 기술을 추가하는 것은 우연의 불평등을 해소하지 않고 오히려 게임의 요소로 이용하는 '알레아'의 특성과 상반되겠군.
③ '루두스'는 스스로와의 경쟁을 추구하며 어려움을 극복한다는 점에서 타인과의 경쟁을 전제로 하는 '아곤'과는 차이가 있겠군.
④ '루두스'는 강제적 규율과 의도적 장애물을 설정하여 놀이한다는 점에서 일정한 규칙 없이 일시적 불안정 상태를 즐기는 '일링크스'와 차이가 있겠군.
⑤ '루두스'는 참가자가 마치 자기가 영웅이 된 듯한 느낌을 갖는다는 점에서 '~인 체'를 통해 일상에서 분리된 허구를 받아들이는 '미미크리'와 유사성이 있겠군.

086

문맥상 ⓐ~ⓔ와 바꾸어 쓰기에 가장 적절한 것은?

① ⓐ: 치부(置簿)하였다
② ⓑ: 선정(選定)하는
③ ⓒ: 소유(所有)한다고
④ ⓓ: 허락(許諾)한다는
⑤ ⓔ: 피력(披瀝)한다

📗 독서 135쪽

[087~092] 다음 글을 읽고 물음에 답하시오.

가 빈곤이란 인간의 기본적 욕구 충족을 위해 필요한 생활 수단이 부족하거나 결여되어 있는 상태를 가리키는 것으로 그 유형에는 절대적 빈곤, 상대적 빈곤, 주관적 빈곤 등이 있다. 먼저 절대적 빈곤은 인간의 생존을 위해 필요한 최소한의 생활마저 유지하지 못하는 수준의 빈곤을 의미하는데, 빈곤의 절대적 기준이 되는 빈곤선을 설정하고 개인이나 가구의 소득이 빈곤선에 ⓐ미치지 못하는 경우 절대적 빈곤 상태라 판단한다. 즉 빈곤선은 최소 수준의 생활을 유지하는 데 필요한 소득의 한계 수준인 것이다. 절대적 빈곤선을 설정하는 방법에는 전물량 방식과 반물량 방식이 있다. 전물량 방식은 사회학자 라운트리에 의해 도입된 것으로, 인간이 생활하기 위해 필요한 식품, 의복 등의 모든 생필품의 목록과 양을 결정하고 그것을 가격으로 환산한 총합으로 빈곤선을 구하는 방식이다. 이 방식은 물가 변동에 따라 ⓑ쉽게 최저 생계비를 산출할 수 있다는 장점이 있지만, 생필품의 목록과 양을 결정하는 데에 전문가의 자의성이 개입될 여지가 있다는 단점도 존재한다.

반물량 방식은 경제학자 오샨스키가 제시한 것으로 모든 생필품이 아닌 최저 생활에 필요한 식료품비만 산출하고 여기에 가계 총 지출액에서 식료품비가 차지하는 비중을 나타내는 엥겔 계수의 역을 곱하여 전체 최저 생계비를 추정하는 방식이다. 이 방식은 일부 생필품으로 전체 최저 생계비를 추정할 수 있다는 점에서 편리하지만, 엥겔 계수가 물가 변동에 따라 크게 변화하기 때문에 빈곤 인구의 엥겔 계수를 정확하게 측정하기 어렵다는 문제도 있다.

상대적 빈곤은 특정 사회의 전반적인 생활 수준과 밀접한 관련 하에 상대적 박탈과 불평등의 개념을 반영한 것으로, 사회적 생활 수준의 변화에 ⓒ따라 변동되는 상대적인 개념이다. 상대적 빈곤을 측정하는 가장 일반적인 방법은 평균 혹은 중위 소득 비율을 활용하는 것으로, 이 방법의 쟁점은 소득의 몇 %를 빈곤선으로 할 것인가이다. 평균 소득이나 중위 소득을 기준으로 빈곤선을 설정하기 때문에 경제가 발전하면 평균 소득이나 중위 소득이 높아져서 상대적 빈곤선도 높아진다. 그러나 ㉠국민의 대부분이 빈곤한 국가의 경우, 상대적 빈곤을 측정하는 것이 현실적이지 않다는 문제가 발생할 수 있다.

주관적 빈곤은 적절한 생활 수준을 유지하기 위해 필요한 소득 수준에 대한 개인의 평가에 근거하여 도출되는 빈곤이다. 라이덴 대학의 학자들에 의해 개발된 라이덴 방식이 이러한 주관적 빈곤 개념에 바탕을 두고 있다. 이 방식에서는 사람들에게 자신의 상황을 고려할 때 그럭저럭 살아가는 데 필요한 최소 소득을 묻고, 이를 바탕으로 그들이 판단한 최소 소득과 그들의 실제 소득과의 관계를 분석하여 빈곤선을 결정한다.

나 빈곤의 정도를 측정하는 전통적인 방법은 빈곤한 사람들의 수를 세어 전체 인구에서 차지하는 비율, 즉 빈곤율을 측정하는 방법이다. 이 방식은 측정이 간단하기 때문에 국가 간의 비교 혹은 한 국가의 연대별 변화 등을 비교하는 데 널리 사용되지만 ⓛ 한 사회의 빈곤을 정확히 반영하지 못하는 경우가 발생할 수 있다. 예를 들면 빈곤선 이하의 사람들이 차지하는 비중이 모두 10%로 동일한 두 나라가 있을 때, 한 나라는 빈곤선 근처의 소득을 갖고 있는 가구가 많은 반면 다른 나라는 소득이 거의 없는 가구가 많다면 두 나라의 빈곤의 정도는 동일하다고 볼 수 없다.

이에 따라 빈곤율보다 정확한 측정의 방법으로 고안된 것이 빈곤갭이다. 이는 빈곤선을 정하고 소득이 이에 미치지 못하는 가구를 '빈곤 가구'로 정의한 후, 모든 빈곤 가구에 대해 '빈곤선－가구 소득'을 계산하여 합한 것을 말한다. 이는 빈곤선 이하에 있는 사람들의 소득을 모두 빈곤선 수준까지 끌어올리기 위해서 어느 정도의 소득이 필요한가를 보여 주는 지표로 빈곤의 심도를 나타낸다.

빈곤은 기준 이하의 소득과 재산을 가진 사람들이 얼마나 있는가에 관심을 갖는다면, 소득 불평등은 한 사회의 소득이 얼마나 평등하게 또는 불평등하게 분배되어 있는가에 관심을 가진다. 소득 불평등도를 측정하는 방법 중 하나가 지니 계수를 활용하는 것이다. 지니 계수는 빈부의 격차와 계층 간 소득 분포의 불균형 정도를 나타내는 수치로 로렌츠 곡선을 통해 살펴볼 수 있다. 로렌츠 곡선은 한 사회의 구성원을 소득이 낮은 사람으로부터 높아지는 순서대로 배열한다고 할 때, 가로축에는 소득이 낮은 인구로부터 가장 높은 순으로 비율을 누적하여 표시하고, 세로축에는 각 인구의 소득 수준을 누적한 비율을 표시한 후 그 대응점을 나타낸 곡선이다.

오른쪽 그림에서 대각선 AB와 일치하는 균등 분포선은 완전 평등선이라고 할 수 있고, 직각선 BC는 한 사람이 국민 소득 전부를 ⓓ 가지는 완전 불평등선이라 할 수 있다. 현실에서는 완전 평등선과 완전 불평등선의 양극단이 아닌 곡선 AB와 같이 아래로 볼록한 곡선이 그려지는데 이를 로렌츠 곡선이라 한다. 소득 불평등도가 높을수록 곡선 AB가 아래로 더욱 불룩해지고 대각선 AB와 곡선 AB가 만나 이루는 면적은 더욱 커진다. 지니 계수는 균등 분포선과 현실의 분배 상태를 나타내는 로렌츠 곡선의 사이 부분을 삼각형 ABC로 나눈 값이다.

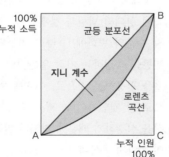

소득 불평등도를 측정하는 또 다른 방법으로 10분위 분배율과 5분위 배율이 있다. 전자는 모든 사람을 소득의 크기순으로 배열했을 때, 하위 40% 가구의 소득 점유율을 상위 20% 가구의 소득

점유율로 ⓔ 나눈 것이고, 후자는 상위 20% 가구의 소득 점유율을 하위 20% 가구의 소득 점유율로 나눈 것이다.

087

(가)와 (나)에 대한 설명으로 가장 적절한 것은?

① (가)는 (나)와 달리 화제에 대한 이론들을 평가하여 종합적 결론을 도출하고 있다.
② (나)는 (가)와 달리 화제에 대한 통념의 변화 과정을 통시적으로 고찰하고 있다.
③ (가)와 (나)는 모두 화제와 관련하여 일정한 기준으로 대상을 분류하여 설명하고 있다.
④ (가)와 (나)는 모두 구체적인 사례를 통해 화제와 관련한 추상적 개념을 설명하고 있다.
⑤ (가)와 (나)는 모두 화제에 대한 학자들의 다양한 견해를 제시한 후 그 한계를 지적하고 있다.

088

(가), (나)에 대한 이해로 적절하지 않은 것은?

① 지니 계수의 최댓값은 1이고 최솟값은 0이다.
② 반물량 방식의 경우, 엥겔 계수가 클수록 최저 생계비는 커진다.
③ 전물량 방식은 반물량 방식에 비해 고려하는 생필품의 목록이 많다.
④ 상대적 빈곤은 특정 사회의 생활 수준을 감안하여 빈곤을 규정한 것이다.
⑤ 최저 생계비를 통해 빈곤선을 정하는 것은 절대적 빈곤의 개념을 적용한 것이다.

089

(나)를 참고할 때, 〈보기〉에 대한 이해로 적절하지 <u>않은</u> 것은?

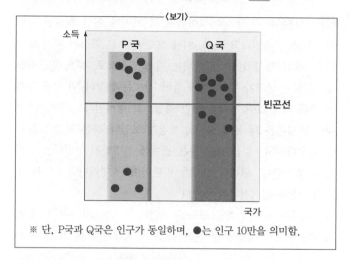

〈보기〉

※ 단, P국과 Q국은 인구가 동일하며, ●는 인구 10만을 의미함.

① P국과 Q국의 빈곤율은 동일하다.
② Q국보다 P국의 빈곤갭이 더 크다.
③ P국의 지니 계수는 Q국의 지니 계수보다 크다.
④ Q국의 5분위 배율은 P국의 5분위 배율보다 높다.
⑤ Q국의 로렌츠 곡선은 P국의 것보다 균등 분포선에 더 가깝다.

090

㉠, ㉡의 이유로 가장 적절한 것끼리 바르게 짝지은 것은?

	㉠	㉡
①	상대적 빈곤선이 절대적 빈곤선보다 낮을 수 있기 때문에	빈곤선을 설정하는 과정에서 주관적 판단이 개입되기 때문에
②	빈곤한 국민이 느끼는 상대적 박탈감이 더욱 크기 때문에	빈곤선 이하에 위치한 사람들의 소득 분포가 고려되지 않기 때문에
③	생활 수준의 변화에 따라 빈곤선이 상대적으로 결정되기 때문에	빈곤선을 설정하는 과정에서 주관적 판단이 개입되기 때문에
④	빈곤한 국민이 느끼는 상대적 박탈감이 더욱 크기 때문에	빈곤선 아래에 위치한 사람들의 수를 정확하게 세는 것이 불가능하기 때문에
⑤	상대적 빈곤선이 절대적 빈곤선보다 낮을 수 있기 때문에	빈곤선 이하에 위치한 사람들의 소득 분포가 고려되지 않기 때문에

091

(가), (나)를 참고할 때, 〈보기〉에 대한 반응으로 적절하지 **않은** 것은?

〈보기〉

A국은 4인 가구 기준 생필품을 정하고 통계적 방식으로 품목당 가격과 사용량, 내구연한 등을 정해 최저 생계비를 산출해 왔다. 그런데 금융 위기로 실물 경제가 어려워짐에 따라 소득 상위 20%의 소득 점유율이 이전 대비 150% 가량 늘어난 반면, 하위 40%의 소득 점유율은 이전 대비 50% 줄었다. 또한 A국 재정이 악화되면서 생필품 선정 및 사용량이 최소한도로 억제되었고, 이로 인해 2000년 중위 소득의 45% 수준이었던 최저 생계비는 2009년 34%까지 낮아졌다. 이에 정책 당국은 소득 편차로 인한 소외감을 고려하여 2010년부터 중위 소득의 40% 선으로 최저 생계비를 정하기로 했다.

① 금융 위기로 인해 A국의 10분위 분배율은 이전에 비해 낮아졌겠군.

② A국이 2000년에 적용하던 전물량 방식의 빈곤선 설정을 반물량 방식으로 바꿈에 따라 2009년에 최저 생계비가 낮아진 것이겠군.

③ A국의 누적 인원 대비 누적 소득을 그래프로 나타내면 금융 위기로 인해 균등 분포선과 로렌츠 곡선에 의해 형성되는 면적은 더 넓어졌겠군.

④ 2009년에 A국의 중위 소득 대비 최저 생계비가 2000년보다 낮아진 것은 최저 생계비 산출에 전문가의 자의적 판단이 개입되었기 때문이겠군.

⑤ A국이 2010년에 최저 생계비 산출의 방식을 바꾸기로 한 것은 절대적 빈곤의 관점보다 상대적 빈곤의 관점을 우선시한 것으로 볼 수 있겠군.

092

문맥적 의미가 @~@와 가장 **다른** 것은?

① @: 선생님이 지목한 아이들의 실력에 내 성적은 못 <u>미쳤다</u>.

② ⓑ: 이 책은 전문 용어가 많아 이해하는 것이 <u>쉽지</u> 않다.

③ ⓒ: 식순에 <u>따라</u> 다음은 애국가 제창이 있겠습니다.

④ ⓓ: 좋은 것을 <u>가지고</u> 싶어 하는 것은 인지상정이다.

⑤ ⓔ: 선생님은 학생들을 청군과 백군으로 <u>나누어</u> 편을 갈랐다.

[093~098] 다음 글을 읽고 물음에 답하시오.

가 토대론은 우리의 지식이나 신념 체계가 어떤 확실한 토대 위에서 @구축된다고 본다. 이때 토대란 추론 과정의 매개 없이 직접적으로 형성되며 정당화되는 기초 믿음으로, 다른 믿음들을 정당화하는 근거가 된다. 예를 들어 '장미는 빨갛다.'와 같은 믿음은 추론 과정 없이 지각을 통한 경험으로 형성된다는 것이다. 하지만 토대론은 '내 눈에 장미가 빨갛게 보인다.'라는 지각과 '장미는 빨갛다.'라는 믿음 간의 추론 관계를 설명하지 못한다는 한계에 ⓑ봉착한다. 이러한 한계를 비판하며 ㉠데리다와 ㉡가다머는 토대론을 넘어서고자 하였다.

데리다는 의미의 계층 구조를 교란하고, '기표의 유예'를 통해 그러한 구조가 애초에 불가능함을 보여 토대론을 해체하고자 하였다. 데리다에 의하면 서양 철학은 우월한 항과 주변화된 항을 대립시킴으로써 의미를 구성해 왔는데, 데리다는 이 위계를 역전시켰다. 하지만 우열의 주체만을 바꾸는 것으로는 해체가 이루어지지 않기에 '차연'이라는 개념을 도입하였는데, 차연은 '차이'와 '유예'를 뜻한다. 데리다는 '정지'가 '진행'과의 관계에서 의미를 획득하는 것처럼, 의미란 다른 의미들과의 차이를 통해 생성되는 것이라고 보았다. 동시에 기표의 의미는 끝없이 다른 기표로 유예되는 과정 속에서 존재하는 것이기에 불안정하다. 그래서 하나의 절대적 의미란 없고 의미는 항상 다른 해석의 가능성을 내포하기에 고정된 지식이란 없다. 지식은 변화하며 형성되는 것이다. 즉 확실한 토대라고 여기는 개념도 결국 불안정한 언어적 구성물이기에 유동적인 것에 불과하다.

가다머는 고정된 절대적 토대에서 의미가 형성될 수 있다는 토대론의 주장을 거부하였다. 그러나 가다머는 토대라는 구조 자체는 받아들여 이를 재개념화하였다. 가다머는 언어와 의미, 지식이나 믿음에 대한 이해 과정을 '선이해'와 '융합 지평'을 통해 설명하였다. 선이해는 이해의 기본 조건으로, 개인 차원에서 임의로 생성하거나 제거할 수 있는 것이 아니라 문화나 철학과 같은 전통에 의해 형성된 사고이다. 인식 주체가 선이해를 바탕으로 형성한 지식, 신념 등이 현재 지평이고, 역사적 지평은 과거로부터 축적된 이해의 산물로 텍스트로 전해지는 수많은 지식이 그 예이다. 그리고 현재 지평과 역사적 지평이 융합을 통해 상호 작용하며 끝없이 수정되고 새로운 지평을 형성하는 과정이 이해의 과정이다. 융합의 결과로 형성된 지평은 기존의 현재 지평과는 다른 새로운 것으로, 이는 다음 이해의 선이해가 되어 융합 지평은 ⓒ순환된다. 따라서 이해는 결과가 아닌 과정 속에 있고 끊임없이 변화하므로 의미라는 토대는 해석의 과정에서 형성되는 것이다. 다시 말해 우리는 객관적인 토대가 아니라 이해의 지평 속에서 텍스트를 해석하며, 해석은 해석자와 텍스트 간의 상호 작용으로 이루어진다.

나 토대론은 예술 작품의 해석에서도 그 정당성을 보장하는 확고한 기준이 존재해야 한다는 ⓒ 토대론적 해석 이론으로 이어졌고, 이는 의도주의와 형식주의의 두 방향으로 발전되었다.

의도주의에 의하면 작품의 의미는 오직 작가의 의도에 의해 결정되는 것이다. 의도주의에서는 양립 불가능한 다수의 해석적 진술들이 있다고 할 때, 만약 그중 하나가 참이라면 나머지 것들은 거짓이므로 받아들여지지 않는다. 하지만 역사주의와 심리주의는 작가의 의도를 알 수 없으면 작품의 의미도 알 수 없게 된다고 지적하며, 단 하나의 타당한 해석을 인정하지 않는다. 역사주의에 따르면 예술 작품의 의미는 그 작품이 오늘날 우리에게 의미하는 바이므로 시대에 따라 변한다. 또한 심리주의에 따르면 예술 작품의 의미는 감상자가 자신의 심리로 작품을 어떻게 해석하느냐에 따라 변한다.

그러나 의도주의 입장인 허쉬에 따르면 의미는 작품에 의해 재현되는 것으로 작가가 기호를 사용하여 나타내는 것이며, 의의는 의미가 문맥과 맺는 관계이다. 여기서 문맥이란 작가와 다른 시기, 다른 가치 체계, 다른 관심사 등을 가리킨다. 따라서 변하는 것은 작품의 의의뿐이다. 그리고 해석의 대상은 작품의 의미이며, 비평의 대상은 그러한 의미가 다른 것들과 관련을 맺음으로써 생겨나는 작품의 의의이다. 해석은 작품이 명시적 또는 함축적으로 ⓓ 재현하는 의미를 해명하는 것이고, 비평은 해석의 결과에 기초하여 작품의 의미를 더 큰 문맥 속에서 하나의 요소로 평가하는 것이다. 그러므로 의미는 지식의 대상이지만 의의는 가치라는 불안정한 영역에 속한다. 허쉬는 역사주의와 심리주의가 의미와 의의, 해석과 비평, 지식과 가치를 혼동하였기 때문에 작품의 의미가 시대에 따라, 읽기에 따라 변한다고 주장하는 오류를 범했다고 지적하였다.

한편 형식주의는 작가의 의도나 감상자의 주관적 해석이 아니라 색채나 형태, 언어의 관습적 규범 등과 같이 작품에 내재한 형식 요소나 구조 등을 분석하여 의미를 ⓔ 도출하고자 하는 해석 이론이다. 형식주의에 따르면 의미란 작품 내부에서 형성되는 것으로, 이는 작품의 의미가 그 자체 내의 공적 규범을 통해 자율적으로 결정된다고 보는 자율주의와 입장을 같이한다. 하지만 허쉬는 작품 내의 공적 규범이 의미를 찾는 단서가 될 수 있지만 실제 의미를 정확히 결정해 줄 수 없다고 하며 "My car ran out of gas."의 예를 들었다. 이 문장은 "내 차는 기름이 떨어졌다."와 "내 차가 매연가스 속에서 튀쳐나왔다."의 두 가지로 해석되는데, 언어 규범을 적용하더라도 이 둘 중 어떤 것이 올바른 의미인지 결정할 수 없으므로 결국 의도를 파악해야 한다는 것이다. 그러나 형식주의 입장인 비어즐리는 작가가 의도하지 않았던 의미가 작품에 존재할 수 있다는 점, 즉 작품이 의미하는 바와 작가가 의미하는 바가 별개일 수 있다는 점을 들어 허쉬의 주장을 반박한다.

093

(가), (나)에 대한 설명으로 가장 적절한 것은?

① (가): 토대론을 현대 인식론에 적용하기 위해 '기표의 유예', '차연', '융합 지평'과 같은 새로운 개념을 제시한 학자들을 소개하고 있다.

② (가): 다른 믿음에 의해 정당화될 필요가 없는 절대적 기초 믿음을 '선이해'로 정의하여 정의를 재개념화한 이론을 제시하고 있다.

③ (나): 의도주의 내에서도 작품 해석의 목적이 작가의 의도를 발견하는 것이 아닐 수 있다는 반론이 제기되었음을 밝히고 있다.

④ (나): 해석의 기준이 될 수 있는 어떠한 원리도 존재하지 않는다고 보는 심리주의를 비판하는 의도주의의 입장을 제시하고 있다.

⑤ (나): 의미가 문맥과 맺는 관계는 변하지만 의미는 변하지 않으므로 예술 작품의 의미가 지식의 대상이 될 수 있다고 보는 관점을 제시하고 있다.

094

㉠, ㉡, ㉢에 대한 이해로 적절하지 않은 것은?

① ㉠과 달리 ㉡과 ㉢은 토대가 되는 구조 자체가 존재한다고 본다.

② ㉠과 달리 ㉡은 해석에서 의미의 절대적 객관성은 불가능하다고 본다.

③ ㉢과 달리 ㉡은 지식에 대한 이해는 역사적 전통과 언어의 맥락 속에서 이루어진다고 본다.

④ ㉠, ㉢과 달리 ㉡은 선이해를 가지고 있어야 비로소 새로운 이해에 도달할 수 있다고 본다.

⑤ ㉢과 달리 ㉠은 고정된 토대를 주장한 이론의 한계를 지적하여 그 이론을 해체하고자 한다.

095

(나)에 제시된 '허쉬'와 '비어즐리'의 견해로 가장 적절한 것은?

① 허쉬에 따르면 의의는 해석의 대상이고, 의미는 비평의 대상이다.

② 허쉬에 따르면 감상자나 비평가의 역할은 작가의 의도를 밝혀내는 것에 한정된다.

③ 비어즐리에 따르면 작가의 의도는 작품에 구현되지 않는다.

④ 비어즐리에 따르면 예술 작품의 의미가 정당한지를 담보해 주는 확실한 체계가 있다.

⑤ 비어즐리에 따르면 예술 작품 해석의 타당성을 확보하기 위해서는 작품의 형식 요소나 구조보다는 기호의 의미를 먼저 파악해야 한다.

096

의도주의 에 대한 비판으로 적절하지 않은 것은?

① 작품의 해석에 감상자의 반응이나 심리적 효과를 간과한다.

② 서로 부합하지 않는 두 가지 해석에 대해 참 또는 거짓을 판단할 수 없다.

③ 작가의 의도 외에 작품의 의미 해석을 결정하는 다양한 요소들이 존재할 수 있다.

④ 작가의 의도가 기록으로 남아 있지 않는 경우 해석자가 그 의도를 파악하기 어려워질 수도 있다.

⑤ 작품을 제작하던 당시 작가가 본래 의도했던 바와 완성된 작품의 의미가 다를 수 있는데, 이 둘을 구분하지 못하는 오류를 범할 수 있다.

097

(가), (나)를 이해한 학생이 〈보기〉에 대해 보인 반응으로 적절하지 않은 것은?

〈보기〉

예술 작품의 해석은 언어로 이루어진다. 이를 분석해 보면 해석 진술의 형식은 '작품 속 A를 근거로, X는 Y이다.'로 나타낼 수 있다. 즉 해석 진술은 '작품 속 A가 근거이다.'와 'X는 Y이다.'의 두 부분으로 구성된다. 여기에서 'X는 Y이다.' 부분만이 해석이고, '작품 속 A'는 기술이다. 기술은 작품 속에서 발견되는 고정된 의미이므로 참 또는 거짓으로 판정되는데, 참이면 해석의 설득력을 높이는 근거가 된다. 이때 '작품 속 A'가 참이라면 A와 양립 불가능한 것은 거짓이므로 받아들일 수 없다. 하지만 해석은 해석자가 기술을 근거로 작품과 상호 작용하여 주관적으로 형성하는 것이므로 참 또는 거짓으로 평가할 수 없다. 작품 속에서 무엇을 발견하느냐에 따라, 해석자들은 서로 다른 관점으로 다양한 해석을 할 수 있고 이 모든 해석은 동시에 받아들여질 수 있다.

① 위계를 역전하고 차연을 도입하여 고정된 지식이 없다고 주장한 (가)의 데리다는, 〈보기〉에서 해석의 참 또는 거짓을 평가할 수 없다고 한 취지를 긍정하겠군.

② 의미라는 토대가 해석의 과정에서 형성되는 것이라고 본, (가)의 가다머는, 〈보기〉에서 해석이 해석자와 작품 간 상호 작용의 결과로 나올 수 있다고 한 것에 동의하겠군.

③ 해석적 진술은 작가의 의도 파악을 통해 참 또는 거짓이 판정된다고 본 (나)의 허쉬는, 〈보기〉에서 '작품 속 A'는 해석의 설득력을 높이는 근거이지만 지식의 대상은 아니라고 보겠군.

④ 해석에서 주관적 근거보다 객관적 근거를 중시한 (나)의 비어즐리는, 〈보기〉에서 해석 진술의 형식에 작품에서 발견되는 고정된 의미를 근거로 마련한 것에 동의하겠군.

⑤ 작품의 의미가 작품 내에서 형성되므로 해석자가 주체적으로 그 의미를 구성하는 것이 아니라고 본 (나)의 형식주의자는, 〈보기〉에서 '해석' 진술 부분에 대한 다양한 해석이 수용될 수 있다고 보는 데 동의하지 않겠군.

098

ⓐ~ⓔ의 사전적 의미로 적절하지 않은 것은?

① ⓐ: 체제, 체계 따위의 기초가 닦아져 세워지다.
② ⓑ: 어떤 처지나 상태에 부닥치다.
③ ⓒ: 주기적으로 자꾸 되풀이되어 돌다.
④ ⓓ: 나타나거나 또는 나타나서 보이다.
⑤ ⓔ: 판단이나 결론 따위를 이끌어 내다.

ㅇ 정답 및 해설 p.41

🇪 독서 234쪽

[099~104] 다음 글을 읽고 물음에 답하시오.

가 국제 정치는 국가 간의 정치적 협력·대립·투쟁 등의 관계를 의미하지만, 국제기구나 국제단체와의 정치적 관계를 포괄하기도 한다. 국제 정치는 국내 정치와도 밀접한 관련이 있어 국내 정치가 국제 정치로 전환되기도 하고, 그 반대의 현상이 일어나기도 한다. 국제 정치 현실에서 강대국들은 자신들의 이익에 부합하는 환경과 원칙을 구성하는데, 이는 약소국의 외교 정책에 큰 영향을 주며 강대국 상호 간에 갈등을 발생시키기도 한다.

이러한 강대국 간 힘의 균형에 관한 실증적인 성격의 국제 관계 이론으로 '세력 균형 이론'과 '세력 전이 이론'이 있다. 세력 균형 이론은 국가 안보 등에서 같은 목적을 가진 국가들끼리 동맹 관계를 맺음으로써 세력이 형성되며, 국제 정세의 변화에 따라 ⓐ <u>이러한 국가 간 관계는 가변적이라고 본다.</u> 이 이론에서는 힘이 비슷한 두 세력 사이에 ㉠ <u>세력 균형</u>이 형성된다면 전쟁이 쉽게 일어나지 않을 것이라고 한다. 그래서 세력 균형 이론은 20세기 중반 정치적 이데올로기에 따라 양분되어 대립했던 냉전 체제에서 핵전쟁에 대한 공포가 오히려 평화를 유지할 수 있게 한 현상을 잘 설명해 준다. 그러나 세력 균형 이론은 냉전 체제가 종식된 이후의 국제 정치 현실을 설명하기 어려운 한계가 있다.

한편 세력 전이 이론에서는 ⓑ <u>국가 간 국력의 분포가 불균형할 경우</u> 오히려 국제 정치 체제가 안정을 이룬다고 본다. 이 이론에서는 산업화 이전 국가 간 힘의 편차가 없는 '잠재적 국력의 단계'에 있던 국가들이, 산업화를 거쳐 '세력 전이 단계'에 진입하면서 산업화 속도에 따라 국력의 차이가 발생하여 패권국, 강대국, 중진국, 약소국이 형성된다고 본다. 또한 기존 질서에 만족하는 국가와 그렇지 않은 국가가 구분되는데, 강대국 중에서 기존 질서에 불만족하는 국가는 패권국에 대한 도전국이 된다. 세력 내에서 가장 큰 힘을 지닌 패권국이 새롭게 성장한 도전국의 도전을 잘 관리한다면 안정된 질서를 유지하지만, 패권국과 도전국 사이에 힘의 균형이 생긴다면 전쟁 가능성이 높아진다고 판단한다.

나 우리나라를 둘러싼 국제 정치 현상을 다룰 때 '지정학'이라는 용어를 자주 사용한다. 지정학은 지리적 환경과 정치적 결정, 특히 국제 정치에 관한 결정 사이의 영향 관계를 연구하는 학문으로, 세계 정치를 이해하고 분석하는 데 유용한 틀로 작용한다. 19세기 말 등장한 지정학은 20세기 초 제2차 세계 대전이 끝날 때까지의 '고전적 지정학', 냉전 종식 이전까지의 '냉전 지정학', 이후의 '비판적 지정학'으로 나누어진다.

이 중 고전적 지정학은 유럽과 미국을 중심으로 발전했다. 독일의 라첼은 국가를 생물학적 유기체로 보고, 적자생존의 원리에 따라 먼저 성장한 국가가 그렇지 못한 국가를 흡수하는 것은 당연하다고 보았다. 그는 민족의 생존과 발전에 필요한 물리적, 정치적, 경제적 요소들을 포괄하는 '생존 공간'이라는 추상적 개념을 제시하였고, 생존 공간을 확보하기 위한 국가의 노력의 결과를 국가의 발전으로 보았다. 라첼의 이론을 발전시킨 스웨덴의 키엘렌 역시 국가를 살아 있는 생명체라고 보았고, 성장의 핵심 동력은 문화에 있다고 보았다. 그는 우월한 문화를 가진 국가가 더 나은 방식의 문화를 사용할 수 있으므로 ⓒ 더 넓은 영토를 가질 자격이 있다고 주장했다.

또한 영국의 매킨더는 전 세계를 유라시아 대륙과 아프리카 대륙을 합친 '세계 섬', 영국과 일본과 같은 '연안 섬', 아메리카 대륙과 호주 대륙을 '변경 섬'으로 구분한 다음, 유라시아 대륙의 중심 지역을 심장부 지역이라고 명명했다. 전 세계를 거대한 전쟁터로 인식한 그는, 동유럽을 지배하는 자가 심장부 지역을 지배하고, 심장부 지역을 지배하는 자가 세계 섬을 지배하며, ⓓ 세계 섬을 지배하는 자가 전 세계를 지배한다는 이른바 '심장부 이론'을 주장하였다.

한편 미국의 스파이크맨은 아메리카 대륙을 '신세계'로, 그 이외의 모든 지역을 '구세계'로 구분한 다음, 미국이 신세계를 지배하는 동시에 구세계에 대해서는 분열된 상태에서 특정 세력들 사이의 ⓔ 세력 균형이 유지되도록 하는 외교 전략을 사용해야 한다고 주장했다. 그리하여 그는 유라시아 대륙의 주변 지역이 심장부 지역보다 더 중요하다는 '주변 지역 이론'을 제시했다. 그는 매킨더가 ⓔ 우랄 산맥 서쪽 농경 지대인 서부 러시아 지역을 지리적 측면만 중시하여 과대평가하였으며, 오히려 유라시아 대륙의 가장자리에 있는 인구 밀집 지역인 유럽의 연안 국가들, 중동 지역의 국가들, 한국과 중국 등의 아시아 연안 국가들을 포함하는 주변 지역이 훨씬 더 중요하다고 보았다. 또한 그는 주변 지역을 지배하는 자가 유라시아를 지배하고, 유라시아를 지배하는 자가 세계 운명을 지배한다고 주장하였다. 이러한 고전적 지정학 이론들은 국제 정치 양상에 대한 분석에 그치지 않고, 정치적 결정에 이론적 기초를 제공함으로써 20세기 초 세계사에 큰 영향을 끼쳤다.

099

다음은 (가), (나)를 읽고 학생이 작성한 활동지의 일부이다. ㉮~㉯에 대한 평가를 바르게 짝지은 것은?

공통점	• 국제 정치와 관련된 이론들을 통시적 기준에 따라 구분한 다음 각 이론을 순차적으로 상세하게 설명함. ················· ㉮ ·
차이점	• (가)는 (나)와 달리 글의 표지를 활용하여 문단 간의 연결 관계를 명확히 제시함. ················· ㉯ • (나)는 (가)와 달리 특정 이론을 주장한 학자들의 견해를 소개하며 내용을 전개함. ················· ㉰

	㉮	㉯	㉰
①	부적절	적절	부적절
②	부적절	부적절	적절
③	부적절	적절	적절
④	적절	적절	적절
⑤	적절	부적절	부적절

100

(가)를 통해 알 수 있는 내용으로 적절하지 않은 것은?

① 세계 무역 기구와 우리나라 외교부 간의 대립은 국제 정치에 해당한다.

② 세력 전이 이론과 세력 균형 이론은 모두 경제 발전 속도에 따라 국가를 분류한다.

③ 세력 균형 이론과 세력 전이 이론은 국제 정치 체제의 안정 조건을 서로 다르게 본다.

④ 약소국의 외교는 강대국들의 정치적 관계에 영향을 받는 것이 국제 정치의 현실이다.

⑤ 20세기 후반 냉전 체제가 붕괴된 후의 국제 관계를 파악하는 데에는 세력 균형 이론이 적합하지 않다.

101

(나)를 바탕으로 고전적 지정학 이 갖는 의미를 추론할 때, 가장 적절한 것은?

① 서구 중심적 사고로 국제 정치를 분석하여 20세기 초 국제 정치와는 괴리되어 있다.

② 전 세계의 지리를 인식하는 데 구조화된 틀을 제공하여 이상적인 국제 관계의 구축에 기여하였다.

③ 과학적 사고를 접목하여 국제 정치를 분석함으로써 객관적이고 공정하게 국제 관계를 파악할 수 있게 하였다.

④ 공간의 개념에 지리적 요소뿐만 아니라 정치 · 경제 · 문화적 요소를 포함하여 강대국에 대한 편견을 해소하였다.

⑤ 패권주의적 사고로 세계를 분석하여 힘의 우위에 근거하여 다른 국가를 지배하려는 정치적 결정에 명분을 부여하였다.

102

(가), (나)를 참고할 때, 〈보기〉의 자료에 대한 반응으로 적절하지 않은 것은?

〈보기〉

ㄱ. 제2차 세계 대전 종전 이후 현재까지 미국은 국제 관계에 큰 영향력을 행사하며 국제 정치를 이끌어 오고 있다. 미국은 제2차 세계 대전 당시 동맹 관계였던 소련과 종전 이후 군사적 · 정치적으로 대립하며 1980년대까지 냉전 체제를 유지하였다. 한편 전쟁 상대국이었던 서독과 일본은 미국의 지원에 힘입어 1970년대 이후 국제 사회에서 강대국으로서의 지위를 확보하였으며, 미국과 긴밀한 동맹 관계를 현재까지 유지하고 있다.

ㄴ. 1949년 중국이 공산화되자, 1950년 1월 미국 국무장관 애치슨은 미국이 동아시아 지역에 대해 군사적 방어를 하는 지역은 '알류샨 열도*-일본-오키나와-필리핀'을 연결하는 선이라고 선언했다. 이 애치슨 선언에서 우리나라는 미국의 방위선에서 제외되었고, 이후 이 선언은 1950년 한국 전쟁 발발의 원인 중 하나로 지적되었다. 한국 전쟁은 한반도 내 내전으로 볼 수 있으나 강대국들의 개입으로 인한 국제전의 성격도 지닌다.

* 알류샨 열도: 태평양 북부, 알래스카반도와 캄차카반도 사이에 활 모양으로 늘어서 있는 섬의 무리.

① ㄱ: 미국과 소련의 관계에 '세력 균형 이론'을 적용해 보면, 한 세력 내에서 협력하던 국가들도 상황 변화에 따라 적대적 관계로 바뀔 수 있음을 알 수 있군.

② ㄱ: 미국과 일본의 관계에 '세력 전이 이론'을 적용해 보면, 일본은 강대국의 지위를 획득했지만 기존의 국제 질서에 불만을 가지지 않는 국가에 해당한다고 볼 수 있군.

③ ㄴ: '지정학'적 관점에서 보면, 애치슨 선언은 중국의 공산화로 인한 국제 정세의 변화와 동아시아 지역의 지리적인 환경을 모두 고려하여 내린 정치적 결정이라고 할 수 있군.

④ ㄴ: '주변 지역 이론'의 관점에서 보면, 애치슨 선언은 심장부 지역보다 주변 지역을 더 중시하여 아시아 연안 국가들에 대한 지배력을 확대하려는 외교 전략에 해당하겠군.

⑤ ㄴ: 국제 정치의 특성을 고려한다면, 우리나라의 입장에서 볼 때에는 국제 정치에 해당하는 애치슨 선언이 국내 정치에 해당하는 한국 전쟁의 발발에 영향을 준 것이라고 해석할 수 있겠군.

103

⊙과 ⓒ에 대한 설명으로 가장 적절한 것은?

① ⊙과 ⓒ은 모두 특정 지역이 지니는 지리적 중요성을 반영하고 있다.

② ⊙과 ⓒ은 모두 특정 국가와 주변 국가 사이의 갈등을 조정하고 있다.

③ ⊙은 전쟁 억제 조건에, ⓒ은 특정 국가의 이익에 초점을 두고 있다.

④ ⊙은 ⓒ과 달리 세력 내에서의 분열과 통합이 연속되는 과정을 내포하고 있다.

⑤ ⓒ은 ⊙과 달리 동일한 목적을 이루고자 하는 동맹 관계에 기초하고 있다.

104

문맥상 ⓐ~ⓔ와 바꿔 쓰기에 적절하지 않은 것은?

① ⓐ: 국가 간의 동맹 관계가 변할 수 있다고 본다.

② ⓑ: 국가 간의 힘에 차이가 날 경우

③ ⓒ: 문화가 덜 발달한 나라를 흡수할 수 있다

④ ⓓ: 유라시아 대륙

⑤ ⓔ: 심장부 지역의 일부

🅔 독서 229쪽

[105~110] 다음 글을 읽고 물음에 답하시오.

가 ⊙과학 사회학을 창시한 미국의 머튼은 '에토스*'라는 용어를 활용하여 과학자의 연구 활동과 그 지향성, 과학자 공동체를 유지하고 발전시키는 규범 구조를 분석하였다. 그는 과학의 에토스를 '과학자를 구속하고 있는 여러 규칙이나 규정, 도덕적 관습, 신념, 가치에 대한 감정 등이 복합적으로 얽혀 있는 관념'이라고 설명했다. 다시 말해 과학의 에토스는 과학자가 과학에 첫발을 내딛는 순간부터 과학자 공동체 안에서 훈련받아 형성되는 감정이며, 과학자 공동체가 전제하고 있는 일반적인 가치일 뿐만 아니라, 구성원의 행동 및 사고의 기준으로 작용하여 과학자의 행동을 구속하는 테두리이다.

머튼은 이 테두리로 '공유성, 보편주의, 이해의 초월, 조직화된 회의주의'라는 네 가지 규범을 들었다. 먼저 공유성(communism)이란 과학 지식은 사회적 협동의 소산으로 공동체에 귀속되며, 과학 지식의 산출 과정에서 발생하는 모든 정보와 과학적 연구의 결과는 완전히 개방되어 교류되어야 한다는 규범이다. 두 번째로 보편주의(universalism)란 과학 연구는 관찰 및 이미 확인된 지식에 일치하는지를 기준으로 삼아 이루어져야 하고, 인종과 같은 과학자의 개별적 특수성과 무관한 보편적 기준에 의해 연구의 타당성이 확보되어야 하며, 누구든 자유롭게 과학 연구에 종사할 수 있다는 규범이다.

세 번째로 이해의 초월(disinterestedness)이란 과학자가 자신의 연구 결과에 대해 무사무욕(無私無慾)*의 태도를 가져야 한다는 것으로, 연구 동기는 지식에 대한 정열이나 과학적 진리 탐구 자체만을 추구하는 것에서 비롯되어야 한다는 것이다. 마지막으로 조직화된 회의주의(organized skepticism)는 모든 과학적 주장에 대해 기존의 관례나 권위 등에 구애받지 않고 사실로 확정될 때까지 끊임없이 회의해야 한다는 것으로, 이는 과학자의 주체적 태도를 전제한다. 또 이 규범은 과학자에게는 타인의 연구가 유효한지 확인해야 하는 책임이 있으며, 잘못된 연구에 대해 비판해야 하는 의무가 있다는 것이다.

이러한 머튼의 규범 구조에 대한 이론은 과학을 일종의 사회 제도로 보아 지식 생산을 담당하는 다른 사회 제도들과의 차이점이 무엇인지를 찾으려 했다는 평가를 받는다. 또한 그의 이론은 과학이 제 기능을 어떻게 발휘하고 유지되는지, 나아가 사회에 어떤 기여를 할 수 있는지에 대한 근본적 작용 기제를 분석했다. 그러나 이후 이에 대한 검증 과정에서 과학자 공동체 내에 규범 구조가 실제로 존재하는지, 과학자들이 이를 따르는지, 나아가 이 규범 구조가 과학 지식의 확대에 기여하는지에 대한 문제가 제기되었다.

* 에토스: 특정한 사회 집단이 지니는 특유한 기풍이나 관습.
* 무사무욕: 사사로움이 없이 공정하고 욕심이 없음.

나 콰인, 쿤, 핸슨 등으로 대표되는 후기 경험주의 과학 철학은, 사실과 이론의 구분이 실증주의자들의 주장처럼 명확하지 않다는 것을 이론적으로 증명하려 했고, 과학사에서 그 사례를 찾아 보았다. 이러한 그들의 시도는 과학 지식의 성격이 절대적인지 그렇지 않은지를 ⓐ 따지는 상대주의 논쟁을 불러일으켰고, 이 논쟁에서의 중심은 진리가 사회적 합의에 의해 결정된다는 진리의 사회 결정론이 옹호될 수 있는가라는 문제였다. 특히 쿤이 《과학 혁명의 구조》에서 주장한 내용들은 이후 그의 의도와 관계없이 과학 철학의 상대주의를 부각하여 영국에서 과학 지식 사회학이라는 새로운 분야를 잉태했다.

새로운 과학 사회학으로도 불리는 ⓛ 과학 지식 사회학은 상이한 지적 배경을 가진 연구자들의 학제 간 연구가 이루어지게 했다는 특징이 있다. 사회학자 반스와 과학 철학자 블루어는 과학 지식이 어떻게 생성되는지를 탐구한 기존의 연구들 중 일부는 '오류의 사회학'에 빠져 버렸다고 비판했다. 또한 그들은 과학에 있어서의 보편적 원칙이 존재하지 않으며, 과학 지식의 선택은 과학자 각 개인이 지닌 이해관계에 의해 주로 결정된다고 보아, 모든 과학 지식은 그 진위 평가와 무관하게 동등한 사회학적 설명이 필요하다고 주장했다.

그들은 몇 가지 핵심 논지를 들어 자신들의 주장을 뒷받침했는데, 우선 대칭성 논지를 들 수 있다. 이는 지식은 모두 동일한 학문적 범주 내에서 그 합리성 및 진리 여부를 따져야 한다는 것이다. '오류의 사회학'은 비대칭성을 지니고 있는데, 이는 참이라고 생각하는 지식은 사회적·심리적으로 오염되지 않은 과학 내적 논리로 설명하면서도 거짓이라고 생각하는 지식은 외적 논리로 설명한다는 것이다. 이러한 점을 고려할 때 대칭성 논지는 모든 지식에 대한 연구에서 연구자들의 선입견을 배제해야 한다는 공평성 논지와, 지식의 검증 과정에서 동일한 종류의 원인을 사용하여 설명해야 한다는 인과성 논지를 수반한다.

한편 콜린스는 과학사 속의 논쟁이 아닌 당시 진행 중이던 과학 논쟁에 초점을 맞추어 그 과정을 사회학적으로 분석했다. 그는 논쟁 당사자들이 지녔던 이론과 경험적 증거에 대한 조사를 통해 논쟁의 진행 과정과 그 종식 양상을 추적하였고, 이를 바탕으로 전통적으로 과학의 객관성을 담지하여 준다고 믿었던 실험이 실제로는 그 기능을 제대로 수행하지 못한다고 주장했다. 그는 논쟁의 당사자들이 동일한 실험에 대해서조차 자신의 선입견에 따라 상반된 해석을 내려 끝없는 순환 논쟁이 야기되는 상황을 보여 주었고, 이를 통해 실증주의의 한계를 지적하였다. 또 그는 논쟁이 종식되는 양상들을 분석하여 과학 지식의 생산이 결국은 사회적인 협상의 결과에 지나지 않는다고 주장하였다.

105

(가), (나)에 대한 설명으로 적절하지 않은 것은?

① (가): 머튼은 과학자들에게 내면화된 관념을 일컫는 용어를 기반으로 이론을 전개하였다.
② (가): 머튼이 제시한 규범들 중에는 과학 연구 종사자의 자격과 관련된 것도 있다.
③ (가): 머튼의 이론을 구성하는 핵심 개념이 실재하는지에 대한 학문적 논란이 있다.
④ (나): 쿤의 과학 철학은 의도치 않게 새로운 과학 사회학이 등장하는 데 영향을 주었다.
⑤ (나): 반스와 블루어의 대칭성 논지는 공평성 논지와 인과성 논지로 구성되어 있다.

106

ⓐ과 ⓛ에 대해 이해한 내용으로 가장 적절한 것은?

① ⓐ은 과학 지식에 대한 기존 연구에 대한 검증에서 출발했다면, ⓛ은 과학 지식의 검증이 실증주의를 따라야 한다는 전제에서 도출되었다.
② ⓐ은 과학을 사회 제도로 파악하고 그 기능적 원리를 파악했다면, ⓛ은 과학 지식의 생산이나 과학 지식의 선택을 사회학적 관점으로 분석했다.
③ ⓐ은 과학자가 높은 수준의 도덕성을 지녀야 한다는 점을 강조했다면, ⓛ은 과학자가 생산하는 지식의 사회적 효용성이 커야 한다는 점을 부각했다.
④ ⓐ은 사회가 과학 공동체를 통제해야 한다는 인식을 용인했다면, ⓛ은 과학 지식의 생산 과정에 과학자 개인의 이해관계가 개입된다는 점을 인정했다.
⑤ ⓐ은 과학의 역사적 발전 양상과 과학 지식이 생산되는 구조 분석에 초점을 맞추었다면, ⓛ은 과학사 속에서의 과학과 철학의 분화 과정에 초점을 맞추었다.

107

다음은 과학 연구와 관련한 과학자들의 가치관에 대한 설문 조사 결과이다. (가)를 바탕으로 이를 이해할 때, 적절하지 <u>않은</u> 것은?

질문 문항		조사 결과	
		대학 교수	연구원
㉮	새로운 과학적 발견에 대한 지적 재산권 공여는 연구자에 대한 정당한 보상이다.	3.97	4.06
㉯	과학적 발견은 인류의 자산이므로 조건 없이 신속하고 포괄적으로 공개되어야 한다.	3.37	3.1
㉰	연구 주제는 지적 호기심과 과학적 요인에 의해서만 선택되어야 한다.	2.94	2.69
㉱	과학자는 모든 과학적 주장에 대해 비판적인 시각을 견지해야 한다.	3.57	3.5
㉲	과학자의 성, 국적, 출신 학교 등이 과학자의 주장에 대한 평가에 영향을 주어서는 안 된다.	4.69	4.62

설문 조사의 응답은 다음과 같은 5점 척도로 측정하였고, 조사 결과는 평균값을 계산한 것이다.

적극 반대	반대	보통	찬성	적극 찬성
1	2	3	4	5

① ㉮: '공유성'에 대한 인식을 묻는 항목으로, 과학 지식이 사회적 소산이라는 과학자들의 인식이 높은 편임을 보여 준다.

② ㉯: '공유성'에 대한 태도를 묻는 항목으로, 과학 지식의 개방성에 대한 과학자들의 인식이 보통 정도의 수준임을 보여 준다.

③ ㉰: '이해의 초월'에 대한 인식을 묻는 항목으로, 과학 연구의 동기에 대한 인식이 대학 교수보다 연구원이 조금 더 낮은 편임을 보여 준다.

④ ㉱: '조직화된 회의주의'에 대한 태도를 묻는 항목으로, 과학 연구에 대한 과학자들의 주체적인 태도의 수준이 아주 높은 것은 아님을 보여 준다.

⑤ ㉲: '보편주의'에 대한 인식을 묻는 항목으로, 과학 연구의 타당성을 판단하는 기준이 보편적이어야 한다는 과학자들의 인식이 높다는 것을 보여 준다.

108

(나)의 '반스와 블루어', '콜린스'가 모두 동의할 수 있는 진술로 가장 적절한 것은?

① 과학 지식의 진리가 사회적으로 결정된다는 견해는 옹호될 수 없다.

② 과학 지식과 관련된 연구는 현재 진행되는 논쟁에 한하여 가치가 있다.

③ 과학 지식의 생산 과정에서 사실과 이론의 구분은 명확하게 이루어진다.

④ 과학 지식 탐구를 위해 서로 다른 학문적 배경을 지닌 연구자들이 필요하다.

⑤ 과학 지식이 사회로부터 독립적이며 절대적인 성격을 지닌다는 주장은 허구이다.

109

(가), (나)를 이해한 학생이 〈보기〉에 대해 평가한 내용으로 가장 적절한 것은?

─〈보기〉─

17세기 영국에서 보일이 주도했던 왕립학회는 과학적 발견 및 실험 결과를 공유하였고, 실험을 통한 검증을 중시했으며, 과학 연구의 제도화를 이끌었다. 보일은 실험 결과에 대해 자유롭게 비판하되 실험자에 대해서는 비판하지 않아야 하며, 실험에 오류가 있을 시 이를 인정하고 공적으로 공개해야 한다는 규칙을 강조했다. 그런데 홉스는 이러한 보일의 견해에 대해 실험 자체의 중요성은 인정하지만 실험이 소수 집단 사이에서 이루어져 공공성이 결여되었다는 점, 지식 생산 과정을 주도하는 권위자가 실험의 주제 및 방식을 제한한다는 점에 대해 비판하였다. 한편 두 사람은 공기 펌프를 활용한 진공 생성 실험에 대해 논쟁을 벌였는데, 이후 왕립학회는 논쟁 과정에서 홉스가 보였던 권위주의적이고 독단적인 태도를 문제 삼아 그의 주장을 받아들이지 않았다.

① (가)에서 머튼이 제시한 규범 구조에 입각해 보면, 실험자에 대한 비판을 삼가야 한다는 보일의 주장은 실험의 타당성을 확보하는 것이겠군.

② (가)에서 머튼의 규범 구조에 대해 문제를 제기한 입장에서는, 실험의 공공성 문제를 지적한 홉스의 비판이 과학 지식의 확대에 기여했다고 볼 수 있겠군.

③ (나)에서 콰인, 쿤, 핸슨 등이 상대주의 논쟁을 촉발했다는 점에서 보면, 보일과 홉스의 논쟁은 실험을 통한 지식 검증의 필요성을 부각하는 것이겠군.

④ (나)에서 반스와 블루어가 내세운 논지에 근거하면, 진공 생성 실험 논쟁에서 홉스의 주장을 받아들이지 않은 왕립학회의 결정은 비대칭성을 지니므로 부당하다고 판단할 수 있겠군.

⑤ (나)에서 콜린스가 분석한 과학 논쟁이 종식되는 양상에 근거해 보면, 실험 과정에서의 권위자의 역할에 대한 홉스의 주장이 타당하다고 판단할 수 있겠군.

110

ⓐ와 문맥상 의미가 가장 가까운 것은?

① 그는 내게 어제 도대체 어디 갔었느냐고 따졌다.
② 그녀는 두 사람이 어떤 관계인지를 따져 보았다.
③ 그때 그 일을 따지고 보면 나도 잘못한 점이 많다.
④ 나이로 따진다면 그는 내 조카뻘밖에 되지 않는다.
⑤ 우리 회사는 출신 지역이나 학력을 따지지 않는다.

인문·예술

001 ③	002 ⑤	003 ③	004 ⑤	005 ②
006 ⑤	007 ④	008 ④	009 ④	010 ③
011 ⑤	012 ④	013 ③	014 ①	015 ④
016 ①	017 ②	018 ⑤	019 ③	020 ③
021 ①	022 ②	023 ③	024 ④	025 ⑤

과학·기술

051 ②	052 ③	053 ⑤	054 ②	055 ②
056 ⑤	057 ②	058 ③	059 ④	060 ②
061 ④	062 ②	063 ①	064 ④	065 ③
066 ④	067 ②	068 ④	069 ③	070 ④
071 ⑤	072 ②	073 ②	074 ②	

사회·문화

026 ②	027 ③	028 ④	029 ①	030 ④
031 ⑤	032 ②	033 ③	034 ②	035 ④
036 ④	037 ⑤	038 ①	039 ⑤	040 ⑤
041 ③	042 ③	043 ④	044 ④	045 ③
046 ⑤	047 ⑤	048 ④	049 ④	050 ②

주제 통합

075 ①	076 ①	077 ②	078 ②	079 ③
080 ②	081 ③	082 ④	083 ⑤	084 ④
085 ②	086 ①	087 ③	088 ②	089 ④
090 ⑤	091 ②	092 ⑤	093 ⑤	094 ②
095 ④	096 ②	097 ③	098 ④	099 ②
100 ②	101 ⑤	102 ④	103 ③	104 ④
105 ⑤	106 ②	107 ①	108 ⑤	109 ④
110 ③				

메가스터디
실전
N제
독서 110제

메가스터디

실전
N제

독서 110제

정답 및 해설

메가스터디BOOKS

메가스터디 실전 N제

독서 110제

정답 및 해설

인문·예술

6문단	감각 객체와 실재 객체의 정의 및 예시
7문단	감각 성질과 실재 성질의 정의 및 예시
8문단	객체 자체에 대해 철학적으로 사유한 하먼

◆ 정답 체크   본문 p. 16~27

001 ③	002 ⑤	003 ③	004 ⑤	005 ②	006 ⑤
007 ④	008 ④	009 ④	010 ③	011 ⑤	012 ④
013 ③	014 ①	015 ④	016 ①	017 ②	018 ⑤
019 ③	020 ④	021 ①	022 ②	023 ③	024 ④
025 ⑤					

[001~004] 객체 지향 존재론

ⓔ 포인트 | 2024년 4월 교육청

수능 연계 교재에서는 객체에 대한 하먼의 관점을 바탕으로 인간을 중심으로 객체를 이해한 흄과 후설의 관점을 비판하고, 인간의 사유와 무관하게 존재하는 객체들을 탐구하는 방법으로 미학을 제시한 하먼의 예술론을 수록하였다. 우리 교재에서는 객체에 대한 하먼의 견해를 심화하여 이해할 수 있도록 하먼의 '객체 지향 존재론'을 지문으로 구성한 기출 지문을 수록하였다. 기존의 인간 중심주의 철학과 비교하여 객체 지향 존재론의 특징을 이해하고, '객체', '감각', '성질' 등과 같은 용어들을 중심으로 하먼이 객체 지향 존재론을 통해 주장하는 바를 정리하도록 한다. 구체적 사례에 하먼의 입장을 적용하여 연결 지어 이해할 수 있도록 한 문제가 제시되었으므로 이를 통해 하먼의 철학 이론에 대해 심화하여 이해할 수 있다.

▸ 해제   이 글은 그레이엄 하먼이 주장한 객체 지향 존재론에 대해 설명하고 있다. 하먼은 인간 중심주의 철학에서 인간이 사물을 인간에게 필요한 도구로 바라볼 뿐 사물을 객체 그 자체로 다루지 못한다고 비판한다. 하먼에 따르면, 객체는 독립적이고 자율적인 존재로, 다른 존재에게 파악되지 않도록 '물러나는' 측면과 다른 존재에게 분석된 구성 요소 이상의 다른 무언가로 스스로 '드러나는' 측면을 동시에 가지고 있다. 그리고 그러한 객체의 특성 때문에 인간은 객체의 모든 것을 파악할 수 없다. 객체의 존재와 성질은 감각을 통해 지각할 수 있지만, 감각으로 지각할 수 없는 것도 있다. 그래서 하먼은 객체와 성질의 관계에 따라 객체를 감각 객체와 실재 객체로, 성질을 감각 성질과 실재 성질로 구분한다. 감각 객체와 감각 성질은 관찰자의 감각을 통해 지각할 수 있지만, 실재 객체와 실재 성질은 감각을 통해 직접적으로 파악할 수는 없으나 실재하는 것들이다. 하먼은 인간 중심주의 철학에 의해 도구로 전락했던 객체는 객체 그 자체로서 철학적 사유의 한가운데에 자리 잡을 이유라고 주장한다.

▸ 주제   그레이엄 하먼의 객체 지향 존재론에서 주장하는 객체의 특성에 대한 이해

▸ 구성

1문단	하먼의 객체 지향 존재론
2문단	인간 중심주의 철학에 대한 하먼의 비판
3문단	하먼이 주장한 객체의 특성
4문단	인간과 객체에 대한 하먼의 견해
5문단	객체와 성질의 관계에 따른 객체와 성질의 구분

001 핵심 정보 파악   답 ③

5문단에서 하먼은 '성질이 없는 객체나 객체가 없는 성질은 존재할 수 없다고 보았'음을 알 수 있다. 따라서 객체 지향 존재론에서 객체 가운데 성질이 없는 경우도 존재할 수 있다고 본다는 설명은 적절하지 않다.

오답 피하기

① 4문단에서 '객체에 대한 하먼의 입장은 허구적이고 비실재적인 것까지도 이어'졌다고 하였으므로, 객체 지향 존재론에서 허구적이고 비실재적인 것도 객체로 본다는 설명은 적절하다.

② 3문단에서 '하먼에 의하면 사물은 인간이 그 본질을 결정하는 대상이 아니라 독립적이고 자율적인 존재로서의 객체이다.'라고 하였고, 4문단에서 '그는 인간 역시 객체이며, 독립적이고 자율적인 존재라고 말한다.'라고 하였으므로, 객체 지향 존재론에서 객체를 독립적이고 자율적인 존재로 본다는 설명은 적절하다.

④ 5문단에서 '객체는 객체가 발산하는 정보나 담고 있는 특질인 성질을 가지며'라고 하였으므로, 객체 지향 존재론에서 객체가 발산하는 정보나 담고 있는 특질을 성질이라고 본다는 설명은 적절하다.

⑤ 2문단에서 '하먼은 이러한 관점들(인간 중심주의 철학)은 인간이 사물을 인간에게 필요한 도구로 바라볼 뿐 객체 그 자체로 다루지 못한다고 비판한다.'라고 하였으므로, 객체 지향 존재론에서 인간 중심주의 철학이 객체를 그 자체로 다루지 못한다고 본다는 설명은 적절하다.

002 관점의 비교   답 ⑤

ㄱ은 '만물을 구성하는 물질'을 '미립자로 나눈 뒤 그 입자를 분석하면 만물의 근원을 이해할 수 있다'고 보고 있다. 3문단에 따르면, 하먼은 '인간이 어떤 구성 요소로 사물을 분석하려고 할 때 그 구성 요소만으로 환원되지 않'아 '인간은 객체의 모든 것을 파악할 수 없다'고 보았으므로 ㄱ에 동의하지 않을 것이다. 그런데 2문단에 따르면, 인간 중심주의 철학에서는 '인간이 사물을 어떤 기본적인 요소로 구성되어 있다고 분석'하면 '그 사물의 본질을 모두 파악할 수 있다고 여겼'으므로, ㄱ에 동의할 것이다.

ㄴ은 '사물도 인간과 동등한 존재'라고 보고 있다. 1문단에 따르면, 하먼은 '인간과 사물, 나아가 모든 존재가 동등하다'고 보았으므로, ㄴ에 동의할 것이다. 그런데 2문단에 따르면, 인간 중심주의 철학에서는 '인간이 주체로서 사물의 모든 것을 파악'하며, '사물을 인간에게 필요한 도구로 바라'보고 있다. 따라서 인간 중심주의 철학은 ㄴ에 동의하지 않을 것이다.

ㄷ은 '동물은 인간을 위해 존재'하고 '인간만이 선과 악, 옳고 그름을 인식할 수 있다'고 보고 있다. 1문단에 따르면, 하먼은 '인간과 사물, 나아가 모든 존재가 동등하다'고 보았음을 알 수 있다. 그리고 3문단에 따르면, 하먼은 '인간이 사물을 자신과 맺는 사물의 가치나

성격으로 일반화하려고 할 때 객체는 스스로 일반화되지 않'고 '인간은 객체의 모든 것을 파악할 수 없다'고 보았음을 알 수 있다. 따라서 하먼의 입장에서는 ㄷ에 동의하지 않을 것이다. 그런데 2문단에 따르면, 인간 중심주의 철학에서는 '인간이 주체로서 사물의 모든 것을 파악'하며, '사물을 인간에게 필요한 도구로 바라'보고 있으므로, ㄷ에 동의할 것이다.

ㄹ은 '사물의 본질은 사람의 구상에 따라 이미 결정되어 있다'고 보고 있다. 그런데 3문단에 따르면, 하먼은 '사물은 인간이 그 본질을 결정하는 대상이 아니'라고 하였으므로, ㄹ에 동의하지 않을 것이다. 그런데 2문단에 따르면, 인간 중심주의 철학은 '인간이 사물을 인간에게 필요한 도구로 바라'본다는 입장이므로, ㄹ에 동의할 것이다.

이를 정리하면, 하먼은 ㄱ, ㄷ, ㄹ에 동의하지 않고 ㄴ에 동의할 것이다. 그리고 인간 중심주의 철학은 이와 반대로 ㄱ, ㄷ, ㄹ에 동의하고 ㄴ에 동의하지 않을 것이다. 따라서 '하먼은 ㄹ에 동의하지 않고 ㄴ에 동의하겠군.'이라는 판단은 적절하다.

오답 피하기
① 인간 중심주의 철학은 ㄱ과 ㄷ에 동의할 것이다.
② 인간 중심주의 철학은 ㄴ에 동의하지 않으나, ㄹ에는 동의할 것이다.
③ 하먼은 ㄴ에 동의하고, ㄷ에 동의하지 않을 것이다.
④ 하먼은 ㄱ과 ㄷ 모두에 동의하지 않을 것이다.

003   구체적 사례에의 적용   답 ③

[자료 1]에서 '관측선 보이저 2호'는 '천왕성에 가까이 다가가 사진을 찍어 지구의 천문학자들에게 보냈다.'라고 하였다. 6문단에 따르면, '관찰자가 감각을 통해 지각하는 것이 가능한 객체'는 '감각 객체'이다. 따라서 관찰자인 '관측선 보이저 2호'에게 '천왕성'은 감각을 통해 지각되는 감각 객체에 해당한다. 한편, [자료 2]에서 A 씨가 '퇴근 후에 영화 시나리오를 썼'으나 '출판사 동료들은 아무도 모르고 있다'고 하였다. 6문단에 따르면, '관찰자가 감각을 통해 지각할 수 없는 객체'이지만 실재하는 것은 '실재 객체'이다. 따라서 출판사 동료들이 감각을 통해 지각하지는 못했지만, 실재하는 '영화 시나리오'는 실재 객체이다. 따라서 '천왕성'은 '보이저 2호'에게 감각 객체이고, 'A 씨'의 '영화 시나리오'는 '출판사 동료들'에게 실재 객체이므로, 이 둘을 모두 실재 객체라고 이해하는 것은 적절하지 않다.

오답 피하기
① [자료 1]에서 '천왕성은 1781년에 윌리엄 허셜이 망원경으로 처음 관측했다.'라고 하였다. 6문단에 따르면, '관찰자가 감각을 통해 지각하는 것이 가능한 객체'는 '감각 객체'이다. 허셜이 망원경을 통해 시각적으로 천왕성을 관측한 것이므로, '허셜'이 관측한 '천왕성'은 감각 객체에 해당한다.
② [자료 2]에서 A 씨가 '영화 제작에 대한 관심이 많아서 퇴근 후에 영화 시나리오를 썼'는데, 'A 씨의 이러한 관심을 출판사 동료들은 아무도 모르고 있다.'라고 하였다. 7문단에 따르면, '실재 성질은 그 객체가 발산하는 정보나 담고 있는 특징이지만 관찰자가 감각을 통해 지각할 수 없어 직접적으로 파악할 수 없는 성질'이라고 하였고, 그 예로 나뭇잎이 떨어지는 순간을 지각할 수 없는 지구 반대편의 관찰자에게 나뭇잎의 운동량이 실재 성질인 것을 제시하고 있다. 따라서 'A 씨'의 '영화 제작에 대한 관

심'은 '출판사 동료들'이 감각을 통해 지각할 수 없어 직접적으로 파악할 수 없는 실재 성질에 해당한다.
④ [자료 1]에서 '관측선 보이저 2호는 천왕성에 가까이 다가가 사진을 찍'었는데, 그 사진에서 '천왕성의 옅은 초록색을 확인할 수 있었다고 하였다. 7문단에 따르면, '관찰자의 감각을 통해 지각할 수 있는 성질, 즉 형태, 색깔, 크기 등'은 '감각 성질'이다. 따라서 '관측선 보이저 2호'에게 '천왕성의 옅은 초록색'은 감각을 통해 지각할 수 있는 색깔이므로, 감각 성질에 해당한다. 한편, [자료 2]에서 A 씨의 '출판사 동료들은 A 씨가 빠른 손놀림으로 그림을 완성하는 것을 보'았다고 하였는데, 7문단에서 '관찰자의 감각을 통해 지각할 수 있는 성질'이 '감각 성질'이라고 하였다. 따라서 '출판사 동료들'이 본 'A 씨'의 '빠른 손놀림'도 감각 성질에 해당한다.
⑤ [자료 1]에서 '관측선 보이저 2호'가 천왕성에 가까이 다가가 찍은 사진을 본 '지구의 천문학자들은 천왕성의 옅은 초록색과 수많은 위성의 모습을 확인'하였으므로, '사진'은 천문학자들이 감각을 통해 지각한 감각 객체에 해당한다. 또한 [자료 2]에서 '출판사 동료들은 A 씨가 빠른 손놀림으로 그림을 완성하는 것을 보고' 칭찬을 했다고 하였으므로, '그림'은 '출판사 동료들'이 감각을 통해 지각한 감각 객체에 해당한다.

004   내용의 추론   답 ⑤

3문단에서 '객체는 다른 존재에게 파악되지 않도록 '물러나는' 측면과 다른 존재에게 분석된 구성 요소 이상의 다른 무언가로 스스로 '드러나는' 측면을 동시에 가지고 있다.'라고 하였는데, 이 두 측면으로 인해 결국 '인간은 객체의 모든 것을 파악할 수 없'(㉠)는 것이다. 따라서 객체가 '물러나는' 측면을 갖고 있기 때문에 다른 존재에게 파악되지 않아서 인간이 객체의 모든 것을 파악할 수 없다고 이해하는 것이 적절하다.

오답 피하기
① 하먼은 인간과 모든 존재가 동등하며, 객체는 독립적이고 자율적인 존재라고 보았다. 따라서 인간이 모든 객체에 의해 도구로 전락했다고 보는 것은 하먼의 주장과 관련이 없으므로, 이는 ㉠에 대한 이해로 적절하지 않다.
② 인간이 주체로서 객체의 본질을 모두 파악할 수 있다고 보는 것은 인간 중심주의 철학의 입장이므로, 이는 ㉠에 대한 이해로 적절하지 않다.
③ 4문단에 따르면, 하먼은 객체를 '어떤 상위 개념으로 일반화되지 않'으며 '세상의 모든 존재가 다른 객체에게 완전히 파악될 수 없는 동등한 존재'라고 여기고 있으므로, 모든 존재가 다른 존재를 일반화하여 왜곡한다는 것은 ㉠에 대한 이해로 적절하지 않다.
④ 4문단에 따르면, 하먼은 객체가 '어떤 상위 개념으로 일반화되지 않'고 '형태, 색깔, 크기' 등의 구성 요소로도 환원되지 않는다고 보고 있으므로, 사물을 상위 개념으로 일반화하거나 사물이 구성 요소로 환원된다는 것은 ㉠에 대한 이해로 적절하지 않다.

ⓔ 포인트

개인의 동일성 문제는 다루는 사람에 따라 인격 동일성, 인간 동일성 등 다양한 용어로 설명하는 철학의 주요 문제이다. 수능 연계 교재에서는 인격 동일성에 대한 데카르트, 로크, 라이프니츠, 칸트의 견해를 설명하였다. 우리 교재에서는 개인의 동일성에 대한 영혼 관점, 육체 관점, 인격 관점의 견해를 설명한 지문을 수록하였다. 각 관점을 바탕으로 개인의 동일성을 판단하는 기준을 이해할 수 있다.

▶ **해제** 이 글은 개인의 동일성에 대한 세 가지 관점을 설명하고 있다. 영혼 관점은 인간은 영혼과 육체로 이루어져 있고, '나'라는 존재의 본질은 영혼이며, 영혼은 분리되거나 파괴되지 않고 불멸한다고 믿는 관점이다. 그러나 영혼 관점은 매 순간마다 자신이 계속 존재한다는 사실을 확인할 수 있는 방법이 없다는 한계가 있다. 육체 관점은 인간을 육체적 존재로 보고 개인의 동일성을 육체에서 찾는 관점이다. 그러나 육체 변화의 범위에 대해 어디까지 허용해야 하는가에 대한 명확한 답을 줄 수 없다는 한계가 있다. 인격 관점은 개인의 동일성을 기억, 믿음, 욕망 등을 포함하는 인격에서 찾을 수 있다고 보는 관점으로, 인격이 지속되기만 한다면 어느 육체에 깃드는가는 문제가 되지 않는다고 본다.

▶ **주제** 개인의 동일성에 대한 세 가지 관점

▶ **구성**

1문단	개인의 동일성에 대한 영혼 관점의 설명
2문단	개인의 동일성에 대한 육체 관점의 설명
3문단	영혼 관점과 육체 관점에 대한 로크의 이의 제기와 인격 관점의 설명
4문단	인격 관점과 육체 관점에서 동일성의 의미
5문단	복제 및 환생에 대해 설명하지 못 하는 세 관점
6문단	개인의 동일성을 판단하는 기준

005 글의 전개 방식 파악　　　　답 ②

이 글은 '개인의 동일성'이라는 화제에 대해 의문을 제기한 후, 그에 대한 답으로 영혼 관점, 육체 관점, 인격 관점을 소개하고 있다. 그리고 복제 인간의 경우를 예로 들어 세 관점 모두 분열과 복제를 가정하면 동일성에 대한 설명이 어려워진다는 것을 말하고, 결국 개인의 동일성은 인격을 지속하며 사는 것을 의미하는 것으로 보아야 한다는 기준을 제시하고 있다. 따라서 이 글은 화제에 대한 다양한 관점들을 대비하며 기준을 제시하는 방식으로 내용을 전개하고 있다.

오답 피하기

① '개인의 동일성'이 무엇인지에 대해 영혼 관점, 육체 관점, 인격 관점에서 설명하고 있을 뿐, 이 관점들의 발전 단계를 통시적으로 고찰하고 있지 않다.

③ '개인의 동일성'에 대한 다양한 관점을 소개하고 있을 뿐, 어느 한 관점이 다른 여러 관점으로 분화되는 과정을 설명하고 있지 않다.

④ 영혼 관점과 육체 관점은 '개인의 동일성'에 대한 상반된 관점으로 볼 수 있으나, 인격 관점은 이 두 관점을 통합한 관점이 아니며, 두 관점을 통합한 사례를 나열하고 있지도 않다.

⑤ 로크가 제기한 의문을 통해 영혼 관점과 육체 관점의 한계를 설명하고,

복제 인간의 경우를 통해 영혼 관점, 육체 관점, 인격 관점 모두 분열과 복제를 가정하면 동일성에 대한 설명이 어려워진다는 점을 설명하고 있지만, 새로운 이론의 등장을 전망하고 있지는 않다.

006 관점의 비교　　　　답 ⑤

이 글에 영혼 관점이 인간의 창의적인 능력에 대해 설명하는 내용은 나와 있지 않다. 그리고 2문단을 보면, '이 관점(육체 관점)에서 육체는 단순히 뼈와 살로 이루어진 덩어리가 아니라, 다양한 생각을 하고 합리적인 판단을 하며 창조적인 아이디어를 떠올리는 등 수많은 놀라운 기능을 하는 것이다.'라고 하였다. 따라서 육체 관점이 인간의 창의적인 능력에 대해 설명할 수 없다는 진술은 적절하지 않다.

오답 피하기

① 1문단에서 영혼 관점은 인간이 '육체, 그리고 육체와는 전혀 다른 정신의 조합' 즉 육체와 영혼으로 이루어져 있다고 본다고 하였고, 2문단에서 육체 관점은 정신을 육체의 기능 중 일부로 본다고 하였다. 따라서 영혼 관점과 육체 관점은 모두 인간에게 정신이 존재한다고 설명하고 있음을 알 수 있다.

② 3문단의 '만약 신이 내 몸에 새로운 영혼을 불어넣고, 그 새로운 영혼에 나의 모든 기억과 욕망, 의지 등을 심었다면 그는 누구일까? 그리고 이러한 일이 매 순간 일어난다면? 로크는 '매 순간마다 내가 계속 존재하고 있다는 사실을 확인할 수 있는 방법은 없'기 때문에 영혼 관점을 받아들일 수 없다고 결론 내렸다.'와 관련된 것으로, 로크가 영혼 관점을 비판한 내용이다.

③ 2문단을 보면, 육체 관점은 육체는 수많은 놀라운 기능을 한다고 보며, '정신과 육체를 따로 존재한다고 보지 않고 정신을 육체의 기능 중 일부로 보는 것'이라고 하였다.

④ 1문단을 보면, 영혼 관점은 "나'라는 존재는 영혼 그 자체이고, 동일한 존재란 영혼이 같은 존재이며, 영혼은 분리되거나 파괴되지 않고 불멸한다고 믿는다.'라고 하였다. 즉 영혼 관점에서 인간의 본질은 영혼이고 그 영혼은 불멸하므로 영혼만 유지된다면 영생이 가능하다는 설명을 할 수 있다. 그러나 2문단을 보면, 육체 관점은 인간의 본질을 육체로 보는 관점이므로 육체와 상관없는 영생은 불가능하다고 볼 것이다.

007 구체적 사례에의 적용　　　　답 ④

3문단을 보면, '개인의 동일성을 육체가 아닌 기억을 중심으로 하고 믿음, 욕망 등을 포함하는 '인격'에서 찾'는 것을 '인격 관점'이라고 하는데, '이 관점에서는 인격이 지속되기만 한다면 어떤 육체에 깃드는가는 문제가 되지 않는다.'라고 하였다. 즉 '인격 관점'에서는 개인의 동일성에 있어서 육체의 지속이 아니라 인격의 지속을 중요하게 보는 것이다. 〈보기〉에서 M의 복제 인간은 교통사고로 전신이 마비된 M의 인격(기억, 의지, 욕망 등)을 지니고 있다. 따라서 '인격 관점'에서는 M의 복제 인간이 M의 삶을 이어 나가는 것으로 인정할 것이다.

오답 피하기

① 4문단을 보면, '육체 관점'에서는 '육체의 본질적인 속성이 지속되는 가운데 그것을 구성하는 질료가 점진적으로 대체된다고 보기 때문에 육체가

변화하더라도 동일한 인간이라고' 본다고 하였다. 그런데 〈보기〉에서 M은 자신의 신체를 포기함으로써 육체의 지속성을 잃었다. 따라서 '육체 관점'에서는 M의 복제 인간을 M과 동일한 인간으로 인정하지 않을 것이다.

② 2문단에서 '육체 관점'에서는 '인간을 육체적 존재로 보고, 개인의 동일성을 육체에서 찾는'다고 하였으므로 '육체 관점'에서는 D의 기억 복원 여부와 상관없이 그가 자신의 육체를 지속하고 있다면 그의 동일성을 의심하지 않을 것이다.

③, ⑤ 3문단에서 '개인의 동일성을 육체가 아닌 기억을 중심으로 하고 믿음, 욕망 등을 포함하는 '인격'에서 찾는 것을 '인격 관점'이라고 하였다. 즉 '인격 관점'에서는 기억과 같은 인격을 개인의 동일성을 결정하는 핵심 기준으로 보므로, 기억상실증에 걸렸던 D가 이전의 기억을 복원하였다면 그의 동일성을 의심하지 않을 것이다(③). 또한 기억을 잃기 전의 D와 기억을 잃은 후의 D를 동일한 인간으로 인정하지 않을 것이다(⑤).

008 내용의 추론   답 ④

3문단에서 '개인의 동일성을 육체가 아닌 기억을 중심으로 하고 믿음, 욕망 등을 포함하는 '인격'에서 찾는 것을 '인격 관점'이라고 한다고 하면서 '인격 관점'에서는 '인격이 지속되기만 한다면 어떤 육체에 깃드는가는 문제가 되지 않는다.'라고 하였다. 즉 '인격 관점'에서는 기억 등을 포함하는 인격이 지속되는지가 개인의 동일성을 판단하는 핵심 기준이 되고, 기억이 지속되는 것을 개인의 동일성이 유지되는 것으로 보는 것이다. 그런데 5문단에 제시된 나폴레옹으로부터 복제된 두 사람은 처음에는 동일한 기억의 인격을 지니고 있었다 하더라도 서로 다른 환경에서 살면서 서로 다른 기억을 갖게 될 것이므로 이 두 사람을 같은 인격으로 볼 수 없게 되는 것이다.

오답 피하기

① 5문단에서 '세 관점 모두 분열과 복제의 경우를 가정하면 동일성에 대한 설명이 어려워진다.'라고 하고 있을 뿐, 인간의 환생 자체를 인정하거나 인정하지 않는 것에 대한 내용은 이 글에 나타나 있지 않다.

② 1문단에서 '영혼 관점'은 "나'라는 존재는 영혼 그 자체이고, 동일한 존재란 영혼이 같은 존재이며, 영혼은 분리되거나 파괴되지 않고 불멸한다고 믿는다.'라고 하였다. 즉 분리될 수 없는 불멸의 영혼을 개인의 동일성을 판단하는 근거로 보는 것은 '영혼 관점'이다. 따라서 인격 관점에서 ㉠처럼 판단하는 것과는 연관이 없다.

③ 3문단에서 '인격 관점'에서는 '인격이 지속되기만 한다면 어떤 육체에 깃드는가는 문제가 되지 않는다.'라고 하였으므로, 인격 관점에서 육체가 변화하는 것은 개인의 동일성을 판단하는 것과 관련이 없다.

⑤ 4문단에서 '인간의 욕망은 달라질 수 있고, 수십 년 전의 기억은 사라질 수 있다. 인격 관점에서도 이를 인정한다.'라고 하였다. 즉 '인격 관점'에서는 기억이 불완전하고 잊는 것이라는 것을 인정하므로 이 때문에 둘을 같은 인격으로 볼 수 없다고 하지 않을 것이다.

009 어휘의 의미 파악   답 ④

ⓓ '차치하더라도'는 '내버려두고 문제 삼지 아니하다.'라는 의미이므로 '문제삼더라도'와 바꿔 쓸 수 없다.

오답 피하기

① '제기하다'는 '의견이나 문제를 내어놓다.'라는 의미이므로, '생각이나 의견을 제시하다.'라는 의미의 '내어놓다'와 바꿔 쓸 수 있다.

② '지속되다'는 '어떤 상태가 오래 계속되다.'라는 의미이므로, '끊이지 않고 이어져 나가다.'라는 의미의 '계속되다'와 바꿔 쓸 수 있다.

③ '대체되다'는 '다른 것으로 바뀌다.'라는 의미이므로, '원래 있던 것이 없어지고 다른 것으로 채워지거나 대신하게 되다.'라는 의미의 '바뀌다'와 바꿔 쓸 수 있다.

⑤ '이식되다'는 '식물 따위가 옮겨져 심어지다.'라는 의미이므로, '옮겨지다'와 바꿔 쓸 수 있다.

E 포인트

수능 연계 교재에서는 방주네프가 처음으로 사용한 통과 의례라는 개념을 제시하고, 방주네프가 통과 의례에 있어 성적 차이를 간과했음을 지적하며 비판한 엘리아데의 견해를 제시하고 있다. 우리 교재에서는 인류학자이면서 종교 학자인 엘리아데가 신화, 종교의 중요성을 부각하였음을 고려하여 엘리아데의 신화론을 중심으로 지문을 구성하였다. 고대 국가의 신년 의례와 관련지어 엘리아데가 주장한 신화의 기능을 분석한 내용을 고려하여 엘리아데 신화론을 폭넓게 이해할 수 있다.

▶ 해제　이 글은 20세기 초반 신화 연구의 선구적인 역할을 했던 엘리아데의 신화론을 설명하고 있다. 이성 중심의 근대적 관점에서 신화는 올바른 지식이 결여된 허구의 이야기로 여겨졌지만, 20세기 이후 레비스트로스와 엘리아데는 기존의 관점에서 벗어나 신화에 대한 새로운 관점을 제시하였다. 이 글에서는 기존의 신화 연구에 반기를 든 레비스트로스와 엘리아데의 신화론을 제시한 후, 엘리아데가 규정한 신화의 정의를 설명하고, 고대 국가의 신년 의례를 분석하여 엘리아데가 밝힌 신화의 기능을 구체적으로 서술하였다. 그리고 엘리아데의 연구가 갖는 의의를 밝히며 글을 마무리하였다.

▶ 주제　엘리아데의 신화론의 개념과 의의

▶ 구성

1문단	신화에 대한 근대적 관점과 레비스트로스의 관점
2문단	엘리아데의 신화 연구 관점과 신화에 대한 정의
3문단	신화의 기능에 대한 엘리아데의 분석
4문단	고대 국가의 신년 의례 분석에서 확인되는 신화의 기능
5문단	엘리아데의 신화론이 지닌 의의

010　세부 정보 파악　　답 ③

2문단에서 엘리아데는 '신화의 내용은 우주와 인간에 관해 실제로 일어난 일을 다루고 있다'고 보았음을 알 수 있다. 한편 이 글에서 레비스트로스가 신화가 실제 있었던 일에 대해 다루었다고 보는지 직접적으로 언급하고 있지는 않지만, 1문단에서 레비스트로스와 엘리아데는 '신화의 내용은 허구적'이라고 본 20세기 초반까지의 신화 연구 관점에 반기를 들었다고 했다. 따라서 레비스트로스는 신화를 허구라고 보지 않았을 것이라고 판단할 수 있다. 따라서 레비스트로스가 엘리아데와 달리 신화가 실제 일어났던 일들에 대해 다룬다고 보는 것은 적절하지 않다.

오답 피하기

① 1문단에서 20세기 초반까지 신화를 연구한 인류학자들은 신화의 내용은 허구적이며, 올바른 지식이 결여된 것이라고 생각했음을 알 수 있다. 이를 통해 20세기 이전의 신화 연구가들은 신화를 잘못된 지식이 담긴 가공의 이야기로 취급했음을 알 수 있다.

② 1문단에서 신화를 연구한 기존 인류학자들의 관점을 설명하면서, '이러한 관점에 반기를 든 대표적인 학자로 레비스트로스와 엘리아데가 있다.'라고 하였다.

④ 3문단에서 엘리아데는 고대 사회에서 신화가 '인간이 왜 현재와 같은 삶을 살게 되었는지를 알려'주고 '인간의 종교적·도덕적·사회적 행위의 기준을 신화 속 주인공들의 행위를 통해 제공'했다고 했다. 그리고 '신화는 살아 있는 문화로 강력한 힘을 발휘'하고, '살아 있는 신화는 종교적 행위로 극명하게 발현된다고 분석'하여, 신화와 종교의 밀접한 관련성을 파악하였다.

⑤ 5문단에서 엘리아데의 신화 연구의 의의가 '신화가 사람들의 현실적 삶에서 어떻게 작용하는가를 밝혀'내었고 '종교적 차원에서는 현대 사회에서도' 신화의 작용 기제가 작동하고 있음을 밝혀낸 것이라고 하였다.

011　내용의 추론　　답 ⑤

㉠은 신화의 성격에 대한 엘리아데의 규정으로, 신화에 신성성을 부여하였다는 점을 강조한 표현이다. 또한 2문단에서 엘리아데는 신화를 '태초에 일어난 사건을 담은 성스러운 역사(창조의 이야기)'라고 정의하며, 신화가 태초(원초적 상황)에 초자연적 존재들이 무엇을 어떻게 만들었는지에 대해 말해 주는 창조의 이야기라고 하였다. 이를 종합해 보면, ㉠은 태초(원초적 상황)에 우주와 인간에게 일어난 사건에 초자연적 존재가 행한 위대한 업적, 능력이 발현된 것을 표현한 말로 볼 수 있다.

오답 피하기

① 종교적 생활의 기초적인 요소로서의 성스러움은 ㉠과 관련이 없다.

② 신화를 ㉠과 같이 규정한 것은, 신화에는 초자연적이며 성스러운(신성한) 존재의 위대한 업적이 담겨 있다고 보았기 때문이다.

③ 초자연적인 존재의 업적과 사람들의 일상이 구별되는 것은, 초자연적 존재의 업적이 우주와 인간이라는 세계에 행해졌음을 의미하는 ㉠과는 관련이 없다.

④ 참된 진리에 인간 세계의 질서가 반영되었다는 것은 신화에 신성성을 부여한 ㉠과 거리가 멀다.

012　구체적 사례에의 적용　　답 ④

4문단에서 엘리아데는 태초의 이야기 속 주체들의 행위, 즉 창조 신화 속 주인공의 행위를 '원형', 고대 국가의 신년 의례는 원형의 반복이라고 분석하였다. 따라서 '마르둑'은 창조 신화『에누마 엘리쉬』의 주인공인 신으로, 왕은 의례에서 '마르둑'의 역할을 재현했지만 그 자체로 '원형'에 해당하는 것이 아니다. 또한 1문단에 따르면 엘리아데는 신화적 사고방식을 '주술적 사고에 불과한 것'으로 본 관점에 반기를 들고, 신화를 통해 '인간이 왜 현재와 같은 삶을 살게 되었는지를 알려'주고, '인간의 종교적·도덕적·사회적 행위의 기준을 신화 속 주인공들의 행위를 통해 제공하였다.'라고 했다. 따라서 신년 의례에서 신화를 재연하여 신화의 주술성을 보여 준다고 판단하는 것은 적절하지 않다.

오답 피하기

① 4문단에서 '고대 국가의 신년 의례는 원형의 반복'이고, '이러한 원형의 반복은 곧 창조의 반복이자 ~ 순환적 재생'이라고 하였다. 따라서 신화를 낭송하고 연극의 형태로 재연하는 고대 바빌로니아의 '아키투 페스티벌'은 창조의 반복이자 과거의 질서가 무너지고 새로운 질서가 수립되는 순환적 재생을 보여 주는 신년 의례에 해당한다.

② 3문단에서는 신화의 기능에 대해 설명하면서 '고대인들은 신화 속 삶을 자신의 삶에 투영함으로써 신화적 시·공간을 살아간다고 해석'했다고 하였다. 이로 보아, 고대 바빌로니아의 창조 신화 『에누마 엘리쉬』는 당시 사람들이 신화 속 삶을 자신의 삶에 투영함으로써 신화적 시·공간을 살아간다고 여기게 만드는 매개체 역할을 하였을 것이라고 짐작할 수 있다.

③ 4문단에서 엘리아데는 고대인들에게 신화는 '참된 이야기'이자 '자신들이 본받아야 할 행위의 모델'이라고 하였으며, 3문단에서 고대 사회에서 신화는 '종교적·도덕적·사회적 행위의 기준'을 제공한다고 하였다. 이로 보아, 고대 바빌로니아인들은 『에누마 엘리쉬』를 참된 이야기, 행위의 기준이자 따라야 할 모범으로 여겼을 것이라고 판단할 수 있다.

⑤ 4문단에서 엘리아데는 '신년 의례를 통해 고대인들은 자신들이 가진 종교적·사회적 질서가 곧 우주의 질서라고 인식했'다고 하였으므로, 신화의 재현을 본 고대인들은 자신들이 인식한 신화적 질서가 곧 우주적 질서라고 생각했을 것이라고 판단할 수 있다.

013 관점의 비교

답 ③

〈보기〉에서 레비스트로스는 신화를 연구할 때 건국 신화나 무속 신화, 아메리카 인디언 사회에서 구전되는 이야기 등 다양한 유형의 이야기를 신화의 범위에 포함하여 분석 대상으로 삼았다. 그런데 2문단에 따르면 엘리아데는 신화의 정의를 '태초에 일어난 사건을 담은 성스러운 역사'로 규정하고, 창조 신화에 초점을 두어 신화 연구를 하였으며, 신성성이 결여된 전설이나 민담과 신화를 엄밀하게 구별하였다. 따라서 신화의 범위를 창조 신화 이외에 건국 신화, 무속 신화, 구전 이야기까지 포함한 레비스트로스의 연구와 비교할 때, 엘리아데가 설정한 연구 대상의 범위가 협소했다는 한계를 지적할 수 있다.

오답 피하기

① 1문단을 보면, 신화적 사고를 '주술적·종교적 사고'로 한정한 것은 엘리아데가 아니라, 20세기 초반까지의 신화 연구자(인류학자)들이다. 또한 1문단에 따르면 엘리아데와 레비스트로스는 신화를 '주술적·종교적 사고에 불과한 것'으로 보는 신화 연구자들의 관점에 반기를 들고 있으므로, 고대인들의 신화적 사고방식을 주술적·종교적 사고로만 보았다는 것은 엘리아데의 연구가 지닌 한계로 볼 수 없다.

② 2문단에 따르면 엘리아데는 '신화를 살아 있는 문화'로 보는 관점에서 신화에 대해 연구했다. 또한 5문단을 보면, 엘리아데는 종교적 차원에서는 현대 사회에서도 신화의 작용 기제가 작동함을 밝혔으므로 엘리아데가 신화 연구의 초점을 고대인의 사고방식에만 한정했다고 볼 수 없다.

④ 4문단에서 엘리아데는 고대 국가의 신년 의례를 분석하여 고대인들이 신화의 내용을 자신들이 본받아야 할 행위의 모델로 수용했다고 하였다. 이는 신화의 소통적 측면을 고려한 연구 내용으로, 엘리아데가 연구에서 신화가 사람들의 소통에 기여하는 바가 없다고 가정했다고 볼 수 없다.

⑤ 1문단을 보면 '신화적 사고'와 '과학적 사고'를 이항 대립적 체계로 본 것은 엘리아데가 아니라, 20세기 초반까지 신화를 연구한 인류학자들이다. 따라서 신화적 사고와 과학적 사고를 이항 대립적 체계로만 파악했다는 것은 엘리아데의 연구가 지닌 한계로 볼 수 없다.

[014~017] 유교 문화권의 예악 사상

E 포인트

수능 연계 교재에서는 악이 사회에 미치는 영향에 대한 공자, 묵자, 순자의 악론을 제시하고 악의 중요성에 대한 조선 임금들의 관점을 설명하고 있다. 우리 교재에서는 '악'이 유교 문화권 국가에서 어떤 기능을 하였는지에 주목하여 '예악 사상'을 지문으로 구성하였다. 유교 문화권 국가에서 통치 이념으로 삼았던 예악 사상과 서로 대립하면서도 상호 보완적인 성격을 지니고 공동의 목적을 지니고 통치 이념으로 사용된 예와 악의 관계에 대해 폭넓게 이해할 수 있다.

▶ **해제**
이 글은 조선 왕조에서 통치 이념으로 내세웠던 예악 사상에 대해 설명하고 있다. 유교 문화권 국가에서는 법치보다는 예치를 내세웠는데, 이러한 예치에서 중시한 것은 국가의 통치를 백성이 자발적으로 따르도록 하는 것이었다. 이를 위해서는 예로써 백성을 가르치는 것이 최선이었다. 그러나 예는 구성원 사이의 구별을 강조하는 사상이었기 때문에, 예를 보완하기 위해 구성원들의 조화를 강조하는 악 역시 중시되었다. 즉 예와 악은 서로 상호 보완적인 역할을 맡으면서 유교 문화권 국가의 기본적인 통치 이념으로 작용한 것이다.

▶ **주제** 통치 이념으로 기능한 예악 사상

▶ **구성**

1문단	유교 사상에서 예의 개념과 기능
2문단	예치와 예교를 내세운 유교 문화권 국가와 예악 사상을 내세운 조선 왕조
3문단	국가의 제도를 만들 때 중요한 기준이 된 《예기》
4문단	국가의 통치 이념으로 작용한 예와 악

014 세부 정보 파악

답 ①

4문단에서 공자는 '예에 통달하고 악에 통달하지 못하면 메말랐다고 하고, 악에는 통달했으나 예에는 통달하지 못하면 이것을 치우쳤다고 이른다.'라고 했는데, 이는 구별하면서도 조화하는 것이 필요하다는 생각이었다고 하였다. 따라서 공자가 조화보다는 구별에 중점을 두었다고 보는 것은 적절하지 않다.

오답 피하기

② 3문단의 《예기》는 국가의 제도를 만들 때 가장 중요한 기준이 되었다.'를 통해 확인할 수 있다.

③ 2문단의 '조선 왕조 역시 예교를 통한 예치를 표방하였는데, 문화와 문물의 기틀을 유교적으로 정비하면서'를 통해 확인할 수 있다.

④ 2문단의 '예로써 백성들을 가르치는 것이 최선이라고 생각하였다.'와 유교 문화권 국가는 '예로써 백성을 가르친다는 의미의 예교를 통치 이념으로 표방하였다.'라고 한 것을 통해 확인할 수 있다.

⑤ 1문단의 '하늘과 사람 사이의 관계에서 출발한 예가 사람과 사람 사이의 관계까지 규정하게 된 것이다.'를 통해 확인할 수 있다.

015 핵심 정보 파악

답 ④

3문단에 따르면 ㉠'예'는 모든 사람이 상하 관계 속에서 서로 구별된다는 의미로 신분 사회의 차등적 질서를 뒷받침하였다. 하지만 신분 질서 유지를 위해 구별만 강조하면 구성원 사이에 이질감이 생기게 된다. 이러한 이질감을 극복할 수 있는 수단이 ⓒ'악'인 것이다. 따라서 ㄱ은 피지배 계층의 입장에서 강조된 것이 아니라 지배 계층의 입장에서 강조된 것이며, ⓒ 역시 지배 계층이 이질감을 극복하고 구성원을 화합시키기 위해 사용한 수단으로 보는 것이 적절하다.

오답 피하기
① 2문단의 '유교 문화권 국가에서는 법치를 내세우기보다는 예치를 내세웠기 때문에 예는 특별하게 인식되었다. 이들 국가는 ~ 자발적으로 따르도록 하는 것을 이상적인 통치로 여겼다.'를 통해 확인할 수 있다.
② 3문단의 '신분 질서 유지를 위해 구별만 강조하면 구성원 사이에 이질감이 생겨 바람직한 공동체를 이루기 어렵다.'를 통해 확인할 수 있다.
③ 4문단의 '서로 가까워지기만 하면 사회 및 신분의 질서가 문란해져 이 또한 바람직한 공동체가 될 수 없다고 보았다.'를 통해 확인할 수 있다.
⑤ 3문단과 4문단을 보면 예와 악이 상호 대립적이면서 보완적 관계임을 알 수 있다. 특히 4문단의 '예와 악은 대립하면서 서로를 필요로 하고, 서로 다르지만 공동의 목적을 갖는다.'를 통해 확인할 수 있다.

016　구체적 사례에의 적용　　　　　답 ①

〈보기〉에 따르면 고대에는 음악을 통해 백성들을 교화하려 했다. 또한 3~4문단에 따르면 음악은 구성원들이 서로 조화를 이루고 화합할 수 있게 하는 것이고, 신분의 차이를 강조하는 것은 구별 즉, 음악이 아닌 예와 관련이 있다. 즉 고대에는 음악으로 백성을 교화하려 했을 뿐, 음악으로 신분의 차이를 강조하려 했다고 볼 수는 없다.

오답 피하기
② 3~4문단에 따르면 악은 정서적 교감과 감정적 동화를 이루어 구성원이 화합을 이루도록 조화시키는 기능을 한다. 〈보기〉에서도 고대에 음악을 통해 백성을 교화할 수 있다고 보았으므로 악관의 역할이 컸던 것은 조화를 중시했기 때문이라고 볼 수 있다.
③ 〈보기〉에서 진·한 시대에는 지배 계층의 이념을 바탕으로 문화 및 문물을 정비하는 것과 지배 계층과 백성을 엄격히 구분하는 것을 중요하게 여겼다고 하였다. 2문단에서 문화와 문물의 기틀을 정비하여 예의 규범을 제정한 것과 관련 지었을 때 이는 적절한 내용이다.
④ 3문단에 따르면 예는 구별하는 기능을 했으므로, 〈보기〉의 진·한에서 예관의 역할이 컸던 것은 구별을 중시했기 때문이라고 볼 수 있다.
⑤ 〈보기〉에 따르면 교화를 중시한 고대에는 악관의 역할이, 구분을 중시한 진·한 시대에는 예관의 역할이 중시되었다. 이를 통해 악관과 예관의 역할의 비중에 따라 정치사상의 변화를 추론할 수 있다.

017　어휘의 의미 파악　　　　　답 ②

'따지다'는 '계산, 득실, 관계 따위를 낱낱이 헤아리다.'라는 의미이므로 '정밀하게 계산하다.'라는 의미의 '정산하다'와 바꾸어 쓰는 것은 적절하지 않다.

오답 피하기
① '규정하다'는 '내용이나 성격, 의미 따위를 밝혀 정하다.'라는 의미이므로 '밝히다'와 바꿔 쓰기에 적절하다.

③ '표방하다'는 '어떤 명목을 붙여 주의나 주장 또는 처지를 앞에 내세우다.'라는 의미이므로 '내세우다'와 바꿔 쓰기에 적절하다.
④ '일컫다'는 '가리켜 말하다.'라는 의미이므로 '가리키다'와 바꿔 쓰기에 적절하다.
⑤ '통달하다'는 '사물의 이치나 지식, 기술 따위를 훤히 알거나 아주 능란하게 하다.'라는 의미이므로 '훤히 알다'와 바꿔 쓰기에 적절하다.

E 포인트

수능 연계 교재에서는 지붕, 기둥, 공포 같은 한옥의 구성 요소들이 한옥에 어떠한 미적 효과를 주는지 설명하는 글을 지문으로 제시하였다. 우리 교재에서는 한옥의 공간적 특징에 영향을 주는 중첩과 관입이라는 특성에 주목하여 한옥의 개방성, 투명성에 대해 구체적으로 설명하였다. 투명한 공간, 중첩과 관입으로 나타나는 한옥의 공간적 특징에 대해 새롭게 지문을 구성하여 한옥의 특징에 대한 폭넓은 학습이 이루어질 수 있게 하였다.

▶ 해제   이 글은 한옥의 독특한 공간적 특징을 소개하면서 이를 공간의 투명성, 중첩과 관입의 개념으로 설명하고 있다. 또한 내부와 외부 공간 사이의 구별이 모호하다는 것, 즉 전이 공간이 형성되어 공간이 연속되는 한옥의 특징을 강조하고 있다. 이 글은 이러한 한옥의 공간적 특징이 20세기 서양 현대 건축에 영향을 주었고 현대 건축에서 각광받고 있음을 말하며 한옥의 의의를 강조하고 있다.

▶ 주제   한옥이 지닌 공간적 특징

▶ 구성

1문단	한옥의 공간적 특징인 중첩과 관입
2문단	중첩과 관입의 구체적인 양상
3문단	한옥의 공간적 특징의 배경이 되는 불이 사상과 전통 건축 재료
4문단	20세기 서양 현대 건축에 영향을 미친 한옥의 공간적 특징
5문단	현대 건축가들에 의해 재현되는 한옥의 공간적 특징

018   글의 전개 방식 파악   답 ⑤

이 글은 1~2문단에서 중첩과 관입으로 대표되는 한옥의 공간적 특징을 자세히 소개한 후 4문단에서 그러한 한옥의 공간적 특징이 20세기 서양 현대 건축에 영향을 주었음을 설명하고 있다.

오답 피하기
① 윗글에서는 시간의 흐름에 따라 한옥의 공간적 특징이 변화하는 과정을 서술하고 있지 않다.
② 4문단에서 서양의 전통 건축의 특징을 제시하여 한옥의 공간적 특징과 비교하고 있기는 하지만 각각의 장단점을 제시하고 있지 않다.
③ 윗글에서는 한옥의 공간적 특징이 지닌 한계를 언급하지 않았다.
④ 윗글에서는 한옥의 공간적 특징에 대한 다양한 평가를 소개하지 않았다.

019   핵심 정보 파악   답 ③

4문단에서 서양의 전통 건축은 사적 공간을 '보호하기 위해 벽은 불투명하고 폐쇄적으로 만들어졌다.'라고 했다. 즉 중첩과 관입에 의해 공간의 켜가 여러 겹이 된 것이 서양의 전통 건축물의 폐쇄성을 두드러지게 한다고 볼 수는 없다. 2문단에 따르면 '전이 공간이 끼어들면서 공간의 켜가 여러 겹이 되는 것'은 한옥의 특징이다.

오답 피하기
① 2문단에서 '한옥의 각 방은 보통 두 면 이상씩 바깥과 접하고 있어 서양

건축에 비해 매우 개방적인 느낌을 준다.'라고 한 것에서 알 수 있다.
② 2문단에서 한옥의 각 방에 대해 설명하면서 '문을 열면 외부 공간이지만 이 외부 공간은 방 안과 완전히 구별되는 공간이 아니라, 내부 공간적 성격도 동시에 갖는다고 하였고, 특히 '방 밖의 공간이 대청마루일 경우 더욱 그러하다.'라고 했다. 따라서 대청마루와 같은 외부 공간이 한옥에서 내부와 외부의 성격을 동시에 지닌 공간임을 알 수 있다.
④ 3문단에서 '반투명성이라는 독특한 특성을 갖는 창호지가 어울리면서 한옥 공간의 투명성이 더욱 강화되는 것이다.'라고 한 것에서 알 수 있다.
⑤ 5문단에서 20세기 서양 현대 건축 중 큐비즘에서 한옥의 공간적 특징과 유사한 공간관을 가지고 있으며, '큐비즘 예술가들의 설명 속에는 중첩, 관입, 전이, 투명 등과 같이 한옥의 공간적 특징을 정의하는 개념들이 핵심 내용으로 포함되어 있다.'라고 했다. 따라서 큐비즘 예술가들의 현대 건축물은 전통 건축물과 달리, 한옥의 공간적 특징처럼 개방적이고 연속되는 공간 특징을 지니고 있을 것이라고 볼 수 있다.

020   구체적 사례에의 적용   답 ③

2문단의 '한옥의 각 방은 보통 두 면 이상씩 바깥과 접하고 있어 서양 건축에 비해 매우 개방적인 느낌을 준다. 외기에 접한 면에는 하나 이상의 창이나 문이 있다.', '방과 방 사이 혹은 외부와 실내 사이에 전이 공간이 끼어들면서 공간의 켜가 여러 겹이 되는 것이다.' 등과 3문단의 '나무와 창호지라는 전통 건축 재료도 한옥의 공간 특성에 중요한 역할을 한다.'를 통해 한옥에서 중첩과 관입의 특성은 한옥의 각 방의 두 면 이상이 외부와 접하는 것, 방이 연속되는 사이에 위치한 전이 공간, 건축 재료 등에 의해 이루어짐을 알 수 있다. 즉 경사진 터와 서원 앞에 있는 강이 공간의 투명성을 형성한다고 볼 수 없다.

오답 피하기
① 2문단에서 한옥은 외기에 접한 면의 창이나 문을 열면 외부 공간이지만 '이 외부 공간은 방 안과 완전히 구별되는 공간이 아니라, 내부 공간적 성격도 동시에 갖기 때문에 방 안의 연속이 된다.'라고 하였고, '이렇듯 이쪽 공간과 저쪽 공간 사이의 구별이 모호하다 보니 문을 열어서 밖을 내다보면 방 안과 비슷한 듯하면서 또 조금 다른 공간이 나오고 ~ 이렇다 보니 밖이 밖처럼 느껴지지 않으며 공간은 끊이지 않고 연속된다.'라고 하였다. 이러한 한옥의 공간적 특성을 고려할 때 〈보기〉에서 연속되는 건물과 건물 사이에 있는 서원의 마당들은 내부 공간과 외부 공간의 성격을 모두 갖고 있다고 볼 수 있다.
② 2문단에서 '방과 방 사이 혹은 외부와 실내 사이에 전이 공간이 끼어들면서 공간의 켜가 여러 겹이' 된다고 했다. 〈보기〉의 '병산서원'에서 누마루와 강당 대청에 벽이 없다는 것은 이 공간들이 건물의 내부 공간의 성격과 바깥의 외부 공간의 성격을 모두 지님으로써 공간과 공간을 연결해 주는 전이 공간으로서의 역할을 하고 있다는 것을 의미한다고 볼 수 있다.
④, ⑤ 1문단에서 '한옥의 공간적 특징 중에서 가장 독특한 것은 투명성을 기본적 특징으로 한 중첩과 관입이다. ~ 중첩은 겹치거나 포개어진다는 의미이며, 관입은 서로 뚫고 들어간다는 의미이다. 이것은 이쪽 방과 저쪽 방을 폐쇄적 단절로 보지 않고 개방적 연속으로 보며'라고 하였다. 이러한 한옥의 공간적 특성을 고려할 때 대문에서 서원의 끝 영역인 사당까지 볼 수 있는 것은 병산서원의 건물과 공간들이 중첩과 관입을 이루며 개방적으로 연결되어 있기 때문이고(④), 이렇게 중첩과 관입을 이루는 건물과 마당의 연속은 이쪽 건물과 저쪽 건물이 폐쇄적으로 단절되어 있지 않고 개방적으로 연속되어 있다는 것을 의미한다(⑤)고 볼 수 있다.

021 어휘의 의미 파악   답 ①

ⓐ는 공간과 공간이 서로 뚫고 들어간다는 것이므로, '밖에서 안으로 향하여 가다.'라는 의미로 사용되었다. '추우니까 어서 방 안으로 들어가세요.'에서 '들어가다'도 이러한 의미로 사용되었다.

오답 피하기
② '눈이 쑥 들어갔다.'의 '들어가다'는 '물체의 표면이 우묵하게 되다.'라는 의미로 사용되었다.
③ '아이가 학교를 들어가면서부터'의 '들어가다'는 '어떤 단체의 구성원이 되다.'라는 의미로 사용되었다.
④ '전기와 수도가 들어갈'의 '들어가다'는 '전기나 수도 따위의 시설이 설치되다.'라는 의미로 사용되었다.
⑤ '휴가 기간으로 들어간다.'의 '들어가다'는 '새로운 상태나 시기가 시작되다.'라는 의미로 사용되었다.

[022~025] 초현실주의의 예술 세계

E 포인트

수능 연계 교재에서는 초현실주의 예술 운동에 대해 소개하면서 데페이즈망 기법을 활용하며 사실주의적 초현실주의라고 평가받은 마그리트에 대해 설명하였다. 우리 교재에서는 브르통의 사상을 중심으로 초현실주의 예술 운동이 등장한 배경과 초현실주의 예술의 특징 및 기법, 초현실주의 예술에 대한 평가 등에 대해 설명하는 지문을 구성하여 초현실주의 예술 운동에 대해 구체적으로 이해할 수 있도록 했다.

▶ **해제**   이 글은 이성과 논리에 기반한 서구 문명에 대한 반발로 등장하게 된 초현실주의 예술 운동에 대해 설명하고 있다. 앙드레 브르통의 '초현실주의 선언'으로 시작된 초현실주의 예술 운동은 합리적, 이성적 사유 방식에 기반한 근대 서구 정신이 무한한 세계의 전체상을 가렸다고 비판하였다. 초현실주의 예술 운동은 프로이트의 정신 분석학에 큰 영향을 받아 무의식과 이를 드러내는 통로인 꿈에 주목하였고, 의식의 수정을 최대한 피하는 자동기술법을 바탕으로 다양한 독창적 기법들을 착안해 냈다. 이러한 초현실주의 예술 운동은 서구 문명 전체에 반기를 들었다고 평가될 만큼 폭넓고 깊은 전망을 지니며 이후의 모든 현대 미술에 큰 영향을 미쳤다.

▶ **주제**   초현실주의 예술의 특징 및 현대 미술에서의 의의

▶ **구성**

1문단	초현실주의 예술 운동의 시작
2문단	근대 서구 정신에 대한 초현실주의의 비판
3문단	초현실주의 예술의 특징 – 무의식 세계와 자유로운 상상력 강조
4문단	초현실주의 예술의 핵심적 방법론 – 자동기술법
5문단	초현실주의 예술의 다양한 기법
6문단	초현실주의 예술의 의의와 그에 대한 평가

---

022 세부 정보 파악   답 ②

이 글은 초현실주의 예술 운동에 대해 설명한 글로 초현실주의 예술 운동이 등장한 배경, 초현실주의 예술의 특징 및 방법, 초현실주의 예술 운동에 대한 평가 등을 제시하고 있다. 그러나 2문단에서 이성과 논리에 기반한 근대 서구 정신이 합리적, 이성적 사유 방식에 의해 스스로의 삶을 한정하고 이를 세계의 전부라고 생각하는 어리석음을 범했던 한계가 있었음을 제시하고 있을 뿐, 초현실주의 예술의 한계점에 대해 다루고 있지는 않다.

오답 피하기
① 3문단과 4문단에서 의식에 의해 방해받지 않는 자유로운 상상력을 강조하며 무의식 세계를 지향하고 심리의 자동기술법을 주장한 초현실주의 예술의 특징을 설명하고 있다.
③ 6문단에서 서구 문명 전체에 대해 반기를 들었던 혁명적 예술 운동이자, 이후 현대 미술의 직접적인 원류가 된 예술 운동이라고 평가되는 초현실주의 예술 운동에 대한 평가를 설명하고 있다.
④ 5문단에서 프로타주, 데칼코마니, 데페이즈망, 콜라주, 편집광적 비평 등 초현실주의 예술의 여러 기법에 대해 설명하고 있다.
⑤ 1문단에서 프로이트의 정신 분석학에 영향을 받았고, 2문단에서 근대 서

구 정신의 한계에 대한 비판으로 초현실주의 예술 운동이 등장하였음을 설명하고 있다.

023 내용의 추론   답 ③

2문단에서 이성과 논리를 중시한 서구 문명은 '무한한 세계의 전체상을 가리고 숨겨서 인류를 온갖 편견과 오류와 무지 속에 빠뜨렸다.'라고 했다. 3문단에 따르면 브르통은 이러한 이성과 논리에 근간한 사실주의적 태도를 비판하고, 인간의 정신을 해방시켜 무한한 세계의 전체상에 도달케 하고자 했던 원대한 정신 운동으로 초현실주의를 추구했다. 따라서 브르통이 삶과 예술에서 사실주의적 태도를 비판한 이유는, 사실주의적 태도가 무한한 세계의 전체상을 가렸기 때문이라고 볼 수 있다.

오답 피하기
① 2문단에서 초현실주의가 '서구 문명이 이루어 놓은 현실이라는 세계는 인간의 이성적이고 논리적이며 일상적인 사유에 의해 울타리 쳐진 숙명적인 한계로서 무한한 우주의 작은 부분에 불과하다'고 비판하였음을 알 수 있다. 즉 '일상적인 사유'는 사실주의를 포함하는 기존 서구 문명의 특징에 해당한다.
② 2문단과 3문단으로 보아 이성과 논리에 근간한 사실주의적 태도는 기존 서구 문명과 부합한다. 반면 초현실주의가 서구 문명 전체에 대해 반기를 들었다는 6문단의 내용과, 초현실주의가 근대 서구 정신의 어리석음에 대해 통렬히 비판하고 저항했다는 3문단의 내용으로 보아 서구 문명의 흐름과 반대되는 것은 초현실주의 예술 운동에 해당한다고 볼 수 있다.
④ 1문단에 따르면 초현실주의는 이성과 논리의 울타리 너머에 있는 무의식의 세계를 주목하였다. 2문단으로 보아 이성적, 논리적 사유를 중시한 것은 사실주의를 포함한 기존의 서구 문명이다.
⑤ 3문단에 따르면 초현실주의자인 브르통은 의식에 의해 방해받지 않는 자유로운 상상력을 통해 무의식 세계의 신비에 접근해 갈 수 있다고 보았다. 따라서 초현실주의는 무의식 세계를 중시했음을 알 수 있다.

024 구체적 사례에의 적용   답 ④

〈보기〉의 그림은 초현실주의 예술의 방법 중 하나인 편집광적 비평을 사용한 작품이다. 5문단에 따르면 초현실주의 작가들은 피상적 의식 세계 밑에 존재하는 광대한 무의식 세계에 깊은 관심을 갖고 다양한 화법을 창안하였으므로, 〈보기〉에 제시된 달리의 작품이 피상적 세계를 객관적으로 관찰하여 그 개성적 특징을 묘사했다고 이해하는 것은 적절하지 않다.

오답 피하기
① 3문단에 따르면 초현실주의는 이성과 논리가 아닌 자유로운 상상력을 중시한다. 〈보기〉에 제시된 달리의 그림 역시 이성이나 논리의 이치에서 벗어나 하나의 형상으로 규정할 수 없는 환상적 성격을 드러내고 있다고 판단할 수 있다.
② 3문단에서 초현실주의자인 브르통은 삶과 예술이 환상과 경이로 채워져야 한다고 주장하였다고 했다. 그리고 4문단에서 초현실주의가 꿈을 무의식 세계를 파악할 수 있는 보고로 보았고, 초현실주의 미술이 꿈을 중요시했음을 알 수 있다. 따라서 초현실주의 미술 작품인 〈보기〉의 그림에 나타나는 꿈처럼 기이하고 환상적인 분위기는 무의식 세계, 환상과 경이 등의 주제와 관련이 있다고 볼 수 있다.

③ 3문단에서 초현실주의가 '존재의 저 깊은 신비와 불가사의'에 대한 열정을 지녔음을 알 수 있고, 5문단에서 초현실주의자들이 '종래의 구태의연한 화법으로는 도달할 수 없는 저 깊은 세계의 신비'를 열기 위해 다양한 화법을 창안하였음을 알 수 있다. 〈보기〉의 그림은 초현실주의 미술가인 살바도르 달리가 창안한 편집광적 비평 기법이 사용된 것이므로 존재의 신비와 불가사의에 도달하고자 하는 작가의 지향이 담겨 있다고 볼 수 있다.
⑤ 초현실주의는 3문단에 따르면 '의식에 의해 방해받지 않는 자유로운 상상력'을 강조하고, 4문단에 따르면 '의식적인 수정을 최대한 피하면서 그때그때 떠오르는 단어나 이미지들을 순수하게 표출'해 나가는 자동기술법을 핵심적 방법론으로 한다. 그리고 5문단에 따르면 자동기술법을 근거로 하여 독창적 기법들을 착안해 냈는데 〈보기〉에 제시된 편집광적 비평 역시 그중 하나이다. 〈보기〉에서 작가는 '사물의 형상에 매우 뜻밖의 환상적인 해석을 다중 이미지로 부과하고 있다.'라고 했다. 즉 하나의 사물이 강아지, 과일 그릇, 소녀의 얼굴 등 여러 개의 이미지로 보이는 것은 이것이 의식적인 수정을 최대한 피해 단어나 이미지들을 순수하게 표출해 나가는 자동기술법과 관련 있기 때문이라고 볼 수 있다.

025 어휘의 의미 파악   답 ⑤

ⓐ의 '띠다'는 '어떤 성질을 가지다.'라는 의미로, 이와 유사한 의미로 쓰인 것은 ⑤이다.

오답 피하기
① '용무나, 직책, 사명 따위를 지니다.'라는 의미로 사용되었다.
②, ③ '감정이나 기운 따위를 나타내다.'라는 의미로 사용되었다.
④ '빛깔이나 색채 따위를 가지다.'라는 의미로 사용되었다.

♦ 정답 체크   본문 p. 28~41

026 ②	027 ③	028 ④	029 ①	030 ④	031 ⑤
032 ②	033 ③	034 ②	035 ④	036 ④	037 ⑤
038 ①	039 ⑤	040 ⑤	041 ③	042 ③	043 ④
044 ④	045 ③	046 ⑤	047 ⑤	048 ④	049 ④
050 ②					

[026~029] 법을 해석하는 방법과 법의 흠결을 보충하는 방법

⑤ 포인트 | 2023년 7월 교육청

수능 연계 교재에서는 문리 해석, 체계적 해석, 역사적 해석, 목적론적 해석 등 법의 해석 방법과 문서 관련 범죄의 종류에 대해 설명하는 글을 주제 통합 지문으로 제시하였다. 우리 교재에서는 법의 해석 방법에 대해 설명하고 법을 적용하는 과정에서 발생하는 문제점인 '법의 흠결'을 보충하기 위한 방법에 대해 설명한 기출 지문을 통해 법의 해석에 대한 이해를 확장할 수 있도록 하였다.

▶ 해제   이 글은 법을 해석하는 방법 중 학리 해석에서 활용되는 세 가지 방법과 법의 흠결이 있을 시 그것을 보충하는 방안을 설명하고 있다. 법을 해석하는 방법에는 문리적 해석 방법, 역사적 해석 방법, 목적론적 해석 방법이 있다. 우선 문리적 해석 방법은 법문에 사용된 문자와 문장을 문법적 이해에 근거하여 이해하되 법의 의미는 제정 당시의 의미가 아닌 법이 적용되는 시점에서의 의미로 해석하는 것이 타당하다는 것이다. 다음으로 역사적 해석 방법은 입법자의 입법 의사를 탐구하여 해석하는 방안으로 이를 파악하기 위해서는 입법 기초 자료를 살펴볼 필요가 있다. 마지막으로 목적론적 해석 방법은 입법을 통해 추구하고자 한 입법 취지를 새롭게 밝혀내는 해석으로 현재의 상황에 맞게 입법 정신을 계승하여 법률 문언을 탄력적으로 해석할 수 있어야 한다는 것이다. 한편 법이 제정될 때 모든 사안을 포함할 수 없고 미래를 예측할 수 없기에 법에는 흠결이 발생하는데 이때 상당한 유사점이 있는 사안을 규율하는 법규가 존재한다면 그에 적용하여 유추 판단할 수 있다. 또한 법관이 '정의', '이성', '형평' 등 법원리적 규범을 근거로 그 흠결을 보충할 수 있다. 다만 이 경우에도 법관의 자의적 판단을 완전히 배제하기 어려우므로 입법 정책 차원에서 법의 흠결을 최소화하는 것이 필요하다.

▶ 주제   법률 문언을 해석하는 방법과 법의 흠결을 보충할 수 있는 방안

▶ 구성

1문단	법의 해석 방법의 종류 – 유권 해석과 학리 해석
2문단	학리 해석 방법의 종류 ① 문리적 해석 방법
3문단	학리 해석 방법의 종류 ② 역사적 해석 방법
4문단	학리 해석 방법의 종류 ③ 목적론적 해석 방법
5문단	법의 흠결의 유형
6문단	명시적 흠결을 보충하는 방법으로서 유추
7문단	은폐된 법의 흠결을 보충하는 방법

---

026 내용의 추론   답 ②

7문단에 따르면 법관이 '정의', '이성', '형평' 등 법원리적 규범을 법적 판단의 근거로 활용하여 법의 흠결을 보충할 수 있다.

오답 피하기

① 1문단에 따르면 법의 해석 방법에는 입법부, 사법부, 행정부 등 국가 기관에 의한 유권 해석이 있다. 따라서 국가 기관은 법을 해석하는 주체가 될 수 있다.

③ 1문단에 따르면 법을 구체적 사안에 적용하기 위해서는 법의 해석이 필요하다. 따라서 법의 해석이 선행된 후 구체적 사안에 대해 법을 적용하는 것임을 알 수 있다.

④ 5문단에 따르면 법관은 법의 흠결을 이유로 재판을 거부할 수 없다.

⑤ 2문단에 따르면 문리적 해석 방법에서 문자의 의미는 제정 당시의 의미가 아닌 법이 적용되는 시점에서의 의미로 해석하는 것이 타당하다.

027 구체적 사례에의 적용   답 ③

2문단에 따르면 문리적 해석 방법(㉠)이란 법문에 사용되고 있는 문자의 의미와 문장의 구조에 대한 문법적 이해를 기초로 하여 이루어지는 해석으로, ㉠을 사용할 때는 법문에 사용되고 있는 법률 용어는 일반적으로 사용되고 있는 의미와는 다른 경우가 많기 때문에 주의해야 한다. 그리고 3문단에 따르면 역사적 해석 방법(㉡)은 입법 당시의 입법자의 입법 의사를 확인하고 탐구하여 해석하는 방법이다. '선의(善意)'와 '악의(惡意)'를 각각 법률 용어로는 법률관계에 영향을 미치는 어떠한 사실을 모르는지의 여부로 해석한다는 것은 일반적으로 사용되는 선의(착한 마음), 악의(나쁜 마음)의 의미와 다른 경우로 이는 ㉡의 예가 아니라, ㉠의 예로 볼 수 있다.

오답 피하기

① 2문단에 따르면 문리적 해석 방법(㉠)이란 법문에 사용되고 있는 문자의 의미와 문장의 구조에 대한 문법적 이해를 기초로 하여 이루어지는 해석이다. ㉠을 사용할 때는 법문에 사용되고 있는 법률 용어는 일반적으로 사용되고 있는 의미와는 다른 경우가 많기 때문에 주의해야 한다. 따라서 법률적으로는 '사람'이라는 단어의 의미에 자연인뿐만 아니라 '법인'도 포함된다는 것은 법률 용어가 일반적으로 사용되는 의미와 다른 사례에 해당하므로 ㉠의 예로 적절하다.

② 3문단에 따르면 역사적 해석 방법(㉡)은 입법 당시의 입법자의 입법 의사를 확인하고 탐구하여 해석하는 방법으로, 입법 의사는 법률안을 발의하게 된 취지를 밝힌 법안이유서 등으로 파악할 수 있다. 따라서 국회 누리집을 활용하여 법률안이 발의된 취지를 조사함으로써 입법 의사를 탐구하여 해석하는 것은 ㉡의 예로 적절하다.

④ 4문단에 따르면 목적론적 해석 방법(㉢)은 현행 법질서 안에서 법규의 의미를 찾는 해석 방법으로, 상황에 따라서 입법의 취지를 새롭게 밝혀 현재의 상황에 맞게 입법 정신을 계승하는 해석 방법이다. 따라서 의료인의 비밀 누설 금지 의무 규정이 환자의 개인 정보를 보호하기 위함이라는 입법 취지와 목적에 근거함을 고려하여 사망한 사람의 개인 정보도 포함하는 규정으로 해석하는 것은 입법의 취지를 찾아 현재의 상황에 맞게 해석한 것이므로 ㉢의 예로 적절하다.

⑤ 4문단에 따르면 목적론적 해석 방법(㉢)은 현행 법질서 안에서 법규의 의미를 찾는 해석 방법으로, 상황에 따라서 입법의 취지를 새롭게 밝혀 현재의 상황에 맞게 입법 정신을 계승하는 해석 방법이다. 따라서 실험실

공장의 설치에 대한 규정이 개인을 지원하기 위한 목적으로 만들어졌으므로 법인은 실험실 공장을 설치할 수 있는 자에 해당하지 않는다고 해석하는 것은 입법 취지와 목적을 새롭게 밝혀 현재의 상황에 맞게 해석한 것이므로 ©의 예로 적절하다.

028 구체적 사례에의 적용 　　　　　답 ④

5문단에서 법 제정 시점에서 그 이후에 발생 가능한 모든 경우들을 예측하여 법으로 규정하는 것이 가능하지 않기 때문에 법의 흠결이 발생한다고 했다. 〈보기〉에 따르면 19세기 말 A국과 B국에는 전기를 재물로 볼 만한 법규정이 명백히 존재하지 않았는데, 이는 두 국가 모두에서 형법이 제정될 당시에 전기 절도와 같은 행위를 예측하여 법으로 규정할 수 없었기 때문이다. 따라서 A국과 달리 B국이 전기 절도 같은 행위를 예측하여 법으로 규정할 수 있었다고 보는 것은 적절하지 않다.

오답 피하기

① 5문단에 따르면 해당 사안을 규율할 법규정이 명백히 존재하지 않는 경우를 '명시적 흠결'이라 부른다. A국와 B국에는 전기를 재물로 볼 만한 법규정이 명백히 존재하지 않았고, 그 결과 A국은 타인의 전기를 무단으로 사용한 사건에 절도죄를 적용하지 못해 무죄를 선고하였다고 하였다. 따라서 A국의 법원은 법의 명시적 흠결을 이유로 타인의 전기를 무단으로 사용한 자를 처벌하지 못한 것이다.

② 6문단에 따르면 법의 흠결을 보충하는 방법으로 유추가 사용되는데, 유추란 직접적으로 적용 가능한 규칙이 아닌 다른 개별적인 규칙을 문제가 되고 있는 사례에 적용하여 판단을 내리는 것을 의미한다. B국은 전기를 재물로 볼 만한 법규정이 명백히 존재하지 않아 명시적 흠결이 있었으나, 전기가 재물에 해당한다고 해석하여 판단을 내렸다. 따라서 직접적으로 적용 가능한 규칙이 없어 재물과 같은 다른 개별적인 규칙을 전기의 상황에 적용하여 판단을 내린 것이므로 법을 유추 적용함으로써 법의 흠결을 보충한 것이라고 볼 수 있다.

③ 6문단에 따르면 법의 흠결을 보충하는 방법으로 유추가 사용되는데, 유추란 직접적으로 적용 가능한 규칙이 아닌 다른 개별적인 규칙을 문제가 되고 있는 사안에 적용하여 판단을 내리는 것을 의미한다. B국은 전기를 재물로 볼 만한 법규정이 명백히 존재하지 않아 명시적 흠결이 있었으나, 전기가 재물에 해당한다고 유추 해석하여 판단을 내렸다. 따라서 B국의 법원은 유추 적용을 위해 전기 절도 사건에 적용할 법과 유사한 사안을 규율하는 법의 존재 여부를 확인하였을 것이다.

⑤ 7문단에 따르면 법의 흠결을 보완하기 위한 방안이 있더라도 가능한 한, 입법 정책 차원에서 법의 흠결을 최소화하는 것이 필요하다. 〈보기〉에서 A국은 타인의 전기를 무단으로 사용한 사건에 절도죄를 적용하지 못해 무죄를 선고하였으나 이후 특별법을 제정하여 입법 차원에서 법의 흠결을 최소화하였다. 이에 비해 B국은 전기를 재물에 해당한다고 판단하여 법의 흠결을 보완하는 유추 해석으로 판단을 내렸다. 따라서 B국에는 A국의 특별법 제정처럼 전기 절도와 관련된 법의 흠결을 최소화하는 입법 정책이 필요할 것이다.

029 어휘의 의미 파악 　　　　　답 ①

'입법자가 입법 당시에 가지고(ⓐ) 있었던'에서 '가지다'는 '생각, 태도, 사상 따위를 마음에 품다.'라는 의미이고, 입법 의사는 '기초 자료를 가지고(ⓑ) 파악할 수 있다.'에서 '가지다'는 '앞에 오는 말이 수단이나 방법이 됨을 강조하여 나타낸다.'라는 의미이다. '자부심을 가져야 한다.'에서 '가지다'는 '자부심을 품다'라는 의미이므로 ⓐ의 의미로 쓰였고, '빈 깡통을 가지고 연필꽂이를 만들었다.'에서 '가지다'는 빈 깡통이 수단임을 강조하여 나타내는 의미로 쓰였으므로 ⓑ의 의미로 쓰였다.

오답 피하기

② '사업체를 여럿 가진 사업가이다.'에서 '가지다'는 '거느리거나 모시거나 두다.'라는 의미이고, '동반자적 관계를 가지기로'에서 '가지다'는 '관계를 맺다.'라는 의미로 사용되었다. 따라서 둘 모두 각각 ⓐ와 ⓑ의 의미로 쓰이지 않았다.

③ '호의를 가지고 있다.'에서 '가지다'는 '생각, 태도, 사상 따위를 마음에 품다.'라는 의미이고, '운전면허증을 가진'에서 '가지다'는 '직업, 자격증 따위를 소유하다.'라는 의미로 사용되었다. 따라서 전자는 ⓐ의 의미로 쓰였지만, 후자는 ⓑ의 의미로 쓰이지 않았다.

④ '축구공을 가지고 학교에 갔다.'에서 '가지다'는 '손이나 몸 따위에 있게 하다.'라는 의미이고, '토론회를 가졌다.'에서 '가지다'는 '모임을 치르다.'라는 의미로 사용되었다. 따라서 둘 모두 각각 ⓐ와 ⓑ의 의미로 쓰이지 않았다.

⑤ '내 집을 가지게 된 기쁨'에서 '가지다'는 '자기 것으로 하다.'라는 의미이고, '기계를 가지고 농사를 짓는다.'에서 '가지다'는 '앞에 오는 말이 수단이나 방법이 됨을 강조하여 나타낸다.'라는 의미로 사용되었다. 따라서 전자는 ⓐ의 의미로 쓰이지 않았지만, 후자는 ⓑ의 의미로 쓰였다.

ⓔ 포인트

수능 연계 교재에서는 채권의 개념과 채권 가격의 변동, 장기와 단기의 만기 수익률 차이가 나타나는 원인에 대해 설명하는 글이 제시되었다. 우리 교재에서는 채권의 종류와 특징, 채권과 주식, 정기 예금의 차이점과 채권의 가격 변동 원리 등을 설명한 글을 지문으로 구성하여 채권에 대해 개괄적으로 이해할 수 있도록 했다. 지문 내용을 구체적 사례에 적용하여 해석할 수 있도록 문항을 구성하였으므로 채권에 대해 구체적으로 이해할 수 있다.

▶ 해제 이 글은 채권의 개념과 특징 그리고 '현재 가치', '미래 가치', '시장 이자율' 등 채권의 가격을 결정하는 여러 요인에 대해 설명하고 있다. 채권은 기업이나 정부, 공공 기관 등이 정책이나 사업을 시행하기 위한 자산을 장기적으로 조성하기 위해 발행하는 증서로, 채권 발행 주체는 이익 유무와 상관없이 채권 투자자에게 정해진 기간마다 확정된 이자를 지급하고 만기에 이자와 원금을 함께 지급해야 한다. 채권의 가격을 결정할 때는 채권의 미래 가치를 현재 가치로 환산해야 하는데, 채권의 현재 가치는 시장 이자율과 기간에 따라 달라진다. 시장 이자율과 채권의 액면 이자율 간의 차이에 따라 달라지는 채권 가격의 변동 과정을 확인할 수 있다.

▶ 주제 채권의 특징과 가격 변동 원리

▶ 구성

1문단	채권의 개념과 발행 주체에 따른 채권의 종류
2문단	채권의 특징 및 주식, 정기 예금과의 차이점
3문단	채권의 가격이 변동되는 요인과 채권의 현금 흐름
4문단	채권의 가격을 구하는 방법 – 할인 계산식
5문단	시장 이자율과 채권의 액면 이자율 간의 차이에 따른 채권의 가치

030 세부 정보 파악 답 ④

2문단에서 '액면 이자는 액면 금액에 액면 이자율을 곱하여 산정한 금액'이라고 하였고, 3문단에서 '채권의 액면 이자율은 발행 당시부터 만기까지 고정되어 있'다고 하였다. 이를 통해 액면 이자, 즉 이자 지급액을 결정하는 액면 이자율이 고정되어 있음을 알 수 있다. 그러나 액면 이자율이 어떤 수준에서 결정되는지는 이 글을 통해 확인할 수 없다.

오답 피하기

① 3문단에서 '시장 이자율과 채권의 액면 이자율의 차이에 의해 채권의 가격이 변동된다.'라고 하였다. 그리고 4문단의 할인 계산식과 5문단을 통해 다른 조건이 같다면 시장 이자율이 클수록 채권의 가격이 낮아진다는 것을 알 수 있다.

② 5문단에서 '시장 이자율보다 채권의 액면 이자율이 높은 경우에는 채권이 투자 상품으로서 매력이 있기 때문에 채권의 수요가 증가하여 시장 이자율과 채권의 액면 이자율의 차이만큼 더 비싸게 채권 가격이 형성된다.'라고 하였다. 따라서 채권이 투자의 수단으로 가치를 가지는 경우는 시장 이자율보다 채권의 액면 이자율이 높은 경우임을 알 수 있다.

③ 1문단에서 '채권은 기업이나 정부, 공공 기관 등이 정책이나 사업을 시행하기 위한 자산을 장기적으로 조성하기 위해 발행하는 증서'라고 하였다. 따라서 정부가 정책이나 사업을 시행하기 위한 자산을 장기적으로 조성하기 위해 채권을 발행한다는 것을 알 수 있다.

⑤ 1문단에서 '채권을 발행하는 주체를 채무자, 채권을 구입하는 투자자를 채권자'라고 하였고, 2문단에서 '만기가 되면 채무자는 채권자에게 마지막 이자액과 액면 금액을 지급해야' 하며, '만기뿐 아니라 해당 채권에서 정하는 기간에 정기적으로 액면 이자를 지급'한다고 하였다. 따라서 채권을 발행하는 주체는 채권을 구입하는 투자자에게 일정 기간마다 이자를 지급하고, 만기가 되면 마지막 이자와 원금을 상환해야 하는 의무를 진다는 것을 알 수 있다.

031 내용의 추론 답 ⑤

3문단과 4문단에서 채권의 액면 금액이 1억 원이고 채권의 현재 가치가 약 105,154,194원일 경우, 액면 금액보다 높은 금액으로 채권의 가격이 형성된다고 하였다. 따라서 채권의 현재 가치가 채권의 액면 금액보다 높다면 액면 금액보다 높은 금액으로 채권의 가격이 형성된다고 할 수 있다.

오답 피하기

① 1문단에 따르면 채권은 채권자가 아니라 채무자, 즉 채권을 발행하는 주체를 기준으로 하여 국채, 회사채, 지방채로 구분할 수 있다.

② 2문단에 따르면 채무자는 채권의 액면 금액에 시장 이자율이 아닌 액면 이자율을 곱하여 산정한 금액(액면 이자)을 투자자에게 이자로 지급한다.

③ 2문단에서 '액면 금액은 채권 발행 당시 채권 표면에 기재되어 있는 금액'이라고 하였다. 그런데 채권의 미래 가치를 현재 가치로 환산한 것은 시장 이자율에 따라 달라지는 채권의 가격, 즉 시장 이자율만큼 할인된 금액이므로, 채권이 발행될 때 정해지는 액면 금액과는 다르다.

④ 2문단에서 액면 이자율은 채권에서 지급하는 연간 이자율이며, 채권에서 이자를 지급하는 기간은 분기, 반기, 연간으로 나뉜다고 하였다. 즉 이자 지급 주기가 달라도 투자자가 받게 되는 연간 이자의 총액은 동일함을 알 수 있다. 예를 들어 액면 금액이 1천만 원이고 액면 이자율이 10%일 때, 이자 지급 주기가 반기이면 6개월에 50만 원씩 2회를 받게 되고, 연간이면 1년에 100만 원을 1회 받게 된다.

032 핵심 정보 파악 답 ②

1문단과 2문단에 의하면, 채권(㉠)은 해당 채권에서 정하는 기간에 정기적으로 액면 이자를 지급하고, 만기가 되면 채무자는 채권자에게 마지막 이자액과 액면 금액을 지급해야 한다. 한편 2문단에 의하면 정기 예금(㉢)은 만기 시 원금과 이자를 함께 지급한다. 따라서 채권과 정기 예금 모두 만기 시 투자자에게 원금과 함께 이자를 지급한다는 것을 알 수 있다.

오답 피하기

① 채권(㉠)은 분기, 반기, 연간 등의 정해진 기간마다 이자를 지급하는 것인 반면, 주식(㉡)은 투자자가 보유한 주식의 비율만큼 배당금을 지급하는 것으로, 원리금을 상환하거나 이자를 지급해야 하는 부담이 없다.

③ 주식(㉡)은 영업 실적에 따라 이익의 일정 부분을 투자자에게 배당금으로 지급하지만, 정기 예금(㉢)은 이익의 유무와 관계없이 원금과 이자를 지급한다.

④ 채권(㉠)은 이익의 유무와 상관없이 투자자에게 이자를 지급해야 하고, 주식(㉡)은 보유한 주식의 비율만큼 배당금을 지급하여 이익의 일정 부분을 투자자에게 되돌려 준다.

⑤ 액면 이자율은 채권에서 지급하는 이자율로, 3문단에 따르면 채권의 액면 이자율은 발행 당시부터 만기까지 고정되어 있다. 따라서 채권(㉠)과 정기 예금(㉢)은 모두 거래 시작일에 확정된 이자율에 근거하여 투자자에게 이자를 지급한다.

033 구체적 사례에의 적용   답 ③

시장 이자율이 4%로 하락할 경우, 채권 X는 액면 이자율과 시장 이자율이 같아 채권 가격이 액면 금액과 같은 액면 상태가 된다. 그런데 유통 시장에서 현재 채권 X의 가격은 9,000원으로 액면 금액(10,000원)보다 낮은 할인 상태이다. 4문단에 제시된 할인 계산식에 따르면 시장 이자율이 낮아지면 채권의 현재 가치는 높아질 것이다. 따라서 시장 이자율이 4%로 하락하면 채권의 가격은 현재의 할인 상태를 유지하는 것이 아니라, 현재보다 상승하게 될 것이다.

오답 피하기

① 채권 X의 액면 이자율이 4%이고 현재 시장 이자율은 6%이므로, 채권 X의 현재 가치는 액면 금액보다 낮은, 할인 상태에 해당한다. 실제로 채권 X의 현재 가치를 계산해 보면, 약 9,633원이므로 액면 금액인 10,000원보다 낮다.

② 채권 Y를 만기까지 보유한다면 채권자는 액면 금액에 해당하는 원금과 액면 금액에 액면 이자율을 곱한 액면 이자를 합한 금액을 지급받게 된다. 채권 Y의 액면 금액이 5,000원, 액면 이자율이 6%, 이자 지급 기간이 연간이므로 매년 1회씩 총 3회에 걸친 이자 900원(5,000원×0.06×3)과 원금 5,000원을 합한 5,900원을 지급받게 될 것이다.

④ 시장 이자율이 4%로 하락할 경우, 채권 Y는 액면 이자율(6%)이 시장 이자율보다 높아진다. 5문단에 따르면 채권의 액면 이자율이 시장 이자율보다 높으면 채권이 투자 상품으로서 매력이 있기 때문에 채권의 수요가 증가하여 채권 가격이 상승한다. 따라서 채권 Y의 거래 가격은 액면 가격인 5,000원보다 높게 형성될 것이다.

⑤ 시장 이자율이 8%로 상승할 경우, 채권 Y는 액면 이자율(6%)이 시장 이자율보다 낮아진다. 채권의 액면 이자율이 시장 이자율보다 낮으면 채권 가격이 액면 금액보다 낮은 할인 상태가 된다. 따라서 채권 Y의 거래 가격은 액면 금액인 5,000원보다 낮게 형성되며, 투자 상품으로서 매력도가 떨어지게 될 것이다.

[034~037] 물권법과 우선 변제

🅔 포인트

수능 연계 교재에서는 임대차 계약에서 주택 임차인의 주거 안정, 상가 임차인의 영업 이익을 보장하기 위해 임대차 계약 기간을 보장해 주는 제도에 대해 설명하는 지문을 수록하였다. 우리 교재에서는 임대차 계약을 물권 및 물권법과 관련지어 지문을 구성하였다. 물권의 개념과 물권의 종류, 물권 변동의 개념과 공시 방법을 밝힌 후, 등기부 등본에 전세권이 설정된 경우와 그렇지 않은 경우를 비교하여 우선 변제를 설명한 글을 통해 물권 행위에 대한 이해를 심화할 수 있도록 했다.

▶ 해제   이 글은 물권의 개념과 종류를 제시하고, 물권 변동과 공시 방법, 물권법의 적용을 받는 전세권과 전세권을 등기하지 않았을 때 임대차 계약의 권리 주장에 대해 설명하고 있다. 물권은 특정한 물건을 직접 지배하여 이익을 얻을 수 있는 배타적인 권리로, 민법이 정한 물권에는 소유권, 점유권, 지상권, 지역권, 전세권, 유치권, 질권, 저당권이 있다. 이 중 소유권과 점유권을 제외한 물권은 일정한 목적의 범위 안에서만 물건을 지배할 수 있는 제한 물권이다. 물권이 발생하고 변경되고 소멸하는 과정을 물권 변동이라고 하는데, 그 권리관계를 부동산은 등기를 통해 공시하는 반면 동산은 점유나 인도를 공시 방법으로 취하고 있다. 일반적으로 전세권을 설정하지 않은 전세 계약은 채권법의 적용을 받으므로 누구에게나 그 권리를 주장할 수는 없다. 그러나 최근 제정된 '주택 임대차 보호법'에 의하면 전세권을 등기하지 않아도 임차권자가 전입 신고를 하고 임대차 계약서에 확정 일자를 받으면 전세권을 설정한 것과 유사한 법률 효력인 대항력을 지니게 되며, 대항력을 갖춘 임대차 계약은 우선 변제를 받을 수 있다.

▶ 주제   물권의 종류 및 전세권 등기와 우선 변제

▶ 구성

1문단	물권과 물권 법정주의의 개념
2문단	물권 및 제한 물권의 종류
3문단	부동산과 동산의 공시 방법
4문단	부동산 물권을 확인할 수 있는 등기부 등본의 구성
5문단	전세권과 임차권의 차이와 우선 변제

---

034 세부 정보 파악   답 ②

3문단에서 동산의 경우 점유나 인도를 공시 방법으로 취한다고 하였다. 따라서 동산 물권을 점유한 상태는 권리관계가 공시된 것이라고 볼 수 있다. 그리고 3문단에서 공시된 권리관계가 실제 권리관계와 일치하지 않는 경우, 동산의 점유자를 소유자로 믿고 해당 동산을 취득했다면 비록 양도인이 소유자가 아니라고 해도 민법에서는 그 동산에 대한 소유권을 인정한다고 하였다. 따라서 동산 물권의 소유자와 점유자가 달라도 점유자와의 거래는 인정된다고 할 수 있다.

오답 피하기

① 5문단에서 전세 계약은 주택 임대차 계약상의 임차권으로, 임차권자가

전세권을 설정하지 않았다면 이는 물권법이 아닌 채권법의 적용을 받는다고 하였다. 반면 전세권이 설정되어 있으면, 전세권은 물권이므로 부동산 소유권자가 바뀌어도 전세권을 주장할 수 있어 전세권을 등기하는 것이 중요하다고 하였다. 또한 4문단에서 부동산의 물권은 등기부 등본을 통해 확인할 수 있다고 하였다. 따라서 등기부 등본에 전세권이 설정되어 있는 전세 계약은 물권법의 적용을 받는다고 할 수 있다.

③ 5문단에서 최근 임차인을 보호하기 위해 '주택 임대차 보호법'이 제정되었는데, 주택 임대차 보호법은 민법에 우선하여 적용된다는 특징이 있다고 하였다.

④ 3문단에서 공시된 권리관계를 믿고 거래한 사람의 권리를 보호하는 것을 공신의 원칙이라 하는데, 공신의 원칙은 동산 물권에만 적용되고 부동산 물권에는 적용되지 않는다고 하였다. 따라서 공신의 원칙은 토지나 가옥, 임야와 같은 부동산 물권에 대해서는 적용되지 않는다고 할 수 있다.

⑤ 2문단에서 지상권, 지역권, 전세권과 같이 다른 사람의 부동산을 사용하여 이익을 얻을 수 있는 용익 물권과 유치권, 질권, 저당권과 같이 일정한 물건을 채권의 담보로 제공하는 담보 물권은 제한 물권이며, 제한 물권은 일정한 목적의 범위 안에서만 물건을 지배할 수 있는 물권이라고 하였다. 따라서 지상권이나 저당권은 일정한 목적의 범위 안에서만 물건을 지배할 수 있는 물권, 즉 제한 물권이라고 할 수 있다.

035 내용의 추론   답 ④

3문단의 '재산에는 토지나 가옥, 임야처럼 이동이 불가능한 부동산과 돈이나 증권, 각종 세간처럼 이동이 가능한 동산이 있는데, 동산은 부동산에 비해 종류도 무궁무진하고 거래도 활발하다.'를 통해 세상에는 셀 수 없을 만큼 많은 동산이 존재하고 끊임없이 거래가 이루어지기 때문에 동산의 물권 변동을 일일이 외부에 알리는 것이 사실상 불가능하다는 것을 알 수 있다. 이 때문에 동산에 대해서는 공적인 장부에 기록하는 식으로 권리관계를 공시할 수 없고 점유나 인도를 공시 방법으로 취하는 것이다. 따라서 동산이 점유나 인도를 공시 방법으로 취하는 것은 동산의 물권 변동을 일일이 기록하는 것이 불가능하기 때문이라고 볼 수 있다.

오답 피하기

① 동산은 공시된 권리관계가 실제 권리관계와 일치하지 않는 경우가 있을 뿐, 동산의 소유권자와 점유권자의 경계가 모호한 것은 아니다. 예를 들어 가방의 소유자인 A가 B에게 가방을 빌려주었을 때, 소유권자는 A, 점유권자는 B이다.

② 2문단에 따르면, 점유 상태에서 벗어날 경우 점유권이 소멸되는 것은 맞지만, 이 때문에 동산에 대해 권리관계를 공시하기 어려워서 점유나 인도를 동산의 공시 방법으로 취하는 것은 아니다.

③ 1문단에 따르면, 물권 법정주의란 물권은 법률 또는 관습법에 의해서만 인정되며 당사자가 임의로 물권을 창설할 수 없다는 것이다. 동산에 강력한 공시 제도를 적용한다고 해서 물권 법정주의를 위배하는 것은 아니다.

⑤ 동산은 물권 변동을 일일이 확인할 수 없을 뿐, 물권이 발생하고 변경, 소멸되는 과정이 불분명한 것은 아니다.

036 구체적 사례에의 적용   답 ④

5문단에서 주택 임대차 보호법에 의하면 전세권을 등기하지 않아도 임차권자가 전입 신고를 하고 임대차 계약서에 확정 일자를 받으

면 대항력을 갖춘 임대차 계약이 된다고 하였다. 그리고 대항력이란 제3자가 권리관계를 인정하지 않을 때 이를 물리칠 수 있는 권한이며, 이는 전입 신고를 한 다음 날 0시부터 법적 효력이 발생한다고 하였다. 〈보기〉에서 B는 2024년 2월 10일에 전입 신고를 하고 그날로 확정 일자를 받았으므로 주택 임대차 보호법에 의해 대항력이 2월 11일 0시부터 발생하게 된다. 하지만 M 은행은 2024년 2월 9일에 근저당을 설정하였으므로 M 은행이 선순위 권리자가 된다. 따라서 B가 M 은행보다 우선하여 보증금을 받을 수 있는 대항력을 갖는다는 설명은 적절하지 않다.

오답 피하기

① 5문단에서 임차권자가 전세권을 설정하지 않았다면 물권법이 아닌 채권법의 적용을 받는다고 하였으므로, 등기부 등본에 전세권이 설정된 경우에는 물권법의 적용을 받는다는 것을 알 수 있다. 또한 4문단에서 부동산의 물권을 확인할 수 있는 등기부 등본에서 등기한 순서를 표시한 순위 번호에 의해 권리 간의 우선순위가 결정된다고 하였다. 〈보기〉에서 순위 번호를 보면 A는 1, C 은행은 2로 A가 전세권을 설정한 날짜(2020년 5월 2일)가 C 은행의 근저당 설정 날짜(2021년 1월 10일)보다 앞서므로 A는 물권법의 적용을 받고 C 은행보다 선순위 권리자가 되었다고 할 수 있다.

② A가 전세권을 설정했던 집은 2024년 5월 20일에 경매로 낙찰되었는데, A의 전세권은 2024년 2월 5일에 소멸되었으므로 이 경매에 낙찰된 부동산에 대해 권리를 갖지 못하고 권리 순위에서 제외된다고 볼 수 있다.

③ M 은행의 채권 최고액이 2억 원이고 M 은행이 근저당 설정을 한 날짜는 2024년 2월 9일이다. B의 전세 보증금은 2억 원이고 B가 전입 신고를 한 날짜가 2024년 2월 10일이므로 B의 전세 계약이 대항력을 갖게 되는 것은 2024년 2월 11일 0시부터이다. 따라서 M 은행이 선순위 권리자이고 B가 후순위 권리자이다. 그런데 경매 낙찰 금액이 5억 원이므로 M 은행의 채권 최고액 2억 원을 제외하더라도 B는 주택 임대차 보호법에 의해 경매 낙찰금 중 2억 원을 자신의 전세 보증금으로 반환받을 수 있다.

⑤ B는 임대인이 동의하지 않아 전세권 설정을 등기하지 못한 대신 전입 신고를 하고 임대차 계약서에 확정 일자를 받아 대항력을 갖추었다. 따라서 B는 주택 임대차 보호법에 의해 전세 보증금 반환을 주장할 수 있다. 그런데 전세권은 물권이므로 부동산 소유권자가 바뀌어도 전세권을 주장할 수 있지만, 임차권은 채권이므로 누구에게나 그 권리를 주장할 수 없다. 따라서 전세권이 없는 B는 채권법의 적용을 받고, 물권법에 의해서는 저당권자인 M 은행을 대상으로 전세 보증금을 주장할 수 없다.

037 어휘의 의미 파악   답 ⑤

ⓔ의 '이행하다'는 '채무자가 채무의 내용을 실행하다.'라는 의미이다. '돌이키다'는 '원래 향하고 있던 방향에서 반대쪽으로 돌리다.', '원래의 상태로 돌아가게 하다.' 등을 의미하므로, ⓔ와 바꿔 쓸 수 없다.

오답 피하기

① ⓐ의 '획득하다'는 '얻어 내거나 얻어 가지다.'라는 의미이다.

② ⓑ의 '소멸하다'는 '사라져 없어지다.'라는 의미이다.

③ ⓒ의 '일치하다'는 '비교되는 대상들이 서로 어긋나지 아니하고 같거나 들어맞다.'라는 의미이다.

④ ⓓ의 '구성되다'는 '몇 가지 부분이나 요소들이 모여 일정한 전체가 짜여 이루어지다.'라는 의미이다.

ⓔ 포인트

수능 연계 교재에서는 범죄자의 법익을 제한하는 형벌 부과가 비례 원칙에 부합해야 함을 설명하고, 범죄의 유형을 위험범, 침해범, 미수범, 기수범으로 구분하고 미수범의 유형을 제시했다. 우리 교재에서는 헌법에서 기본권 제한과 관련하여 규정한 조항을 제시하고, 이 문구를 세세하게 검토하여 기본권 제한 근거와 제한의 한계에 대해 구체적으로 설명한 글을 구성하였다. 기본권 제한의 정당성 여부를 따질 때 비례성의 원칙이 기준이 됨을 고려하여 기본권 제한의 근거 조항과 비례성의 원칙에 대한 배경지식을 갖출 수 있도록 했다.

▶ **해제** 이 글은 기본권을 제한할 때 한계 기준이 되는 비례성의 원칙에 대해 설명하고 있다. 기본권 제한의 근거 조항은 헌법 제37조 제2항인데, 이 조항은 기본권을 제한하는 근거와 제한의 한계를 동시에 규정하고 있다. 기본권 제한의 목적상 한계는 국가 안전 보장, 사회 질서 유지, 공공복리라는 목적을 위한 제한만 가능하다는 것이며, 형식상 한계는 법률에 근거해서만 제한해야 한다는 것이다. 그리고 기본권 제한의 정당성 여부를 따질 때 실질적인 기준이 되는 비례성의 원칙은 목적의 정당성, 수단의 적합성, 피해의 최소성, 법익의 균형성으로 이루어지는데, 이 중 한 가지라도 위배하면 그 법률이나 하위 명령은 위헌성을 지니게 된다. 그리고 헌법 제37조 제2항에는 본질적 내용 침해 금지 원칙도 있는데, 기본권의 본질적 내용이 무엇인지에 대해서는 여러 의견이 대립하고 있다.

▶ **주제** 기본권 제한의 한계 원칙

▶ **구성**

1문단	기본권 제한과 관련된 규정인 헌법 제37조 제2항
2문단	기본권 제한의 목적, 형식, 방법상 한계
3문단	비례성의 원칙 ① – 목적의 정당성
4문단	비례성의 원칙 ② – 수단의 적합성
5문단	비례성의 원칙 ③ – 피해의 최소성
6문단	비례성의 원칙 ④ – 법익의 균형성
7문단	헌법 제37조 제2항의 문구에 담긴 본질적 내용 침해 금지 원칙

038 글의 전개 방식 파악   답 ①

1문단에서 국민의 기본권을 제한하는 근거 조항을 제시하고, 2문단에서 근거 조항의 문구를 쪼개서 근거 조항에 담긴 기본권 제한의 한계를 살펴보고 있다. 그리고 3~6문단에서 관련 원칙을 세분화하여 설명한 다음, 7문단에서 근거 조항의 마지막 문구에 대한 분석을 하고 있다. 이때 3~6문단에서 각각 관련 사례를 활용하여 비례성의 원칙의 세부 내용에 대한 이해를 돕고 있다. 따라서 기본권 제한과 관련된 비례성의 원칙의 세부 내용을 제시하고, 구체적 사례를 활용하여 상술하는 전개 방식을 취하고 있다고 볼 수 있다.

오답 피하기

② 중심 화제를 내용에 따라 유형별로 구분하고 있지 않고, 각각의 장단점을 비교하고 있지도 않다.

③ 중심 화제에 대한 통념은 물론, 새로운 이론도 제시되지 않았다.

④ 중심 화제가 '기본권 제한의 한계'일 뿐 이 글에서 중심 화제의 한계를 제시하지는 않았다. 비례성 원칙의 세부 내용을 설명할 때 '수단의 적합성'과 '피해의 최소성'에서 절대적인 비교 기준이 없다는 한계가 있다는 사실이 제시되었지만 그 원인을 다각도로 고찰하고 있지는 않다.

⑤ 중심 화제의 구성 요소를 분석하고 이를 종합하여 의의를 평가하고 있지는 않다.

039 세부 정보 파악   답 ⑤

2문단의 '법률로써 기본권 제한을 규정하거나 법률이 아닌 대통령령 같은 하위 명령으로 기본권을 제한하거나 간에 어떤 경우라도 반드시 법률에 그 근거가 있어야만 한다.'라는 설명에서, 구체적 제한 조항이 법률에 명시되어 있지 않더라도 대통령령과 같은 하위 명령으로도 기본권을 제한할 수 있음을 알 수 있다. 즉 법률에 의한 국가 권력이 기본권 제한의 주체가 되면 기본권을 합법적으로 제한할 수 있는 것이다.

오답 피하기

① 1문단에 제시된 헌법 제37조 제2항 규정과 2문단의 '국가 안전 보장, 사회 질서 유지, 공공복리라는 목적을 위한 제한만 가능하다.'라는 설명에서, 공익을 목적으로 하는 경우에만 합법적으로 국민의 기본권을 제한할 수 있음을 알 수 있다.

② 7문단의 '기본권의 본질적 내용이 무엇인지에 대해서는 여러 가지 견해가 대립하고 있는 실정이다.'라는 설명에서 자유와 권리의 본질적 내용에 대해서는 아직 통일된 이론이 정립되지 않았음을 알 수 있다.

③ 1문단의 '이 조항은 국민의 기본권을 제한하는 근거인 동시에 기본권을 제한할 수 있는 한계를 설정하는 성격도 있다.'라는 설명에서 알 수 있다.

④ 3문단의 '현재 시행되는 대부분의 법률은 입법 과정에서 면밀한 검토를 거치므로 목적의 정당성이 부인되는 경우는 극히 드물다.'라는 설명에서 알 수 있다.

040 구체적 사례에의 적용   답 ⑤

〈보기〉에서 헌법 재판소가 스크린쿼터제를 합헌으로 판결한 것은 스크린쿼터제가 비례성의 원칙과 본질적 내용 침해 금지 원칙 등을 모두 지킨다고 판단했기 때문이라고 볼 수 있다. 이 중에서 극장 경영자의 이익은 '피해의 최소성'과 관련 있는데, 이는 기본권 제한이 최소한도에 그쳐야 한다고 보므로 극장 경영자가 받는 불이익이 최소화되는 것을 의미할 뿐 극장 경영자의 이익을 증진시키는 것을 의미하지는 않는다. 따라서 헌법 재판소가 한국 영화 산업을 보호하면 극장 경영자의 이익이 높아진다고 보았을 것이라고 이해하는 것은 적절하지 않다.

오답 피하기

① 2문단에 따르면 기본권을 제한하는 것은 국가 안전 보장, 사회 질서 유지, 공공복리라는 목적을 위해서만 가능하다. 이 중에서 한국 영화 산업 보호는 공공복리와 관련된다. 따라서 헌법 재판소는 한국 영화 산업을 보호하면 공공복리가 증진된다고 보았을 것이라고 이해할 수 있다.

② 4문단에 따르면, 기본권을 제한하는 입법 목적이 정당하더라도 그것의 달성을 위하여 사용한 방법이 효과적이고 적절해야 한다. 헌법 재판소는 스크린쿼터제가 한국 영화 산업 보호에 가장 효과적이고 적절한 방법이

라고 판단했기 때문에 스크린쿼터제를 합헌으로 판결한 것이라고 이해할 수 있다.

③ 7문단에 따르면, 공공의 이익을 위해 기본권을 제한해야 할 필요성이 아무리 크더라도 기본권의 본질적 내용을 침해하는 입법은 허용되지 않는다. 따라서 스크린쿼터제를 합헌으로 판결한 헌법 재판소는 스크린쿼터제가 직업의 자유를 일정 부분 침해하더라도 본질적 내용은 침해하지 않는다고 보았을 것이라고 이해할 수 있다.

④ 6문단에 따르면, 기본권을 제한해서 생기는 공익은 그것 때문에 발생하는 사적 불이익보다 크거나 최소한 균형을 이루어야 한다. 따라서 헌법 재판소는 스크린쿼터제를 시행함으로써 얻을 수 있는 사회 공동체의 이익이 최소한 극장 경영자가 입을 불이익보다 크거나 균형을 이루고, 즉 작지 않다고 판단했을 것이라고 이해할 수 있다.

041 구체적 사례에의 적용 답 ③

〈보기〉에서는 동성동본 금혼 조항이 '인간으로서의 존엄과 가치 및 행복 추구권'을 규정한 헌법 이념에 맞지 않으며, '개인의 존엄과 양성의 평등'에 기초한 혼인·가족 생활 관련 헌법 규정에 정면 배치되고, 그 목적이 '사회 질서'나 '공공복리'에 해당되지도 않는다는 지적을 하고 있다. 이것은 국가 안전 보장, 사회 질서 유지, 공공복리라는 목적을 위한 기본권 제한만 가능하다는 목적상 한계를 위반하는 것이다. 따라서 비례성의 원칙 가운데 국민의 기본권을 제한하려는 입법의 목적이 헌법 및 법률 체제상 정당성이 인정되어야 한다는 '목적의 정당성'을 위배했다고 볼 수 있다.

오답 피하기

① 2문단에서 기본권 제한의 근거가 법률에 있어야 한다고 했고, 〈보기〉에서 동성동본 금혼 조항은 민법 제809조 제1항으로 규정되어 있었다고 했다. 즉 동성동본 금혼 조항은 법률로써 기본권을 제한하였던 것으로 볼 수 있다.

② 2문단에서 기본권 제한은 국가 안전 보장, 사회 질서 유지, 공공복리라는 목적을 위한 것만 가능하다고 했다. 〈보기〉에서 동성동본 금혼 조항이 '인간으로서의 존엄과 가치 및 행복 추구권'을 규정한 헌법 이념과 배치되며, 그 목적 또한 '사회 질서'나 '공공복리'에 해당되지 않으므로, 입법 목적이 정당하거나 타당하다고 볼 수 없다.

④ 〈보기〉의 내용만으로는 동성동본 금혼 조항이 동일한 목적을 지닌 다른 수단과 비교하여 기본권을 최소한으로 침해하는 방법을 선택한 것인지 확인할 수 없으므로 피해의 최소성을 위배했다고 단정할 수 없다. 또한 〈보기〉에서는 피해의 최소성에 대해 언급하지 않았으므로 〈보기〉에 대해 보인 반응이라고 볼 수 없다.

⑤ 동성동본 금혼 조항이 오늘날 현실과 부합하는지 여부와 수단의 적합성은 관련이 없는 내용이다. 4문단에 따르면 수단의 적합성은 입법 목적을 달성하는 과정에서 기본권을 제한하는 수단은 헌법과 법률에 적합해야 한다는 것으로, 입법 목적을 달성하기 위한 방법이 효과적이며 적절한지에 대한 내용을 다루는 것이다. 그런데 〈보기〉에서는 입법 목적이 잘못되었음을 드러내고 있으므로, 잘못된 목적을 달성하기 위한 수단을 언급하는 것은 적절하지 않다. 또한 〈보기〉에서 적합성에 대한 내용은 언급하지 않았으므로 수단의 적합성에 위배된다고 반응하는 것은 적절하지 않다.

[042~046] 공공재 운용에 관한 경제학적 논의

E 포인트

수능 연계 교재에서는 개인이 집단행동에 참여하는 양상에 대해 설명하면서, 집단행동의 결과로 얻는 혜택이 공공재의 성격을 띠므로 구성원은 무임승차를 하는 것이 합리적인 선택이라고 보는 문제가 발생해 이러한 무임승차를 최소화하기 위한 방법을 설명한 글을 제시했다. 우리 교재에서는 공공재와 관련하여 비경합성, 비배제성이라는 특징, 공공재에 대한 경제학자들의 다양한 연구를 구체적으로 설명하였다. 이를 통해 공공재에 대한 다양한 연구 내용에 대한 이해를 심화할 수 있다.

▶ 해제 　이 글은 공공재의 운용에 관한 다양한 경제학적 연구에 대해 설명하고 있다. 공공재는 비경합성과 비배제성을 특징으로 하는 재화나 서비스로, 사적재와 구분된다. 공공재와 관련하여 순수 공공재, 준공공재, 클럽재라는 개념도 존재한다. 뷰캐넌은 클럽재의 개념을 소개하고 공공재의 운용을 위해 최적 인원수와 최적 규모를 파악하는 것이 중요하다는 점을 역설하였다. 애로는 공공재 운용을 위해 필요한 다양한 조건들과 '불가능성 정리'를 제시하였다. 보웬은 공공재의 양에 따른 개인의 선호를 분석함으로써 공공재의 최적 규모를 파악하는 모형을 제시하였다. 이처럼 공공재에 대한 다양한 논의들은 정책적 의사 결정, 정치적 의사 결정에도 영향을 주었다.

▶ 주제 　공공재의 운용과 관련한 다양한 논의 소개

▶ 구성

1문단	공공재의 개념과 특징
2문단	공공재와 관련된 뷰캐넌의 연구
3문단	공공재와 관련된 애로의 연구
4문단	공공재와 관련된 보웬의 연구
5문단	공공재와 관련된 새뮤얼슨의 연구 및 다양한 논의의 효용과 영향

042 글의 전개 방식 파악 답 ③

이 글에서는 공공재와 관련하여 뷰캐넌, 애로, 보웬, 새뮤얼슨의 연구 내용을 제시하고 있다. 그러나 공공재에 대한 학자들의 다양한 관점과 주장을 각각 소개하고 있을 뿐, 이론들의 관점이 대조적이라고 볼 수 없고 쟁점이 되는 부분을 다루지도 않았다.

오답 피하기

① 1문단에서 글의 핵심이 되는 용어인 공공재의 개념을 제시했고 공공재의 특징에 대해 설명을 할 때 비경합성, 비배제성 등의 개념을 정의하고 있다.

② 2문단에서 클럽재라는 개념을 설명하기 위해 4인이 경기하던 테니스 코트에 1인이 늘어나는 상황을 예로 제시하고 있다.

④ 1문단에서 공공재의 특성인 비경합성과 비배제성을 설명한 뒤, 공공재와 반대되는 특성을 가진 사적재, 비배제성이나 비경합성 중 하나의 특성만 보이는 준공공재, 비경합성과 비배제성을 모두 갖춘 순수 공공재, 그리고 2문단에서는 뷰캐넌이 제시한 개념인 클럽재를 설명하고 있다.

⑤ 5문단에서 공공재와 관련된 학자들의 다양한 논의가 정부의 합리적 선택을 유도하고 정책적 의사 결정, 정치적 의사 결정에도 영향을 주었다고 하여 효용과 영향을 밝히고 있다.

043 구체적 사례에의 적용 답 ④

무료 공연장은 일정 정도의 인원수를 넘어서면, 즉 적정 수준을 넘어 1인이 추가될 때마다 불편이 야기되지만 배제성이 없으므로 클럽재라고 볼 수 없다. 즉 무료 공연장은 인원이 추가되는 것을 배제할 수는 없지만 그로 인해 경합이 일어나게 되므로 배제 불가능, 경합에 해당한다. 따라서 무료 공연장은 '유형 3'이 아니라 '유형 2'에 해당한다.

오답 피하기

① 1문단에서 사적재는 비경합성, 비배재성을 특징으로 하는 공공재와 대조적이라고 했으므로, 배제 가능하고 경합이 필요한 것(유형 1)은 모든 사람들이 동시에 소비할 수 없는 사적재에 해당한다.

② 이용에 따른 대가를 치르지 않고, 즉 무료로 이용할 수 있다는 것은 배제가 불가능하다는 것을 의미한다. 그런데 교통량이 많다는 것은 한 사람의 소비가 다른 소비에 영향을 주는 것, 즉 경합을 필요로 하는 것이므로 교통량이 많은 도로는 경합성을 가진다고 볼 수 있다. 따라서 무료이지만 교통량이 많은 도로는 '배제 불가능+경합'의 특성을 가지므로 '유형 2'에 해당한다.

③ 요금을 지불해야 한다는 것은 배제가 가능하다는 것이며, 도로가 한산하다는 것은 경합이 필요하지 않다는 것으로, 비경합성을 가진다는 것이다. 그러므로 유료 도로는 '배제+비경합'의 특성을 가지므로 '유형 3'에 해당한다.

⑤ 국가의 안보와 관련된 국방 서비스는 배제가 불가능하고 경합도 필요하지 않다. 즉 누구나 동시에 소비할 수 있는 비배제성과 비경합성을 갖춘 공공재로 '유형 4', 순수 공공재에 해당한다.

044 내용의 추론 답 ④

ㄴ. 개인의 공공재에 대한 선호가 높을수록 공공재의 공급이 많아지기를 바랄 것이다. 따라서 공공재에 대한 선호가 높은 개인이 공공재의 공급을 위해 비용을 더 부담하려고 할 것이므로, 개인의 공공재 선호가 증가하면 이 개인의 공공재 비용 부담 비율도 증가할 것임을 추론할 수 있다. 예를 들어 〈그림〉에서 개인 A의 선호가 증가하면 D^A는 오른쪽으로 이동하게 되고 L점도 오른쪽의 위쪽 방향으로 이동하게 되므로 개인 A의 공공재 비용 부담 비율은 증가하게 된다.

ㄹ. 공공재 운용을 위해 필요한 비용은 일정하기 때문에, 공공재 운용을 위한 비용을 지불하지 않는 무임승차 문제가 발생하면, 공공재에 대한 선호가 높은 사람은 더 많은 비용을 부담하게 된다. 따라서 무임승차가 발생하면 공공재에 대한 선호가 높은 개인의 공공재 비용 부담 비율은 증가할 수밖에 없는 것이다.

오답 피하기

ㄱ. 〈그림〉의 그래프를 보면, 공공재의 최적 규모 Z^*는 개인 A의 선호 D^A와 개인 B의 선호 D^B가 만나는 지점에서 형성된다. 그런데 이때 공공재 비용 부담 비율은 총합이 1로, 개인의 선호에 따라 그 비율이 다를 뿐, 동일한 비율을 이루는 것은 아니다. 따라서 공공재 부담 비율이 동일한 지점에서 공공재의 최적 규모가 형성된다고 이해하는 것은 적절하지 않다.

ㄷ. 무임승차의 문제가 발생하더라도 공공재를 운용하는 데 필요한 비용은 일정하므로 각 개인의 공공재 비용 부담 비율의 총합은 1이 되어야 한다.

따라서 무임승차의 문제가 발생하면 공공재 부담 비율의 총합이 1보다 작아진다는 것은 적절하지 않다.

045 구체적 사례에의 적용 답 ③

제주도와 경주 두 지역만 비교하여 선택하게 한다면, '제주도〉울릉도〉경주'의 선호 순위를 보인 A그룹은 제주도를, '울릉도〉경주〉제주도'의 선호 순위를 보인 B그룹은 경주를, '경주〉제주도〉울릉도'의 선호 순위를 보인 C그룹은 경주를 선택하게 된다. 모두가 A보다 B를 원하면 사회적 선택도 A가 아닌 B가 되어야 한다는 파레토 원리에 따르면 개인(B그룹과 C그룹의 학생들)이 경주를 우선순위에 두고 있으므로, 경주가 사회 전체(학교)의 우선순위로 나타나 수학 여행지로 결정될 것이다. 그러나 이 방법은 울릉도를 원하는 학생들의 선호가 전혀 반영되지 않은 선택이 되므로, '의사 결정을 할 때 모든 정책 대안을 비교해야 하고 개개인의 모든 선호들을 충분히 고려'해야 하는 비제한성의 원리는 충족되지 않은 것으로 볼 수 있다.

오답 피하기

① 제주도와 경주를 먼저 비교하면 A그룹은 제주도, B그룹은 경주, C그룹은 경주를 선호하므로 여기서는 경주가 선택된다. 이렇게 선택된 경주와 울릉도를 비교하면 A그룹은 울릉도, B그룹은 울릉도, C그룹은 경주를 선호하므로 최종적으로 울릉도가 수학 여행지로 결정된다. 그런데 이행성의 원리는 'A를 B보다 선호하고 C보다 B를 선호한다면 A를 C보다 선호해야 한다'는 원리이다. 이 사례는 '경주(A)를 제주도(B)보다 선호하고, 경주(A)보다 울릉도(C)를 선호하는 것'이므로 'A를 B보다 선호하고 C보다 B를 선호한다면 A를 C보다 선호해야 한다'는 이행성의 원리에 부합하지 않는다. 즉, ①에서 울릉도가 수학 여행지로 결정되는것은 이행성의 원리와 관련 없다.

② 울릉도와 경주를 먼저 비교하면 A그룹은 울릉도, B그룹은 울릉도, C그룹은 경주를 선호하므로 여기서는 울릉도가 선택된다. 이렇게 선택된 울릉도와 제주도를 비교하면 A그룹은 제주도, B그룹은 울릉도, C그룹은 제주도를 선호하므로 최종적으로 제주도가 선택된다. 이와 같은 방식으로 제주도와 울릉도를 먼저 비교하면 A그룹은 제주도, B그룹은 울릉도, C그룹은 제주도를 선호하므로 제주도가 선택되고, 여기서 선택된 제주도와 경주를 비교하면 A그룹은 제주도, B그룹은 경주, C그룹은 경주를 선호하므로 최종적으로 경주가 선택된다. 3문단에 따르면 비독재성의 원리는 한 사람의 의사가 사회 전체의 의사가 되어서는 안 되는 것이므로, 비독재성의 원리가 충족되지 않았다는 것은 한 사람의 의사가 사회 전체의 의사가 되었다는, 즉 한 사람의 의사로 수학 여행지를 결정한 경우를 의미한다. ②의 경우는 한 사람이 수학 여행지를 결정한 것은 아니므로 비독재성의 원리가 충족되지 않았다고 보는 것은 적절하지 않다.

④ A그룹, B그룹, C그룹의 선호 순위에 따라 후보 여행지에 각각 3점, 2점, 1점의 점수를 부여하면 경주, 울릉도, 제주도가 각각 1순위 1회, 2순위 1회, 3순위 1회이므로 모든 지역이 각각 6점씩이 된다. 모든 지역의 점수가 동일하기 때문에 가장 높은 점수가 부여된 지역을 수학 여행지로 결정하는 것은 불가능하다. 또한 의사 결정시 모든 대안을 비교하고 있으므로 비제한성 원리가 충족되지 않았다고 볼 수 없다.

⑤ 경주와 제주도 중 하나만을 선택한다면 A그룹은 제주도, B그룹은 경주, C그룹은 경주를 선호하므로 경주가 수학 여행지로 선택된다. 그런데 울릉도가 추가됨으로써 경주와 제주도가 아닌 울릉도가 수학 여행지로 결정될 가능성이 발생하였으므로, 울릉도가 후보지로 추가되었어도 경주와

제주도 중 하나가 수학 여행지로 결정될 가능성이 크다고 이해하는 것은 적절하지 않다.

046 어휘의 의미 파악   답 ⑤

ⓔ는 '어떤 것을 소재나 대상으로 삼다.'라는 뜻이므로, '사무나 사건 따위를 절차에 따라 정리하여 치르거나 마무리를 짓다.'라는 의미의 '처리하다'와 바꾸어 쓰는 것은 적절하지 않다.

오답 피하기
① ⓐ는 '어떤 의미를 가지다.'라는 뜻이므로, '의미하다'와 바꾸어 쓸 수 있다.
② ⓑ는 '무엇이라고 가리켜 말하거나 이름을 붙이다.'라는 뜻이므로, '무엇이라고 일컫다.'라는 뜻의 '칭하다'와 바꾸어 쓸 수 있다.
③ ⓒ는 '어떤 행동이나 감정 또는 상태를 일어나게 하다.'라는 뜻이므로, '일의 결과로서 어떤 현상을 생겨나게 하다.'라는 뜻의 '초래하다'와 바꾸어 쓸 수 있다.
④ ⓓ는 '어떤 일이 일어나다.'라는 뜻이므로, '어떤 일이나 사물이 생겨나다.'라는 뜻의 '발생하다'와 바꾸어 쓸 수 있다.

[047~050] 외환 거래

E 포인트

수능 연계 교재에서는 환위험을 줄이기 위해 환 노출을 관리해야 함을 밝히고 그중 거래 노출을 관리하기 위한 내부적 기법(네팅과 매칭 등)과 외부적 기법(선물환 헤지와 통화 옵션 헤지 등)에 대해 제시하고 있다. 우리 교재에서는 외환 거래 중 실제로 빈번하게 이루어지는 현물환 거래와 선물환 거래 및 이들이 결합된 형태인 스왑 거래에 대해 설명한 글을 지문으로 구성하였다. 이를 통해 환율 변동의 위험을 피하기 위한 외환 거래의 방식에 대한 이해를 심화하도록 하였다.

▶ 해제   이 글은 외환 시장에서 이루어지는 외환 거래의 종류와 그 특징을 설명하고 있다. 외환 거래의 개념과 외환 거래가 결제일에 따라 당일 거래, 익일 거래, 현물환 거래, 선물환 거래 등으로 나누어진다는 것을 설명한 뒤 현물환 거래와 선물환 거래에 초점을 맞추어 그 개념과 특징을 제시하고 있다. 현물환 거래는 계약이나 합의 체결 후 두 번째 영업일에 결제가 이루어지는 방식, 선물환 거래는 결제일이 약정일로부터 세 번째 영업일 이후인 방식이다. 현물 환율에 영향을 받는 현물환 거래에 비해 거래 합의 시 환율을 정하는 선물환 거래는 환율 위험이 관리된다. 한편 현물환 거래와 선물환 거래 또는 선물환 거래와 선물환 거래를 하나의 계약으로 묶은 선물환 스왑을 통해 투자 기회와 수단을 유리하게 선택하고 거래 비용을 절약할 수 있는데, 이때 동일한 외환 금액을 미리 정해 둔 환율로 지불 및 수취하므로 환율 위험이 관리된다. 스왑 거래를 할 때 고객은 스왑률을 고려하여 유불리를 판단할 필요가 있다.

▶ 주제   외환 거래의 종류와 특징

▶ 구성

1문단	결제일에 따른 외환 거래의 유형
2문단	현물환 거래의 개념과 특징
3문단	선물환 거래의 개념과 특징
4문단	선물환 스왑의 개념과 특징
5~6문단	예시를 통해 살펴본 스왑 거래와 스왑률

---

047 세부 정보 파악   답 ⑤

3문단에서 선물환 거래는 '미리 정해진 날에 한 나라의 통화를 미리 정해진 가격으로 다른 나라의 통화와 교환'하기로 정한 것이며 '환율은 거래에 합의할 때 결정'한다고 했다. '선택일 방식' 역시 선물환 거래에 속하므로 거래 합의 시 환율은 정해지며, 고객은 유리한 환율 날짜를 선택하는 게 아니라, 만기일을 선택하는 것일 뿐이다. 따라서 선택일 방식을 채택한 고객이 자신에게 유리한 환율 날짜를 선택한다고 볼 수 없다.

오답 피하기
① 6문단의 '스왑 거래에서 중요한 것은 현물 환율이나 선물 환율보다는 이 두 환율의 차이인 스왑률이다.'에서 스왑률은 실제 통화 환율을 표시하는 것이 아니라 현물 환율과 선물 환율의 차이를 나타내는 것임을 알 수 있다.
② 2문단의 '현물환 거래에 따른 지불 지시가 은행 시스템을 통해서 실제로 결제되는 데는 보통 2영업일이 소요 ~ 외환 시장은 시차 때문에 전 세계에서 동시에 열리지 않으며 결제가 양 당사자 간에 동시에 이루어지지

않는다.'에서 알 수 있다.

③ 1문단에서 외환 거래가 결제일을 기준으로 당일 거래, 익일 거래, 현물환 거래, 선물환 거래 등으로 나누어짐을 알 수 있다. 2문단에서 현물환 거래의 실제 결제에는 2영업일이 소요된다고 했고, 3문단에서 선물환 거래는 결제일이 약정일로부터 세 번째 영업일 또는 그보다 더 이후가 된다고 하였다. 따라서 현물환 거래와 선물환 거래는 결제일이 2영업일 이내인지에 따라 나누어진다고 볼 수 있다.

④ 2문단의 '현물환 거래의 결제가 이틀이 소요되고 또 당사자 간에 동시에 이루어지지 않기 때문에 거래자에게는 가격 변동의 위험뿐만 아니라 상대방의 신용 위험이 따를 수도 있다.'에서 알 수 있다.

048 구체적 사례에의 적용   답 ④

〈보기〉에서 [A]는 현물환 거래를 통해 달러를 원화로 바꾸고 [B]는 선물환 거래를 한다고 하였다. [B]에서 10월 5일이 되었을 때 현물 환율이 1,190원이라도 8월 21일에 미리 선물환 거래를 1,200원에 체결해 두었기 때문에 선물 환율(1,200원)에 따라 1,190원보다 달러당 10원을 더 받게 된다. 반면에 이날의 현물 환율이 1,210원이면 선물환 거래는 현물환 거래보다 달러당 10원을 적게 받게 된다.

오답 피하기
① 현물환 거래인 [A]에서는 대금을 받기로 한 10월 5일의 환율에 따라 정확한 원화 금액이 결정된다. 〈보기〉에서 해당일 현물 환율이 1,190원인 경우와 1,210원인 경우 받게 되는 금액이 달라짐을 알 수 있다. 따라서 그날이 되기 전까지는 원화로 정확하게 얼마를 받게 될지 알 수 없다.

② 2문단의 '현물환 거래는 결제일의 현물 환율에 따라 계약 당사자 간 유불리가 정해지는 것이 가장 큰 특징이라고 할 수 있다.'와 3문단의 '선물환 거래는 미래의 특정일에 특정 금액의 통화를 수취할 목적으로 동일 금액의 다른 통화를 지불함으로써 환율의 위험을 관리하는 계약을 말한다.'를 보면, 현물환 거래는 환율의 위험을 떠안는 방법이고 선물환 거래는 환율의 위험을 관리하는 방법에 해당한다는 것을 알 수 있다.

③ 10월 5일의 현물 환율이 1,200원이면 [A]의 경우 현물 환율에 따라 12억 원을 받게 되고, [B]의 경우 선물 환율에 따라 12억 원을 받게 되어 결과가 동일해진다.

⑤ 3문단에서 선물환 거래가 '미리 정해진 날에 한 나라의 통화를 미리 정해진 가격으로 다른 나라의 통화와 교환하여 미래의 불확실성을 없애기 위한 방식이다.'라고 하였다. 즉 [B]의 경우 〈보기〉의 무역업자는 10월 5일에 선물 환율에 따라 원화 수입이 12억 원이 될 것을 미리 알 수 있으므로, 불확실성이 없고 자금 계획을 정확히 세울 수 있다.

049 내용의 추론   답 ④

〈표〉에서 딜러 A와 거래하면 고객은 달러당 1,000원에 팔고, 3개월 후에 1,040원에 사야 하는 데 비해, 딜러 B와 거래를 하면 1,010원에 팔고, 3개월 후에 1,060원에 사야 한다. 두 경우 모두 달러를 싸게 팔고 비싸게 사야 하므로 손해를 보게 되는데, 그 액수가 딜러 A와의 거래에서는 달러당 −40원, 딜러 B와의 거래에서는 달러당 −50원이 된다. 따라서 딜러 A와 거래를 하는 것이 딜러 B와 거래를 하는 것보다 고객에게 더 이롭다.

오답 피하기
① 현물환 거래만 할 경우 스왑률을 고려할 필요 없이 현물 환율만 살펴보

면 되므로 고객은 딜러 A보다 딜러 B에게 파는 것이 10원 더 이익이다.

② 딜러 A와 거래할 경우 이 고객이 3개월 선물환에서 달러당 1,040원에 사서 현물환으로 1,000원에 팔아 40원의 손해를 본 것으로 볼 수 있다.

③ 고객이 딜러 B와 거래할 경우 3개월 선물환에서 달러당 1,060원에 사서 현물환으로 1,010원에 팔아 50원의 손해를 본 것으로 볼 수 있다.

⑤ 5문단의 '상대방에게 달러를 현물환에서 팔고 3개월 선물환으로 사는 스왑에서는, 딜러 A는 상대방에게 매입률 쪽의 스왑률을 적용하여 10원씩을 가산해 주겠다는 것이다. 딜러 B의 경우도 이와 같은 방식이 적용된다.'라는 내용을 고려할 때, 고객이 달러를 현물환에서 사고 3개월 선물환으로 파는 스왑 거래는 딜러 A나 딜러 B가 달러를 현물환에서 팔고 3개월 선물환으로 사는 스왑이므로, 고객은 딜러 A에게 달러당 10원을 가산하여 받게 되지만 딜러 B에게는 20원씩 가산하여 받게 된다. 따라서 딜러 A와 거래하는 것이 손해가 된다.

050 핵심 정보 파악   답 ②

4문단의 '일정액의 외환을 서로 다른 두 시점에 매입하고 매도하도록 하는 두 개의 거래, 즉 현물환 거래와 선물환 거래 또는 선물환 거래와 선물환 거래를 묶은 하나의 계약이다.'와 '동일한 외환 금액을 미리 정해 둔 환율로 지불하고 또 수취하기 때문에 현물 환율의 변동에 따른 위험이 없다.'라는 부분에서 선물환 스왑 거래는 현물 환율의 변동에 따른 위험을 방지하기 위해 결제일이 다른 외환을 동시에 사고파는 것이라고 할 수 있다.

오답 피하기
① 4문단에 따르면 선물환 스왑 거래에서 환율 변동에 따른 위험이 예방되는 이유는 동일한 외환 금액을 미리 정해 둔 환율로 지불 및 수취하기 때문이다. 또한 6문단으로 보아 선물환 스왑 거래에서는 고객이 현물 환율과 선물 환율 간 차이인 스왑률을 고려하여 유불리 여부를 판단해야 하는 것이지, 선물환 스왑 거래가 현물 환율과 선물 환율의 차이로 발생하는 이익을 보장한다는 의미가 아니다.

③ 선물환 스왑 거래에서 고객이 현물 환율과 선물 환율의 차이(스왑률)를 고려하여 이익이 되는 스왑률은 선택해야 한다는 의미이지, 인위적으로 없애야 한다는 의미가 아니다.

④ 6문단으로 보아 매입 거래나 매도 거래 시의 환율 자체보다는 선물 환율과 현물 환율 사이에 발생하는 환율의 차이(스왑률)를 중요하게 생각해야 한다.

⑤ 선물환 스왑 거래는 서로 다른 시점의 매입, 매도 거래인 두 개의 거래를 하나로 묶어 계약하는 것으로 하나만 선택할 수 있는 것은 아니다.

◆ 정답 체크

본문 p. 42~53

051 ②	052 ③	053 ⑤	054 ②	055 ②	056 ⑤
057 ②	058 ③	059 ④	060 ②	061 ④	062 ②
063 ①	064 ④	065 ③	066 ④	067 ②	068 ④
069 ③	070 ④	071 ⑤	072 ②	073 ②	074 ②

[051~054] 초임계 유체를 이용한 입자 제조

E 포인트 | 2023년 3월 교육청

수능 연계 교재에서는 초임계 상태를 설명하고, 초임계 상태의 물질을 사용하여 혼합물을 분리하는 원리에 대해 설명한 글을 지문으로 제시하였다. 지문에서는 압력과 온도를 변화시켜 초임계 유체의 용해도를 조절함으로써 혼합물을 분리하는 방법, 특정 물질을 분리하는 공정에서 초임계 유체가 액체 용매를 대체하는 수단으로 주목받는 이유 등을 다루고 있다. 우리 교재에서는 초임계 유체를 사용하여 혼합물에서 용질을 고체 입자로 석출하는 결정화 공정에 대해 다룬 기출 지문을 수록하여 초임계 유체를 비롯하여 용매와 용질, 용해도와 결정화에 대한 개념 이해는 물론, 초임계 유체가 용질을 석출하는 실제 공정 과정에서 어떻게 이용되는지 확인할 수 있도록 하였다.

▶ **해제** 이 글은 초임계 유체를 사용하여 혼합물에서 용질을 고체 입자로 석출하는 결정화 공정에 대해 설명하고 있다. 포화 상태의 혼합물이 과포화 상태가 되어 용질이 고체 입자로 석출되는 것을 결정화라고 한다. 생체 흡수율이 높은 약물을 개발해야 하는 제약 분야 등에서는 초임계 유체를 이용하여 입도가 작은 고체 입자를 얻을 수 있는 결정화 공정이 필요하다. 물질은 온도와 압력이 임계 온도와 임계 압력 이상일 때 초임계 상태로 존재하는데, 결정화 공정에서는 초임계 유체의 밀도를 변화시켜 고체 입자의 입도를 조절한다. 결정화 공정 중 하나인 GAS 공정에서는 초임계 이산화 탄소를 반용매로 사용하는 경우가 많고, 또 다른 결정화 공정인 RESS 공정에서는 초임계 이산화 탄소를 용매로 사용한다. 이처럼 결정화 공정에서 이산화 탄소가 주로 쓰이는 이유는, 이산화 탄소는 임계 온도가 상온과 큰 차이가 없어 압력 조절을 통해 쉽게 초임계 상태로 만들 수 있고, 초임계 이산화 탄소 자체로 독성이 없어 안전성 측면에서도 적합하기 때문이다.

▶ **주제** 결정화 공정에서 초임계 유체를 이용하여 고체 입자의 크기를 조절하는 방법

▶ **구성**

1문단	입도가 작은 고체 입자를 얻을 수 있는 결정화 공정
2문단	결정화 공정에서 이용되는 초임계 유체의 특징
3문단	GAS 공정에서 고체 입자가 석출되는 과정
4문단	석출되는 고체 입자의 크기에 관여하는 요건
5문단	RESS 공정에서 고체 입자가 석출되는 과정
6문단	결정화 공정에서 이산화 탄소가 주로 쓰이는 이유

---

051 세부 정보 파악   답 ②

3문단에 따르면, GAS 공정에서 반용매는 용질을 녹이지 않고 용매와는 잘 섞이는 물질로, 반용매를 혼합물에 첨가하면 반용매는 용매와 섞이고 용질은 고체 입자로 석출된다. 즉 GAS 공정에서 반용매를 혼합물에 첨가하면 반용매는 혼합물의 용매와 섞이게 될 뿐, 원래 있던 용매의 양이 줄어드는 것은 아니다. 반용매가 용매와 섞이면서 포화될 수 있는 용질의 양이 줄어드는 것이라고 하였다.

오답 피하기

① 5문단에서 초임계 이산화 탄소를 용매로 사용하는 결정화 공정으로 RESS 공정을 제시하고 있다. RESS 공정에서는 결정화하려는 물질과 초임계 이산화 탄소가 섞인 혼합물을 고압의 용기에서 대기압을 유지하는 용기로 분사한다. 분사 직후 초임계 이산화 탄소는 빠르게 압력이 내려가고 기체로 변화하는 과정에서 용질이 고체 입자로 석출된다.

③ 2문단에서 임계 온도란 어떤 물질이 액체로 존재할 수 있는 최고 온도라고 하였다. 그리고 6문단에 따르면 이산화 탄소는 임계 온도가 상온과 큰 차이가 없다. 이를 통해 이산화 탄소는 액체로 존재할 수 있는 최고 온도가 상온과 큰 차이가 없다는 것을 알 수 있다.

④ 1문단에 따르면, 과포화 상태의 혼합물은 포화 상태로 돌아가려는 경향이 있다. 그리고 결정화는 포화 상태의 혼합물이 과포화 상태가 되어 용질이 고체 입자로 석출되는 것이다. 이를 통해 과포화 상태의 혼합물이 포화 상태로 돌아가려는 경향으로 인해 용질이 석출된다는 것을 알 수 있다.

⑤ 6문단에 따르면, 초임계 이산화 탄소는 그 자체로 독성이 없어서 안전성 문제에서 자유롭다. 이를 통해 초임계 이산화 탄소는 안전성 측면에서 문제가 없어 결정화 공정에 쓰이기에 적합하다는 것을 알 수 있다.

---

052 정보 간 관계 파악   답 ③

3문단에 따르면, GAS 공정에서는 결정화하려는 물질을 액체 용매에 녹여서 혼합물을 만든다. 그리고 이 혼합물에 반용매인 초임계 이산화 탄소를 첨가하는 것이다. 이를 통해 ㉠은 결정화하려는 용질이 초임계 이산화 탄소가 아닌 액체 용매에 녹아 있음을 알 수 있다. 한편 5문단에 따르면, RESS 공정은 초임계 이산화 탄소를 용매로 사용하는 결정화 공정으로, 결정화하려는 물질과 초임계 이산화 탄소가 섞인 혼합물을 사용한다. 이를 통해 ㉡은 결정화하려는 용질이 초임계 이산화 탄소에 녹아 있음을 알 수 있다.

오답 피하기

① 5문단에서 '결정화하려는 물질과 초임계 이산화 탄소가 섞인 혼합물(㉡)을 고압의 용기에서 대기압을 유지하는 용기로 분사'하고, '분사 직후 초임계 이산화 탄소는 빠르게 압력이 내려가고 기체로 변화하는 과정에서 용질이 고체 입자로 석출된다.'라고 하였다. 따라서 초임계 이산화 탄소가 액체가 되는 과정에서 ㉡이 사용된다는 것은 적절하지 않다.

② 5문단에 따르면, RESS 공정에서 초임계 이산화 탄소가 기체로 변화하는 과정에서 용질이 고체 입자로 석출되는데, 이때 혼합물에서 결정핵이 생성되고 석출되는 고체 입자의 입도가 정해지는 원리는 GAS 공정과 동일하다고 하였다. 3문단에 따르면, GAS 공정에서 '석출되는 용질의 양은 처음에 채운 혼합물의 양이 같다면 그 농도에 의해 정해'지고, 4문단에 따르면 혼합물의 농도에 따라 결정핵의 수가 결정되고 이에 따라 하나의 결정핵에 모일 수 있는 용질 분자의 수가 좌우되어 고체 입자의 크기가 결정된다. 즉 ㉠, ㉡ 모두 농도에 따라 석출되는 고체 입자의 수가 정해진다.

④ 2문단에서 '물질은 임계 온도와 임계 압력 이상에서 초임계 상태로 존재한다'고 하였다. 즉 '임계 온도와 임계 압력 이상의 이산화 탄소'는 초임계 이산화 탄소를 가리킨다. 3문단에서 'GAS 공정에서는 결정화하려는 물질을 액체 용매에 녹여서 혼합물을 만'든다고 하였고, 5문단에서 '결정화하려는 물질과 초임계 이산화 탄소가 섞인' 것이 ㉡이라고 하였으므로, 초임계 이산화 탄소가 섞여 있는 것은 ㉠이 아니라 ㉡이다.

⑤ 3문단에 따르면, GAS 공정에서는 액체 용매에 결정화하려는 물질을 녹인 ㉠에 반용매인 초임계 이산화 탄소를 주입하는 것이지, ㉠을 용매에 분사하는 것이 아니다. 또한 5문단에 따르면 RESS 공정에서 ㉡은 용매인 초임계 이산화 탄소와 결정화하려는 물질을 섞은 것으로, 이를 고압의 용기에서 대기압을 유지하는 용기로 분사하는 것이지 용매에 분사하는 것이 아니다.

053 내용의 추론 답 ⑤

2문단에 따르면 초임계 유체에 가해지는 압력을 높이면 밀도가 높아져 더 많은 양의 용질을 녹일 수 있어 초임계 유체를 이용한 결정화 공정에서는 고체 입자의 입도를 조절할 수 있다. 또한 6문단에 따르면 초임계 이산화 탄소를 이용하면 압력을 조절하여 석출되는 고체 입자의 입도를 작게 만들 수 있다. 5문단에 제시된 RESS 공정이 '초임계 유체를 용매로 사용'하는 공정에 해당하며, '포화 상태의 혼합물'은 초임계 이산화 탄소와 용질이 섞인 것에 대응한다. 이 혼합물을 더 높은 압력에서 만든다는 것은 초임계 유체의 밀도가 높아져 더 많은 용질을 녹일 수 있게 되어 혼합물의 농도가 높아짐을 의미한다. 4문단에 따르면 혼합물의 농도가 높을수록 결정핵을 만들 수 있는 용질 분자가 많아 결정핵이 많이 생기고, 이에 따라 하나의 결정핵에 모일 수 있는 용질 분자의 수가 적어져서 고체 입자의 크기가 작아진다. 따라서 고체 입자의 입도가 작아지는 원인에 해당하는 Ⓐ에 '일정한 부피당 용질 분자의 수가 많아지기'가 들어가는 것은 적절하다.

오답 피하기
① 4문단에 따르면, 결정핵이 많이 생성되어야 하나의 결정핵에 모일 수 있는 용질 분자의 수가 적어져서 고체 입자의 크기는 작아지게 된다.
② 5문단에 따르면, 결정화하려는 물질과 초임계 이산화 탄소가 섞인 혼합물에서 결정핵이 생성되는 것일 뿐, 결정핵이 초임계 상태가 된다는 것이 아니다.
③ 2문단에 따르면 임계 온도는 어떤 물질이 액체로 존재할 수 있는 최고 온도로, 물질별로 정해져 있다. 또한 초임계 유체 자체가 물질의 온도와 압력이 임계 온도, 임계 압력 이상인 상태에서 생성되는 것이다. 따라서 초임계 유체의 임계 온도가 낮아진다는 말은 사리에 맞지 않는다.
④ 4문단에 따르면 고체 입자의 입도가 작아지기 위한 조건은 결정핵이 많이 생성되는 것, 즉 결정핵의 수와 관련이 있다. 결정핵이 만들어지는 속도는 언급되지 않았으나, 결정핵이 만들어지는 속도가 느리다면 결정핵이 많이 만들어지기 어려울 것으로 추론할 수 있다.

054 구체적 사례에의 적용 답 ②

4문단에 따르면, 결정핵이 많이 생성되면 하나의 결정핵에 모일 수 있는 용질 분자의 수가 적어져서 고체 입자의 크기는 작아지게 된다.

〈보기〉의 ㉮에서 석출된 A의 입도는 35㎛이고, ㉯에서 석출된 A의 입도는 25㎛이다. 이처럼 ㉮보다 ㉯에서 석출된 A의 입도가 더 작은 것은 하나의 결정핵에 모인 용질 분자의 수가 더 적기 때문이다.

오답 피하기
① 〈보기〉에서 용질 A를 용매 B에 녹여 혼합물을 먼저 만들고 여기에 초임계 이산화 탄소를 주입하였으므로 이는 3문단에 제시된 GAS 공정에 해당한다. GAS 공정에서는 초임계 이산화 탄소를 반용매로 사용하며, 이때 반용매는 용질을 녹이지 않는다고 하였으므로 용질 A가 초임계 이산화 탄소에 녹지 않는다.
③ 3문단에 따르면 GAS 공정에서는 반용매인 초임계 이산화 탄소가 용매와 섞이면서 포화될 수 있는 용질의 양이 줄어들어 과포화 상태가 된 혼합물에서 녹아 있던 용질이 석출되는 것이다. 〈보기〉의 ㉯와 ㉰는 같은 농도에서 초임계 이산화 탄소를 주입하는 속도가 다른데, 이는 초임계 이산화 탄소가 용매인 B와 섞이는 속도가 다르며, 과포화 상태가 되는 속도 역시 다르다는 것을 의미한다.
④ 3문단에 따르면 석출되는 용질의 양은 처음에 채운 혼합물의 양이 같다면 그 농도에 의해 정해진다. 즉 결정화 공정에서는 처음 채운 혼합물의 농도에 따라 석출될 수 있는 용질의 양이 정해져 있다. 〈보기〉에서 ㉮~㉰의 혼합물의 농도는 각각 0.01g/mL, 0.03g/mL, 0.03g/mL이므로 석출된 A의 양이 모두 같다는 내용은 적절하지 않다.
⑤ 〈보기〉에서 ㉯는 ㉮와 초임계 이산화 탄소를 주입하는 속도는 동일하지만 혼합물의 농도가 더 높다. 4문단에 따르면 혼합물의 농도가 높을수록 결정핵을 만들 수 있는 용질 분자의 수가 많아 결정핵이 많이 생기고, 이에 따라 하나의 결정핵에 모일 수 있는 용질 분자의 수가 적어져 고체 입자의 크기가 작아진다. 따라서 ㉯가 ㉮보다 석출된 용질 A의 입도가 더 작은 것이다. 한편 ㉯는 ㉰와 혼합물의 농도는 동일하지만 초임계 이산화 탄소를 주입하는 속도가 더 빠르다. 3문단에 따르면 이는 ㉯가 ㉰보다 반용매인 초임계 이산화 탄소와 용매인 B가 섞이는 속도가 더 빠르며, 과포화 상태에 더 빨리 도달함을 의미한다. 따라서 ㉯가 ㉰보다 과포화되는 속도가 느리다는 내용은 적절하지 않다.

ⓔ 포인트

수능 연계 교재에서는 식물의 광수용체인 피토크롬이 흡수하는 빛의 파장에 따라 광가역적 전환을 함으로써 씨앗의 발아와 음지 회피 반응을 유도함을 밝힌 글을 지문으로 제시하였다. 우리 교재에서는 빛의 파장에 따른 광수용체의 종류, 광수용체의 구조 변화 등을 폭넓게 다루면서 피토크롬의 광가역적 전환 과정을 색소단의 구조와 함께 설명하여 식물의 광수용체에 대한 이해를 넓힐 수 있도록 하였다.

▶ 해제 이 글은 식물에서 빛을 감지하여 식물의 생리를 조절하는 데 관여하는 광수용체에 대해 설명하고 있다. 식물의 광수용체에는 자외선을 감지하는 UVR8, 청색광을 감지하는 포토트로핀, 크립토크롬, 자이트루페, 적색광과 원적색광을 감지하는 피토크롬 등이 있다. 광수용체는 단백질로 이루어져 있으며 특정 파장의 빛을 흡수하는 색소단을 지니고 있는 경우가 많다. 빛을 흡수하면 색소단의 구조가 변화하고 광수용체 단백질의 구조도 변화함으로써 식물의 생리를 조절하는 물질의 분비가 유도된다. 특히 피토크롬은 흡수하는 빛의 파장에 따라 색소단인 피토크로모빌린의 구조가 변화하여 활성, 비활성 상태의 전환이 이루어지는데 이를 통해 식물은 낮과 밤을 구분하거나 주위 환경을 파악하여 음지 도피성 반응을 나타낼 수 있다. 또한 피토크롬은 씨앗의 발아, 광형태 형성, 개화 시기 결정 등에도 관여한다.

▶ 주제 식물에서 빛을 감지하는 광수용체의 종류와 기능

▶ 구성

1문단	빛을 감지하는 역할을 하는 식물의 광수용체
2문단	애기장대에서 발견된 광수용체들
3문단	빛을 흡수한 광수용체의 구조 변화
4문단	자외선과 청색광을 감지하는 광수용체들의 기능
5문단	피토크롬의 활성과 비활성 조건
6문단	적색광과 원적색광을 감지하는 피토크롬의 다양한 기능

055 글의 전개 방식 파악 답 ②

4문단에서 가시광선은 광합성이 일어나는 원천이라는 것, 특히 약 660㎚ 파장의 빛이 광합성 색소인 엽록소의 작용을 최대화한다는 점을 알 수 있다. 그러나 이는 같은 원인(가시광선)에 의해 일어나는 다양한 결과를 서술한 것으로, 광합성과 광수용체의 관계나 광합성 과정에서 광수용체가 하는 기능을 설명하고 있지는 않다.

오답 피하기

① 1문단에서 식물 내부에 다양한 광수용체가 있다고 밝힌 후, 2문단에서 UVR8, 포토트로핀, 크립토크롬, 자이트루페, 피토크롬 등 다양한 광수용체의 종류를 제시하고 4문단과 6문단에서 각각의 역할을 상세하게 설명하고 있다.

③ 2, 3문단에서 광수용체는 단백질로 구성되어 있으며, 대체로 특정 파장의 빛을 흡수하는 색소단을 가지고 있다는 구조적 특징을 설명하고 있다. 그리고 광수용체가 빛을 받으면 색소단의 구조가 변하고 이를 둘러싼 단백질의 구조 역시 변화함을 밝히고 있다. 특히 5문단에서는 피토크롬의 색소단인 피토크로모빌린이 적색광과 원적색광을 감지할 때 일어나는 변

화의 과정을 상세히 설명하고 있다.

④ 6문단에서 피토크롬의 상태 전환을 통해 식물이 자신의 위치를 확인하여 생존 경쟁에서 유리한 위치를 차지하려 한다고 설명한 후, 식물의 위치에 따라 원적색광의 비율이 높은 상태가 지속되기도 하는데, 이것이 음지 회피 반응이 나타나는 원인이 된다고 밝히고 있다.

⑤ 2문단에서 빛의 파장 영역에 따라 광수용체를 분류하여 제시하고 있다. 파장 약 280㎚ 영역의 자외선은 UVR8이, 약 470㎚ 영역의 청색광은 포토트로핀, 크립토크롬, 자이트루페가, 약 660㎚의 적색광과 약 730㎚의 원적색광은 피토크롬이 감지함을 알 수 있다.

056 세부 정보 파악 답 ⑤

2문단에서 적색광의 파장은 약 660㎚라고 하였고, 4문단에서 광합성이 일어나는 원천이 되는 가시광선 중 약 660㎚ 파장의 빛(적색광)은 광합성 색소인 엽록소의 작용을 최대화한다고 설명했다. 따라서 적색광은 광합성 작용을 활성화한다고 판단할 수 있다. 또 5, 6문단에서 피토크롬의 활성, 비활성 상태의 비율을 통해 식물이 낮과 밤을 구분하는데, 이때 적색광은 피토크롬을 활성화 상태인 P_{fr}로 만든다는 것을 알 수 있다. 따라서 적색광이 빛의 주기 정보를 감지하는 광수용체인 피토크롬을 활성화한다고 볼 수 있다.

오답 피하기

① 2문단에서 애기장대를 모델로 연구한 결과 광수용체의 존재를 확인하였으며, 광수용체의 존재가 모델 식물에만 국한되지 않는다는 것을 이후의 실험 연구들을 통해 실증적으로 확인했다고 설명했다. 따라서 애기장대뿐만 아니라 다른 식물을 대상으로 광수용체의 존재 유무에 대한 관찰과 실험이 이루어졌다고 할 수 있다.

② 5문단에서 피토크롬의 색소단인 피토크로모빌린은 A, B, C, D로 이름 붙인 피롤 고리가 메틴기를 통해 서로 연결되어 있다고 설명하였다. 이를 통해 A, B, C, D로 이름 붙인 것은 피롤 고리이지 메틴기가 아니며, 메틴기는 네 개의 피롤 고리들을 연결하는 부위임을 알 수 있다.

③ 2문단에서 청색광을 감지하는 광수용체로 포토트로핀, 크립토크롬, 자이트루페를 제시하였다. 4문단에서 포토트로핀은 광향성, 엽록체의 위치 조절과 기공의 개폐, 어린 잎의 펼침에, 크립토크롬은 광주기성, 광형태 형성에, 자이트루페는 식물의 생체 리듬 조절과 개화 과정에 관여한다고 하였다. 그런데 6문단에서 식물이 자신의 위치를 파악하도록 만드는 광수용체는 적색광과 원적색광을 감지하는 피토크롬이라고 하였다. 따라서 청색광을 감지하는 광수용체가 식물의 위치 정보를 감지하도록 돕는다고 볼 수 없다.

④ 5문단에서 P_r은 ZZZ 형태의 피토크로모빌린을 가지고 있고, P_{fr}은 ZZE 형태의 피토크로모빌린을 가지고 있는데, P_r이 적색광을 흡수하면 ZZZ 형태의 피토크로모빌린의 C 고리와 연결된 D 고리를 회전시켜 ZZE 형태의 피토크로모빌린으로 변환된다고 설명하고 있다. 따라서 두 피토크로모빌린은 C 고리와 D 고리의 연결 상태에 따라 구분되는 것이지, 연결의 유무에 따라 구분되는 것이 아님을 알 수 있다.

057 핵심 정보 파악 답 ②

2문단에서 대부분의 광수용체들은 단백질로 구성되어 있고, 특정 파장의 빛을 흡수하는 화합물인 색소단을 가지고 있다고 하였다. 그리고 3문단에서 아미노산으로 구성된 단백질 자체로는 자외선을

제외한 빛을 흡수하기 어렵기 때문에 일부를 제외한 대개의 광수용체들의 내부에는 색소단이 존재한다고 설명했다. 이를 통해 자외선은 일부 광수용체의 단백질에서 흡수될 수 있다는 것과 색소단이 없는 광수용체가 존재함을 알 수 있다. 4문단에서 자외선을 감지하여 구조가 변한 광수용체는 자외선을 차단하는 화합물을 만드는 데 관여한다고 하였고, 2문단에서 자외선은 UVR8이 감지한다고 하였으므로, UVR8은 내부에 색소단이 존재하지 않는 광수용체에 해당한다고 추론할 수 있다.

오답 피하기

① 4문단에서 '자외선은 동물뿐만 아니라 식물에게도 DNA 변형을 일으키므로, 이를 감지하여 구조가 변한 광수용체는 자외선을 차단하는 화합물을 만드는 데 관여한다.'라고 설명하였는데, 2문단에 따르면 자외선을 감지하는 광수용체는 UVR8이다.

③ 4문단에서 자이트루페는 식물의 개화 과정에 관여함을 알 수 있다. 그리고 6문단에서 피토크롬이 씨앗의 발아를 유도하고 개화 시기 결정에 관여함을 알 수 있다. 따라서 자이트루페와 피토크롬 모두가 개화 과정, 즉 꽃을 피우는 과정에 관여함을 알 수 있다.

④ 4문단에서 크립토크롬은 빛에 의한 식물의 성장을 제어하고 그 모양을 다르게 만드는 광형태 형성에 관여한다고 설명하였다. 그리고 6문단에서 피토크롬 역시 광형태 형성에 관여한다고 밝히고 있다.

⑤ 2문단에서 포토트로핀과 크립토크롬은 약 470nm 영역의 청색광을 감지한다고 설명하였으므로 비슷한 파장 영역의 빛을 감지한다고 볼 수 있다. 그리고 4문단에서 포토트로핀은 식물이 빛을 향해 자라게 하는 광향성, 빛의 강도에 따른 엽록체의 위치 조절과 기공의 개폐, 어린 잎의 펼침에 관여하고, 크립토크롬은 식물이 밤낮의 상대적 길이에 따라 개화와 같은 생체 반응을 조절하는 광주기성을 보이도록 하며 빛에 의한 식물의 성장을 제어하고 그 모양을 다르게 만드는 광형태 형성에 관여한다고 설명하였다. 이는 모두 식물의 생장 변화와 관련이 있다.

058 시각 자료에의 적용   답 ③

6문단에서 잎을 통과한 빛에는 청색광과 적색광이 거의 없고, 원적색광이 풍부하다고 설명하였다. 따라서 ㉮는 적색광은 거의 받지 못하고 많은 원적색광을 받게 되므로, ㉮에는 P_r 형태의 피토크롬이 P_{fr} 형태의 피토크롬보다 훨씬 더 높은 비율로 존재할 것이다. 5문단에서 P_r은 3개의 메틴기가 모두 Z인 형태, 즉 ZZZ 형태의 피토크로모빌린을 가지고 있다고 설명했다. 따라서 ㉮에는 ZZZ 상태의 피토크로모빌린이 훨씬 더 높은 비율로 존재한다고 판단할 수 있다. 또한 원적색광의 비율이 지속적으로 높으면 식물은 길이 신장을 촉진하는 물질을 분비하여 음지 회피 반응이 나타난다고 설명하였다. 따라서 시간이 흐름에 따라 ㉮에는 음지 회피 반응이 나타날 것임을 추론할 수 있다.

오답 피하기

① ㉮는 나무의 잎을 통과한 빛, 즉 적색광은 거의 없고 원적색광이 풍부한 빛을 흡수하게 되므로, P_r 형태의 피토크롬이 훨씬 더 많이 존재할 것이다. 5문단에서 생리적 활성이 있는 상태는 P_{fr}이고, P_r은 마치 스위치가 꺼진 상태처럼 생리적 활성이 없다고 설명하였다.

② ㉮는 적색광은 거의 없고 원적색광이 풍부한 빛을 흡수하게 되므로, P_r 형태의 피토크롬이 훨씬 더 많이 존재하고 P_{fr} 형태의 피토크롬은 아주 적

게 분포할 것이다.

④ ㉯에서 피토크롬의 상대적 비율은 P_{fr}이 P_r보다 높게 나타날 것이다. 따라서 ZZE 형태의 피토크로모빌린이 ZZZ 형태의 피토크로모빌린보다 더 많다고 판단할 수 있다. 그러나 6문단에서 식물의 길이 신장을 촉진하는 물질이 분비되는 음지 회피 반응은 원적색광의 비율이 높은 상태가 지속되면 나타난다고 했다. ㉯는 적색광을 상대적으로 더 많이 받는 상태이므로 길이 신장 촉진 물질이 더 많이 분비된다는 것은 적절하지 않다.

⑤ ㉯는 햇빛의 모든 파장 영역을 흡수하는데, 6문단에서 낮에는 적색광이 상대적으로 많다고 설명하였다. 따라서 ㉯에서 피토크롬의 상대적 비율은 P_{fr}이 P_r보다 더 높게 나타난다고 판단할 수 있다. 그러나 5문단에서 P_{fr}이 P_r로 변하는 가역 반응이 일어나는 조건은 원적색광의 흡수라고 하였으므로, P_{fr}의 상대적 비율이 높아 빛의 영향 없이 P_r로 변하는 가역 반응이 일어난다는 것은 적절하지 않다.

E 포인트

수능 연계 교재에서는 외계 행성 천문학에 큰 진보를 가져온 시선 속도법과 통과법에 대해 설명한 글을 지문으로 제시하였다. 우리 교재에서도 빛의 도플러 효과, 별의 흔들림 등을 이용하는 시선 속도 측정법과 성면 횡단 관측법(통과법)의 원리 및 이를 통해 파악할 수 있는 행성의 정보를 제시하여 외계 행성 연구에 대한 배경지식을 확장할 수 있도록 하였다.

▶ 해제　이 글은 별빛의 특징을 분석하여 외계 행성의 존재를 확인하는 방법에 대해 설명하고 있다. 태양계 밖에서 항성 주위를 공전하는 외계 행성은 직접적으로 관측하기가 어려워 별빛의 특징을 분석함으로써 간접적으로 그 존재를 확인하는 방법이 사용된다. 먼저 외계 행성 51 페가시 b를 발견하는 데 사용된 시선 속도 측정법이 있다. 이는 빛의 도플러 효과와 별의 흔들림을 통해 항성 주위에 행성이 있음을 알아내는 방법이다. 또 하나는 성면 횡단 관측법으로 이는 행성이 관측자와 항성 사이를 지나갈 때 나타나는 식 현상으로 인해 별빛의 양이 미세하게 줄어들었다가 되돌아오는 현상을 이용한 것이다. 이러한 방법들로 행성의 질량, 크기, 밀도 등 다양한 정보를 파악할 수 있는데, 천문학자들은 특히 생명체의 거주 가능성이 있는 골디락스 구간의 암석형 행성에 주목하고 있다.

▶ 주제　시선 속도 측정법과 성면 횡단 관측법을 통한 외계 행성의 존재 확인

▶ 구성

1문단	직접 관측으로 발견하기 어려운 외계 행성
2문단	51 페가시 b의 발견에 사용된 시선 속도 측정법과 빛의 도플러 효과
3문단	항성과 행성의 운동 및 별빛의 도플러 효과
4문단	시선 속도 측정법을 통한 행성의 정보 파악
5문단	성면 횡단 관측법을 통한 행성의 정보 파악
6문단	행성의 밀도 및 표면 온도 계산 방법과 외계 행성 연구 진행 현황

059 세부 정보 파악　　　　답 ④

6문단에서 외계 행성의 표면 온도를 계산하기 위해서는 별의 스펙트럼 분석을 통해 파악한 항성의 온도, 행성의 공전 궤도 반지름에 대해 알아야 함을 알 수 있다. 따라서 외계 행성의 공전 궤도에 대한 정보만 파악하면 그 행성의 표면 온도를 알 수 있다는 내용은 적절하지 않다.

오답 피하기

① 5문단에서 성면 횡단 관측법은 분해능이 뛰어난 망원경으로 별빛을 관측할 때 확인되는 현상, 즉 별빛의 양이 미세하게 줄어들었다가 되돌아오는 현상을 이용한다고 설명하였다. 따라서 분해능이 뛰어난 망원경이라는 관측 기술의 발전이 외계 행성 발견에 기여했다고 볼 수 있다.

② 1문단에서 외계 행성을 직접 관측하기 어려운 이유로 행성이 빛을 스스로 내지 못한다는 점, 행성이 공전하는 항성의 별빛이 너무 밝다는 점과 함께 지구로부터 너무 멀리 떨어져 있다는 점을 제시하였다.

③ 3문단에서 목성이 태양을 공전하는 운동의 중심이 태양 외부에 있고, 목성과 태양이 공통 질량 중심을 기준으로 서로 반대편에 위치해 마주 보며 돌고 있다고 하였으므로, 태양과 목성이 태양 외부에 있는 공통 질량 중심을 주축으로 회전하고 있음을 알 수 있다.

⑤ 6문단에서 천문학자들이 생명 거주 가능 공간인 골디락스 구간에 있는 암석형 행성에 주목하여 연구를 진행하고 있다고 밝혔다. 이를 통해 외계 행성 탐구에는 생명체가 거주할 수 있는 환경, 즉 생명체가 살아가기 적합한 환경에 대한 관심이 반영되어 있음을 알 수 있다.

060 시각 자료에의 적용　　　　답 ②

1, 3문단으로 보아 '시선 속도 측정법'은 별빛의 특징을 분석하여 외계 행성의 존재를 확인하는 방법 중 하나로, 행성이 아니라 항성의 빛을 관측하여 분석하는 것이다. ㉮는 공전 중심을 기준으로 행성의 공전 방향이 시선 방향의 반대인 상황, 즉 행성이 관측자와 가까워지는 상황이다. 반면 항성은 시선 방향으로 이동하여 관측자로부터 멀어지고 있다. 2문단에서 빛의 도플러 효과에 의해 대상이 관측자의 시선 방향과 반대쪽으로 향할 때, 즉 관측자와 가까워질 때 청색 편이가 나타나고 그 반대일 때 적색 편이가 나타난다고 하였다. 따라서 항성이 관측자와 멀어지는 상황인 ㉮의 항성의 빛을 분석하면 스펙트럼상 파장이 길어져 적색 쪽으로 치우치는 적색 편이가 나타날 것이다.

오답 피하기

① 시선 속도 측정법은 행성이 아니라 항성의 빛을 분석하는 것이므로, 행성의 시선 속도값을 확인한다는 내용은 적절하지 않다. 또한 4문단에 따르면 ㉮는 '행성의 공전 방향이 관측자 쪽을 향하여 다가오는 경우이면 공전 중심을 두고 반대 방향으로 도는 항성의 시선 속도값은 양의 값을 가지게 되는 상황에 해당한다.

③ ㉯는 항성이 시선 방향과 반대 방향으로 향하는 상황, 즉 항성이 관측자와 가까워지는 상황이므로 시선 속도값은 음의 값이 된다.

④ ㉯는 항성이 시선 방향과 반대 방향으로 향하는 상황, 즉 항성이 관측자와 가까워지는 상황이므로 이를 분석하면 빛의 도플러 효과로 인해 별빛의 스펙트럼상 파장이 짧아져 청색 쪽으로 치우치는 청색 편이가 나타날 뿐, 적색 편이가 나타나지 않을 것이다.

⑤ 4문단에 따르면 별의 흔들림은 주기적으로 반복되는 미세한 도플러 효과, 즉 관측자를 기준으로 항성의 시선 방향에 대한 속도값이 양의 값과 음의 값을 반복하는 것을 의미한다. ㉮는 항성의 시선 방향에 대한 속도값이 양의 값을 갖는 상황이고, 반대로 ㉯는 음의 속도값을 갖는 상황이다. 따라서 ㉮에서 ㉯까지는 항성의 시선 방향에 대한 속도값이 양의 값에서 음의 값으로 변하는 것만 확인할 수 있다. 시선 속도값이 양의 값과 음의 값을 반복하는 것을 확인하여야 별의 흔들림 현상이 나타난다고 판단할 수 있는데, ㉮에서 ㉯까지의 과정에는 양의 값에서 음의 값으로의 변화만 나타나며 변화가 반복되는 것이 아니므로 별의 흔들림 현상이 나타난다고 보기 어렵다. 또한 4문단에 따르면 시선 속도값은 항성과 관련되므로, '행성에서 나타나는 별의 흔들림'이라는 분석은 적절하지 않다.

061 정보 간 관계 파악　　　　답 ④

㉠은 별빛의 도플러 효과와 별의 흔들림 현상을 이용하는 방법이다. 3, 4문단에 따르면 행성은 항성을 공전하고 항성 역시 행성이

공전할 때 가만히 있는 것이 아니라 공통 질량 중심을 기준으로 공전한다. 이러한 항성과 행성의 운동으로 인해 시선 속도값이 양의 값과 음의 값으로 주기적으로 바뀌는 별의 흔들림 현상과 도플러 효과가 발생하는 것이다. 따라서 ㉠은 항성의 공전이라는 운동 자체에 주목한 방법이라고 볼 수 있다. 반면 5문단에 따르면 ㉡은 별빛의 양이 감소하였다가 다시 되돌아오는 것을 이용하며, 이는 항성을 공전하는 행성이 항성과 관측자 사이에 놓이는 식 현상을 활용한 것이다. 이때 별빛이 감소하는 것은 행성이 지나가는 동안 그 그림자로 인해 별빛이 줄어들기 때문이므로, ㉡은 행성의 그림자로 인한 결과에 주목한 방법이라고 볼 수 있다.

오답 피하기

① ㉠과 ㉡ 모두 별빛의 특성이 반복적이고 주기적으로 변하는 현상을 관찰하는 방법이다. 4문단으로 보아 ㉠은 별을 지속적으로 관찰하여 시선 속도값의 반복적인 변화를 파악하고, 5문단으로 보아 ㉡은 별을 지속적으로 관찰하여 별빛의 양의 변화를 파악한다.

② 4문단에서 시선 속도 변화의 크기와 변화 주기를 통해 행성의 질량과 공전 주기를 파악할 수 있다고 하였다. 그리고 5문단에서 관측자와 항성 사이를 지나가는 행성으로 인해 생기는 별빛의 변화량을 측정하면 행성의 크기를 파악할 수 있고 반복되는 변화 주기를 통해 행성의 공전 주기를 알 수 있다고 하였다. 6문단에서도 '시선 속도 측정법으로 파악한 행성의 질량과 성면 횡단 관측법으로 파악한 행성의 크기'라고 언급하고 있다. 즉 외계 행성의 크기를 파악할 수 있는 방법은 ㉠이 아니라 ㉡이다.

③ 3문단에서 목성의 공전 중심이 태양 밖에 위치하여 목성의 공전으로 인해 태양 역시 회전 운동을 한다고 설명한 다음, 이러한 원리를 51 페가시와 51 페가시 b에 적용할 수 있다고 하였다. 즉 태양과 목성처럼 51 페가시와 51 페가시 b도 서로 마주 보며 회전 운동을 하기 때문에 별의 흔들림과 별빛의 도플러 효과가 나타난다고 전제하고, 이를 통해 항성 주위에 있는 외계 행성의 존재를 파악하는 것이다. 따라서 ㉠은 태양계에서 일어나는 천체 현상을 응용한 것이라고 할 수 있다. 그런데 5문단에 따르면 ㉡은 태양계에서 일어나는 천체 현상인 일식과 같은 식 현상을 전제하고 있다. 따라서 ㉡ 역시 태양계에서 일어나는 천체 현상을 응용하였다고 할 수 있다.

⑤ ㉠과 ㉡은 모두 별빛을 분석하여 항성 주위를 공전하는 외계 행성을 발견하고, 외계 행성에 대한 정보를 파악하기 위해 활용되는 방법이다. 4문단과 5문단으로 보아 ㉠과 ㉡ 모두 외계 행성의 공전 주기를 파악할 수 있는 방법임을 알 수 있다.

062 구체적 사례에의 적용   답 ②

〈보기〉의 [A]에서 51 페가시 b의 지름은 목성보다 크지만 질량은 절반 정도라고 했으므로 단위 부피당 질량을 나타내는 값인 밀도가 목성보다 낮다는 것을 알 수 있다. 6문단에서 밀도에 따라 암석으로 이루어져 밀도가 높은 지구형 행성과 가스로 이루어져 밀도가 낮은 목성형 행성으로 나누고 있는데, 목성보다 밀도가 낮은 51 페가시 b는 목성형 행성이라 할 수 있다. 한편 4문단에서 시선 속도의 변화량은 외계 행성의 질량이 클수록, 공전 궤도 반지름이 작을수록 커진다고 하였고, 목성이 지구 궤도에 있다면 그 크기는 30m/s라고 하였다. 〈보기〉의 [A]에서 51 페가시의 시선 속도의 변화 크기가 약 60m/s라고 하였으므로 공전 주기가 4.2일에 불과하고 질

량이 목성의 절반 정도인 51 페가시 b의 공전 궤도 반지름이 지구보다 작다는 것을 알 수 있다. 그런데 [A]에서 51 페가시가 태양보다 더 뜨겁다고 제시하였다. 6문단에 따르면 행성의 표면 온도는 공전 궤도 반지름에 반비례하므로 태양보다 더 뜨거운 51 페가시를 목성보다 작은 공전 궤도 반지름으로 돌고 있는 51 페가시 b의 표면 온도는 목성보다 더 높을 것이라고 판단할 수 있다.

오답 피하기

① 4문단에서 시선 속도의 변화량은 외계 행성의 질량이 클수록, 그리고 외계 행성의 공전 궤도 반지름이 작을수록 커진다고 하였다. 그리고 '목성이 지구 궤도에 있다면 그 크기는 30m/s'라고 하였다. 이를 〈보기〉의 [A]에 적용하면, 51 페가시가 시선 속도의 변화 크기가 약 60m/s라고 하였으므로 목성보다 가벼우면서 시선 속도 변화량이 더 큰 51 페가시 b의 공전 궤도 반지름이 지구의 공전 궤도 반지름보다 작음을 알 수 있다.

③ [A]에서 51 페가시의 청색 편이와 적색 편이 반복 현상과 시선 속도 변화 크기를 제시했는데, 이는 시선 속도 측정법을 활용하여 파악할 수 있는 정보이다. 그리고 51 페가시 b의 지름이 목성보다 크다고 설명하여 그 크기에 대한 정보를 제시하고 있는데, 이는 성면 횡단 관측법을 활용하여 파악할 수 있는 정보이다. 따라서 51 페가시 b에 대한 연구에 시선 속도 측정법과 성면 횡단 관측법이 모두 활용되었다고 추론할 수 있다.

④ [B]에서 트라피스트-1을 공전하는 7개의 행성들은 반지름이 지구의 0.76∼1.13배, 질량이 0.41∼1.38배로 지구와 비슷하며, 모두 생명 거주 가능 공간인 골디락스 구간에 위치하고 있다고 하였다. 즉 트라피스트-1 e, f, g, h는 모두 지구와 밀도가 비슷한 암석형 행성에 해당하며, 물이 존재하여 생명체가 거주할 가능성이 있다고 판단할 수 있다.

⑤ 5문단에서 행성이 항성을 가리는 순간 또는 별빛을 가리는 현상이 끝나는 순간의 빛은 행성의 대기를 통과한 빛이기 때문에 그 스펙트럼을 분석하면 행성의 대기 구성 성분을 알 수 있다고 설명하였다. 그런데 [B]에서 트라피스트-1 b와 c에는 대기가 없는 것으로 밝혀졌다고 하였다. 따라서 행성인 트라피스트-1 b와 c가 항성인 트라피스트-1을 가리는 순간 포착한 별빛의 스펙트럼은, 별을 가리기 전 별빛의 스펙트럼과 비교해 볼 때 큰 차이가 없다고 판단할 수 있다.

E 포인트

수능 연계 교재에서는 원자와 분자의 상태를 파악하는 데 사용되는 분광법(방출 분광법, 흡수 분광법)에 대해 설명한 글과, 분자 구조 탐색에 이용되는 밴드 스펙트럼에 대해 설명한 글을 엮어 주제 통합 지문으로 구성하였다. 우리 교재에서는 분광 분석법 및 원자 분광법(원자 흡수 분광법, 원자 형광 분광법)에 대해 설명한 글을 지문으로 구성하여 분광법의 원리에 대해 폭넓은 이해가 가능하게 하였다. 또한 문제의 〈보기〉에서 '원자 방출 분광법, 핵자기 공명 분광 분석법'에 대해 다룸으로써 분광법의 다양한 유형을 알고 원리를 비교해 볼 수 있도록 하였다.

▶ 해제 　이 글은 화학의 핵심 분야 중 하나인 분석 화학에서의 물질 분석 방법의 발전 과정을 분광 분석법과 원자 분광법을 중심으로 설명하고 있다. 먼저 발견의 과정과 배경을 중심으로 분광 분석법을 설명하고, 원자 분광법의 등장과 이와 관련한 에너지 준위 및 전자 전이의 개념을 제시한 후, 원자 분광법에 속하는 원자 흡수 분광법과 원자 형광 분광법의 개념과 원리를 순서대로 제시하고 있다. 그리고 원자 분광법의 장점과 이용 분야에 대해 언급하면서 글을 마무리하고 있다.

▶ 주제 　분석 화학에서 쓰이는 분광 분석법과 원자 분광법

▶ 구성

1문단	분광 분석법의 발견과 성과
2문단	전자 전이 현상을 이용하는 원자 분광법
3문단	원자 흡수 분광법의 개념과 원리
4문단	원자 형광 분광법의 개념과 원리
5문단	원자 분광법의 장점과 활용

063　세부 정보 파악　　답 ①

3문단을 보면, 원자에 빛을 가하면 광자를 흡수한 전자가 들뜬 상태가 될 때 원소에 따라 특정한 파장의 빛을 흡수하는데, 이때 빛이 흡수된 정도를 흡광도라고 한다고 하였다. 따라서 흡광도는 '전자가 흡수한 광자의 에너지'를 '시료(원자)에 비춘 광자 전체의 에너지'로 나눈 값으로 구해야 한다. 2문단의 '흡수했던 만큼의 에너지를 다시 방출하면서'로 보아 '전자가 방출한 광자의 에너지'는 '전자가 흡수한 광자의 에너지'와 같다.

오답 피하기

② 2문단에서 에너지 준위가 낮을수록 원자핵을 도는 전자의 공전 궤도가 원자핵에 가깝다고 설명하였다.

③ 1문단에서 물질의 구성 요소를 분석하고 파악하는 화학을 분석 화학이라고 하며 19세기에 분광 분석법으로 금속의 구성 원소를 알아냈음을 알 수 있다. 또한 5문단에서 20세기 이후 원자 분광법으로 원소의 종류뿐만 아니라, 시료에 포함된 원소의 양까지 측정할 수 있게 되었다고 하였다.

④ 1문단에서 키르히호프와 분젠은 분광 분석법으로 당시까지 알려졌던 원소들의 고유 스펙트럼을 분석했고, 이를 바탕으로 더 나아가 세슘, 루비듐, 헬륨과 같은 새로운 원소를 발견하였다고 하였다. 따라서 새로운 원소의 발견은 분광 분석법으로 이미 알고 있던 원소들의 스펙트럼을 분석한 결과에 기반한 것이라고 판단할 수 있다.

⑤ 2문단에서 에너지 준위가 낮을수록 원자핵을 도는 전자의 공전 궤도가 원자핵에 가깝다고 하였고, 어떤 원자가 다른 원자나 자유 전자와 충돌하여 운동 에너지를 얻으면 그 원자의 전자는 일시적으로 들뜬 상태가 되었다가 원래의 바닥 상태로 돌아온다고 하였다. 따라서 어떤 원자에 자유 전자를 충돌시켜 운동 에너지를 가하면, 그 원자의 전자는 일시적으로 들뜬 상태가 되어 바깥쪽 궤도를 돌다가 바닥 상태로 돌아오면서 다시 원래 궤도로 돌아온다는 것을 알 수 있다.

064　정보 간 관계 파악　　답 ④

1문단에서 ㉠은 금속의 구성 원소를 파악하는 방법이라고 하였다. 그리고 5문단에서 ㉡은 금속 원소는 물론 준금속과 일부 비금속 원소들까지 약 65개 정도의 원소들을 측정할 수 있다고 언급하고 있다. 따라서 ㉠과 ㉡은 모두 철과 같은 금속 원소를 분석할 수 있음을 알 수 있다.

오답 피하기

① 1문단에서 ㉠은 금속 물질에 열을 가해 발생하는 불꽃에 빛을 통과시킨 다음, 불꽃을 통과한 빛의 스펙트럼을 분석한다고 하였다.

② 2~4문단에서 ㉡은 전자 전이에 따른 전자의 에너지 준위 변화를 이용할 뿐이지, 전자의 구체적인 에너지 준위값을 구하지 않는다는 것을 알 수 있다. 뿐만 아니라 2문단에서 에너지 준위는 정수값만을 가진다고 언급하였다.

③ ㉠과 ㉡ 모두 원소에 따라 흡수하고 방출하는 파장이 다르다는 점을 이용한다. 이에 따라 검은 선 또는 밝은 선으로 나타나는 스펙트럼의 형태를 분석하여 원소의 종류를 파악한다고 하였다.

⑤ ㉠에서는 스펙트럼에서 해당 원소가 흡수하여 생긴 검은 선의 위치에 따라 그 물질이 어떤 원소인지 판단한다고 하였다. 그러나 ㉡의 경우, '원자 형광 분광법'에서는 '원자 흡수 분광법'과는 달리 검출된 빛의 스펙트럼에서 밝은 선에 주목하여 분석한다고 하였다.

065　구체적 사례에의 적용　　답 ③

4문단에서 원자 형광 분광법은 방출되는 광자를 검출할 때 시료에 가한 빛 방향의 수직 방향에서 측정한다고 하였으므로, 을은 B에 주목할 것이다. 또한 '이때 방출되는 광자는 ~ 흡수된 빛과 같은 파장의 빛을 방출한다.'라고 설명하였다. 따라서 '을'은 B의 빛을 구성하는 광자의 파장이, A의 빛 중 전자에 흡수된 광자의 파장과 일치한다고 판단할 것이다. 즉 A의 빛은 광자가 시료의 전자에 흡수되면서 전자가 들뜬 상태가 되게 하는데, B의 빛은 전자가 바닥 상태로 되돌아가면서 방출되는 빛이며, B의 양 및 파장은 A에서 흡수한 빛의 양 및 파장과 같다고 할 수 있다.

오답 피하기

① '갑'은 '원자 흡수 분광법'을 사용하므로, 시료를 통과한 빛인 C의 스펙트럼을 분석하며, 이때 스펙트럼상의 검은 선에 주목하여 원소의 종류가 무엇인지 파악할 것이다.

② 3문단에서 '흡광도는 분석 대상인 시료에 들어 있는 원자들의 양에 비례한다.'라고 설명하였다. 따라서 시료에 들어 있는 원자의 수가 2배로 늘어난다면, 흡광도 역시 2배로 증가하게 될 것이다.

④ '을'은 '원자 형광 분광법'을 사용하므로, B 빛만 분석할 뿐 C는 분석하지

않을 것이다. 또한 전자의 들뜬 상태와 바닥 상태를 순차적으로 확인할 필요 없이, 들뜬 상태에서 바닥 상태로 돌아가면서 방출하는 빛의 스펙트럼만 확인할 것이다.

⑤ 4문단에서 '검출된 빛의 세기를 통해 시료에 들어 있는 원자의 양을 파악한다.'라고 설명하였으므로, '을'이 원자의 양을 측정할 때, B의 세기를 파악하는 것은 맞다. 그러나 B의 빛은 전자가 불안정한 상태인 들뜬 상태가 아니라, 안정적인 상태인 바닥 상태가 되면서 방출되는 빛이다. 2문단에서 '전자의 에너지 준위가 높아지면 원자 전체의 에너지 준위도 높아지며, 에너지 준위가 높을수록 불안정해진다.'라고 언급하였다.

066 다른 상황에의 적용　　　　　　답 ④

㉯에서는 원자핵이 라디오파라는 외부 에너지를, '원자 형광 분광법'에서는 전자가 빛이라는 외부 에너지를 흡수한다. 그러나 이로 인해 원자를 구성하는 요소인 원자핵의 운동 방향이 바뀌는 것은 ㉯뿐이다. 2문단에서 원자를 구성하는 요소는 '원자핵'과 '전자'라고 하였는데, '원자 형광 분광법'은 빛이라는 외부 에너지로 인해 들뜬 상태가 되었던 전자가 다시 바닥 상태로 되돌아가면서 방출되는 빛을 분석하는 것일 뿐, 전자의 운동 방향이 바뀌는 것과는 관련이 없다. 반면 ㉯는 전자기파인 라디오파가 가해져 원자핵의 회전 방향이 반대로 바뀌게 된다고 하였다.

오답 피하기
① ㉮는 '원자 형광 분광법'과 같이 방출되는 빛의 스펙트럼을 분석하는 방법으로, 전자 전이를 일으키는 에너지의 종류가 '열에너지'인 것이다. 따라서 2문단의 '원자 분광법은 이러한 전자 전이 과정에서의 에너지 준위 변화를 이용한다.'라는 설명은 '원자 흡수 분광법', '원자 형광 분광법', 그리고 ㉮의 공통점으로 판단할 수 있다.
② ㉮는 시료에 열에너지를 가하여 전자 전이 상태를 유도한다. 이에 비해 '원자 형광 분석법'에서는 빛을 가하여 전자 전이 상태를 유도한다.
③ ㉯는 시료를 통과한 라디오파의 스펙트럼에서 시료가 흡수한 파장을 분석하여 시료의 성분을 분석한다. '원자 흡수 분광법' 또한 시료를 통과한 빛의 스펙트럼에서 시료가 흡수한 파장에 주목하여 원자의 종류를 분석한다.
⑤ ㉯에서 원자의 종류에 따라 원자핵이 공명하며 흡수하는 파장이 다르기 때문에 이러한 원리를 이용하여 시료를 통과한 라디오파의 스펙트럼을 분석한다고 하였다. 즉 ㉯는 원자핵의 성질을 이용하는 것이다. 이에 비해 '원자 분광법'에 속하는 '원자 흡수 분광법'과 '원자 형광 분광법'은 전자 전이의 과정에서 원자에 따라 다른 파장의 빛을 흡수·방출하는 전자의 성질을 이용하는 것이다.

E 포인트

수능 연계 교재에서는 방전 현상을 활용한 형광등과 p-n 접합 다이오드로 된 LED 전등이 빛을 내는 원리를 설명한 글을 지문으로 제시하였다. 우리 교재에서는 LED의 구성 요소, LED가 빛을 내는 원리, LED의 색상 표현 발전 과정, LED의 장점과 활용 전망 등을 다룬 글을 지문으로 구성하여 LED 전반에 대한 이해를 넓힐 수 있도록 하였다.

▶ 해제　이 글은 빛을 내는 다이오드, 즉 발광 다이오드(LED)에 대해 설명하고 있다. LED는 LED 칩과 에폭시 수지, 그리고 전류 공급 장치로 이루어져 있다. p형 반도체와 n형 반도체의 접합체인 p-n 접합 다이오드로 된 LED는 정공과 전하의 이동과 결합, 이에 따른 공간 전하 영역과 퍼텐셜 장벽의 변화 등의 원리를 활용하여 전기 에너지를 빛 에너지로 변환한다. 또한 LED는 다이오드의 특성에 따라 다양한 색을 표현할 수 있다. 특히 최근에는 InGaN을 이용한 백색 LED도 만들어져 대형 화면의 영상 표현 소자로도 활용되고 있다. LED는 작은 크기로 만들 수 있고 적은 전류로도 구동이 가능하여 다른 발광 소자에 비해 에너지 효율이 높고 안정적이다. 그래서 에너지 효율이 낮은 백열전구, 형광등을 대체할 수 있는 광원으로 주목을 받고 있다.

▶ 주제　LED의 특징과 원리

▶ 구성

1문단	LED의 구조와 LED에 활용되는 p-n 접합 다이오드
2문단	LED가 빛을 내는 원리
3문단	LED의 색상 표현의 발전 과정
4문단	LED의 장점과 활용 분야 및 전망

067 세부 정보 파악　　　　　　답 ②

4문단의 'LED는 고작 수십 mA의 전류로 점등이 가능하고 같은 밝기의 백열전구에 비해 90%까지 에너지를 절감할 수 있다. 또한 수명도 10만 시간 이상이며 길고 작게 만들 수 있다.'에서, LED의 장점을 확인할 수 있다. 그러나 이 글에서 LED의 단점에 대한 내용은 찾을 수 없다.

오답 피하기
① 1문단의 'LED는 〈그림〉과 같이 LED 칩(p-n 접합 다이오드)과 이를 둘러싸고 있는 투명한 에폭시 수지, 그리고 전류 공급 장치로 이루어져 있다.'에서 확인할 수 있다.
③ 2문단의 'LED는 p-n 접합 다이오드에 전류를 흘려 주면 순방향 바이어스 상태에서 p형 반도체의 정공들과 n형 반도체의 전자들이 공간 전하 영역을 넘나들며 서로 재결합함으로써 빛을 발산한다.', 'LED가 빛을 내는 원리를 ~ 빛으로 전환되어 발산된다.'에서 확인할 수 있다.
④ 1문단의 'LED 칩은 p형 반도체와 n형 반도체가 접합된 p-n 접합 다이오드를 이용한다.'에서 LED 칩에 활용되는 장치를 확인할 수 있다.
⑤ 4문단의 'LED는 현재 조명은 물론, 컴퓨터의 깜빡이는 작은 불빛, 도심의 빌딩에 설치된 대형 전광판, TV 리모컨 버튼을 누를 때마다 TV 본체에 신호를 보내는 눈에 보이지 않는 광선 등에 활용되고 있으며, 에너지 효율이 5% 정도밖에 안 되는 백열전구, 형광등을 대체할 수 있는 차세대

광원으로서 더 많은 분야에 활용될 것으로 보인다.'에서 LED의 활용 분야와 전망을 확인할 수 있다.

068 시각 자료에의 적용   답 ④

2문단에서 'p-n 접합 다이오드에 전류를 공급하면 p형과 n형 반도체에 각각 존재하는 정공과 전자가 충돌하며 p-n 접합 다이오드의 접합부, 즉 공간 전하 영역 쪽으로 이동하게 된다. 이로 인해 공간 전하 영역의 너비가 줄어들고 두 반도체의 접합부에 각각 형성된 퍼텐셜 장벽이 낮아지게 된다.'라고 하였다. 즉 LED 칩에 전류를 공급했을 때 ㉮와 ㉯의 퍼텐셜 장벽이 더 낮으므로 ④는 적절하지 않은 진술이다.

오답 피하기

① 1문단에서 다이오드는 전류를 한 방향으로만 흐르게 하는 성질을 가지고 있다고 했고, p-n 접합 다이오드에서 전류는 p형 반도체에서 n형 반도체 쪽으로 흐른다고 하였다. 또한 2문단에서 LED는 순방향 바이어스 상태에서 빛을 발산하는데, '순방향 바이어스는 p형 반도체에 양(+)의 전압을, n형 반도체에 음(−)의 전압을 걸어서 전류가 흐를 수 있게 하는 상태를 말한다.'라고 하였다. 따라서 〈보기〉에서 전류의 방향을 보면 ㉮는 n형 반도체이고, ㉯는 p형 반도체이다.

② 2문단에서 'p-n 접합 다이오드의 접합부(공간 전하 영역인 ㉱를 흐르는 전류가 빛으로 전환되어 발산된다.'라고 하였다.

③ 2문단에서 'LED는 p-n 접합 다이오드에 전류를 흘려 주면 순방향 바이어스 상태에서 p형 반도체의 정공들과 n형 반도체의 전자들이 공간 전하 영역을 넘나들며 서로 재결합함으로써 빛을 발산한다.'라고 하였으므로 LED에 전류를 공급하면 전자와 정공들이 공간 전하 영역인 ㉱를 자유롭게 넘나들 수 있다는 것을 알 수 있다.

⑤ 2문단에서 'p-n 접합 다이오드에 전류를 공급하면 p형과 n형 반도체에 각각 존재하는 정공과 전자가 충돌하며 p-n 접합 다이오드의 접합부, 즉 공간 전하 영역 쪽으로 이동하게 된다. 이로 인해 공간 전하 영역의 너비가 줄어'든다고 하였다.

069 정보 간 관계 파악   답 ③

3문단에서 ⓐ, ⓑ, ⓒ를 이용한 LED가 차례로 개발되면서 LED의 밝기가 점점 더 밝아져 ⓒ를 이용한 적색 LED와 녹색 LED는 표시 소자로서 손색이 없을 정도로 충분히 밝아졌지만, 청색 LED만은 표시 소자로 이용하기에 충분히 밝지 못했다고 하였다. 따라서 ⓐ와 ⓒ를 이용한 적색 LED의 밝기 차이가 ⓐ와 ⓒ를 이용한 청색 LED의 밝기 차이보다 크다는 것을 추측할 수 있다.

오답 피하기

① 3문단의 '1970년경부터 GaP(인화갈륨) 계통의 적색 LED와 녹색 LED가 상업화되어 사용되었다.'를 통해 ⓐ는 1970년대의 LED에 주로 사용되었다는 것을 알 수 있다.

② 3문단의 '신호등과 같은 외부의 표시 소자로 응용될 정도의 밝은 빛을 내게 된 것은 GaAlAs(갈륨-알루미늄-비소)를 이용한 LED가 개발되고 나서부터였다.'를 통해 ⓑ를 이용한 LED가 먼저 개발된 ⓐ를 이용한 LED보다 밝은 빛을 낼 수 있었다는 것을 알 수 있다.

④ 3문단의 'InGaN을 이용한 백색 LED도 만들어져 LED는 단순한 표시 소자에서부터 대형 화면의 영상 표현 소자에까지 두루 사용될 수 있게 되었

다.'를 통해 ⓓ를 이용한 백색 LED가 등장하면서 LED가 대형 화면의 영상 표현 소자로 활용되었다는 것을 알 수 있다. 따라서 백색 LED를 이용한 대형 화면이 등장했을 것이라고 추측할 수 있다.

⑤ 3문단에서 ⓒ를 이용한 적색 LED와 녹색 LED는 표시 소자로서 손색이 없을 정도로 충분히 밝았지만, 청색 LED는 표시 소자로 이용하기에 충분히 밝지 못했다고 하였다. 그리고 이러한 문제는 ⓓ를 이용하여 기존의 청색 LED보다 100배 밝은 청색 LED를 개발하고 나서 해결되었다고 하였다. 따라서 ⓓ를 이용한 청색 LED는 ⓒ를 이용한 녹색 LED와 유사하게 표시 소자로 사용할 수 있었을 것이다.

070 내용의 추론   답 ④

2문단에서 'LED는 전자가 가지는 에너지가 직접 빛 에너지로 변환되고 열이나 운동 에너지 등으로 낭비되지 않아 다른 발광 소자에 비해 효율이 높다'고 하였다. 즉 LED는 전기 에너지가 빛으로 바뀌는 효율이 높아서 전기가 적게 들고 에너지를 절감할 수 있는 것이다.

오답 피하기

①, ② 1문단에서 LED 칩이 투명한 에폭시 수지에 둘러싸여 있음을 알 수 있다. 또한 2문단에서 '칩에서 발생되는 빛은 수지의 옆쪽에서는 주로 반사되어 앞쪽으로만 나오도록 되어 있'음을 알 수 있다. 그러나 이는 발산되는 빛의 방향에 대한 언급일 뿐, 에너지 효율이 높은 이유와 직접적으로 관련짓기 어렵다.

③ 1문단에서 LED는 전류를 한 방향으로만 흐르게 하는 성질을 갖고 있음을 알 수 있다. 그러나 이는 전류의 방향에 대한 언급일 뿐, 적은 전류가 쓰이는 이유와 관련짓기 어렵다.

⑤ 3문단에서 LED가 빛의 삼원색인 적색, 녹색, 청색을 만들 수 있음을 알 수 있다. 그러나 LED가 만들 수 있는 색상이 높은 에너지 효율의 이유는 아니다.

🄴 포인트

수능 연계 교재에서는 수소 연료 전지의 산화 극과 환원 극에서 일어나는 반응에 대해 설명한 글과, 연료 전지 구분 기준과 이에 따른 연료 전지의 종류를 소개한 글을 엮어 주제 통합 지문으로 제시하였다. 우리 교재에서는 중심 제재인 '연료 전지'와 연계하여 연료 전지의 원리와 시스템, 대표적 연료 전지의 장점과 단점에 초점을 맞추어 지문을 구성함으로써 연료 전지에 대한 이해의 폭을 넓힐 수 있도록 하였다.

▶ **해제** 이 글은 연료 전지의 원리 및 특징에 대해 설명하고 있다. 화학 에너지를 전기 에너지로 직접 변환하는 연료 전지는 물을 전기 분해하면 수소와 산소가 발생된다는 것을 역으로 이용한 것이며, 연료 전지 시스템은 개질기, 연료 전지 본체, 전력 변환 장치 등으로 구성된다. 연료 전지 중 고분자 전해질형 연료 전지(PEMFC)는 비교적 낮은 온도에서 작동하며 신속한 작동과 높은 에너지 효율로 이동용 전원 장치로 높이 평가되고 있다. 기존과 달리 기체 연료를 사용하는 연료 전지는 새로운 개념의 동력 장치에 대한 예고일 수 있다.

▶ **주제** 연료 전지의 원리와 연료 전지 시스템 및 고분자 전해질형 연료 전지의 특성

▶ **구성**

1문단	연료 전지의 개념
2문단	연료 전지에서 전기를 얻는 원리
3문단	연료 전지 시스템의 구성 요소
4문단	고분자 전해질형 연료 전지의 장점과 단점
5문단	연료 전지의 등장이 갖는 의미

071 세부 정보 파악   답 ⑤

5문단에서 연료 전지의 등장은 새로운 동력 장치를 예고하는 것일 수 있고, 기존과 달리 전기 화학적 반응에 의해 일을 하는 방법을 찾은 것이라고 의의를 서술하고 있다. 그러나 이는 새로운 동력 장치의 등장 가능성을 언급한 것일 뿐, 실제 그러한 동력 장치의 존재나 특성에 대해서는 말하고 있지 않다.

오답 피하기

① 1문단에서 '전기 화학 반응에 의해 연료가 갖고 있는 화학 에너지를 전기 에너지로 직접 변환하는 발전 장치'라고 연료 전지의 개념을 제시하였다.
② 2문단에서 물의 전기 분해 역반응으로 전기 화학 반응이 진행되는 연료 전지의 원리를 설명하였다.
③ 3문단에서 연료 전지 시스템은 크게 개질기, 연료 전지 본체(셀), 전력 변환 장치(인버터)의 3가지 설비로 구성된다고 하였다.
④ 4문단에서 고분자 전해질형 연료 전지는 '전해질로 고분자 막을 ~ 부피와 무게도 상대적으로 작다는 장점'이 있음과, '낮은 온도에서 작동되므로 ~ 고분자 막의 수분 함량 조절이 어렵다는 단점'이 있음을 제시하였다.

072 시각 자료에의 적용   답 ②

3문단에서 연료 전지 시스템 중 개질기는 수소를 포함하는 LPG,

LNG, 메탄올 등 일반 연료를 연료 전지가 요구하는 수소를 많이 포함하는 가스로 변환하는 장치라고 하였다. 따라서 수소의 농도를 낮추는 것이 아니라 높이는 역할을 한다고 보는 것이 적절하다.

오답 피하기

① 1문단에서 연료 전지는 천연가스나 메탄올 등의 연료를 사용함을 알 수 있고, 3문단에서도 연료 전지 시스템에서 사용하는 연료는 수소를 포함하는 LPG, LNG, 메탄올 등의 일반 연료라고 하였다.
③ 2문단에서 연료 전지에서 음극 역할을 하는 연료극에는 수소가 공급되고 물의 전기 분해 역반응으로 전기 화학 반응이 진행되며, 연료극에서 수소가 수소 이온과 전자로 분해된다고 하였다.
④ 4문단에서 고분자 전해질형 연료 전지는 수소 이온 교환 특성을 갖는 고분자 막을 전해질로 사용하는 연료 전지라고 하였다. 또한 2문단에서 수소는 음극에서 수소 이온과 전자로 분리되는데 전해질을 거쳐 양극으로 이동하는 것은 수소 이온뿐임을 알 수 있다.
⑤ 3문단에서 연료 전지 시스템의 전력 변환 장치(인버터)는 연료 전지 본체에서 생산된 직류 전기를 교류 전기로 변환하는 장치라고 하였다.

073 내용의 추론   답 ②

㉮의 앞 문장을 보면, 고체 연료에는 외연 기관, 액체 연료에는 내연 기관과 같이 사용되는 연료의 상태에 가장 적합한 동력 장치가 만들어지고 사용되어 왔다는 것을 알 수 있다. 또한 ㉮의 뒷 문장 '기체 연료가 사용된다면 또 다른 새로운 개념의 동력 장치가 필요하게 될 것'이라는 내용으로 볼 때, 연료 전지는 기존과 다른 기체 연료를 사용하므로 이를 고려하여 그에 가장 적합한 동력 장치를 새롭게 만들고 사용하게 될 것임을 추론할 수 있다.

오답 피하기

① 1문단에 따르면, 연료 전지는 연료를 통해 직접적으로 전기 에너지를 발생시키는 발전 장치이며, 그 자체로 동력 장치는 아니므로 일의 효율성을 직접 비교하는 것은 적절하지 않다.
③ 연료 전지는 기존과 다른 새로운 개념의 발전 장치라고 보는 것이 적절하며 연료에 적합한 동력 장치에 관해 이야기하고 있는 ㉮의 맥락에도 맞지 않는다.
④ 연료 전지는 수소를 포함한 연료를 사용해야 한다는 내용만 제시되었을 뿐, 다른 발전 장치에서 사용하는 연료와 비교하는 내용은 찾을 수 없다.
⑤ 1문단에서 연료 전지는 연료의 화학 에너지를 전기 에너지로 변환하는 장치라고 하였으므로 적절하지 않다.

074 어휘의 의미 파악   답 ②

ⓐ와 ②의 '부르다'는 모두 '무엇이라고 가리켜 말하거나 이름을 붙이다.'라는 의미로 사용되었다.

오답 피하기

① '어떤 행동이나 말이 관련된 다른 일이나 상황을 초래하다.'라는 의미로 사용되었다.
③ '청하여 오게 하다.'라는 의미로 사용되었다.
④ '말이나 행동 따위로 다른 사람의 주의를 끌거나 오라고 하다.'라는 의미로 사용되었다.
⑤ '값이나 액수 따위를 얼마라고 말하다.'라는 의미로 사용되었다.

◆ 정답 체크

본문 p. 54~71

075 ①	076 ①	077 ②	078 ②	079 ③	080 ②
081 ③	082 ④	083 ⑤	084 ④	085 ②	086 ①
087 ③	088 ②	089 ④	090 ⑤	091 ②	092 ⑤
093 ⑤	094 ②	095 ④	096 ②	097 ③	098 ④
099 ②	100 ②	101 ⑤	102 ④	103 ③	104 ④
105 ⑤	106 ②	107 ①	108 ⑤	109 ④	110 ③

[075~080] (가) 지식의 조건에 대한 게티어의 반론과 이후 논쟁
(나) 퇴계의 격물론

ⓔ 포인트

2021년 3월 교육청

수능 연계 교재에서는 참된 인식에 도달하는 방법에 대한 동양 철학의 입장 중 주자의 격물치지 사상을 다룬 글과, 조선 후기 학자인 최한기의 격물치지 사상을 다룬 글을 엮어 주제 통합 지문으로 제시하였다. 우리 교재에서는 서구의 전통적 인식론에서 제시한 지식의 3요소에 대한 게티어의 반론 및 이후의 내재주의, 외재주의의 관점을 다룬 글과, 주자의 격물론을 이어받아 발전시킨 퇴계의 이론을 다룬 글을 엮은 기출 지문을 통해 인식론에 대한 동서양의 논의를 폭넓게 이해할 수 있도록 구성하였다.

(가) 지식의 조건에 대한 게티어의 반론과 이후 논쟁

▶ **해제** 이 글은 서구의 전통적인 인식론에서 지식을 세 가지 요소의 충족으로 정의한 것에 대한 게티어의 반론과 게티어 이후의 견해를 소개하고 있다. 서구 전통 철학에서 지식은 '정당화된 참인 믿음'으로서 '정당성, 참, 믿음'의 세 요소를 모두 동시에 충족하는 것으로 여겨졌다. 인식 주체인 S가 명제 P를 안다는 것은 P가 실제로 참이고, S가 P를 믿고 있고, S가 P라는 믿음에 대해 정당한 이유나 근거를 가지고 있다는 것이다. 그러나 게티어는 이 세 가지를 모두 충족하더라도 지식이 되지 않는 반례를 제시하여 이 정의가 불완전함을 보였다. 그리하여 게티어 이후 인식론자들은 이를 해결하기 위하여 새로운 정당화 기준을 만들고자 하였고, 그 과정에서 정당화를 결정짓는 요인이 인식 주체에 내재한다고 보는 내재주의와, 외재적인 것이라고 보는 외재주의가 등장하였다. 내재주의에 따르면 믿음의 정당화는 믿음들 간의 관계에 있으며, 외재주의에 따르면 믿음의 정당화는 그 믿음들이 신빙성 있는 인지 과정을 거친 객관적 근거에 있다.

▶ **주제** 지식의 조건에 대한 전통적 인식론의 입장과 게티어의 반론 및 이후의 견해

▶ **구성**

	1문단	서구의 전통적 인식론에서의 지식의 세 가지 요소
	2문단	지식의 세 가지 요소가 지식의 필요충분조건이 되기 어렵다는 게티어의 반론
	3문단	믿음의 정당화 기준에 대한 내재주의와 외재주의의 관점

(나) 퇴계의 격물론

▶ **해제** 이 글은 동양의 인식론으로 흔히 거론되는 주자의 격물론을 소개하고, 퇴계가 이 격물론을 어떻게 해석했는지를 설명하고 있다. 우선 주자의 격물론은 사람의 마음에는 앎이 있어서 격물을 통해 마음속에 본디 있던 앎을 밝혀내면 치지에 도달한다는 것이다. 퇴계는 초기에는 물리가 전부 파악된 경지인 물격을 '물에 격한' 것으로 보았는데, 물은 인식 대상으로서 인식 주체인 사람의 마음이 대상에 이른다고 해석하였다. 그러나 만년에는 물격을 '물이 격한' 것이라고 수정하였다. 이는 사람의 마음이 일방적으로 사물에 내재한 리에 다가가서 리를 획득한 것이 아니라, 사람이 사물을 인식하고자 하면 사물의 리가 마음에 다가온다는 것이다. 그리하여 인식 주체와 인식 대상 모두에 '작용'이라는 유사성이 있다고 본 것이다.

▶ **주제** 주자의 격물론에 대한 퇴계의 해석

▶ **구성**

1문단	동양의 인식론에 해당하는 주자의 격물론
2문단	주자의 사상을 계승한 퇴계의 '물격'에 대한 해석
3문단	리의 능동성을 한정한 퇴계 사상의 의의

075 세부 정보 파악

답 ①

(가)의 2문단에 따르면, 게티어는 지식의 세 가지 요소가 지식의 필요충분조건이 되기 어렵다는 문제를 제기하며 지식이 아닌, 정당화된 참인 믿음이 있다고 주장하였다. 즉 지식의 세 가지 요소인 정당성, 참, 믿음이 충족되더라도 지식이 아닌 것이 있을 수 있으므로 이 요소들은 지식의 필요충분조건이 되기 어렵다는 것이다. 따라서 게티어는 지식의 세 가지 요소가 지식의 필요충분조건인가에 대한 반론을 제기한 것이지 정당성, 참, 믿음이라는 세 가지 요소가 지식에 필요한 것인지에 대해 반론을 제기한 것이 아니다.

오답 피하기

② (가)의 2문단에서 예시를 통해 게티어가 제시한 반론을 설명하고 있다. 카페 안에 다수의 한국인이 있을 것이어서 한국이 골을 넣었기 때문에 환호성이 들렸을 것이라는 근거(정당성), 한국이 방금 골을 넣었다는 믿음, 실제로 한국이 골을 넣었으므로 명제가 참인 경우가 그것이다. 즉 전통적 인식론에 따르면 지식의 조건이 충족된 것이다. 그러나 그 환호성은 사실 카페 위층 사무실에서 열린 승진 축하연에서 나온 것이었고, 이 경우 같은 건물에서 나온 환호성을 들은 것은 우연에 해당한다.

③ (가)의 3문단에 따르면, 내재주의의 기본 입장은 믿음의 정당화가 믿음들 간의 관계에 있다는 것이다. 가령 '과학적 사실들에 대한 내 믿음', '우주에서 찍은 지구 사진에 관한 내 믿음'과 같은 믿음들이 '지구는 둥글다'라는 믿음의 이유이다. 이때 인식 주체의 믿음인 '지구는 둥글다'를 정당화해 주는 인식 주체의 다른 믿음들이 '과학적 사실들에 대한 내 믿음', '우주에서 찍은 지구 사진에 관한 내 믿음'이다.

④ (가)의 2문단에 따르면, 게티어 이후 인식론자들은 지식이 아닌 정당화된 참인 믿음이 있다는 문제를 해결하기 위한 정당화 기준을 만들고자 했고, 그 과정에서 정당화 기준을 결정짓는 요인이 인식 주체에 내재하는가 아니면 외재적인 것인가라는 물음이 제기되었다. 이에 따라 내재주의와 외재주의의 입장이 나뉘었으며, 올바른 인식론적 관점에 대해 여전히 논쟁 중이다. 즉 내재주의자와 외재주의자는 게티어 이후, 정당화된 참인 믿음

이지만 지식이 아닌 것이 있다는 문제를 해결하려는 인식론자들이다.

⑤ (가)의 1문단에 따르면, 서구 철학 전통에서 참인 믿음을 갖는 것만으로 지식을 가졌다고 말하기에 불충분하다고 보는 이유는 우리가 어쩌다 참인 믿음을 가질 수도 있기 때문이다. 따라서 어떤 믿음이 참이라고 생각할 만한 충분한 이유나 근거를 가질 때 비로소 그 믿음이 인식적으로 정당화된다는 것이다. 즉 서구의 전통적 인식론에서 말하는 인식적 정당화란 우리가 믿는 믿음이 참이라고 볼 만한 이유나 근거를 가져야 한다는 의미임을 알 수 있다.

076 구체적 사례에의 적용 답 ①

[A]에 따르면, 'S는 P라는 것을 안다'고 할 수 있으려면 명제 P가 실제로 참이며, 인식 주체 S가 P를 믿고 있고, S는 P라는 그의 믿음에 대해 정당한 이유나 근거를 가지고 있어야 한다. 즉 지식의 세 가지 요소가 모두 충족되어야 'S는 P라는 것을 안다'고 할 수 있다. S가 교실 분필 개수가 13개 있을 것이라고 짐작하고, 실제 교실 분필 개수가 13개인 것은, 교실 분필 개수가 13개라는 명제가 '참'이라는 요소만 충족할 뿐, 인식 주체가 이를 믿고 있지 않으며 정당한 이유나 근거도 없으므로 '믿음', '정당성' 요소가 충족되지 않는다. 따라서 지식의 세 요소를 모두 충족하지는 못하므로 S는 P를 안다고 할 수 없다.

오답 피하기

② S가 교실 분필 개수가 13개라는 것을 눈으로 보면서도 이 사실을 믿지 않는 것은, 참인 명제에 대한 믿음이 없는 경우이다. 따라서 S는 P를 안다고 할 수 없다.

③ S가 교실 분필 개수가 13개라는 것을 믿는 정당한 이유를 제시하지 못한다면, 만약 다른 두 요소를 충족하더라도 정당성 요소를 충족하지 못하는 것이므로 S가 P를 안다고 할 수 없다.

④ S가 P를 안다고 하기 위해서는 '정당성, 참, 믿음'이라는 세 가지 요소가 충족되어야 하므로, 교실 분필 개수가 실제로도 13개이어야 한다는 '참'이라는 요소가 필요하다.

⑤ 교실 분필 개수가 13개라는 것을 S가 믿는다는 것만으로는, 다른 두 요소가 충족되지 않으므로 S가 P를 안다고 할 수 없다.

077 관점의 비교 답 ②

(나)의 2문단에 따르면, 퇴계는 만년에 물을 '물이 격한' 것으로 보는 것이 옳다고 하였다. 이는 사람의 마음이 일방적으로 사물에 내재한 리에 다가가서 리를 획득한 것이 아니라, 사물의 리도 사람의 마음에 다가온다는 것이다. (나)의 3문단에서 알 수 있듯이 퇴계는 인식 과정에서 인식 주체와 인식 대상 모두에 '작용'이라는 유사성을 인정한 것이다. 즉 만년의 퇴계가 물격을 '물이 격한' 것으로 본 것은 인식 주체와 인식 대상 모두의 작용을 인정한 것이다. 그리고 〈보기〉에서 주자가 '리에도 반드시 작용이 있다'고 한 것에 대해 퇴계는 리의 작용이 사람의 마음에서 벗어나지 않지만, 사람의 마음이 이르는 곳을 따라 리가 이르지 못하는 곳이 없다고 하였다. 즉 마음의 탐구에 따라, 사물의 리가 사람의 마음에 이른다는 것이다. 따라서 퇴계가 만년에 물격의 의미를 '물이 격한' 것으로 본 것은 주자가 리에도 반드시 작용이 있다고 한 것에 대한 이해와 관련되어 있다.

오답 피하기

① (나)의 1문단에 따르면, 주자는 사람의 마음은 앎이 있지 않음이 없어서 격물을 통하여 마음속에 본디 있던 앎을 밝혀내면 치지에 도달한다고 하였다. 따라서 주자는 사람에게 모든 앎이 갖추어졌다고 보았다고 할 수 있다. 그러나 (나)의 2문단에 따르면, 만년의 퇴계는 마음이 탐구하는 것에 따라, 사물의 리가 사람의 마음에 이른다고 하였다. 즉 만년의 퇴계는 리가 마음에 다가온다고 생각하였다.

③ (나)의 1문단에 따르면 주자는 사물의 이치를 리로 보았고, 리를 극한에까지 탐구해야 한다고 보았다. 또한 〈보기〉에 따르면 주자는 리의 작용은 인정했지만, 그 작용이 한 사람의 마음을 벗어나지 않는다고 말하였다. 즉 주자가 말한 리는 인식의 대상으로서, 작용을 한다는 점에서 능동성이 있다고 볼 수는 있으나, 리의 능동성이 온전한 인식의 전제 조건이라는 의미는 아니다. 한편 〈보기〉의 '리의 작용이 비록 사람의 마음에서 벗어나지 않지만'에서 퇴계는 리의 작용이 사람의 마음에서 벗어날 수 없다고 보았음을 알 수 있다.

④ (나)의 2문단으로 보아 사람의 마음이 사물에 이른다고 보는 것은, 물격을 '물에 격한' 것으로 해석하고 이것이 주자의 생각에 부합한다고 본 퇴계의 당초 견해이다. 그러나 만년에 퇴계는 물격을 '물이 격한' 것으로 수정하고, 사람이 사물을 인식하고자 하면 사물의 리가 사람의 마음에 다가온다고 보았다. 〈보기〉에서 퇴계는 작용의 미묘함에 대해 말하며 사람의 마음이 이르는 데를 따라 리가 이르지 못하는 곳이 없다고 밝히고 있는데, 이는 퇴계의 만년의 견해에 해당함을 알 수 있다. 따라서 퇴계의 초기 견해에 대한 근거가 만년의 견해라는 추론은 적절하지 않다.

⑤ (나)의 2문단에서 퇴계는 초기에 인식 주체인 사람의 마음이 인식 대상인 '물'에 이른다고 보았다고 했고, 〈보기〉의 '리는 스스로 작용하지 못하니'로 보아 퇴계가 초기에는 리가 스스로 작용하지 못한다고 여겼다고 볼 수 있다. 그러나 (나)의 2문단에서 퇴계가 만년에 물격에 대한 해석을 수정한 이유를 설명하면서, 만약 리가 리의 자발성만으로 마음에 이른다는 식으로 말한다면 리가 물리적 운동을 한다는 사람들의 오해를 불러일으킬 수 있다는 점을 들고 있으므로 퇴계가 만년에 리가 자발성만으로 마음에 작용한다고 보았다는 것은 적절하지 않다.

078 정보 간 관계 파악 답 ②

(가)의 3문단에 따르면, 외재주의는 신빙성 있는 인지 과정을 거친 객관적 근거가 믿음을 정당화한다고 본다. 즉 믿음이 정당화되기 위해서는 객관적 근거가 있어야 한다. 그리고 ⓒ은 믿음의 정당화가 사실과 믿음 간의 인과 관계에 의해 결정된다고 본다. 따라서 ⓒ의 입장에서 ㉠의 믿음은 승진 축하연이라는 사실에 의한 것이지 축구 시합과 관련한 객관적 근거에 의한 것이 아니므로 믿음과 사실 간에는 어떠한 인과 관계도 성립하지 않는다. 따라서 ⓒ은 '나'가 정당화된 믿음을 갖지 못하며 ㉠은 지식이 아니라고 볼 것이다.

오답 피하기

① (가)의 3문단에 따르면, 외재주의는 신빙성 있는 인지 과정을 거친 객관적 근거가 믿음을 정당화한다고 본다. 즉 ㉠의 믿음이 정당화되기 위해서는 '눈으로 직접 보고 있다'와 같이 신빙성 있는 인지 과정에서 얻은 객관적 증거가 있어야 한다. 그리고 ⓒ은 믿음의 정당화가 인지 과정으로 얻은 객관적 근거로부터 도출된, 즉 사실과 믿음 간의 인과 관계에 의해 결정된다고 본다. 그러므로 단지 카페 안에 다수의 한국인이 있을 것이라고 추론하는 것이 가능하다는 것은 ㉠과 인과 관계가 있는 객관적 근거라고 볼 수 없다. 따라서 ⓒ은 ㉠의 믿음이 정당화된다고 하지 않을 것이며, 또

㉠은 지식이 아니라고 할 것이다.

③ (가)의 3문단에 따르면, ㉡은 믿음의 정당화가 신빙성 있는 인지 과정으로 얻은 객관적 증거로부터 도출된, 즉 사실과 믿음 간의 인과 관계에 의해 결정된다고 본다. 그런데 ㉠에서 '내 믿음'은 나의 오해로 생긴 것이므로 '내 믿음'과 한국이 골을 넣었다는 객관적 사실 사이에는 인과 관계가 성립하지 않는다. 따라서 ㉡의 입장에서 ㉠의 '나'는 정당화된 믿음을 가진 것이 아니므로 ㉠은 지식이 아니라고 할 것이다.

④ ㉠에서 '내 믿음'이 실제 사실에 부합하며 정당한 이유가 있더라도 이는 오해에 의한 것으로 신빙성 있는 인지 과정으로 얻은 객관적 증거가 아니다. 따라서 ㉡의 입장에서 ㉠은 지식이 아니라고 할 것이다.

⑤ ㉠에서의 '내 믿음'이 환호성 때문에 형성된 것이라면 이는 오해에 의한 것으로, 실제 환호성은 한국이 골을 넣었기 때문이 아니라 승진 축하연에서 나온 것이다. 또한 ㉠은 신빙성 있는 인지 과정을 통해 얻은 객관적 증거에서 도출되지 않았다. 따라서 ㉡의 입장에서 ㉠의 '내 믿음'은 정당화된 참인 믿음이 아니며 ㉠은 지식이 아니라고 할 것이다.

079 글의 전개 방식 파악   답 ③

㉯: (나)의 3문단에 따르면, 필자는 퇴계가 주자의 격물론을 자기 나름의 견해로 발전시켰다고 본다. 1문단에 따르면, 주자는 격물이란 구체적 사물에 나아가 사물의 이치인 리를 탐구하는 것이며 격물을 통해 마음속에 본디 있던 앎을 밝혀내면 앎의 내용에 미진한 바가 없다고 보았다. 2문단에 따르면, 기본적으로 주자의 입장을 계승한 퇴계는 초기에는 물을 인식 대상으로 보고 인식 주체인 사람의 마음이 대상에 이른다는 것이 주자의 생각에 부합한다고 보았다. 그러나 퇴계는 만년에 이 해석을 달리하였는데 그 이유는 인식 과정에서 인식 주체와 인식 대상 모두에 '작용'이라는 유사성이 있다고 보았기 때문이다. 따라서 (나)의 필자가 퇴계가 주자의 격물론을 자기 나름의 견해로 발전시켰다고 했고, 이 내용의 타당한 근거를 글에서 확인할 수 있다고 본 것은 적절한 읽기이다.

㉰: (가)는 전통적으로 서양 철학에서 받아들였던 지식(앎)의 세 가지 요소에 대해 반론을 제기한 게티어의 견해를 서술하고 있다. 그리고 (나)는 앎에 대해 다루는 격물론과 관련하여 물격에 대한 퇴계의 입장이 '물에 격한'에서 '물이 격한'으로 변화한 것을 설명하고 있다. 따라서 앎이란 무엇인지와 관련하여 (가)는 게티어가 지식에 대한 서구의 전통적인 입장을 문제 삼은 것을, (나)는 퇴계가 물격에 대해 입장 변화를 보인 것을 다루고 있다는 내용은 적절한 읽기이다.

오답 피하기

㉮: (가)의 3문단에서 내재주의와 외재주의가 믿음의 정당화에 대해 어떤 입장을 취하고 있는지를 소개하고 있다. 이때 두 입장의 한계를 문제 삼은 내용은 제시되지 않았다. 따라서 (가)의 필자가 외재주의의 한계만 문제 삼아 공정하지 않은 입장을 나타냈다는 내용은 적절하지 않다.

㉱: (가)는 서양의 전통적 인식론에서 인정되어 온 지식의 세 가지 요소와 이에 대한 반론을 다루고 있을 뿐, 지식 습득의 중요성에 대한 내용은 제시하지 않았다. 또한 (나)는 동양의 인식론에서 흔히 거론되는 주자의 격물론과 이를 계승한 퇴계의 격물론을 설명하고 있을 뿐, 지식 실천의 중요성에 대한 내용은 제시하지 않았다.

080 어휘의 의미 파악   답 ②

'그가 제기한 반론'에서 '제기'의 사전적 의미는 '의견이나 문제를 내어놓음.'이다. '무엇을 내주거나 갖다 바침.'은 '제공'의 사전적 의미이다.

오답 피하기

① '세 가지 요소가 충족된다면'에서 '충족'의 사전적 의미는 '일정한 분량을 채워 모자람이 없게 함.'이다.

③ '나의 지식을 극한까지 연마하고'에서 '연마'의 사전적 의미는 '학문이나 기술 따위를 힘써 배우고 닦음.'이다.

④ '사물에 내재한'에서 '내재'의 사전적 의미는 '어떤 사물이나 범위의 안에 들어 있음.'이다.

⑤ '리의 능동성을 무한정 허용한 것'에서 '허용'의 사전적 의미는 '허락하여 너그럽게 받아들임.'이다.

(가) 하위징아의 놀이에 대한 이론
(나) 카유아의 놀이에 대한 이론

⑤ 포인트

수능 연계 교재에서는 놀이에 대한 학자들의 연구를 제재로 하여, 최초로 놀이를 학술 연구의 대상으로 삼은 하위징아, 놀이의 본질적 속성에 주목한 가다머, 인간의 실존적 문제와 관련하여 놀이를 연구한 핑크의 견해를 설명한 글을 지문으로 제시하였다. 우리 교재에서는 하위징아의 놀이에 대한 이론을 다룬 글과, 하위징아의 이론을 발전시킨 카유아의 놀이에 대한 이론을 다룬 글을 엮어 주제 통합 지문으로 구성함으로써 두 학자의 관점을 비교해 볼 수 있도록 하였다.

(가) 하위징아의 놀이에 대한 이론

▶ 해제 이 글은 놀이에 대한 기존의 인식에 반기를 들고 '호모 루덴스'라는 개념을 통해 놀이에 대한 새로운 시각을 제시한 하위징아의 견해를 소개하고 있다. 하위징아는 놀이를 다른 목적을 달성하기 위한 수단이 아닌 인간에 내재되어 있는 본능적 특징이라 생각하며, 놀이가 '자유', '무사무욕', '일상과 분리된 시·공간적 행위', '합의된 규칙', '긴장'이라는 특징을 갖는다고 보았다. 또한 그는 놀이가 인간 문명의 탄생 이전부터 존재해 왔기 때문에 문명사회의 모든 요소에 놀이적 면모가 포함되어 있으며, 서양 문명의 역사는 놀이의 특징을 잃거나 얻기를 반복해 온 역사라고 보았다. 이처럼 하위징아는 놀이를 문화 창조의 원동력으로 생각하며 문화와 관련된 모든 것들이 놀이 정신에 바탕을 두고 있다고 보았다.

▶ 주제 놀이에 대한 하위징아의 견해

▶ 구성

1문단	놀이에 대한 기존 개념에 반기를 들고 놀이 자체의 특성을 연구한 하위징아
2문단	하위징아가 생각한 놀이의 특성
3문단	하위징아가 생각한 문명과 놀이와의 관계
4문단	하위징아가 생각한 서양 문명의 역사와 놀이의 관계

(나) 카유아의 놀이에 대한 이론

▶ 해제 이 글은 하위징아보다 포괄적으로 놀이의 특징에 대해 설명하고, 이를 바탕으로 놀이를 범주화한 카유아의 놀이에 대한 이론을 소개하고 있다. 카유아는 자유 의지, 현실과의 시·공간적 분리, 규칙의 준수, 불확실성, 비생산적 행위, 허구의 활동 등을 놀이의 특징으로 제시한 후 이를 바탕으로 놀이를 아곤과 알레아, 미미크리, 일링크스로 범주화하였다. 그는 모든 놀이는 일상생활적 요소와 결합하게 되면 그 본질적인 오락성을 잃고 타락한다고 보고, 놀이의 본질적 성질을 회복한다면 현대 사회가 겪고 있는 문제들을 해결할 수 있다고 생각했다. 이러한 카유아의 놀이에 대한 관점은 현대 사회의 문제를 해결하는 새로운 시각을 제공하였다는 점에서 의의를 지닌다.

▶ 주제 놀이에 대한 카유아의 견해와 놀이의 유형

▶ 구성

1문단	카유아가 생각하는 놀이의 특징
2문단	카유아가 구분한 놀이의 유형
3문단	놀이와 사회 문제와의 관계 및 카유아의 놀이 이론의 의의

081 글의 전개 방식 파악   답 ③

(나)는 카유아의 놀이 이론을 소개하면서 놀이의 유형을 그 특징에 따라 아곤, 알레아, 미미크리, 일링크스로 구분하여 설명하고 있다. 반면 (가)는 놀이에 대한 기존의 인식에서 벗어나 놀이 그 자체의 특성을 연구한 하위징아의 주장을 소개하고 있는데, 하위징아가 놀이의 특성으로 본 '자유', '무사무욕', '일상과 분리된 시·공간적 행위', '합의된 규칙', '긴장' 등에 대해 설명하고 있을 뿐 놀이의 유형을 그 특징에 따라 구분하고 있지는 않다.

오답 피하기

① (가)와 (나)는 각각 하위징아와 카유아가 연구한 놀이의 특징에 대해 설명하고 있을 뿐, 놀이의 개념이 변화해 온 과정을 고찰하고 있지 않다.

② (가)와 (나)는 각각 하위징아와 카유아가 연구한 놀이의 특징에 대해 설명하고 있을 뿐, 이들의 주장이 지닌 한계를 지적하고 있지 않으며, 새로운 이론을 소개하고 있지도 않다.

④ (나)는 현대 사회의 문제들이 놀이가 그 본래의 기능을 잃었기 때문에 생겨났고, 놀이의 본질 회복이 현대 사회의 문제 해결에 기여할 수 있다는 견해를 제시하고 있을 뿐, 카유아가 제시한 놀이의 특징을 바탕으로 현대 사회에서 놀이가 갖는 위상이나 전망을 분석하고 있지 않다. 한편 (가)는 2문단에서 하위징아가 제시한 놀이의 특징을, 4문단에서 현대 문명이 놀이의 특징을 잃고 있다는 견해를 제시하고 있을 뿐, 현대 사회에서 놀이가 갖는 위상이나 전망을 분석하고 있지 않다.

⑤ (가)는 1문단에서 놀이에 대한 기존의 인식에 하위징아가 반기를 들었음을 제시하고 있을 뿐, 놀이를 바라보는 관점이 변화하는 이유에 대해 설명하고 있지 않다. (나)는 1문단에서 카유아가 하위징아보다 포괄적으로 놀이의 특징을 설명했다고 밝히고 있을 뿐, 놀이를 바라보는 관점이 변화하는 이유에 대해 설명하고 있지 않다.

082 핵심 정보 파악   답 ④

(가)의 4문단에 따르면 하위징아는 서양 문명의 역사는 놀이의 특징을 잃거나 얻기를 반복해 온 역사라고 하였다. 그리고 로마 문명과 19세기, 현대 문명은 놀이의 특징을 잃은 경우로, 중세나 르네상스, 바로크, 로코코 시대는 놀이의 특징을 얻은 경우로 제시하고 있다. 따라서 단순히 현대보다 과거 시대에 놀이적 요소가 충만했다는 것은 하위징아의 생각으로 적절하지 않다.

오답 피하기

① (가) 2문단의 '놀이의 규칙은 놀이의 필수적 요소로, 우리 삶에서 자기 규제와 도덕적 습관을 기르게 해 주며, 페어플레이의 규칙을 준수해야 한다는 환경을 조성함으로써 인간의 발달과 성숙에 영향을 준다고 보았다.'를 통해 볼 때, 하위징아는 놀이를 통해 인간이 자기를 통제하며 도덕적으로 성장해 나갈 수 있다고 생각했을 것이다.

② (가) 3문단의 '놀이가 인간 문명의 탄생 그 이전부터 존재해 왔기 때문에, 문명사회의 언어, 규칙, 학문, 예술 등 모든 요소가 놀이적 면모를 지닌다고 주장하였다.'를 통해 볼 때, 하위징아는 철학과 문학에도 놀이적 면모가 포함되어 있다고 생각했을 것이다.

③ (가) 4문단의 '현대 문명의 경우 ~ 과학 분야는 현실과의 계속된 접촉으로 놀이와의 연관성이 매우 줄어들었다는 것이다.'를 통해 볼 때, 하위징아는 놀이로서의 역할을 가지고 있던 과학이 현실과 계속적으로 관련을 맺는 과정을 거쳐 그 성격이 약화되었다고 생각했을 것이다.

⑤ (가) 1문단의 '하위징아 이전에는 놀이를 다른 목적을 달성하기 위한 수단이나 생존에 필요 없는 잉여 에너지를 발산하기 위한 행위, 긴장 해소나 완벽 추구를 위한 연습 등으로 여겼다. 하지만 하위징아는 이러한 생각에 반기를 들고 ~ '놀이' 자체의 특성을 연구하였다.'와 4문단의 '하위징아는 놀이를 인간의 존재 자체에 내재되어 있는 본능적 특성'으로 생각했다는 내용을 통해 볼 때, 하위징아는 놀이는 목표 달성을 위한 수단이나 잉여적 행위가 아니라 놀이 그 자체에 목적이 있는 인간의 본능적 행위라고 생각했을 것이다.

083 정보 간 관계 파악   답 ⑤

(가)의 2문단을 보면, 하위징아는 놀이를 오직 즐거움을 느끼고자 하는 욕망에 의해서 자발적으로 취하는 자유로운 행동이자 현실과 동떨어진 '~척 하기'에 기반을 둔 무사무욕한 행위로 보았다. (나)의 1문단을 보면, 카유아 역시 놀이를 '~인 체하기' 하는 허구의 활동이라고 하였으며, 놀이 내에서 가정되는 것은 실제 일상과 다르더라도 받아들여진다고 보았다. 따라서 하위징아와 카유아는 모두 놀이를 현실적 욕망과 상관없는 허구적 활동으로 파악하였음을 알 수 있다.

오답 피하기
① (가) 2문단의 '놀이는 불확실성과 우연성을 동반한 긴장을 필수적으로 가지고 있는데'와 (나) 1문단의 '놀이의 결과는 미리 정해지거나 예측될 수 없다는 점에서 불확실성을 띠며'를 통해 볼 때, 하위징아와 카유아 모두 결과를 예측할 수 없는 놀이의 존재를 인정하였음을 알 수 있다.
② (가) 2문단의 '놀이자 간의 절대적 질서인 합의된 규칙을 갖는다.'와 (나) 1문단의 '놀이 환경은 모든 참여자가 복종해야 하는 모종의 규칙과 행동에 의해 통제된다'와 '놀이터의 규칙은 절대적이라고 보았다.'를 통해 볼 때, 하위징아와 카유아 모두 놀이 참가자는 놀이의 규칙을 반드시 지켜야 한다고 파악하였음을 알 수 있다.
③ (가) 2문단의 '놀이는 ~ 오직 즐거움을 느끼고자 하는 욕망에 의해서 자발적으로 취하는 자유로운 행동'과 (나) 1문단의 '놀이는 강요되지 않고 오직 자유에 의해 행해진다'를 통해 볼 때, 하위징아와 카유아 모두 놀이 참가자들이 자신의 자유로운 선택에 의해 놀이에 참여한다고 파악하였음을 알 수 있다.
④ (가) 2문단의 '놀이터, 혹은 놀이라는 행위를 위해 만들어진 제한적 시·공간 내에서'와 (나) 1문단의 '놀이는 일상으로부터 시간적·공간적으로 명확하게 분리된 환경에서 이루어지는 행위'를 통해 볼 때, 하위징아와 카유아 모두 놀이가 일상과 구분되는 특정 시간과 공간 내에서 진행된다고 파악하였음을 알 수 있다.

084 세부 정보 파악   답 ④

(나) 3문단의 '카유아는 모든 놀이가 일상생활적 요소와 결합하게 되면 그 본질적인 오락성을 잃고 타락한다고 보았다.'와 '카유아는 현대 사회가 겪는 문제들 대부분은 계급 격차나 빈부 차이와 같은 사회의 위계화 및 차별화에 의해 발생하는데, 이는 놀이가 그 본래의 기능을 잃었기 때문에 생겨난 것이라 보았다.'를 통해 볼 때, 카유아는 현대 사회가 겪는 대부분의 문제들이 발생한 원인을 놀이가 일상생활적 요소와 결합하여 타락했기 때문이라고 보았음을 알 수 있다.

오답 피하기
① (나) 3문단의 '놀이 참가자로 하여금 상호 일체감과 해방감 그리고 재미와 카타르시스를 느끼게 하는 놀이의 본질적 성질을 회복한다면, 문화와 사회의 구속과 제약에서 벗어날 수 있다고 하였다.'를 통해 볼 때, 카유아는 놀이의 본질성을 회복함으로써 문화와 사회의 구속에서 벗어날 수 있다고 보았음을 알 수 있다.
② (나)의 2문단에서 아곤에 대해 '기회의 평등이 설정 불가능할 경우, 놀이를 시작하기에 앞서 핸디캡 등을 이용해 불평등을 최소화하는 것이 관례'라고 하였고, 알레아에 대해 '우연의 불평등은 해소되지 않고 게임의 요소로 이용되는데, 그 나름의 평등성을 위해 위험과 정비례하는 보상을 설정해 제공한다'고 하였다. 즉 아곤은 기회의 불평등을 해소하기 위해 놀이 참가자의 특성에 따라 핸디캡 등을 부여하는 놀이이고, 알레아는 결과의 불평등을 해소하기 위해 위험과 정비례하는 보상을 설정해 제공하는 놀이이다.
③ (나) 2문단의 '미미크리는 아곤과의 연관성을 갖는데, 관중은 아곤 놀이를 관람하며 놀이하는 자에 스스로를 대입하여 응원하고, 놀이하는 자처럼 행동하는 미미크리적 특성을 보인다.'를 통해, '미미크리'가 아닌 '아곤'을 구경하는 관중이 아곤의 참가자를 응원하며 '미미크리'의 특성을 보인다는 것을 알 수 있다. 또한 아곤을 구경하는 관중이 놀이하는 자에 스스로를 대입하여 응원한다고는 했지만 아곤에 참여했을 때의 경험을 바탕으로 하는지는 알 수 없다.
⑤ (나) 2문단의 '아곤은 경쟁을 포함한 놀이 형태로, 기회의 평등이 설정된 인위적 환경에서 하나의 자질만으로 상대방과 경쟁하는 것이다.'를 통해 볼 때, 아곤은 기회의 평등이 실현된 환경에서 상대방과의 경쟁에서 승리하는 것을 목적으로 한다는 점을 알 수 있다. 기회의 평등을 실현하기 위해 놀이 과정에서 참가자가 지닌 특정 자질의 유불리를 발견하는 것은 아곤을 위한 경기 환경과 관련될 뿐, 그 자체가 아곤의 목적은 아니다.

085 관점의 적용   답 ②

〈보기〉에서는 규칙성을 기준으로 놀이를 구분하였는데 즉흥적, 비통제적, 파괴적 성격을 갖는 파이디아는 무규칙성을 지닌다고 판단할 수 있다. 그리고 순수한 파이디아에 규칙이나 기술 등이 추가되면 놀이의 여러 형태로 발전된다고 하였다. 한편 (나)의 2문단에 따르면 알레아는 룰렛이나 제비뽑기와 같이 우연을 이용해 진행하는 놀이로, 알레아에서 우연의 불평성은 해소되지 않고 게임의 요소로 이용된다. 그러나 여기서 우연은 게임의 원리에 해당하는 것이지 알레아에서 규칙이나 기술을 배제한다는 의미는 아니다. 알레아에 속하는 룰렛이나 제비뽑기의 경우도 우연성을 이용할 뿐 규칙이나 기술은 존재한다.

오답 피하기
① (나)의 2문단에서 일링크스는 일상에서 억제되어 있는 욕구, 즉 혼란이나 파괴와 직접적 연관성을 가진다고 하였다. 이러한 일링크스의 특성은 통제되지 않고 파괴하려는 욕구와 관련된 〈보기〉의 파이디아의 성격과 유사성이 있다고 볼 수 있다.
③ (나)의 2문단에서 아곤은 경쟁을 포함한 놀이 형태로, 기회의 평등이 설정된 인위적 환경에서 하나의 자질만으로 상대방과 경쟁하는 것이라 하였다. 그런데 〈보기〉의 루두스는 타인이 아닌 스스로와의 경쟁을 통해 어려움을 극복하려는 것이므로, 아곤과 차이점이 있다고 볼 수 있다.
④ (나)의 2문단에서 일링크스는 일정한 규칙 없이 일상적 논리와 감각의 안정을 파괴함으로써 일시적 불안정 상태를 즐기는 놀이라고 하였다. 그런

데 〈보기〉의 루두스는 충동이 아닌 강제적 규율과 의도적 장애물을 설정해 놀이하는 것이므로 규칙을 배제하는 일링크스와 차이가 있다고 할 수 있다.

⑤ (나)의 2문단에서 미미크리는 일상에서 분리된 허구의 세계를 받아들인다는 전제하에 진행되는 놀이 형태로, '~인 체하기'를 수용하는 것이 유일한 규칙이라고 하였다. 〈보기〉에서 루두스의 참가자들은 어려움을 극복하며 마치 자기가 영웅이 된 듯한 느낌을 갖게 된다고 하였는데, 이는 '~인 체'하며 일상에서 분리된 허구를 받아들인다는 점에서 미미크리와 유사성이 있다고 볼 수 있다.

086 어휘의 의미 파악   답 ①

ⓐ의 '여기다'는 문맥상 '마음속으로 그러하다고 인정하거나 생각하다.'의 의미로 사용되었다. 따라서 '마음속으로 그러하다고 보거나 여기다.'라는 뜻의 '치부하다'와 바꾸어 쓸 수 있다.

오답 피하기

② ⓑ의 '취하다'는 '일정한 조건에 맞는 것을 골라 가지다.'의 의미이므로, '여럿 가운데서 어떤 것을 뽑아 정하다.'라는 뜻의 '선정하다'는 ⓑ와 바꾸어 쓰기에 적절하지 않다.

③ ⓒ의 '지니다'는 '바탕으로 갖추고 있다.'의 의미이므로, 물건이나 땅 등을 '가지고 있다.'라는 뜻의 '소유하다'는 ⓒ와 바꾸어 쓰기에 적절하지 않다.

④ ⓓ의 '받아들이다'는 '다른 문화, 문물을 받아서 자기 것으로 되게 하다.'의 의미이므로, '청하는 일을 하도록 들어주다.'라는 뜻의 '허락하다'는 ⓓ와 바꾸어 쓰기에 적절하지 않다.

⑤ ⓔ의 '보이다'는 '대상의 내용이나 상태가 짐작되다.'의 의미이므로, '생각하는 것을 털어놓고 말하다.'라는 뜻의 '피력하다'는 ⓔ와 바꾸어 쓰기에 적절하지 않다.

[087~092] (가) 빈곤의 유형과 빈곤선
(나) 빈곤 및 소득 불평등 정도의 측정 방법

Ⓔ 포인트

수능 연계 교재에서는 소득 불평등 정도를 측정하는 방법으로 로렌츠 곡선과 지니 계수, 10분위 분배율과 5분위 배율, 팔마 비율을 소개한 글을 지문으로 제시하였다. 우리 교재에서는 로렌츠 곡선, 지니 계수, 10분위 분배율, 5분위 배율 등 소득 불평등 정도를 측정하는 방법 및 빈곤율, 빈곤갭 등 빈곤 정도를 측정하는 방법을 설명한 글과, 빈곤의 유형과 빈곤선을 산출하는 방법에 대해 설명한 글을 엮어 주제 통합 지문으로 구성하였다. 이를 통해 부의 분배와 관련된 주요 이슈인 빈곤과 소득 불평등을 관련지어 이해할 수 있도록 하였다.

(가) 빈곤의 유형과 빈곤선

▶ 해제   이 글은 빈곤의 유형을 나눈 후 각 유형에 따라 빈곤선을 산출하는 방법을 제시하고 있다. 먼저 빈곤의 뜻을 밝히고 빈곤의 유형을 절대적 빈곤, 상대적 빈곤, 주관적 빈곤으로 구분한 후, 각각의 유형에 대하여 차례로 설명하였다. 그리고 각각의 빈곤 유형에서 빈곤의 기준이 되는 빈곤선을 설정한다는 점도 밝히고 있다. 절대적 빈곤의 개념과 이에 따라 빈곤선을 산출하는 전물량 방식과 반물량 방식의 장단점, 상대적 빈곤의 개념과 상대적 빈곤선 설정의 쟁점 및 단점, 주관적 빈곤의 개념과 주관적 빈곤선 설정 방법 등을 병렬적으로 제시하였다.

▶ 주제   빈곤의 유형과 빈곤선을 산출하는 다양한 방법

▶ 구성

1문단	절대적 빈곤의 개념과 절대적 빈곤선을 설정하는 전물량 방식
2문단	절대적 빈곤선을 설정하는 반물량 방식
3문단	상대적 빈곤의 개념과 상대적 빈곤선의 설정 방식
4문단	주관적 빈곤의 개념과 주관적 빈곤선의 설정 방식

(나) 빈곤 및 소득 불평등 정도의 측정 방법

▶ 해제   이 글은 한 사회의 빈곤의 정도 및 소득 불평등 정도를 측정하는 방법을 설명하고 있다. 먼저 빈곤의 정도와 관련하여 전통적 방식인 빈곤율 측정법을 소개하고 그 장단점을 밝힌 후, 이를 보완하기 위해 고안된 빈곤갭 측정법을 제시하였다. 빈곤 인구의 수적 비율만 나타내는 빈곤율과 달리 빈곤갭은 빈곤의 심도를 나타낼 수 있다. 그리고 소득 불평등의 정도를 측정하는 방법으로 먼저 지니 계수와 로렌츠 곡선에 대해 설명한 후, 소득 분포에 따른 소득의 점유율을 이용하는 방법으로 10분위 분배율과 5분위 배율을 제시하였다.

▶ 주제   빈곤 및 소득 불평등 정도를 측정하는 방법

▶ 구성

1문단	빈곤의 정도를 측정하는 방법 ① – 빈곤율 측정
2문단	빈곤의 정도를 측정하는 방법 ② – 빈곤갭 측정
3문단	소득 불평등도를 측정할 때 활용되는 지니 계수
4문단	로렌츠 곡선을 통해 지니 계수를 구하는 방법
5문단	소득 불평등도를 측정하는 10분위 분배율과 5분위 배율

087 글의 전개 방식 파악   답 ③

(가)는 빈곤의 유형을 그 개념에 따라 절대적 빈곤, 상대적 빈곤, 주관적 빈곤으로 나누어 설명하고 있다. (나)는 빈곤 정도를 측정하는 방법을 그 측정 대상에 따라 빈곤율 측정법과 빈곤갭 측정법으로 나누어 설명하고 있다. 따라서 (가)와 (나) 모두 화제와 관련하여 일정한 기준으로 대상을 분류하여 설명하고 있다고 볼 수 있다.

오답 피하기

① (가)에 화제에 대한 이론들이 제시되어 있긴 하지만 이를 평가하여 종합적 결론을 도출하고 있지는 않다.

② (나)는 화제에 대한 통념의 변화 과정을 제시하고 있지 않으며 시기별로 살펴보는 통시적 고찰 역시 보여 주고 있지 않다.

④ (나)는 1문단에서 구체적 사례를 통해 빈곤율 측정 방식의 문제점을 설명하고 있으나 (가)는 구체적 사례를 제시하고 있지 않다.

⑤ (가)에는 빈곤선을 산출하는 방식에 대한 다양한 학자들의 견해가 제시되어 있으나 그 한계에 대한 언급은 나타나지 않는다. (나)에는 빈곤율을 측정하는 방법이 가진 한계가 제시되어 있으나 빈곤 및 소득 불평등 정도를 측정하는 방법에 대한 다양한 학자들의 견해는 제시되어 있지 않다.

088 세부 정보 파악   답 ②

(가)의 2문단에 따르면 반물량 방식은 최저 생활에 필요한 식료품비만 산출하고 여기에 가계 총 지출액에서 식료품비가 차지하는 비중을 나타내는 엥겔 계수의 역을 곱하여 전체 최저 생계비를 추정하는 방식이다. 따라서 반물량 방식의 경우 엥겔 계수가 클수록 그 역은 작아질 것이므로 최저 생계비가 작아진다는 것을 알 수 있다.

오답 피하기

① (나)에 제시된 그래프에서 지니 계수는 균등 분포선과 로렌츠 곡선의 사이 부분을 삼각형 ABC로 나눈 값이다. 완전 평등의 경우 대각선 AB와 일치하므로 이 부분의 면적이 0이 되고, 완전 불평등의 경우 직각선 BC와 일치하므로 면적은 삼각형 ABC와 동일해진다. 따라서 지니 계수는 완벽하게 불평등한 분배 상태를 나타내는 값인 1이 최댓값, 완벽하게 평등한 분배 상태를 나타내는 값인 0이 최솟값이 된다.

③ (가)의 1, 2문단에 따르면 전물량 방식은 생활하기 위해 필요한 모든 생필품을 대상으로 하는 반면, 반물량 방식은 식료품만을 대상으로 하기 때문에 전물량 방식은 반물량 방식에 비해 고려하는 생필품의 목록이 많다.

④ (가)의 3문단에 따르면 상대적 빈곤은 특정 사회의 전반적인 생활 수준과 밀접한 관련하에 상대적 박탈과 불평등의 개념을 반영한 빈곤의 개념이다. 즉 이는 특정 사회의 생활 수준을 감안하여 빈곤을 규정한 것이라 할 수 있다.

⑤ (가)의 1문단에 따르면 절대적 빈곤은 빈곤의 절대적 기준이 되는 빈곤선을 설정하고 개인이나 가구의 소득이 빈곤선에 미치지 못하는 경우 절대적 빈곤 상태라 판단하는 것이다. 이때 빈곤선의 설정은 최저 생계비를 추산하는 방식으로 이루어진다.

089 시각 자료에의 적용   답 ④

(나)의 5문단에 따르면 5분위 배율은 상위 20% 가구의 소득 점유율을 하위 20% 가구의 소득 점유율로 나눈 것이므로 빈부의 격차가 클수록 그 값이 커진다. 〈보기〉의 그래프를 보면 Q국은 소득 분포

가 빈곤선 근처에 형성되어 있는 반면, 상대적으로 P국은 양극화되어 있다. 즉 P국의 빈부 격차가 Q국보다 더 크다고 할 수 있다. 따라서 5분위 배율은 Q국보다 P국이 높을 것임을 알 수 있다.

오답 피하기

① 빈곤율은 빈곤선 아래에 있는 사람들이 차지하는 비율이기 때문에 P국과 Q국의 빈곤율은 모두 30%로 동일하다.

② P국의 경우 빈곤선 아래에 있는 사람들을 빈곤선까지 끌어올리기 위해 필요한 소득이 Q국보다 크기 때문에 Q국보다 P국의 빈곤갭이 더 크다고 볼 수 있다.

③ 〈보기〉를 통해 P국과 Q국의 빈곤율은 동일하지만 P국이 Q국보다 빈부의 격차가 크다는 것을 알 수 있다. 지니 계수의 경우 소득 불평등의 정도가 심할수록 그 값이 커지므로 P국의 지니 계수는 Q국의 지니 계수보다 크다고 볼 수 있다.

⑤ Q국이 P국보다 소득의 불평등도가 낮으므로 로렌츠 곡선이 균등 분포선에 더 가까운 모양을 할 것임을 알 수 있다.

090 내용의 추론   답 ⑤

상대적 빈곤은 특정 사회의 전반적인 생활 수준과 밀접한 관련하에 상대적 박탈과 불평등의 개념을 반영한 것으로, 평균 혹은 중위 소득 비율을 활용하여 빈곤선을 설정한다. 그런데 국민 대부분이 빈곤한 국가의 경우에는 평균 소득이나 중위 소득도 상당히 낮을 것이므로 이것이 절대적 빈곤선보다 낮을 수도 있다. 따라서 국민 대부분이 빈곤한 국가의 경우, 상대적 빈곤이 아니라 절대적 빈곤의 개념을 적용하는 것이 적절하다(㉠). 한편 빈곤율로 빈곤의 정도를 측정하게 되면, 동일하게 빈곤선 아래에 위치했다 해도 그 사람들의 빈곤의 정도가 같지 않을 수 있는데 이를 고려하지 못하기 때문에 한 사회의 빈곤을 정확하게 반영하지 못할 수 있다. 즉 빈곤선 이하에 있는 사람들의 소득 분포가 정확하게 반영되지 않기 때문에 빈곤의 정도를 정확히 측정하기 어려울 수 있다(㉡).

오답 피하기

① ㉡은 빈곤율 측정 방식의 단점을 제시하고 있다. (나)의 1문단에서 빈곤율은 빈곤선 이하의 사람들이 차지하는 비율임을 알 수 있지만, 빈곤선 설정에 대해서는 언급되지 않았으므로 여기에 주관적 판단이 개입되는지 여부를 확인할 수 없다.

② ㉠에서 언급된 국가는 국민 대부분이 빈곤한 상태이므로, 타인과의 비교로 느끼게 되는 상대적 박탈감이 더 크다고 보기 어렵다.

③ 상대적 빈곤은 사회적 생활 수준의 변화에 따라 변동되는 개념이고 상대적 빈곤선 역시 소득이나 중위 소득 변화에 따라 상대적으로 결정되는 것이 맞다. 그러나 이것이 빈곤 상태가 유사하여 그 상대성을 측정하는 것이 의미가 없는 경우인 ㉠의 이유는 아니다.

④ 빈곤선 아래에 위치한 사람들의 수를 세는 것이 빈곤율 측정 방법이다. 따라서 정확하게 수를 세는 것이 불가능하다는 것은 정확한 빈곤율 측정이 불가능하다는 결과로 이어질 뿐, 빈곤의 분포를 정확히 반영하기 어렵다는 ㉡의 이유가 되지 못한다.

091 구체적 사례에의 적용   답 ②

A국은 4인 가구 기준 생필품을 정하고 통계적 방식으로 품목당 가

격과 사용량, 내구연한 등을 정해 최저 생계비를 산출해 왔으므로 전물량 방식으로 빈곤선을 설정한 것이다. 2009년의 최저 생계비가 2000년 대비 낮아지게 된 이유는 A국의 금융 위기와 재정 악화로 인해 최저 생계비 산출 시 생필품의 선정과 사용량이 최소한도로 억제되었기 때문이지, 반물량 방식에 따라 식료품비만 기준으로 하여 최저 생계비를 설정했기 때문이 아니다. 즉 전물량 방식을 따르되 기준이 되는 생필품의 목록과 양을 축소한 것이다. 따라서 2009년에 최저 생계비가 낮아진 이유가 빈곤선 설정을 반물량 방식으로 바꿨기 때문이라고 보는 것은 적절하지 않다.

오답 피하기

① 10분위 분배율은 하위 40% 가구의 소득 점유율을 상위 20% 가구의 소득 점유율로 나눈 것인데, A국의 경우 금융 위기로 인해 소득 상위 20%의 소득 점유율은 이전보다 증가한 반면, 소득 하위 40%의 소득 점유율은 감소했다. 따라서 A국의 10분위 분배율은 금융 위기 이전과 비교해 볼 때 낮아졌을 것이다.

③ 금융 위기로 인해 A국은 소득 불평등의 정도가 더 심해졌음을 알 수 있다. 누적 인원 대비 누적 소득을 그래프로 나타낼 때 균등 분포선과 로렌츠 곡선에 의해 형성되는 면적이 소득의 불평등 정도를 나타내므로, 소득 불평등이 심화됨에 따라 그 면적은 더 넓어졌을 것이다.

④ 〈보기〉를 통해 A국 재정이 악화되면서 생필품 선정 및 사용량이 최소한도로 억제되었다는 것을 알 수 있다. (가)의 1문단으로 보아 생필품 선정과 사용량 결정에는 전문가의 자의성이 개입될 여지가 있다. 따라서 2009년에 A국의 중위 소득 대비 최저 생계비가 2000년보다 낮아진 것은 최저 생계비 산출에 전문가의 자의적 판단이 개입되었기 때문이라고 할 수 있다.

⑤ A국에서 4인 가구 기준 생필품을 정하고 통계적 방식으로 품목당 가격과 사용량, 내구연한 등을 정해 최저 생계비를 산출한 것은 절대적 빈곤의 개념에 따른 것이다. 반면 2010년부터 중위 소득의 40% 선으로 최저 생계비를 정한 것은 소득 편차로 인한 소외감, 즉 상대적 박탈감을 고려하여 상대적 빈곤의 개념을 우선적으로 적용한 것이다.

092 어휘의 의미 파악   답 ⑤

'나누다'는 ⓔ에서 '하나를 둘 이상으로 가르다.'의 의미로 사용되었고, ⑤에서는 '여러 가지가 섞인 것을 구분하여 분류하다.'의 의미로 사용되었다.

오답 피하기

① '공간적 거리나 수준 따위가 일정한 선에 닿다.'의 의미로 사용되었다.
② '하기가 까다롭거나 힘들지 않다.'의 의미로 사용되었다.
③ '어떤 경우, 사실이나 기준 따위에 의거하다.'의 의미로 사용되었다.
④ '자기 것으로 하다.'의 의미로 사용되었다.

[093 ~ 098] (가) 토대론에 대한 데리다와 가다머의 입장
(나) 예술 작품에 대한 토대론적 해석 이론

E 포인트

수능 연계 교재에서는 인식론의 한 입장인 토대론에서 주장한 기초 믿음과 이와 관련한 고전적 토대론, 최소 토대론의 입장에 대해 설명하고 토대론의 한계를 밝힌 글을 지문으로 제시하였다. 우리 교재에서는 토대론를 비판한 데리다와 가다머의 이론을 설명한 글과, 토대론에 기반한 예술 작품 해석 이론을 설명한 글을 엮어 주제 통합 지문으로 구성함으로써 토대론을 둘러싼 다양한 이론들에 대한 배경지식을 확장할 수 있도록 하였다.

(가) 토대론에 대한 데리다와 가다머의 입장

▶ 해제   이 글은 토대론의 한계를 비판한 데리다와 가다머의 견해를 소개하고 있다. 토대론은 다른 믿음들을 정당화하는 근거가 되는 기초 믿음인 토대 위에 지식이나 신념 체계가 구축된다고 본다. 데리다는 위계의 역전, 차연의 개념 등을 통해 토대론이 말하는 의미의 계층 구조가 불가능함을 보임으로써 토대론을 해체하려 하였다. 데리다에 의하면 기표의 의미는 끝없이 다른 기표로 유예되는 과정 속에서 존재하므로 고정된 지식이란 없고 지식은 변화하며 형성되는 것이다. 한편 가다머는 토대를 재개념화하였다. 가다머는 전통에 의해 형성된 사고인 선이해라는 개념을 상정하고, 인식 주체가 선이해를 바탕으로 형성한 현재 지평과 역사적 지평이 융합을 통해 상호 작용하면서 새로운 지평을 형성하는 과정을 이해의 과정으로 보았다. 즉 이해는 결과가 아닌 과정 속에 있고 끊임없이 변화하므로 의미라는 토대 역시 해석의 과정에서 형성된다는 것이다.

▶ 주제   토대론을 비판한 데리다와 가다머의 견해

▶ 구성

1문단	토대론의 관점과 그 한계에 대한 비판
2문단	토대론을 비판한 데리다의 견해
3문단	토대론을 비판한 가다머의 견해

(나) 예술 작품에 대한 토대론적 해석 이론

▶ 해제   이 글은 토대론적 해석 이론인 의도주의와 형식주의의 관점에 대해 소개하고 있다. 의도주의는 작품의 의미가 작가의 의도에 의해 결정된다고 보는 관점으로, 작품에 대한 하나의 타당한 해석만 존재한다는 것을 인정하지 않는 역사주의와 심리주의에 의해 비판받았다. 이에 의도주의 입장인 허쉬는 의미와 의의, 해석과 비평을 구분하고 역사주의와 심리주의가 해석과 비평을 혼동하였다고 지적하였다. 한편 형식주의는 작품의 의미가 작품 내부에서 형성된다고 보고 작품에 내재한 형식 요소나 구조를 분석하여 의미를 도출하고자 한다. 이는 작품의 의미가 작품 내의 공적 규범을 통해 자율적으로 결정된다는 자율주의와 맥이 통한다. 이에 대해 허쉬는 작품 내의 공적 규범이 의미를 찾는 단서가 될 수는 있으나 실제 의미를 결정해 주지는 못한다고 비판하였다. 그러나 형식주의 입장인 비어즐리는 작가가 의도하지 않은 의미가 작품에 존재할 수 있음을 들어 허쉬의 주장을 반박하였다.

▶ 주제   토대론적 해석 이론인 의도주의와 형식주의

▶ 구성

1문단	토대론적 해석 이론인 의도주의와 형식주의
2문단	의도주의의 관점과 이에 대한 비판
3문단	의도주의 입장인 허쉬의 견해
4문단	형식주의의 관점과 이에 대한 허쉬와 비어즐리의 주장

093 세부 정보 파악　　　　　　　　답 ⑤

(나)의 3문단에 의하면 허쉬는 의미와 의의를 구분하였는데, 의미는 해석의 대상이자 지식의 대상으로 변하지 않는 것이다. 그리고 의의는 의미가 문맥과 맺는 관계로서 비평의 대상이자 가치의 영역에 속하는 것으로 변하는 것이다. 따라서 허쉬는 예술 작품의 의미는 변하지 않는 것이므로 지식의 대상이 될 수 있다는 관점을 보이고 있다.

오답 피하기

① (가)에 소개된 새로운 개념인 '기표의 유예', '차연', '융합 지평' 등은 토대론을 비판하는 학자들이 제시한 것이다. 데리다는 토대론을 해체하고자 하였고 가다머 역시 토대론의 주장을 거부하였다. 따라서 토대론을 현대 인식론에 적용하기 위해 이러한 개념들을 제시한 것이라고 이해하는 것은 적절하지 않다.

② (가)의 1문단에 의하면 토대론은 지식이나 신념 체계가 어떤 확실한 토대 위에서 구축된다는 입장이다. 여기서 토대는 다른 믿음들을 정당화하는 근거가 되는 기초 믿음, 즉 다른 믿음에 의해 정당화될 필요가 없는 절대적 믿음을 가리킨다. 3문단에 따르면, 가다머는 토대라는 구조 자체는 받아들여 이를 재개념화하였다. 그러나 가다머가 규정한 '선이해'는 문화나 철학과 같은 전통에 의해 형성된 사고로, 인식 주체는 선이해를 바탕으로 현재 지평을 형성하고 현재 지평은 역사적 지평과 융합하면서 새로운 지평을 형성한다. 이를 통해 새롭게 형성된 지평은 다음 이해의 선이해가 되므로, 선이해는 토대론에서 의미하는 고정된 절대적인 '토대'와 다르다. 따라서 토대론에서 말하는 '토대'를 가다머의 이론에서 '선이해'로 정의한 것이 아니다.

③ (나)는 토대론적 해석 이론인 의도주의와 형식주의를 소개하고 있다. (나)의 2문단에서 의도주의는 작품의 의미가 오직 작가의 의도에 의해 결정된다고 보는 입장으로, 역사주의와 심리주의의 비판을 받았음을 알 수 있다. 또한 (나)의 4문단에 형식주의 입장인 비어즐리가 의도주의 입장인 허쉬의 비판을 반박하는 내용이 제시되어 있다. 그러나 의도주의 내에서 작품 해석의 목적이 작가의 의도를 발견하는 것이 아닐 수 있다는 반론이 제기되었다는 내용은 찾아볼 수 없다.

④ (나)의 2문단에 따르면, 역사주의와 심리주의는 단 하나의 타당한 해석을 인정하지 않는 것이지, 작품 해석의 기준이 될 수 있는 어떠한 원리도 존재하지 않는다고 보는 입장이라고 할 수는 없다. 역사주의는 예술 작품이 오늘날 우리에게 의미하는 바를, 심리주의는 감상자가 자신의 심리로 예술 작품을 어떻게 해석하는지를 기준으로 삼는다고 할 수 있다.

094 정보 간 관계 파악　　　　　　　　답 ②

(가)의 3문단에 따르면, ⓒ은 우리가 객관적인 토대가 아닌 이해의 지평 속에서 텍스트를 해석한다고 주장한다. 이때 이해의 지평은 인식 주체가 선이해를 바탕으로 형성한 지식이나 신념 같은 현재 지평과 역사적 지평 간 융합을 통한 상호 작용으로 형성하는 새로운 지평에 해당한다. 즉 해석에는 해석자의 주관이 개입될 수밖에 없으므로 ⓒ은 해석에서 의미의 절대적 객관성이 불가능하다고 볼 것이다. 그리고 (가)의 2문단에 따르면, ㉠은 토대를 바탕으로 하는 의미의 계층 구조가 애초에 불가능하다고 주장하며, 하나의 절대적 의미란 없고 의미는 항상 다른 해석의 가능성을 내포하기에 확실한 토대라고 여기는 개념도 결국 불안정한 언어적 구성물로 유동적인 성격을 지닌다고 본다. 따라서 ㉠ 역시 해석에서 의미의 절대적 객관성이란 불가능하다고 볼 것이다.

오답 피하기

① (가)의 2문단에 따르면, ㉠은 의미의 계층 구조가 애초에 불가능함을 보여 토대론을 해체하려 하였다. 반면 (가)의 3문단에 따르면, ⓒ은 토대라는 구조 자체는 인정하였고, 이해의 기본 조건이 되는 '선이해'라는 개념을 제시하였다. '선이해'는 개인이 임의로 생성하거나 제거할 수 없는, 전통에 의해 형성된 사고이므로 개인이 해체할 수 없는 체계라고 볼 수 있다. 또한 (나)의 1문단에 따르면, ⓒ은 토대론에 기반을 둔 입장으로, 예술 작품의 해석에서 그 정당성을 보장하는 확고한 기준이 존재한다고 본다. 즉 확고한 토대에 근거하여 예술 작품을 해석하려는 입장이다. 따라서 ㉠과 달리 ⓒ과 ⓒ은 토대가 되는 구조 그 자체의 존재를 인정하는 입장이라고 할 수 있다.

③ (가)의 3문단에 따르면, ⓒ은 언어와 의미, 지식이나 믿음에 대한 이해 과정을 선이해와 융합 지평을 통해 설명하였는데, 이때 이해의 과정이란 선이해를 바탕으로 형성한 현재 지평과 역사적 지평이 융합하여 새로운 지평을 형성하는 과정이다. 선이해는 전통에 의해 형성된 사고이고, 역사적 지평은 과거로부터 축적된 이해의 산물로 텍스트로 전해지는 수많은 지식이 이에 해당하므로 역사적 전통과 언어의 맥락 속에 있다고 할 수 있다. 따라서 지식에 대한 이해가 역사와 언어의 맥락 속에서 이루어진다는 것은 ⓒ의 입장과 부합한다. 한편 ⓒ의 의도주의의 경우 작가의 삶과 관련지어 작품의 의미가 해석된다고 보았다는 점에서 개인의 역사적 맥락이 고려된다고 볼 여지는 있으나, 역사적 전통과는 거리가 멀다.

④ (가)의 3문단에 따르면, ⓒ은 선이해를 바탕으로 형성된 현재 지평과 역사적 지평이 융합하여 새로운 지평을 형성하는 과정이 이해의 과정이라고 설명한다. 따라서 ⓒ은 이해의 기본 조건인 선이해가 있어야 새로운 이해에 도달할 수 있다고 볼 것이다. '선이해'는 가다머가 사용한 개념으로, (가)와 (나)에서 ㉠, ⓒ이 이 개념을 도입하였는지는 알 수 없다.

⑤ (가)의 1문단에서 ㉠은 토대론이 지닌 한계를 비판하는 입장임을 알 수 있다. ㉠은 토대를 전제한 의미의 계층 구조를 해체하는 방식으로 논의를 전개한다. 반면 ⓒ은 토대론에 입각하여 예술 작품의 해석에서 그 정당성을 보장하는 확고한 기준이 존재해야 한다는 입장으로, 고정된 토대의 개념을 수용한다고 볼 수 있다. 따라서 ⓒ과 달리 ㉠은 토대론의 한계를 지적하며 토대론을 해체하고자 했다고 볼 수 있다.

095 관점의 파악　　　　　　　　답 ④

(나)의 1문단에 따르면, 토대론적 해석 이론은 예술 작품의 해석에서도 그 정당성을 보장하는 확고한 기준이 존재해야 한다고 보는 입장으로, 의도주의와 형식주의의 두 가지 방향으로 발전되었다. 즉 의도주의와 형식주의는 모두 토대론적 해석 이론에 해당한다. 그리고 4문단에 따르면 비어즐리는 형식주의 입장이므로, 예술 작품 해석의 정당성을 보장하는 확고한 기준, 즉 예술 작품의 의미가

정당한지를 담보해 주는 확실한 체계가 있다고 볼 것이다. 4문단의 설명에 따르면 형식주의에서 작품 해석의 기준으로 삼는 것은 작품에 내재한 형식 요소나 구조 등이다.

오답 피하기
① (나)의 3문단에 따르면 허쉬는 해석의 대상은 작품의 의미이며, 비평의 대상은 작품의 의의라고 하였다.
② (나)의 3문단에 따르면, 의도주의 입장인 허쉬는 해석과 비평을 구분하였는데, 해석은 작품이 명시적 또는 함축적으로 재현하는 의미, 즉 작가의 의도를 해명하는 것이고, 비평은 해석의 결과에 기초하여 작품의 의미를 더 큰 문맥 속에서 하나의 요소로 평가하는 것이다. 따라서 허쉬의 관점에서 비평가의 역할은 작가의 의도를 밝혀내는 것에만 한정되지 않는다.
③ (나)의 4문단에 따르면 비어즐리는 작가가 의도하지 않았던 의미가 작품에 존재할 수 있다고 보았는데, 이는 작품의 의미와 작가의 의도가 별개로 존재할 수 있다는 것을 강조한 말로, 작가의 의도가 작품에 구현되지 않는다는 것을 의미하지는 않는다.
⑤ (나)의 4문단에 따르면, 형식주의는 작품에 내재한 형식 요소나 구조를 분석하여 의미를 도출한다. 비어즐리는 형식주의 입장이므로, 예술 작품 해석의 타당성을 확보하기 위해서는 작품의 형식 요소나 구조에 대한 분석이 먼저 이루어지고, 이 분석을 바탕으로 의미를 도출해 내야 한다고 볼 것이다.

096 세부 정보 파악 답 ②

(나)의 2문단에 따르면, 의도주의는 작품의 의미가 오직 작가의 의도에 의해 결정된다고 보는데, 이는 다시 말해 작가의 의도에 해당하는 참인 해석이 존재하며 이것만이 타당하다는 관점이다. 따라서 양립 불가능한 다수의 해석이 있을 때 하나만 참이면 나머지는 거짓이므로 받아들이지 않는다는 것이다. ②에서 '서로 부합하지 않는 두 가지 해석'은 양립 불가능한 두 가지 해석에 해당하므로, 이 경우 의도주의에서는 작가의 의도에 해당하는 해석만을 참으로 판단할 수 있다. 또한 두 가지 해석이 모두 작가의 의도에 해당하지 않는다면 모두 거짓으로 판단할 수 있다. 따라서 ②는 의도주의에 대한 비판으로 적절하지 않다.

오답 피하기
① (나)의 2문단에 따르면, 의도주의를 비판하는 심리주의는 예술 작품의 의미가 감상자가 자신의 심리로 작품을 어떻게 해석하느냐에 따라 변한다고 본다. 즉 심리주의는 작품의 해석에서 감상자의 심리적 반응을 중요하게 여긴다. 따라서 의도주의가 작품의 해석에서 감상자의 반응이나 심리적 효과를 간과한다고 비판할 수 있다.
③ (나)의 2문단에 따르면, 의도주의를 비판하는 역사주의와 심리주의는 단하나의 타당한 해석을 인정하지 않는다. 역사주의는 작품이 오늘날 의미하는 바를, 심리주의는 감상자의 심리에 따른 해석을 중시한다. 또한 4문단에 따르면, 형식주의는 작가의 의도나 감상자의 주관적 해석이 아니라 색채나 형태, 언어의 관습적 규범 등과 같이 작품에 내재한 형식 요소나 구조 등을 해석의 기준으로 삼는다. 따라서 작가의 의도만이 해석의 기준이라는 의도주의에 대해, 정당한 작품 해석을 결정하는 다른 요소들이 존재할 수 있다는 점을 들어 비판할 수 있다.
④ 의도주의는 작품의 의미가 오직 작가의 의도에 의해 결정된다는 입장인데, (나)의 2문단에 따르면, 역사주의와 심리주의는 작가의 의도를 알 수 없으면 작품의 의미도 알 수 없게 된다고 지적하였다. 즉 기록의 부재 등

으로 인해 작가의 의도를 알 수 없는 상황에서는 작품의 의미도 알 수 없게 되는 문제가 생긴다는 것을 근거로 의도주의를 비판할 수 있다.
⑤ (나)의 4문단에 따르면, 형식주의 입장인 비어즐리가 의도주의 입장인 허쉬의 견해를 반박하면서 작품이 의미하는 바와 작가가 의미하는 바가 별개일 수 있다고 하였으므로, 의도주의가 이 둘을 구분하지 않는 오류를 범할 수 있다는 것을 근거로 의도주의를 비판할 수 있다.

097 관점의 적용 답 ③

〈보기〉에서는 해석 진술 형식을 '기술 + 해석'으로 구분한 후, '기술'은 참 또는 거짓으로 판정되는 고정된 의미인 반면, '해석'은 해석자가 주관적으로 형성하는 것으로 참 또는 거짓으로 판정되지 않는다고 하였다. (나)의 3문단에 따르면, 허쉬는 해석의 대상은 작품의 의미이고, 비평의 대상은 의미가 다른 것들과 관련을 맺어 생겨나는 작품의 의의라고 하였다. 이때 의미는 작품에 의해 재현되는 것, 작가가 기호를 사용해 나타내는 것으로 지식의 대상이다. 〈보기〉의 '기술'은 허쉬의 '해석'에, 〈보기〉의 '해석'은 허쉬의 '비평'에 대응된다고 볼 수 있다. 〈보기〉에서 기술 부분인 '작품 속 A'는 작품 속에서 발견되는 고정된 의미이고 참 또는 거짓으로 판정이 된다고 하였으므로, (나)의 허쉬는 '작품 속 A'를 작가의 의도를 바탕으로 해석되고 참과 거짓을 판단할 수 있는 지식의 대상으로 볼 것이다.

오답 피하기
① (가)의 2문단에 따르면, 데리다는 위계를 역전하고 차연이라는 개념을 도입하여 토대와 같은 구조, 즉 고정된 절대적 의미가 있다는 것이 애초에 불가능함을 주장하였다. 이를 바탕으로 데리다는 하나의 절대적 의미란 없고 의미는 항상 다른 해석의 가능성을 내포하며, 결국 고정된 지식은 없고 지식은 변화하며 형성되는 것이라고 보았다. 〈보기〉에서는 작품 속에서 무엇을 발견느냐에 따라, 해석자들이 서로 다른 관점으로 다양한 해석을 할 수 있기 때문에 해석을 참 또는 거짓으로 평가할 수 없다고 하였다. 이는 절대적이고 고정된 해석이 없다는 취지이므로 데리다는 이를 긍정할 것이다.
② (가)의 3문단에 따르면, 가다머는 의미라는 토대가 해석의 과정에서 형성된다고 보았다. 가다머는 우리가 역사, 문화 등의 맥락 가운데 있는 이해의 지평 속에서 텍스트를 해석하며, 해석은 해석자와 텍스트 간의 상호 작용으로 이루어진다고 보았다. 〈보기〉에서도 해석을 해석자가 작품과 상호 작용한 결과로 보고 있으므로 가다머는 이러한 관점에 동의할 것이다.
④ (나)의 1문단으로 보아 형식주의 역시 토대론적 해석 이론이므로 해석의 정당성을 보장하는 확고한 기준의 필요성을 인정했음을 알 수 있다. 또한 4문단에서 비어즐리가 형식주의 입장이며, 형식주의는 감상자의 주관적 해석이 아닌 작품에 내재한 형식 요소나 구조를 분석하여 의미를 도출하고자 하는 해석 이론이라고 하였다. 즉 형식주의는 주관적 근거가 아닌 객관적 근거를 중시하였고, 그 객관적 근거로 작품 내적 요소나 구조 등에 주목하였음을 알 수 있다. 〈보기〉에서는 해석 진술 형식을 '기술 + 해석'으로 나누었고 '기술'은 작품 속에서 발견되는 고정된 의미로 해석의 근거라고 하였다. 이는 형식주의에서 중시하는 작품의 내적 요소나 구조 등에 해당하므로 형식주의 입장인 비어즐리는 〈보기〉에서 해석 진술 형식 중 '작품 속 A', 즉 기술을 통해 작품에서 발견되는 고정된 의미를 근거로서 마련한 것에 동의할 것이다.
⑤ (나)의 4문단에 따르면, 형식주의에서 작품의 의미는 작품에 내재한 형식 요소나 구조 등을 분석하여 도출되는 것이다. 형식주의에 따르면 의미란

작품 내부에서 형성되는 것이므로 해석자가 주체적으로 구성할 수 있는 것이 아니다. 반면 〈보기〉에서는 해석자가 기술을 근거로 작품과 상호 작용하여 주관적으로 해석을 형성하며 이렇게 형성된 다양한 해석을 모두 수용 가능하다고 보고 있으므로 형식주의는 이에 동의하지 않을 것이다.

098 어휘의 의미 파악   답 ④

ⓓ의 '재현하다'는 '다시 나타나다. 또는 다시 나타내다.'의 사전적 의미를 지닌다. '나타나거나 또는 나타나서 보이다.'는 '출현하다'의 사전적 의미이다.

오답 피하기
① '지식이나 신념 체계가 구축된다'는 문맥에 사용되고 있으므로, ⓐ의 사전적 의미는 '체제, 체계 따위의 기초가 닦아져 세워지다.'임을 알 수 있다.
② '한계에 봉착한다'는 문맥에 사용되고 있으므로, ⓑ의 사전적 의미는 '어떤 처지나 상태에 부닥치다.'임을 알 수 있다.
③ '과정이 순환된다'는 문맥에 사용되고 있으므로, ⓒ의 사전적 의미는 '주기적으로 자꾸 되풀이되어 돌다.'임을 알 수 있다.
⑤ '분석을 통해 의미를 도출한다'는 문맥에 사용되고 있으므로, ⓔ의 사전적 의미는 '판단이나 결론 따위를 이끌어 내다.'임을 알 수 있다

[099~104] (가) 세력 균형 이론과 세력 전이 이론
(나) 고전적 지정학의 이론들

E 포인트

수능 연계 교재에서는 국제 체제의 안정과 관련한 세력 균형 이론과 패권 안정론에 대해 설명한 글과, 국제 관계에서의 동맹의 개념과 유형에 대해 설명한 글을 엮어 주제 통합 지문으로 제시하였다. 우리 교재에서는 힘의 균형과 관련한 국제 정치 이론으로 세력 균형 이론과 세력 전이 이론을 소개한 글과, 지리적 환경과 국제 정치 간 관계를 다룬 지정학 중 고전적 지정학의 여러 이론을 소개한 글을 엮어 주제 통합 지문으로 구성하였다. 이를 통해 국제 정치를 바라보는 다양한 시각과 국제 정치에 영향을 미치는 요인을 알아볼 수 있도록 하였다.

(가) 세력 균형 이론과 세력 전이 이론

▶ 해제   이 글은 국제 정치를 분석하는 이론들 중 강대국 간의 힘의 균형에 관한 실증적인 연구 이론인 세력 균형 이론과 세력 전이 이론을 소개하고 있다. 국제 정치에서는 현실적으로 강대국의 영향력이 클 수밖에 없음을 제시한 후, 강대국들 간의 힘이 균형을 이룰 때 국제 체제가 안정된다는 세력 균형 이론과 반대로 불균형할 때 안정된다는 세력 전이 이론을 설명하고 있다.

▶ 주제   힘의 균형에 관한 두 가지 국제 정치 이론

▶ 구성
1문단	국제 정치의 개념과 국제 정치 현실
2문단	세력 균형 이론의 관점과 특징
3문단	세력 전이 이론의 관점과 특징

(나) 고전적 지정학의 이론들

▶ 해제   이 글은 지리적 요소를 고려한 국제 정치 분석 이론인 지정학의 개념을 설명하고, 그중 초기 이론인 고전적 지정학의 이론들을 설명하고 있다. 이 이론들은 제2차 세계 대전 이전 유럽과 미국을 중심으로 발전했던 것으로, 모두 힘의 우위에 입각했다는 공통점이 있다. 독일의 라첼은 국가를 생물학적 유기체로 보아 적자생존의 원리를 적용하였고, 이를 발전시킨 키엘렌은 국가 성장의 핵심 동력을 문화로 간주하였다. 또한 영국의 매킨더는 유라시아 대륙의 중심 지역을 중시하며 심장부 이론을 주장하였다. 이를 비판한 미국의 스파이크맨은 매킨더와 반대로 유라시아 대륙의 주변 지역의 중요성을 강조하였다. 이와 같은 고전적 지정학 이론들은 정치적 결정의 기반이 됨으로써 세계사에 큰 영향을 끼쳤다.

▶ 주제   고전적 지정학의 이론들

▶ 구성
1문단	지정학의 개념과 종류
2문단	라첼과 키엘렌의 지정학 이론(독일, 스웨덴)
3문단	매킨더의 지정학 이론(영국)
4문단	스파이크맨의 지정학 이론(미국)

099 글의 전개 방식 파악   답 ②

㉮: '통시적 기준'이란 시간 및 시대의 흐름에 따른 기준을 의미한다. (가)는 힘의 균형에 관한 국제 관계 이론으로 세력 균형 이

론과 세력 전이 이론을 제시하고 있다. 그러나 두 이론은 국가 간의 힘, 즉 세력을 바라보는 관점을 기준으로 나뉘는 것이지 시간이나 시대의 흐름을 기준으로 나뉘는 것이 아니다. 또한 (나)는 1문단에서 지정학의 종류를 통시적 기준에 따라 구분하기는 했지만, 2~4문단에서는 고전적 지정학의 이론들만 설명했을 뿐 그 이외의 다른 이론들은 설명하지 않았으므로, 시간이나 시대의 흐름에 따라 구분한 이론들을 순차적으로 설명한 것이 아니다. 따라서 ㉮는 적절하지 않다.

㉯: (가)의 3문단 첫머리의 '한편'은 2문단에서 설명한 세력 균형 이론과 다른 내용인 세력 전이 이론을 소개한다는 것을 알려 주는 글의 표지에 해당한다. 그리고 (나)의 3문단 첫머리의 '또한'은 2문단에 제시된 두 학자의 주장과 대등한 관계에 있는 새로운 학자의 주장을 추가하여 제시할 것임을 알려 주는 글의 표지이다. 뿐만 아니라 4문단 첫머리의 '한편'은 유럽 학자들의 이론을 소개한 2, 3문단과 달리 미국 학자인 스파이크맨의 견해를 소개한다는 것을 알려 주는 글의 표지이다. 따라서 (가)와 (나) 모두 글의 표지를 활용하여 문단 간의 연결 관계를 명확히 하고 있으므로 ㉯는 적절하지 않다.

㉰: (가)에서는 세력 균형 이론과 세력 전이 이론을 주장한 학자를 언급하지 않았으며, 각 이론과 관련된 특정 학자의 견해를 소개하지도 않았다. 그러나 (나)에서는 고전적 지정학 이론을 '독일의 라첼과 스웨덴의 키엘렌, 영국의 매킨더, 미국의 스파이크맨'이라는 대표 학자를 중심으로 소개하고 있다. 따라서 ㉰는 적절하다.

100 세부 정보 파악 답 ②

(가)의 3문단에서 '산업화 속도에 따라 국력의 차이가 발생하여 패권국, 강대국, 중진국, 약소국이 형성된다고 본다.'라고 하였으므로, 세력 전이 이론에서는 경제 발전의 속도에 따라 국가들을 분류한다고 볼 수 있다. 그러나 2문단에서 세력 균형 이론은 '국가 안보 등에서 같은 목적을 가진 국가들끼리 동맹 관계를 맺음으로써 세력이 형성되며, 국제 정세의 변화에 따라 국가 간 관계는 가변적이라고 본다'고만 설명했을 뿐, 국가를 일정 기준에 따라 분류한다고 밝히고 있지 않다.

오답 피하기
① (가)의 1문단에서 '국제 정치는 국가 간의 정치적 협력·대립·투쟁 등의 관계를 의미하지만, 국제기구나 국제단체와의 정치적 관계를 포괄하기도 한다.'라고 하였다. 따라서 국제기구인 세계 무역 기구와 우리나라 외교부 간의 대립은 국제 정치에 해당함을 알 수 있다.
③ (가)의 2문단을 통해 세력 균형 이론에서는 '힘이 비슷한 두 세력 사이에 세력 균형이 형성된다면 전쟁이 쉽게 일어나지 않을 것', 즉 국가 간에 세력 균형이 이루어졌을 때 국제 정치 체제가 안정된다고 보고 있음을 알 수 있다. 그리고 3문단을 통해 세력 전이 이론에서는 '국가 간 국력의 분포가 불균형할 경우 오히려 국제 정치 체제가 안정'된다고 보고 있음을 알 수 있다. 따라서 세력 균형 이론과 세력 전이 이론에서 국제 정치 체제의 안정 조건은 각각 '세력 균형'과 '세력 불균형'으로 서로 다르다.
④ (가)의 1문단에서 '국제 정치 현실에서 강대국들은 자신들의 이익에 부합

하는 환경과 원칙을 구성하는데, 이는 약소국의 외교 정책에 큰 영향'을 준다고 하였다. 이를 통해 약소국의 외교는 강대국들의 정치적 관계에 영향을 받을 수밖에 없음을 알 수 있다.
⑤ (가)의 2문단에서 '세력 균형 이론은 냉전 체제가 종식된 이후의 국제 정치 현실을 설명하기 어려운 한계가 있다.'라고 하였다. 따라서 세력 균형 이론은 20세기 후반 냉전 체제가 붕괴된 후의 국제 관계를 파악하기에는 적합하지 않음을 알 수 있다.

101 내용의 추론 답 ⑤

(나)의 2문단에 따르면 독일의 라첼은 국가를 유기체로 보고 '먼저 성장한 국가가 그렇지 못한 국가를 흡수하는 것은 당연하다고' 보았는데 이는 힘의 원리에 입각하여 다른 나라를 지배하려는 정치적 결정을 합리화하는 근거가 될 수 있다. 또한 라첼의 이론을 발전시킨 키엘렌이 '우월한 문화를 가진 국가가 더 나은 방식의 문화를 사용할 수 있으므로 더 넓은 영토를 가질 자격이 있다'고 한 것도 같은 맥락으로 이해할 수 있다. 이어 3문단과 4문단에 제시된 매킨더의 심장부 이론이나 스파이크맨의 주변 지역 이론은 모두 힘의 우위에 입각하여 전 세계 지배를 위한 핵심 지역을 제시하고 있는데, 이 역시 다른 나라를 지배하려는 정치적 결정에 명분이 된다고 볼 수 있다. 특히 스파이크맨은 미국의 이익 중심적 사고로 전 세계 질서를 바라보고 있다. 또한 4문단의 마지막 문장에서 고전적 지정학 이론들은 '정치적 결정에 이론적 기초를 제공함으로써 20세기 초 세계사에 큰 영향을 끼쳤다'고 하였다. 이로 볼 때 고전적 지정학은 권력을 통한 지배라는 패권주의적 관점에서 세계를 바라보면서 다른 나라를 지배하려는 정치적 결정에 명분을 부여했다고 평가할 수 있다.

오답 피하기
① (나)의 2문단에서 '고전적 지정학은 유럽과 미국을 중심으로 발전했다.'라고 하였으며, 2~4문단에 언급된 고전적 지정학자들은 모두 힘의 우위에 입각하여 한 나라가 다른 나라를 지배할 수 있다고 주장하였다. 이로 볼 때 고전적 지정학은 서구 중심적 사고로 국제 정치를 분석하였다고 평가할 수 있다. 그러나 4문단에서 '고전적 지정학 이론들은 국제 정치 양상에 대한 분석에 그치지 않고, 정치적 결정에 이론적 기초를 제공함으로써 20세기 초 세계사에 큰 영향을 끼쳤다.'라고 한 것으로 보아, 고전적 지정학이 20세기 초 국제 정치와 괴리되어 있다는 평가는 적절하지 않다.
② (나)의 3문단의 매킨더의 심장부 이론과 4문단의 스파이크맨의 주변 지역 이론은 심장부 지역이나 주변 지역을 중심으로 전 세계를 위계화하여 체계적으로 구분하였으므로, 전 세계 지리에 대한 구조화된 인식의 틀을 제공했다고 볼 수 있다. 그러나 이들의 주장은 힘의 우위에 입각하여 한 나라가 다른 나라를 지배할 수 있다는 것이므로 이상적인 국제 관계 구축에 기여한 것은 아니다.
③ (나)의 2문단에서 라첼은 생물학적 유기체, 적자생존의 원리 등 과학적 사고를 고전적 지정학에 접목시켰다고 하였다. 그러나 강대국이 약소국을 흡수하는 것을 당연하다고 보았으므로 고전적 지정학이 국제 관계를 객관적이고 공정하게 파악하도록 한다고 볼 수 없다.
④ (나)의 2문단에서 라첼은 민족의 생존과 발전에 필요한 물리적, 정치적, 경제적 요소들을 포괄하는 '생존 공간' 개념을 제시하였다고 하였다. 이로 볼 때, 고전적 지정학은 공간의 개념에 지리적 요소뿐만 아니라 정치·경제·문화적 요소를 포함시켰다고 할 수 있다. 그러나 이것이 강대국에 대한 편견을 해소한다는 언급은 나타나 있지 않다.

102 구체적 사례에의 적용   답 ④

(나)의 4문단에서 주변 지역 이론은 유라시아의 주변 지역이 심장부 지역보다 중요하다고 보기 때문에 '한국과 중국 등의 아시아 연안 국가들을 포함하는 주변 지역'을 중요하게 여긴다고 하였다. 그런데 〈보기〉의 ㄴ을 보면 애치슨 선언은 미국의 군사적 영향력이 미치는 범위에서 중국이나 우리나라와 같은 아시아 연안 국가들을 제외하고 일본, 필리핀 등 섬 국가들만 포함하고 있다. 따라서 애치슨 선언을 아시아 연안 국가들에 대한 지배력을 확대하려는 외교 전략으로 보기는 어렵다.

오답 피하기

① (가)의 2문단에서 세력 균형 이론은 국제 정세의 변화에 따라 국가 간 관계가 가변적이라고 본다는 것을 알 수 있다. 이를 〈보기〉의 ㄱ에 적용하면 미국과 소련은 제2차 세계 대전 중에는 협력적인 관계를 유지하며 같은 세력 내에 있다가, 종전 후 독자적인 세력을 형성하고 대립하는 관계로 변했다고 할 수 있다.

② (가)의 3문단을 바탕으로 세력 전이 이론을 〈보기〉의 ㄱ에 적용해 보면, '국제 관계에 큰 영향력을 행사하며 국제 정치를 이끌어' 온 미국은 패권국에 해당하며, '1970년대 이후 국제 사회에서 강대국으로서 지위를 확보'한 일본은 강대국에 속한다. 강대국인 일본이 패권국인 미국과 긴밀한 동맹 관계를 현재까지 유지하고 있으므로 일본은 기존 질서에 만족하는 국가에 해당한다고 볼 수 있다.

③ (나)의 1문단에서 '지정학은 지리적 환경과 정치적 결정, 특히 국제 정치에 관한 결정 사이의 영향 관계를 연구하는 학문'이라고 설명하였다. 그리고 〈보기〉의 ㄴ을 보면 '중국의 공산화'라는 국제 정치 상황의 변화로 미국은 동아시아 지역에 대한 군사적 방어를 하는 지역을 '알류산 열도-일본-오키나와-필리핀'을 연결하는 선이라고 선언했다. 따라서 지정학적 관점으로 보면 애치슨 선언이라는 정치적 결정은 국제 정세의 변화와 동아시아 지역의 지리적 환경을 모두 고려한 것으로 볼 수 있다.

⑤ (가)의 1문단에서 '국제 정치는 국내 정치와도 밀접한 관련이 있어 국내 정치가 국제 정치로 전환되기도 하고, 그 반대의 현상이 일어나기도 한다.'라고 하였고, 〈보기〉의 ㄴ에서 애치슨 선언은 '1950년 한국 전쟁 발발의 원인 중 하나로 지적되었다'고 하였다. 따라서 미국의 애치슨 선언은 우리나라의 입장에서는 국제 정치에 해당한다고 할 수 있고, 이 선언이 국내 정치에 해당하는 한국 전쟁의 발발에 영향을 끼쳤다고 볼 수 있다.

103 정보 간 관계 파악   답 ③

㉠은 세력 균형 이론에서 힘이 비슷한 두 세력 사이에 전쟁이 일어나지 않게 만드는 조건이다. 따라서 ㉠은 전쟁을 억제하는 조건에 초점을 둔 맥락에서 사용되었다. 이와 달리 ㉡은 아메리카 외의 모든 구세계가 분열된 상태를 유지하는 외교 전략을 위한 조건으로 사용되고 있다. 즉 ㉡은 미국의 세계 지배를 위한 외교 전략인 것이다. 따라서 ㉡은 특정 국가인 미국의 이익에 초점을 둔 맥락에서 사용되었다.

오답 피하기

① ㉠과 ㉡은 모두 특정 세력들 간의 관계를 의미하는 것이지, 지역의 지리적 중요성과 관련이 없다.

② ㉠과 ㉡은 모두 세력 간의 힘의 균형을 의미하는 것이지, 두 국가 사이의 갈등을 조정하는 것을 의미하지 않는다.

④ ㉠과 ㉡은 모두 특정 세력 간의 힘의 관계를 의미하는 것이지, 세력 내에서의 분열 또는 통합과는 관련이 없다.

⑤ ㉠은 같은 목적으로 맺어지는 동맹 관계에 기초하여 세력이 형성되고, 힘이 비슷한 특정 세력이 형성되었을 때 나타나는 현상이다. 그러나 ㉡의 경우 동일한 목적을 이루고자 하는 동맹 관계에 기초하는지 알 수 없다.

104 구절의 의미 파악   답 ④

(나)의 3문단에서 매킨더가 ⓓ '세계 섬'은 '유라시아 대륙과 아프리카 대륙을 합친' 것이라고 규정했음을 알 수 있다. 따라서 ⓓ를 '유라시아 대륙'이라고 바꿔 쓰는 것은 적절하지 않다.

오답 피하기

① ⓐ는 국제 정세 변화에 따라 국가 간의 동맹 관계가 변할 수 있다(가변적)고 본다는 의미이다.

② (가)의 3문단에서 '세력 내에서 가장 큰 힘을 지닌 패권국이 새롭게 성장한 도전국의 도전을 잘 관리한다면 안정된 질서를 유지하지만, 패권국과 도전국 사이에 힘의 균형이 생긴다면 전쟁 가능성이 높아진다고 판단한다.'라고 하였다. 이로 보아 세력 전이 이론에서는 국력, 즉 국가 간의 힘에 차이가 날 때 국제 정치 체제가 안정을 이룬다고 봄을 알 수 있다. 따라서 ⓑ는 '국가 간의 힘에 차이가 나는 경우'를 의미한다.

③ (나)의 2문단에서 '우월한 문화를 가진 국가가 더 나은 방식의 문화를 사용할 수 있으므로 더 넓은 영토를 가질 자격이 있다'는 것은 우월한 문화를 가진 나라가 열등한 문화를 가진 나라의 영토를 가질 수 있다는 의미이므로, ⓒ는 '문화가 덜 발달한 나라를 흡수할 수 있'음을 의미한다.

⑤ ⓔ는 서부 러시아 지역을 의미하는데, (나)의 4문단에 따르면 유라시아 대륙의 주변 지역이 심장부 지역보다 더 중요하다는 주변 지역 이론에서는 매킨더가 서부 러시아 지역을 중시한 것을 과대평가라며 부정적으로 보고 있다. 그런데 3문단에서 매킨더는 유라시아 대륙의 중심 지역을 심장부 지역이라고 명명했다고 하였으므로, 서부 러시아 지역도 심장부 지역에 포함되었을 것으로 볼 수 있다. 매킨더는 동유럽을 지배하는 자가 심장부 지역을 지배한다고 했으므로, 동유럽은 심장부 지역의 일부에 해당함을 알 수 있다. 이로 보아 동유럽과 근접한 서부 러시아 지역 역시 심장부 지역 전체가 아닌 일부에 해당하므로 ⓔ는 '심장부 지역의 일부'를 의미한다.

[105~110] (가) 머튼의 과학 사회학
　　　　　(나) 반스와 블루어, 콜린스의 과학 지식 사회학

E 포인트

수능 연계 교재에서는 과학자 공동체의 사회적 규범이 전체주의 사회가 지향하는 바와 조화를 이룰 수 없다고 본 머튼의 견해를 설명한 글과, 이와 달리 정부가 과학에 개입하는 사회주의 체제에서 과학이 효율적으로 발전할 수 있다고 본 버널의 견해를 설명한 글을 엮어 주제 통합 지문으로 제시하였다. 우리 교재에서는 과학의 에토스라는 핵심 개념을 중심으로 머튼의 과학 사회학 이론에 대해 설명한 글과, 새로운 과학 사회학이라 불리는 과학 지식 사회학에 대해 설명한 글을 엮어, 사회학적으로 과학에 접근한 이론들에 대한 이해를 확장할 수 있도록 구성하였다.

(가) 머튼의 과학 사회학

▶ 해제　이 글은 과학 사회학의 창시자인 머튼이 제시한 과학의 에토스 개념에 대해 설명하고 있다. 머튼은 과학의 에토스로 네 가지 규범을 제시하였는데, 과학 지식을 사회적 협동의 소산으로 보는 공유성, 과학 연구의 기준이 보편적이어야 한다는 보편주의, 어떤 보상에 대한 기대 없이 과학 지식 그 자체를 연구하고자 해야 한다는 이해의 초월, 과학적 주장에 대해 검증될 때까지 끊임없이 회의해야 한다는 조직화된 회의주의가 그것이다. 머튼의 이론은 과학을 사회 제도로 보고 다른 사회 제도들과의 차이점을 찾으려 했다는 점과 과학의 사회적 기여에 대한 근본적 작용 기제를 분석했다는 점에서 의의가 있다. 그러나 이후 검증 과정에서 과학자 사회에서 실제로 그러한 규범 구조가 존재하는지, 이것이 과학 지식의 확대에 기여하는지 등에 대해 문제가 제기되기도 하였다.

▶ 주제　머튼이 제시한 과학자 공동체의 사회적 규범 구조

▶ 구성

1문단	머튼이 제시한 과학의 에토스 개념
2문단	머튼이 제시한 규범 ① - 공유성과 보편주의
3문단	머튼이 제시한 규범 ② - 이해의 초월과 조직화된 회의주의
4문단	머튼의 이론에 대한 평가 및 문제 제기

(나) 반스와 블루어, 콜린스의 과학 지식 사회학

▶ 해제　이 글은 후기 경험주의 과학 철학의 영향으로 등장한 과학 지식 사회학에 대해 설명하고 있다. 사회학자 반스와 과학 철학자 블루어는 연구를 통해 기존의 과학 연구 중 일부가 오류의 사회학에 빠졌다고 비판하며 그 근거로 대칭성 논지, 공평성 논지, 인과성 논지를 제시하였다. 또한 반스와 블루어는 과학에서의 보편적 원칙의 존재를 부정하고 과학 지식은 각 과학자의 이해관계에 의해 선택 및 결정된다고 보았다. 한편 콜린스는 당시 진행 중이던 과학 논쟁의 과정을 사회학적으로 분석하여, 전통적으로 과학의 객관성을 보장한다고 여겨졌던 실험이 실제로는 그러한 기능을 수행하지 못함을 제시하면서 실증주의를 비판하였다. 이러한 연구를 바탕으로 그는 과학 지식의 생산이 사회적 협상의 결과에 불과하다고 주장하였다.

▶ 주제　과학 지식 사회학의 등장과 주요 학자들의 견해

▶ 구성

1문단	과학 지식 사회학이 대두된 배경
2문단	과학 지식의 생성에 대한 기존 연구를 비판한 반스와 블루어
3문단	반스와 블루어의 대칭성 논지와 이에 수반되는 공평성 논지, 인과성 논지
4문단	실증주의의 한계를 지적한 콜린스의 견해

105 세부 정보 파악　　　　　　　　　　답 ⑤

(나)의 3문단에서 반스와 블루어가 자신들의 주장을 뒷받침하기 위해 사용했던 세 가지 논지인 대칭성 논지, 공평성 논지, 인과성 논지를 제시하고 있다. 여기서 대칭성 논지는 공평성 논지와 인과성 논지를 수반한다고 하였다. 이는 대칭성 논지로 지식을 검증할 때에 공평성 논지와 인과성 논지가 더불어 따라온다는 것을 의미하지, 공평성 논지와 인과성 논지가 대칭성 논지의 하위 구성 요소라는 것을 의미하는 것은 아니다.

오답 피하기

① (가)의 1문단에 따르면 머튼은 '에토스'라는 용어를 활용하여 과학자 공동체의 규범 구조를 분석하였는데, 머튼이 제시한 '과학의 에토스'는 '과학자를 구속하고 있는 여러 규칙이나 규정, 도덕적 관습, 신념, 가치에 대한 감정 등이 복합적으로 얽혀 있는 관념'을 가리킨다. 따라서 '과학의 에토스'는 과학자들에게 내면화된 관념으로 볼 수 있다.

② (가)의 2문단에 따르면 머튼이 제시한 '보편주의'는 누구든지 자유롭게 과학 연구에 종사할 수 있다는 내용을 포함하는 규범이다.

③ (가)의 4문단에서 머튼의 이론에 대한 검증 과정에서 과학자 공동체 내에 규범 구조가 실제로 존재하는지에 대한 문제가 제기되었다고 하였다. 1문단에 따르면 머튼은 에토스라는 용어를 통해 과학자의 연구 활동과 그 지향성, 과학자 공동체를 유지하고 발전시키는 규범 구조를 분석하였다. 따라서 머튼의 이론을 검증하는 과정에서 과학자 공동체 내의 규범 구조, 즉 머튼 이론의 핵심 개념인 과학의 에토스의 실재 여부에 대한 학문적 논란이 있었다고 볼 수 있다.

④ (나)의 1문단에 따르면 쿤이 《과학 혁명의 구조》에서 주장한 내용들은 이후 그의 의도와 관계없이 영국에서 과학 지식 사회학을 형성시켰다. 또한 2문단에서 과학 지식 사회학은 새로운 과학 사회학으로 불린다고 하였다. 따라서 쿤의 과학 철학은 새로운 과학 사회학의 등장에 영향을 주었다고 볼 수 있다.

106 정보 간 관계 파악　　　　　　　　답 ②

(가)의 4문단에서 머튼의 규범 구조에 대한 이론은 과학을 일종의 사회 제도로 보았다고 하였다. 따라서 ㉠은 과학을 일종의 사회 제도로 파악한다는 것을 알 수 있다. 또한 머튼의 이론인 ㉠은 과학이 제 기능을 어떻게 발휘하고 유지되는지, 나아가 사회에 어떤 기여를 할 수 있는지에 대한 근본적 작용 기제를 분석했다고 하였다. 즉 ㉠은 1~3문단에 제시된 과학자 공동체의 사회적 규범 구조를 통해 과학의 사회적 기능의 원리를 설명하려 했음을 알 수 있다. 한편 (나)에 제시된 ㉡은 반스와 블루어, 콜린스의 이론을 포함하고 있다. (나)의 2문단에 따르면 반스와 블루어는 과학 지식 생성에 대

한 기존 연구의 일부가 '오류의 사회학'에 빠졌다고 비판하며 과학 지식의 선택이 과학자 개인의 이해관계에 의해 결정된다고 보았다. 즉 과학 지식의 생성에 과학자의 이해관계가 개입된다는 것이다. 또한 4문단에 따르면 콜린스는 당시 진행 중이던 과학 논쟁의 과정을 사회학적으로 분석하여 과학 지식의 생산이 사회적 협상의 결과라고 주장하였다. 따라서 ㉢은 과학 지식의 생산이나 과학 지식의 선택을 사회학적 관점으로 분석하고자 했다고 볼 수 있다.

오답 피하기

① (가)에서 ㉠이 과학 지식에 대한 기존 연구에 대한 검증에서 출발하였다는 내용은 찾아볼 수 없고, 4문단에서 머튼의 이론을 이후 검증하는 과정에서 문제가 제기되었음을 알 수 있을 뿐이다. 그리고 (나)의 4문단에서 콜린스는 연구 과정에서 실증주의의 한계를 지적했다고 하였다. 따라서 과학 지식의 검증이 실증주의를 따라야 한다는 전제에서 ㉢이 도출되었다고 볼 수 없다.

③ (가)의 1문단에서 과학의 에토스 개념에 '도덕적 관습'이 포함되어 있다고 하였으므로 ㉠은 도덕성을 고려한다고 볼 수는 있으나, 높은 수준의 도덕성을 강조하는지는 (가)의 내용으로 판단하기 어렵다. 그리고 (나)에서는 ㉢의 대표적인 학자들인 반스와 블루어, 콜린스가 과학 지식의 생성 및 생산 과정을 사회학적으로 분석하고 연구하여 과학 지식의 성격이 상대적이라는 것을 주장하였음을 알 수 있을 뿐, 이들이 과학자가 생산하는 지식의 사회적 효용성이 커야 한다고 보았는지는 알 수 없다.

④ (나)의 2문단에서 반스와 블루어는 과학 지식의 선택이 과학자 개인이 지닌 이해관계에 의해 결정된다고 보았음을 알 수 있다. 따라서 ㉢은 과학 지식의 생산 과정에 과학자 개인의 이해관계가 개입된다는 점을 인정한다고 볼 수 있다. 그러나 (가)에 따르면 ㉠은 과학자 공동체 내부의 규범 구조에 의해 과학 공동체가 유지, 발전된다고 보는 입장일 뿐, 사회가 과학 공동체를 통제해야 한다는 인식을 포함한다고 보기 어렵다.

⑤ (가)에서 과학의 역사적 발전 양상이나 과학 지식의 생산 구조에 대해 분석하는 내용은 찾아볼 수 없다. 또한 (나)에서 후기 경험주의 과학 철학에서 상대주의가 부각되며 ㉢이 형성되었고, 그 후 상이한 지적 배경을 가진 연구자들의 학제 간 연구가 이루어졌다는 것과 사회학자 반스와 과학 철학자인 블루어가 ㉢을 연구했음을 알 수 있다. 따라서 ㉢이 과학과 철학의 분화 과정에 초점을 맞추었다고 보기 어렵다.

107 구체적 사례에의 적용   답 ①

㉮는 새로운 과학적 발견에 대한 보상으로 연구자가 지적 재산권을 부여받는 것의 정당성에 대한 인식을 평가하는 항목이다. 이는 과학 지식에 대한 경제적 보상이 과학자 개인에게 주어져야 하는지를 묻고 있으므로 (가)의 2문단에 제시된 '공유성', 3문단에 제시된 '이해의 초월' 규범과 관련지을 수 있다. 공유성은 '과학 지식은 사회적 협동의 소산으로 공동체에 귀속'된다는 것이고, 이해의 초월은 '과학자가 자신의 연구 결과에 대해 무사무욕의 태도를 가져야 한다는 것'을 의미하는데, ㉮의 조사 결과는 대학 교수와 연구원 모두 찬성 의견을 나타내고 있다. 즉 과학 지식에 대해 과학자 개인이 경제적 보상을 얻을 수 있는 권리를 갖는 것이 정당하다는 인식이 더 지배적임을 보이고 있으므로, 이는 공유성과 이해의 초월 규범에 대한 과학자 집단의 인식 수준이 높지 않다는 것을 드러낸다고 판단할 수 있다. 다시 말해 과학 지식이 사회적 소산이라는 연구자들의 인

식이 낮은 편임을 보여 준다.

오답 피하기

② ㉯는 과학적 발견의 개방성에 대한 인식을 묻는 항목으로, (가)의 2문단에 제시된 '공유성'과 관련지을 수 있다. 공유성은 '과학 지식의 산출 과정에서 발생하는 모든 정보와 과학적 연구의 결과는 완전히 개방되어 교류되어야 한다'는 내용을 포함한다. ㉯의 조사 결과에서 대학 교수와 연구원의 응답은 3점대 초반을 나타내므로, 이는 과학 지식의 개방성에 대한 과학자들의 인식이 보통 수준이라는 것을 보여 준다.

③ ㉰는 연구 주제의 선정 조건, 즉 연구 동기에 대해 묻는 항목으로, (가)의 3문단에 제시된 '이해의 초월' 규범과 관련지을 수 있다. 이해의 초월은 '연구 동기는 지식에 대한 정열이나 과학적 진리 탐구 자체만을 추구하는 것에서 비롯되어야 한다'는 내용을 포함한다. ㉰의 조사 결과에서 연구원의 점수가 대학 교수보다 낮으므로, 연구원이 대학 교수보다 과학 연구의 동기에 대한 인식이 조금 더 낮다고 판단할 수 있다.

④ ㉱는 모든 과학적 주장에 대해 비판적 시각을 가져야 하는지를 묻는 항목으로, (가)의 3문단에 제시된 '조직화된 회의주의' 규범과 관련지을 수 있다. 조직화된 회의주의는 '모든 과학적 주장에 대해 기존의 관례나 권위 등에 구애받지 않고 사실로 확정될 때까지 끊임없이 회의해야 한다는 것'과 과학자에게는 '잘못된 연구에 대해 비판해야 하는 의무가 있다는 것'을 포함한다. 또한 이는 과학자의 주체적 태도를 전제한다고 하였다. ㉱의 조사 결과에서 대학 교수와 연구자의 응답은 모두 3.5 정도로 보통을 상회하는 수준을 나타내고 있으므로, 과학자들의 주체적인 태도 수준이 아주 높은 것은 아니라고 판단할 수 있다.

⑤ ㉲는 과학자의 주장에 대해 평가할 때 성, 국적, 출신 학교와 같은 과학자의 개별적 특수성이 영향을 주는 것에 대해 묻는 항목으로, (가)의 2문단에 제시된 보편주의 규범과 관련지을 수 있다. 보편주의는 '인종과 같은 과학자의 개별적 특수성과 무관한 보편적 기준에 의해 연구의 타당성이 확보되어야' 한다는 내용을 포함한다. ㉲의 조사 결과에서 대학 교수와 연구원의 응답은 모두 4.6 이상이므로, 이는 과학 연구의 타당성을 판단하는 기준이 보편적이어야 한다는 과학 연구자들의 인식 수준이 높다는 것을 보여 준다.

108 관점의 파악   답 ⑤

(나)의 2문단에 따르면 '반스와 블루어'는 과학에서 보편적 원칙이 존재하지 않고 과학 지식의 선택이 과학자 개인의 이해관계에 의해 주로 결정된다고 보았으므로 과학 지식이 절대적 성격을 지니지 않는다고 생각했음을 알 수 있다. 그리고 모든 과학 지식은 그 진위 평가와 무관하게 사회학적 설명이 필요하다는 주장을 하였는데, 이는 과학 지식이 사회로부터 독립되어 있지 않다고 보는 관점에 해당한다. 또한 (나)의 4문단에 따르면 '콜린스'는 과학 논쟁 과정을 사회학적으로 분석했고, 과학 지식의 생산이 사회적인 협상의 결과라고 주장하였으므로, 과학 지식은 사회로부터 독립적이지 않으며 상대적인 성격을 지닌다는 견해를 지녔음을 알 수 있다. 따라서 반스와 블루어, 콜린스는 모두 과학 지식이 사회로부터 독립적이며 절대적 성격을 지닌다는 주장을 비판하는 ⑤의 진술에 동의할 것이다.

오답 피하기

① (나)의 2문단에 따르면, 반스와 블루어는 과학 지식의 선택이 과학자의 이해관계에 의해 결정된다고 보고, 과학 지식은 사회학적 설명이 필요하다고 주장하였다. 따라서 반스와 블루어는 과학 지식의 진리가 사회적 결정

과 관련되었다고 볼 것임을 추론할 수 있다. 그리고 4문단에 따르면, 콜린스는 과학 지식의 생산이 결국은 사회적인 협상의 결과에 지나지 않는다고 주장했으므로, 과학 지식의 진리가 사회적으로 결정된다는 견해를 옹호하는 입장에 해당함을 알 수 있다. 따라서 반스, 블루어, 콜린스는 과학 지식의 진리가 사회적으로 결정된다는 견해를 옹호할 수 없다는 진술에 동의하지 않을 것이다.

② (나)의 4문단에 따르면, 콜린스는 과학사 속 논쟁이 아니라 당시 진행 중이던 과학 논쟁에 초점을 맞추어 그 과정을 사회학적으로 분석했다. 그러나 반스와 블루어는 과학 지식 생성에 대한 기존의 연구들 중 일부가 지닌 문제점을 비판하였으므로, 현재 진행되고 있는 논쟁을 대상으로 연구한 것이라 보기 어렵다. 따라서 반스와 블루어는 과학 지식과 관련된 연구가 현재 진행되는 논쟁에 한하여 가치가 있다는 진술에 동의하지 않을 것이다.

③ (나)의 1문단에서 후기 경험주의 과학 철학은 사실과 이론의 구분이 실증주의자들의 주장처럼 명확하지 않다는 것을 증명하려 했다고 설명하였다. 즉 과학 지식의 생산 과정에서 사실과 이론의 구분이 명확하다고 보는 것은 실증주의의 입장이다. 그리고 4문단에 따르면 콜린스는 실증주의의 한계를 지적하였으므로, 과학 지식의 생산 과정에서 사실과 이론이 명확하게 구분된다는 진술에 동의하지 않을 것이다.

④ (나)의 2문단에서 반스와 블루어가 서로 다른 학문적 배경을 지녔음을 알 수 있다. 그러나 '과학 지식 사회학은 상이한 지적 배경을 가진 연구자들의 학제 간 연구가 이루어지게 했다는 특징이 있다.'에서 알 수 있듯, 이는 과학 지식 사회학의 학문적 특징일 뿐, 반스와 블루어가 과학 지식의 탐구 과정에 자신들처럼 서로 다른 학문적 배경을 지닌 연구자들이 필요하다고 주장했다는 의미는 아니다. 또한 이와 관련한 '콜린스'의 주장 역시 (나)에 제시되지 않았다.

109 관점의 적용 답 ④

(나)의 3문단에 따르면 반스와 블루어가 내세운 핵심 논지 중 '대칭성 논지'는 '지식은 모두 동일한 학문적 범주 내에서 그 합리성 및 진리 여부를 따져야 한다는 것'이다. 그런데 '오류의 사회학'은 참이라고 생각하는 지식은 사회적·심리적으로 오염되지 않은 과학 내적 논리로 설명하면서도 거짓이라고 생각하는 지식은 과학 외적 논리로 설명하는 비대칭성을 지니고 있다고 하였다. 〈보기〉에서 진공 생성 실험 논쟁에 대해 왕립학회는 홉스가 논쟁 과정에서 보였던 권위주의적이고 독단적인 태도를 문제 삼아 그의 주장을 받아들이지 않았다고 했다. 이때 왕립학회가 홉스의 주장을 받아들이지 않은 근거는 과학 내적 논리가 아니라 사회적·심리적 논리, 즉 과학 외적 논리에 해당하므로 이는 반스와 블루어가 지적한 비대칭성을 나타내는 사례에 해당한다. 따라서 반스와 블루어의 핵심 논지를 근거로 할 때, 〈보기〉의 왕립학회의 결정이 부당하다고 평가할 수 있다.

오답 피하기

① 〈보기〉에서 실험 결과에 대해 자유롭게 비판하는 것은 (가)의 3문단에 제시된 머튼의 규범 구조 중 '조직화된 회의주의'와 관련된다고 볼 수 있다. 조직화된 회의주의는 '과학자에게는 타인의 연구가 유효한지 확인해야 하는 책임이 있으며, 잘못된 연구에 대해 비판해야 하는 의무가 있다는 것'을 포함한다. 그러나 실험자 개인에 대한 비판을 삼가야 한다는 보일의 주장은 이와 관련이 없다. 또한 (가)의 2문단에 제시된 '보편주의'는 보

편적 기준에 의해 연구의 타당성이 확보되어야 한다는 것이지, 실험자에 대한 비판을 삼가야 타당성이 확보된다는 의미가 아니다.

② (가)의 4문단에 따르면 머튼의 규범 구조 이론을 이후 검증하는 과정에서 그러한 규범 구조가 과학자 공동체 내에 실제로 존재하는지, 과학자들이 실제로 이를 따르는지, 그러한 규범 구조가 과학 지식의 확대에 기여하는지에 대한 문제가 제기되었다. 그런데 〈보기〉에서 실험이 소수 집단 사이에서 이루어져 공공성이 결여되었다는 홉스의 비판은, 보일이 주도한 왕립학회에서 이루어진 실험의 문제점을 지적한 것으로 머튼의 규범 구조 중 '공유성'과 맥락이 통할 뿐, 과학 지식의 확대에 기여했는지 여부는 알 수 없다. 또한 머튼의 이론에 대해 문제를 제기한 입장에서는 머튼의 규범 구조가 과학 지식의 확대에 기여했다고 판단하지 않을 것이다.

③ (나)의 1문단에서 후기 경험주의 과학 철학은 과학 지식의 성격이 절대적인지 여부를 따지는 상대주의 논쟁을 불러일으켰다고 하였다. 그런데 〈보기〉에서 홉스가 '이러한 보일의 견해에 대해 실험 자체의 중요성은 인정'했다고 한 내용으로 보아 보일과 홉스 모두 실험을 통한 지식 검증이 필요하다는 데 동의했음을 짐작할 수 있으나, 이는 과학 지식이 절대적인지 그렇지 않은지를 따지는 상대주의 논쟁과는 거리가 멀다.

⑤ (나)의 4문단에 따르면 콜린스는 과학 논쟁의 진행과 종식 양상을 분석하여, 과학 지식의 생산이 사회적 협상의 결과라고 주장하였다. 즉 논쟁을 벌이는 집단 간 사회적 협상이 이루어지고 그 결과 논쟁이 종식되며 과학 지식이 생산된다는 것이다. 〈보기〉에서 홉스는 실험 과정을 주도하는 권위자가 논의의 주제 및 방식을 제한한다는 점을 비판하였는데, 이는 과학 지식의 생산 과정에서 권위자의 역할이 크다는 것을 의미할 뿐, 집단 간 논쟁이나 협상의 결과와는 관련이 없다. 따라서 콜린스가 분석한 과학 논쟁의 종식 양상이, 홉스의 주장의 타당성을 판단할 수 있는 근거가 되지 못한다.

110 어휘의 의미 파악 답 ③

ⓐ과 ③의 '따지다'는 모두 '옳고 그른 것을 밝혀 가리다.'라는 의미로 사용되었다.

오답 피하기

① '문제가 되는 일을 상대에게 캐묻고 분명한 답을 요구하다.'라는 의미로 사용되었다.

② '계산, 득실, 관계 따위를 낱낱이 헤아리다.'라는 의미로 사용되었다.

④ '어떤 것을 기준으로 순위, 수량 따위를 헤아리다.'라는 의미로 사용되었다.

⑤ '계획을 세우거나 일을 하는 데에 어떤 것을 특히 중요하게 여겨 검토하다.'라는 의미로 사용되었다.

MEMO

메가스터디 고등 학습 시리즈

메가스터디
E 실전
N제
독서 110제

메가스터디BOOKS

내용 문의 02-6984-6897 | 구입 문의 02-6984-6868,9 | www.megastudybooks.com

수능 고득점을 위한 강력한 한 방!

메가스터디 N제

국어
문학, 독서

수학
수학Ⅰ 3점 공략 / 4점 공략
수학Ⅱ 3점 공략 / 4점 공략
확률과 통계 3점·4점 공략
미적분 3점·4점 공략

영어
독해, 고난도·3점, 어법·어휘

과탐
물리학Ⅰ, 화학Ⅰ, 생명과학Ⅰ, 지구과학Ⅰ

사탐
사회·문화, 생활과 윤리

실전 감각은 끌어올리고, 기본기는 탄탄하게!

국어영역	수학영역	영어영역
핵심 기출 분석	핵심 기출 분석	핵심 기출 분석
+	+	+
EBS 빈출 및 교과서 수록 지문 집중 학습	3점 공략, 4점 공략 수준별 맞춤 학습	최신 경향의 지문과 유사·변형 문제 집중 훈련

레전드
수능 문제집

수능이 바뀔 때마다 가장 먼저 방향을 제시해온 메가스터디 N제,
다시 한번 빠르고 정확하게, 수험생 여러분의 든든한 가이드가 되어 드리겠습니다.

메가스터디 고등 학습 시리즈

메가스터디BOOKS

내용 문의 02-6984-6897 | 구입 문의 02-6984-6868,9 | www.megastudybooks.com

53800

ISBN 979-11-297-1515-9

값 15,000원